BART MOEYAERT

DU UND ICH UND ALLE ANDEREN KINDER

GESAMMELTE GESCHICHTEN UND KINDERGEDICHTE

Aus dem Niederländischen
von Mirjam Pressler

Mit Zeichnungen von Rotraut Susanne Berner,
Gerda Dendooven, Korneel Detailleur, Wolf Erlbruch,
André Sollie & Marije Tolman

Carl Hanser Verlag

Die Originalausgabe erschien 2013
unter dem Titel *Jij en ik en alle andere kinderen*
bei Em. Querido's Kinderboeken Uitgeverij, Amsterdam.

Dieses Buch wurde mit Unterstützung des Flämischen Literaturfonds
herausgegeben (www.flemishliterature.be).

Flemish Literature Fund

Die Illustrationen in diesem Buch wurden von der niederländischen
Literaturstiftung *The Dutch Foundation for Literature* gefördert.

Nederlands letterenfonds
dutch foundation
for literature

1 2 3 4 5 20 19 18 17 16

ISBN 978-3-446-25302-5

Umschlag: Stefanie Schelleis, München © Rotraut Susanne Berner,
Gerda Dendooven, Korneel Detailleur, Wolf Erlbruch, André Sollie & Marije Tolman
Satz im Verlag | Druck und Bindung: Kösel, Krugzell
Printed in Germany

FSC www.fsc.org
MIX
Papier aus verantwortungsvollen Quellen
FSC® C013736

AFRIKA HINTER DEM ZAUN

MIT ZEICHNUNGEN VON

WOLF ERLBRUCH

Ihr Haus ist noch nicht trocken.

Wir wohnten in einem Haus. Die Tür war links und rechts war ein Fenster. Die Nachbarn hatten das gleiche Haus wie wir. Und ihre Nachbarn auch und ihre Nachbarn auch und ihre Nachbarn auch. Und das noch drei Mal.

Neben uns wohnte ein Mann, der Französisch sprach. Das hatte er so gelernt, als er klein war und in Frankreich lebte. Wir sprachen kein Französisch, aber das war nicht schlimm. Der Mann war nie lange daheim. Er war dauernd auf Geschäftsreisen. Zum Reden hatte er nie Zeit. Er war immer irgendwohin unterwegs. In Länder, wo die Leute verstanden, was er sagte.

Der Mann, der Französisch sprach, hatte eine Frau, die auch etwas sprach. Was sie sprach, wussten wir nicht. Irgendwas. Die Frau war schön braun und hieß Désirée.

»Das ist ein französischer Name«, sagte meine Mutter.

Aber Désirée kam nicht aus Frankreich. Sie kam aus Afrika. Der Mann, der Französisch sprach, hatte sich bestimmt einen französischen Namen für sie ausgedacht. Vielleicht, weil sie in ihrer eigenen Sprache keinen Namen hatte.

Hinter unserem Haus befand sich ein Garten. Erst kam eine Terrasse, drei große Platten breit. In der Mitte war ein Treppchen. Das musste man hinuntergehen, wenn man über den Rasen zu dem kleinen Schuppen wollte. Hinter dem Schuppen war ein Gemüsegarten, sechs Blumenkohlpflanzen breit.

Unsere Nachbarn hatten den gleichen Garten wie wir. Und ihre

Nachbarn auch, und das noch fünf Mal. Aber sie pflanzten nicht alle Blumenkohl.

Die Frau, die irgendwas sprach, pflanzte Gras. Überall stand Gras, langes Gras mit Rispen, und hohe Halme mit weißen Blüten. Der Mann, der Französisch sprach, mähte es nie mit dem Rasenmäher. Dafür hatte er keine Zeit. Und Désirée tat es auch nicht. Ich glaube, sie pflanzte das Gras, um es zu betrachten. Wenn die Sonne schien, stellte sie Stühle hinaus. Sie setzte sich mit ihren vier Kindern mitten ins Gras. Manchmal saß sie auch dort, wenn es ein bisschen regnete. Dann betrachtete sie das Gras und den Himmel. Als warte sie auf sehr viel Regen.

Und dann bekamen wir sehr viel Regen. Es goss wie aus Kübeln. Der ganze Garten war tropfnass. Und der Garten der Nachbarn auch, und das noch sechs Mal. Wir waren froh, dass wir im Haus waren.

Aber die Frau, die irgendwas sprach, kümmerte sich nicht um den Regen. Sie ging in einem gelben Regenmantel hinaus und lief zum Schuppen. In der einen Hand trug sie eine Eisenstange, in der anderen einen Hammer. Sie schob die Stange zwischen die Bretter und schlug mit dem Hammer darauf. Sie sang bei der Arbeit. Das hörte sich im Regen seltsam an.

Ich schaute ihr vom Fenster aus zu.

Meine Mutter sagte, dass Désirée auf Französisch singe. Mein Vater widersprach. Er sagte, das sei kein Französisch, sondern irgendwas. Irgendwas aus ihrem eigenen Land.

Nach dem Essen hörte es auf zu regnen. Ich ging hinaus und schaute über den Zaun. Da konnte ich Désirée besser sehen. Von ihrem Schuppen stand nur noch das Dach. Ein Dach auf vier Pfählen.

Désirée lachte mir zu. Sie sah sehr zufrieden aus. Sie lachte auch dem Gras und dem Himmel zu.

Am nächsten Tag regnete es nicht mehr. Unser Garten war wieder trocken und die Gärten der Nachbarn auch. Alle kamen nach draußen. Alle waren wütend.

Sie deuteten zum Garten von Désirée und sagten, dass das nicht sein dürfe. Einfach aus einer Reihe von acht Schuppen einen wegnehmen, dafür müsse man bestraft werden.

Ich glaube, alle waren neidisch. Désirées Garten war schön groß geworden. Désirée war klüger als die anderen. In ihrem Garten konnte sie jetzt sehr viel mehr Blumenkohl unterbringen, wenn sie das wollte.

Sie kam in einem Baumwollkleid heraus, das mit Sonnenblumen bedruckt war. Sie schleifte eine Schaufel hinter sich her. Mit ihren Stiefeln trat sie die langen Grashalme platt.

Ich lachte ihr über den Zaun hinweg zu. Sie lachte zurück und begann zu graben. Stundenlang grub sie. Doch es wurde ein seltsamer Gemüsegarten, der eher wie eine Grube aussah. Ich hatte nicht gewusst, dass die Leute in Afrika das so machen.

Als es Abend wurde, schleppte Désirée Säcke aus ihrem Haus. Auf jeden Sack war ein Gärtner gemalt und in den Säcken war Lehm.

»Lehm ist gut für Blumenkohl«, sagte meine Mutter.

Aber die Nachbarn blieben wütend. Alle. Sie hielten es für eine Schande. Schließlich gab es doch genug Erde in den Gärten, oder? Wozu brauchte man da noch Lehm?

Meine Mutter schwieg und mein Vater auch. Wir schauten über den Zaun.

Mein Vater sagte ein Wort zu Désirée. Er sagte: »Helfen?« Und krempelte die Ärmel hoch.

Désirée verstand das Wort. Sie schüttelte heftig den Kopf und arbeitete einfach weiter. Sie schüttete den Lehm aus den Säcken in ihre Grube.

»Sie will keine Hilfe«, sagte mein Vater später. »Sie will keine Hilfe von einem Mann. In ihrem Land erledigen die Frauen die ganze Arbeit. Das gehört sich so in ihrem Teil von Afrika.«

»Welchem Teil?«, fragte ich.

»In dem Teil in der Mitte links«, sagte mein Vater. »Der Teil, der Kamerun heißt.«

Ich dachte, mein Vater hätte sich das Land ausgedacht. Es klang nicht echt, mit dieser Kammer im Namen.

Als es Abend wurde, verschwand die Sonne hinter den Gärten. Der Himmel wurde orange. In unserem Haus war es still. Wir saßen unter der Lampe und lasen.

Ich tat aber nur so. Meine Augen waren geschlossen. Ich saß in dieser Kammer, aber ich war in Kamerun. In meinem Kopf brüllte ein Löwe. Ein Affe schrie. Das Brüllen und Schreien kannte ich aus dem Zoo.

Ich wusste nicht, was ich sonst noch hören sollte. Ich wusste nicht, was ich sonst noch sehen sollte. Ich kannte Désirées Land nicht.

Plötzlich klappte meine Mutter ihr Buch zu. Sie legte sich eine Hand ans Ohr und sagte: »Still.«

Wir waren still und hörten von draußen Stimmen. Fröhliche Stimmen von Kindern.

Wir rannten zum Fenster und sahen Désirée in ihrem Garten. Sie goss eimerweise Wasser in ihre Lehmgrube. Ihre vier Kinder hatten keine Schuhe an. Mit nackten Füßen stapften sie durch den Matsch. Sie tanzten umeinander herum. Désirée hob ihr Baumwollkleid an und tanzte mit ihnen.

Am nächsten Tag war der Himmel voller Wolken. Meine Mutter ging zum Markt. Das tat sie freitags immer.

All unsere Nachbarn taten das, alle außer Désirée. Sie ging zu einem Markt, den wir nicht kannten. Und nur dann, wenn es ihr passte.

Ich begleitete meine Mutter. Sie hatte es eilig. Sie wollte vor dem Regen wieder zu Hause sein. Aber wir schafften es nicht. Wir waren durch und durch nass, als wir in unsere Straße einbogen. Ohne anzuhalten rannten wir in die Küche. Meine Mutter stellte sofort Teewasser auf. Sie wollte den Tee sehr heiß trinken. Kurz darauf dachten wir, dass wir den Kessel pfeifen hörten. Aber es war nicht der Kessel.

Es war Désirée. Draußen, im Regen. Sie kniete auf dem nassen Boden. Um ihre Grube herum hatte sie eine runde Mauer gebaut. Und sie hatte nicht vor, damit aufzuhören. Sie sang und pfiff.

»Das wird kein Gemüsegarten«, sagte meine Mutter. »Bring ihr doch mal eine Tasse Tee. Sonst erkältet sie sich noch.«

Ich brachte ihr eine Tasse. Ich kletterte *hops* auf den Zaun.

Désirée sah froh aus. Sie deutete auf ihre Arbeit und sagte: »Haus.« Sie sprach das Wort genauso aus, wie ich es ausgesprochen hätte.

Désirée baute ein Haus in ihrem Garten. Es sah aus wie eine Hütte zum Spielen. Eine Hütte aus Lehm. Sie arbeitete tagelang daran. Egal, ob es regnete oder nicht.

Und ich schaute ihr tagelang zu. Egal, ob es regnete oder nicht.

Nach einer Woche lag eine Hartfaserplatte als Dach darauf.

Da sagte Désirée, ich solle über den Zaun klettern. Sie sagte es so, wie ich es gesagt hätte.

Ich lief hinter ihr her in ihre Hütte.

Désirée hatte Tee für mich gekocht. Sie sagte: »Willkommen.« Der Regen trommelte auf das Dach. Das klang gemütlich.

Aus Versehen stach ich mit dem Finger in die Wand. Ich erschrak über das Loch, das ich gemacht hatte. »Ihr Haus ist noch nicht trocken«, sagte ich.

»Nein«, sagte Désirée. »Aber warte einen Sommer, dann bekommt es keine Planierraupe mehr kaputt. Meine Großmutter in Kamerun hat genau so eine Lehmhütte wie diese. Sie wohnt schon ihr ganzes Leben darin.«

»Werden Sie nun hier wohnen?«, fragte ich.

Désirée lachte. »Nicht wirklich wohnen«, sagte sie. »Aber ich will ab und zu hier sitzen. Wenn ich das andere Haus satthabe. Wenn ich mein Land vermisse. Denn manchmal habe ich Heimweh nach meinem Land. Ich werde dir mal Fotos zeigen.«

»Gut«, sagte ich und trank von ihrem Tee. Fotos zeigen. Das bedeutete, dass sie mich wiedersehen wollte. Da sagte ich, dass ich sehr gut Löwen nachmachen konnte.

EINE GRUBE ZUM WOHNEN

MIT ZEICHNUNGEN VON

ROTRAUT SUSANNE BERNER

EINE GRUBE ZWISCHEN DEM SALAT

Tom macht einen Schritt nach vorn.
Er stellt sich mitten in seine Grube.
Mit einem Seufzer schaut er zu seinen Füßen.
Er hat noch viel Arbeit.
Seine Grube ist noch nicht mal knietief.
Sie muss viel tiefer werden.
So tief, wie ein Kind hoch ist.
Dann ist es erst eine richtige Grube.
Tom dreht sich um, ob Mama ihn sehen kann.
Sie steht ein bisschen weiter weg.
Über den Zaun unterhält sie sich mit der Nachbarin.
»Es bewegt sich schon«, sagt die Nachbarin.
Sie legt die Hände auf ihren dicken Bauch.
»Meins bewegt sich pausenlos«, sagt Mama.
Sie deutet mit dem Kinn auf Tom.
Sie schaut zu ihm hin, aber sie sieht ihn nicht.
»Pausenlos!«, sagt sie noch einmal.
»Ich bin's leid mit dem Jungen.«
Sie verdreht die Augen und seufzt.
Tom seufzt auch.
Was ist Mama eigentlich leid?
Sie muss ja nicht graben.
Und er läuft ihr auch nicht vor den Füßen herum.

Er macht nicht mal Lärm.
Tom nimmt seine Schaufel.
Seine Grube wird tiefer als tief, beschließt er.
»Ach, Kinder«, sagt die Nachbarin hinter dem Zaun.
»Kinder müssen sich bewegen.
So sind sie nun mal.«
Tom nickt.
Die Nachbarin hat recht.
Aber Mama ist anderer Meinung.
»Müssen, müssen ...«, sagt sie.
»Was zu viel ist, ist zu viel.
Mein Tom ist ...«
Sie spricht den Satz nicht zu Ende.
Einen Moment lang bleibt es still.
»Du lieber Himmel!«, ist das Nächste, was Tom hört.
Es kommt von ganz nah.
Eine Hand tippt auf seinen Kopf.
Die harte Hand von Mama.
»Tom«, sagt sie kurz.
»Was glaubst du, was du da tust?«
Sie wischt sich eine Locke aus dem Gesicht.
»Ich grabe«, sagt Tom.
»Ich grabe eine Grube.«
»Eine Grube?«, fragt Mama langsam.
»In mein schönes Salatbeet?«
Tom erschrickt.
An das Salatbeet hat er nicht gedacht.
Mit großen Augen schaut er sich um.
Es sind nur noch zwei Salatköpfe übrig.
Der Rest ist Grube und Berg.

Mama findet das schlimm.
Sehr schlimm.
»Ich bin es leid«, sagt sie.
»Nie tust du das, was du tun sollst.
Ich will dich nicht mehr sehen.
Du bist das lästigste Kind der Welt.«
Sie schnappt nach Luft.
Ihr zitternder Finger deutet zur Straße.
»Verschwinde!«, sagen ihre Lippen.
Sie machen keine Geräusche dabei.
Tom duckt sich.

So viel Stille von Mama tut weh.
Schweigend geht er rückwärts.
Er schleicht am Zaun entlang.
Er nickt der Nachbarin zu.
Dann geht er auf die Straße.
Seine Schaufel zieht er hinter sich her.
Weg!, denkt er.
Mama will mich nie mehr sehen.
Jedenfalls heute nicht mehr.
Gut.
Ich suche einen anderen Platz für meine Grube.
Ich mache darin Stühle aus Erde.
Und ich baue einen Tisch aus Holz.
Meine Grube wird mein Zuhause.
Und Mama wird mich nie mehr sehen.
Jedenfalls fast nie mehr.
Ich bin sie auch leid.

DAS VIER-BÄUME-WÄLDCHEN

Hinter dem Dorf hält Tom an.
Neben dem Weg stehen vier Bäume.
Ein Vier-Bäume-Wäldchen.
Der Wind rauscht in den Blättern.
Auf einem hohen Ast sitzt eine Elster.
Schau an, denkt Tom.
Das Vier-Bäume-Wäldchen ist ein guter Platz.
Er geht über den Weg.

Unter den Bäumen ist die Erde locker.
Über seinem Kopf ist ein grünes Dach.
Ja, das Wäldchen ist ein sehr guter Platz.
Tom nimmt seine Schaufel.
Er zeichnet ein Viereck auf den Boden.
So groß muss sein Haus werden.
Er spuckt in die Hände.
Hopp und los mit der Schaufel!
Aber weiter kommt er nicht.
Irgendwo knackt ein Zweig.
Und Zweige knacken nicht von allein.
Tom schaut nach links und nach rechts und nach oben.
Hat er richtig gehört?
Es war das trockene Knacken eines Zweiges.
Er späht nach oben zwischen die Blätter.
Ihm wird schwindelig davon.
»Ist da jemand?«, ruft er.
Aber es ist nur der Wind.
Der Wind ist manchmal stark, denkt Tom.
Manchmal bringt er Zweige zum Knacken.
Wie dumm, dass mich das erschreckt hat.
Er spuckt wieder in die Hände.
Jetzt fängt er wirklich an.
Er wirft Erde auf einen Haufen.
Er reißt Wurzeln heraus.
Die Grube wird nur langsam tiefer.
Aber jede Schaufel ist eine Schaufel mehr.
Plopp!
Vor Toms Füßen landet ein Buch.
Ein paar Blätter trudeln hinterher.

Vor Schreck macht er einen Schritt zur Seite.
Er schaut von dem Buch nach oben.
Dort oben muss jemand sein!
An Bäumen wachsen Blätter.
Aber Bücher?
Sein Herz klopft.
Fast wäre Tom davongelaufen.
Aber er tut es nicht.
Herunterfallende Bücher sind spannend.

TOPGEHEIM

Tom schaut immer noch nach oben.
Der Nacken tut ihm schon weh.
Er bleibt ganz still.
Er wagt fast nicht zu atmen.
Die Blätter bewegen sich im Wind.
Die Elster krächzt.
Das ist alles.
»Ist da jemand?«, ruft Tom.
Seine Stimme zittert.
Die Elster gibt keine Antwort.
Aber Vögel lesen auch keine Bücher.
Das Stillstehen hält Tom nicht durch.
Seine Augen tränen vom langen Starren.
»Wer ist da?«, ruft er.
Er wird ein bisschen böse.
»Niemand«, klingt es genauso böse zurück.

»Lass mich in Ruhe!«
Es ist, als würde der Baum reden.
Tom weiß nicht, was er denken soll.
»Was tust du da oben?«, ruft er hinauf.
»Nichts«, sagt die Stimme.
»Es ist geheim.
Topgeheim.
Lass mich in Ruhe!«
Tom starrt nach oben.
Sein Herz setzt einen Schlag aus.
»Ich ...«, fängt er an.
Aber die Stimme kommt ihm zuvor.
»Wage es ja nicht heraufzukommen!
Ich sitze hier ganz ruhig.
Ich will allein sein.
Gib mir mein Buch zurück!«
Tom schaut nach dem Buch.
Er hebt es nicht auf.
Die dumme Stimme kann ihn mal.
Topgeheim oder nicht.
Tom nimmt seine Schaufel.
»Komm doch und hol dein blödes Buch!«, ruft er.
Dann macht er sich wieder an die Arbeit.
Seine Grube muss heute noch fertig werden.
Er gräbt wie ein Verrückter.
Seine Hände sind beschäftigt.
Aber sein Kopf arbeitet auch.
Was macht die Stimme dort oben?
Kommt sie jetzt ihr Buch holen?
Was ist da so geheim?

Tom möchte es sehr gern wissen.
Etwas später liegt das Buch immer noch da.
Seine Geduld ist zu Ende.
Er stellt die Schaufel zur Seite.
Schnell nimmt er das Buch.
Er zögert.
Soll er auf den Baum klettern?
Nein, lieber nicht.
Tom schwingt den Arm.
Eins.
Zwei.
Drei.
Bei drei wirft er das Buch nach oben.
Es verschwindet zwischen den Blättern.
Und fällt nicht zurück.
»Danke«, sagt die Stimme.

DIE HÜTTE

Toms Mund geht auf.
Zwischen den Blättern erscheint eine rote Socke.
Und noch eine rote Socke.
Wie ein Vorhang schieben sich die Blätter zur Seite.
Mitten im Grün sitzt ein Junge.
»Danke«, sagt er noch einmal.
Tom zieht die Schultern hoch.
Erst jetzt findet er seine Stimme wieder.
»Du kannst ruhig weiterlesen«, sagt er.

»Sitzt du gut dort oben?«
Der Junge nickt.
»Bis du gekommen bist, schon.
Was tust du dort unten?«
»Ich?«, fragt Tom.
»Ich grabe eine Grube.
Gleich mache ich Stühle aus Erde hinein.
Und einen Tisch aus Holz.«
»Oh«, sagt der Junge.
»Wofür brauchst du eine Grube?«
»Um manchmal darin zu wohnen«,
antwortet Tom.
»Meine Mutter ist mich leid.
Und ich bin sie auch leid.
Sie findet, dass ich mich zu viel bewege.«
»Wirklich?«, fragt der Junge.
Es klingt, als würde er Sichbewegen nicht besonders schön finden.
»Kinder *müssen* sich bewegen«, sagt Tom.
»So sind sie nun mal.«
Im Baum bleibt es einen Moment still.
»Kann gut sein«, sagt der Junge dann.
Er seufzt.
»Jetzt klettere ich wieder zu meiner Hütte.
Ist deine Grube bald fertig?«
Tom antwortet nicht.
Er hat nur ein Wort gehört.
Hütte!
»Hast du dort oben eine Hütte?«, fragt er.
»Eine geheime Hütte?«

Der Junge erschrickt.
Er schlägt die Hand vor den Mund.
Dem Mund ist das so rausgerutscht.
Er lässt den Ast los.
Der Vorhang aus Blättern fällt zu.
Die eine rote Socke verschwindet.
Und dann auch die andere.
Weg ist der Junge.
»He!«, ruft Tom.
»Komm zurück!
Ich verrate keinem dein Geheimnis!«
Aber der Junge ist nicht mehr zu sehen.
Er ist nur noch zu hören:
»Geh weg!
Lass mich in Ruhe!«

DIE GRUBE

Tom stößt einen tiefen Seufzer aus.
Noch einmal rufen hat keinen Sinn.
Der Junge ist sein Geheimnis los.
Darüber würde sich Tom auch ärgern.
Er lässt traurig die Schultern hängen.
Er betrachtet seine Grube.
Macht er die nun fertig?
Widerwillig nimmt er die Schaufel.
Eine richtig tiefe Grube ist nicht nötig.
Halb so hoch wie ein Kind reicht auch.
Tom stößt die Schaufel in die Erde.
Wieder und wieder.
Die Grube wird tiefer.
Der Berg daneben wird höher.
Manchmal schaut er sich um.
Tausend Augen fühlt er in seinem Rücken.
Aber das bildet er sich nur ein.
Es sind höchstens zwei.
Eine Stunde später ist Tom todmüde.
Seine Hände tun weh.
Sein Hemd ist nass geschwitzt.
Aber er ist stolz auf sich.
Die Grube hat schöne glatte Wände.
Der Boden ist ein bisschen feucht.
Später wird er etwas drüberlegen.
Das Schönste sind die Stühle.
Einer links und einer rechts.
Sie sind Treppe und Stuhl zugleich.

Es fehlt nur noch der Tisch.
Tom steigt aus der Grube.
Er stützt sich auf seine Schaufel.
»Prima Arbeit, Tom«, flüstert er.
»Ja, prima Arbeit«, hört er plötzlich.
Erschrocken schaut er nach oben.
Er hat den Jungen ganz vergessen.
Seine Lippen formen sich zu einem Lächeln.
»Ja, nicht wahr?«, sagt er stolz.
Er sieht die roten Socken herunterhängen.
Die Blätter gehen wieder auseinander.
Da sitzt der Junge.
Er lacht auch.
»Eine tolle Grube ist das.
Was machst du jetzt?«, fragt er.
»Mein Haus schön machen«, sagt Tom.
»Es braucht noch einen Tisch und einen Teppich.
Der Boden ist ein bisschen feucht.«
Erst jetzt sieht Tom, wie schmutzig er ist.
Seine Hose ist voller Schlamm.
Sein Hemd hat Flecken.
Das wird Mama nicht gefallen.
»Ist deine Grube geheim?«, fragt der Junge.
»Nur für meine Mutter«, sagt Tom.
»Die darf da nicht rein!«
»Oh!« Der Junge nickt.
Mehr sagt er nicht.
Er schweigt und schaut vor sich hin.
»Ist deine Mutter groß?«, fragt er plötzlich.
»Und hat sie einen dicken Bauch?«

Tom schaut verwundert auf.
»Nein, warum?«
»Ist sie klein und ziemlich dick?«
»Ja«, sagt Tom.
»Dann fürchte ich, dass sie gerade kommt.
Ich sehe zwei Frauen auf dem Weg.«

Tom erschrickt.
In der Ferne rufen zwei Frauen.
»Tom! Tooohom!
Wo bist du?«
Oh nein!
Er will Mama nicht sehen!
Was soll er tun?
Plopp!
Vor seinen Füßen landet ein Buch.
Was soll er damit?
»Tom! Tooohom!« Es klingt schon ganz nahe.

BESUCH

»Ach, da bist du!«
Mama steht unter den Bäumen.
Die Arme in die Seiten gestemmt.
Sie schweigt.
Die Nachbarin stellt sich daneben.
Die Hände auf dem Bauch.
»Was tust du hier?«, fragt sie.
Ganz langsam schaut Tom hoch.
Er macht eine gelangweilte Bewegung.
Das Buch in seinen Händen ist spannend.
Er will nicht gestört werden.
»Lass mich in Ruhe!«, sagt er.
»Gerade war es hier so still.«
Mama weiß nicht, was sie denken soll.
Sie schaut die Nachbarin fragend an.
»Hast du nicht gehört, Mama?
Ich will allein sein, ganz ruhig.
Komm bloß nicht hierher!«
Mama macht den Mund auf.
Dann stößt die Nachbarin sie an.
»Ich meine«, sagt sie schnell.
»Zu Hause kannst du doch auch gemütlich lesen?«
»Mein Schatz«, fügt sie hinzu.
»Dort ist keine Grube«, sagt Tom spitz.
»Dort ist es nie still.«
»Oh!«, sagt Mama.
Sie macht einen Schritt zurück.
Die Nachbarin folgt ihr.

Tom schlägt sein Buch wieder auf.
Er tut, als würde er lesen.
Kurz darauf schaut er hoch.
Mama und die Nachbarin sind weg.
Über seinem Kopf keucht jemand vor Lachen.
Tom muss auch lachen.
Schrecklich lachen.
Er kommt fast nicht aus seiner Grube.
»Wovon handelt das Buch?«, fragt er prustend.
»Erzähl ich dir gleich«, kichert der Junge.
»Kommst du zu mir auf Besuch?«, fragt Tom.
»Ja, sofort.«

Der Junge wirft eine Strickleiter herunter.
Wenig später steht er unten.
»Hallo, ich bin Bas«, sagt er.
»Ich bin Tom.
Komm doch rein!«

DAS
GLÜCKS
LIED

DAS **LIED** DES
BETRUNKENEN

DAS
LESE
LIED

DAS GLÜCKSLIED

Angenommen, es wär einfach hier,
das Glück in Dosen, in Schachteln aus Papier?
In Kilo und Pfund, mal leicht und mal schwer.
Würdest du's kaufen, wenn's möglich wär?

Angenommen, es wär einfach hier,
das Glück würde wachsen wie Unkraut schier?
Im Garten, im Beet, ganz nebenher.
Ließest du's wachsen, wenn's möglich wär?

Angenommen, es wär einfach hier,
Glück ließe sich trinken, gegen Durst, gegen Gier?
Glück als Quelle und Glück wie ein Meer.
Würdest du's trinken, wenn's möglich wär?

Angenommen, es wär einfach hier,
wie Hund oder Katze oder sonst ein Tier?
Glück ließe sich lutschen, ganz nach Begehr.
Würdest du's kaufen, wenn's möglich wär?

Ich täte es nicht, auch wenn's möglich wär.
Glück ist ganz leicht, es wiegt nicht schwer,
Glück ist wie Luft in einem Ballon,
es ist so gratis wie die Sonn'.
Soll ich das Lied von vorn beginnen?

DAS LIED DES BETRUNKENEN

Undine, kannst du pfeifen und spielst du Fangen? Und kennst du die Räuber, die in den Wald gegangen? Der eine fing eine Ratte und ließ sie wieder frei. Die Ratte sprang seinem Bruder an den Hals. Der dritte wurde verrückter jedenfalls, als Det es selbst war, ist doch klar. Und Det war ein Miststück, das ist wahr. Die Ratte wurde dann zum Schwein. Das fand nun Det besonders fein. Sie stopfte das Tier schnell in den Topf, doch nur die Beine, nicht den Kopf. Ein ganzes Schwein samt Haut und Haar war ihr zu viel Speck für ein ganzes Jahr. Ein Grobian hat sie geschlagen, das Schlagen stand ihr bis zum Kragen. Sie fing an zu zählen: eins, zwei und hopp – und setzt' sich den Schweinekopf auf den Kopf. Nun konnte sie nicht mehr aus dem Haus, das machte ihr aber gar nichts aus. Sie ging ganz einfach in ihr Bett. Sie sagte: »Mann, schau, ich bin's, Det! Wetten, dass du jetzt heftig erschrickst und gleich an deiner Zunge erstickst? Dann bleib am besten einfach tot. Meine Beine sind so schwer wie Schrot, wie eine Tonne Zuckerbrot. Das ganze Blut steckt mir im Fuß, das Blut von meinem ganzen Leib, das Blut von einem dicken Weib.« Det war ein Miststück unter der Sonne. Sie denkt: das Schwein nicht in die Abfalltonne! Für die Katz von Tante Let wird's zur Wonne! Ihre Pfoten sind lahm und taugen nichts mehr, von der Pest befallen ist ihr Schicksal schwer, ein bisschen schade für das Tier. Es geht nicht mehr von dort nach hier. Wird auf die Dauer dick wie vier und außerdem noch faul und rund, das ist, so glaubt mir, ungesund. Den ganzen Tag nur dösend schnurren, den ganzen Tag nur träge murren, so geht sie langsam schnurrend tot, seufzt nur noch mal beim Abendrot, hört auf zu atmen wie eh und je und fällt zusammen wie ein Soufflé. Da liegt sie nun, tot, matt und verrenkt, bis Tante Let zu singen anfängt:

»Wo ist meine Allerliebste, mein Herz?
Ich suche dich immer, voll Leid und voll Schmerz.
Ich habe dich doch so unendlich lieb,
mein Räuber, mein Schatz, mein Herzensdieb.«

DAS LESELIED

Ich finde Bücher blöd und öde.
Ein Einband und Leim und altes Papier.
Dazwischen nur Buchstaben, Absätze, Zeilen.
Ein Lesespaß ist es, so sagen sie mir.

Ich fange gleich zu gähnen an,
ein Ort, ein Plan, ein bisschen Geschmier,
dazwischen immer wieder ein Wort.
Ein Lesegenuss, so sagen sie mir.

Ich werde davon müde und schlaff,
buchstabieren heißt arbeiten wie ein Tier.
Was wiegt ein Buch, ein Kilo und mehr?
Ein Lesevergnügen, so sagen sie mir.

Da ziehe ich den Fernseher vor,
den Bildschirm in Farbe und kein Papier.
Alles bewegt sich, ist schön und bunt.
Schluss mit dem Quengeln, so sagen sie mir.

DER SOMMER VON '39

MIT EINER ZEICHNUNG VON

ANDRÉ SOLLIE

Kümmerst du dich um die Obenkatze?

Der Obstgarten wird weiß, als würde meine Mutter es schneien lassen. Sie breitet Laken und Kissenbezüge auf dem Gras aus. Wenn der Platz nicht reicht, hängt sie die Wäsche in die Apfelbäume. Die Blüten sind auch weiß. Meine Mutter steht mittendrin. Klein, mit einer weißen Schürze. Sie arbeitet schnell und schaut nicht nach links oder rechts.

Ich helfe beim Schauen. Wenn sie einen Schritt macht, laufe ich mit. Ich warte, bis sie das letzte Laken zwischen zwei Äste hängt, dann ziehe ich sie am Rock. »Warum bist du böse auf mich, Mama?«, frage ich.

Meine Mutter schnalzt mit der Zunge und macht die Augen auf. »Ich sage es nur noch ein einziges Mal und dann nicht mehr«, sagt sie. »Es gibt eine Obenkatze und eine Kellerkatze. Die Obenkatze gehört in die Wohnung oben und die Kellerkatze zu uns. Wenn ich unsere Katze noch einmal oben sehe, trete ich sie die Treppe runter.«

»Das meinst du doch nicht ernst.«

»Und ob ich das ernst meine«, sagt meine Mutter. Sie nimmt die beiden leeren Weidenkörbe.

»Die Katze von der Gräfin frisst unseren Katzennapf leer!«, sage ich zu ihrem Rücken. »Darf das sein?«

»Ja, das darf sein«, sagt meine Mutter. Sie dreht sich um. »Was willst du? Mit der Gräfin tauschen? Kind, was bildest du dir bloß ein? Du musst wissen, wo du hingehörst. Nach unten!« Sie schlägt das Tor zu und lässt mich stehen. Ich schaue ihr nach.

Ich knurre zwischen den Zähnen hindurch. Oh ja, wenn ich die Obenkatze noch einmal im Keller sehe, dann trete ich das Vieh erst tot oder halb tot und dann trete ich es nach oben, die Treppe hinauf.

Die Gräfin kommt auf die Terrasse. Sie ruft mir etwas zu und winkt. Auf dem Arm hat sie die Obenkatze. Dick wie eine Kröte, struppig und hässlich.

Ich winke zurück. Das Lächeln auf meinem Gesicht wird sauer. Ich mache das Tor auf und tue, als würde ich fröhlich weghüpfen. Innerlich koche ich.

Unten, in der Kellerküche, ist es kälter als draußen. Meine Mutter sitzt da, einen Schal umgelegt, und strickt an einem zweiten. Sie singt dazu: »Die Mutter strickt und strickt und strickt, eine Reihe rechts, eine Reihe links, schau, wie sie die Maschen legt, bis Reih um Reihe glückt.«

Ich bleibe eine Weile stehen und höre zu. Mamas Stimme klingt warm und weich. Vorsichtig mache ich die Tür zu, damit sie ja nicht aufhört zu singen.

Aber sie hat mich schon gesehen. Sie lässt das Strickzeug sinken und sagt: »Geh hinaus, Harriet, bleib draußen, so lange die Sonne scheint. Oder arbeite an deinem Strickmuster für die Schule. Du strickst zu fest, ohne Üben lernst du es nie.«

»Soll ich die Socken stopfen?«

»Ich sage: hinaus oder an dein Strickmuster.«

Es klingelt. Die Gräfin möchte Tee.

Erschrocken springt meine Mutter auf und wirft das Strickzeug zur Seite. Sie gießt heißes Wasser aus dem Kessel in die Teekanne auf der Anrichte und läuft, das Tablett in den Händen, die Treppe hinauf. Die Tür bleibt angelehnt.

Ich hebe Mamas halben Schal hoch. Der Stuhl, auf dem sie gesessen hat, ist noch warm. »Strick, strick, strick mit mir«, sage ich zu der Katze, die auf ihrem Kissen neben dem Schrank liegt. Sie liegt da wie ein dicker grauer Wollknäuel. Ich schaue sie an und sie schaut mich an.

»Eine Reihe rechts, eine Reihe links«, singe ich. Ich mache eine Masche, eine zweite, die ganze Reihe. Und noch eine Reihe. Schon bald fangen die Nadeln an zu knirschen. Mama hat recht, ich lerne es nie. »Schahau, wie sie die Ma-haschen legt«, singe ich.

Vor Anstrengung kneife ich die Lippen zusammen. Ich versuche, die Maschen lockerer zu stricken. Es gelingt mir nicht. Meine Hände sind feucht, ich wische sie an meinem Kleid ab, als hätte ich etwas Schmutziges angefasst.

Ich schaue mich um. Hat wirklich keiner gesehen, was ich gerade getan habe? Gottes Auge hat mich gesehen, von einem Bilderrahmen über der Tür, dieses Auge sieht alles. Und die Katze, vielleicht.

Die Katze?

Mir bleibt die Luft weg. Das Kissen neben dem Schrank ist leer. Ich schaue zur Tür und weiß sofort, dass sie durch den Spalt geschlichen ist.

»Katze?«, rufe ich. Ich höre die Katzenpfoten auf der Holztreppe. Ganz leise, Schritt für Schritt nach oben.

Nach oben!

Wenn ich unsere Katze noch einmal oben sehe, trete ich sie die Treppe runter! Und sie hat es ernst gemeint.

Die schmale Kellertreppe knarrt, als ich mich hinaufschleiche. Die Treppe der Gräfin ist breit und aus Marmor, mit einem blauen Teppich. Egal, wie weich unsere Katze auch fallen würde, ich bete innerlich, dass meine Mutter sie nicht sieht.

Die hohe Salontür steht weit offen. In der Stille sind Stimmen zu hören. Höre ich richtig? Weint da jemand oder ist es die Katze, die miaut?

Auf Zehenspitzen schleiche ich näher. Es ist, als wäre ich ganz und gar ein großes Ohr geworden, so genau höre ich hin.

»Deutschland«, sagt der Graf und es klingt wie ein Fluch. »Der Mann hat keine Angst vor einem Krieg.«

Ich lege eine Hand auf mein Herz. Krieg? Wo denn? Und mit wem?

»Hierzubleiben wird zu gefährlich für uns«, sagt die Gräfin im Salon. Ich höre, dass sie weint. Warum muss sie weinen, wenn es hier keinen Krieg gibt? Draußen sieht es doch nur aus, als würde Schnee liegen, und dabei scheint die Sonne! Sieht die Gräfin das denn nicht?

»Wir fliehen. Wir gehen in die Schweiz, so lange es noch möglich ist, aber wir kommen zurück«, sagt die Gräfin mit einer Stimme, die sich ganz rissig anhört. »Oh ja, wir kommen zurück.«

»Wir vertrauen Ihnen. Sorgen Sie gut für das Haus, für das ganze Haus, als wäre es Ihr eigenes.« Der Graf sagt das, als würde er etwas aus einer Zeitung vorlesen.

Ich fühle ein raues Fell um meine Beine streichen. Es ist die Obenkatze. Die schnurrende Obenkatze. Ich gehe langsam in die Knie, bis ich an ihren Kopf komme. Ich streichle sie.

»Was ist da drinnen los?«, flüstere ich.

Im Salon weint die Gräfin. Die Uhr tickt. Einen Moment lang ist es, als würde das Glockenspiel die volle Stunde schlagen.

Der Graf sagt: »Hier sind die Schlüssel. Die Schlüssel vom ganzen Schloss, von allen Schränken und Türen, vom Dachboden bis zum Keller. Bitte.«

Ich verstehe kein Wort.

Meine Mutter kommt in den Flur. Sie wundert sich nicht mal, als sie mich sieht. Ich mich schon, als ich sie sehe. Ich spüre, wie meine Augen groß werden. Mein Mund geht auf.

Mama hat unsere Katze auf dem Arm. An ihrer Hand baumelt ein großes Schlüsselbund. Sie schüttelt traurig den Kopf. »Alles kann sich verändern«, sagt sie leise. »Alles kann sich so schnell verändern. Komm, Schatz. Kümmerst du dich um die Obenkatze?«

HASEL WURZ

MIT ZEICHNUNGEN VON

MARIJE TOLMAN

Wir würden nie wirklich schreien
und nie wirklich schimpfen.
Wir spuckten auf unsere Finger.
Das war ein Schwur.

Wir feierten bei uns zu Hause ein Fest, weil meine Schwester geboren war. Es fing gemütlich an, mit einer Köchin in der Küche und mit einem langen Tisch im Garten. Die Kinder mussten an einem runden Tisch sitzen, um die Erwachsenen nicht zu stören, aber das Fest verlief sowieso nicht besonders gut.

Mein Vater und mein jüngster Onkel bekamen Streit wegen früher. Worum es ging, weiß ich nicht, ich saß nämlich in meinem Sonntagskleid am runden Tisch. Sie schrien sich an und meine Mutter versuchte, meinen Vater zu beruhigen, und meine jüngste Tante sagte, mein jüngster Onkel solle sich hinsetzen, und dann bekamen meine Mutter und meine jüngste Tante auch noch Streit.

Ich schaute zu meiner jüngsten Cousine Stina hinüber, die auf der anderen Seite des Tisches saß, und sagte: »Dein Vater hat angefangen.« Doch Stina schaute mich mit ihrem blassen Gesicht bloß dumm an und aß einfach weiter, bis sie vom Tisch weggeholt wurde.

Meine jüngste Tante und mein jüngster Onkel gingen weg, sie knallten die Türen zu und nahmen ihre blasse Stina mit. Wir blieben zu elft zurück, ein paar Onkel und Tanten, meine Mutter und mein Vater, meine kleine Schwester in der Wiege und mein Cousin Nisse und ich. Und da stand die Köchin mit ihren Schüsseln voller Essen. Die Fähnchen in den Bäumen flatterten und plötzlich schien es kälter zu sein als zuvor.

Die Erwachsenen setzten auf ihre Art die Feier fort. Sie unterhielten sich leise und aßen nur noch die Sachen, die sie nicht zu kauen brauchten. Als wäre ihnen die Kehle zugeschnürt. Sehr festlich war es nicht mehr.

Meine kleine Schwester schlief in ihrer Wiege. Sie hatte ihre Geschenke bekommen, sie war schon lange still.

Erst sagten mein Cousin Nisse und ich nicht viel. Wir kannten uns nicht besonders gut. Wir hockten jeder mit einer Pobacke auf dem Stuhl und schauten hinüber zu unseren Eltern am großen Tisch. Dort waren nun zwei Stühle frei. Trotzdem setzten wir uns nicht hinüber, denn unsere Mütter und Väter und Tanten und Onkel sprachen über früher. Ab und zu fingen sie auch von Tante Altje und Onkel Jan an und sagten, sie wären eben die Jüngsten und deshalb würden sie so schnell böse.

»Stina ist auch die Jüngste«, sagte ich zu Nisse. »Aber Stina wird nie irgendwas.«

»Stina taugt zu gar nichts«, sagte Nisse und gähnte.

Ich langweilte mich auch. Ich legte den Kopf auf den Arm und hörte meiner Mutter zu. Sie sagte, das läge am roten Fleisch. Daran, dass wir immer rotes Fleisch essen würden und deshalb solche Hitzköpfe wären. Alle mussten lachen. Die Köchin kam heraus und wollte wissen, was los war.

Es könnte stimmen, was Mama dachte. Die Köchin hatte doppelt gekocht. Einmal etwas mit Fleisch für uns und einmal etwas mit Gemüse für Tante Altje und Onkel Jan und die blasse Stina. Stina aß niemals rotes Fleisch. Nun verstand ich auch, warum sie immer so dumm guckte. Das passiert mit einem, wenn man immer nur Gras isst.

»Ich habe sie noch nie was sagen hören, die Stina«, sagte ich zu Nisse.

Nisse blinzelte. »Nein, ich auch nicht«, sagte er und schaute an mir vorbei. Ich wartete, dass er noch etwas sagen würde, denn er grinste schon.

»Was, was, was?«, fragte ich.

»Ich habe sie einmal muhen gehört«, sagte Nisse.

Er grinste und ich musste lachen.

Unsere Eltern und Tanten und Onkel drehten sich zu uns um und die Köchin auch.

»Die haben ihren Spaß«, sagte meine Mutter.

Es hörte sich an, als gehöre sich das nicht, Spaß zu haben. Unser Spaß war auch gleich vorbei. Wir haben das Fest doch nicht versaut. Das waren sie.

Wir drehten uns um und schauten nicht mehr zu den Erwachsenen hinüber.

Nisse stützte sich auf den Ellenbogen und rührte in seinem leeren Teller.

Ich baumelte mit den Beinen und betrachtete unser Haus und den Himmel und die Wiege meiner kleinen Schwester.

Ich hatte mich schon ewig nicht mehr so gelangweilt.

Ich sah, dass Nisses Schnürsenkel offen waren. Die gingen immer auf. Immer hing bei ihm alles lose oder offen herum. Seine Schnürsenkel, die Jacke, das Hemd aus der Hose, seine Hose selbst.

Ich packte seine Füße und band erst den einen Schuh zu, dann den anderen, wie meine Mutter es mir beigebracht hatte. Erst in die Hände spucken, dann binden.

Die Socken sollte er sich selber hochziehen.

»Danke«, sagte Nisse. Er fragte, ob ich etwas Lustiges wisse.

»Wir könnten streiten«, sagte ich. »Nur so zum Spaß.«

Das gefiel ihm. Er fing an, mich anzuschreien wegen Sachen,

die ich nie getan hatte. Er dachte sich einfach aus, ich hätte Murmeln geklaut, und ich schrie zurück und erstickte dabei fast vor Lachen. Ich hatte noch nie Murmeln geklaut.

Da bekam ich einen Klaps von meiner Tante und von meiner Mutter fing ich mir eine Ohrfeige ein.

»Das ist alles andere als witzig«, sagten sie.

Wir schauten meine Mutter böse an. *Alles andere als witzig.* Wir hatten überhaupt nicht wegen des Streits gelacht, den wir spielten. Uns konnte es doch egal sein, dass Onkel Jan und Tante Altje und die blasse Stina weggegangen waren.

Auch wenn sie ein Jahr wegbleiben würden, auch wenn sie auf einer Insel wohnen und ganze Heuberge essen würden. Nisse hatte gelacht, weil er mich witzig fand, und ich hatte gelacht, weil ich ihn witzig fand. Das hatten wir plötzlich entdeckt.

Nach dem Fest kam eine Zeit, in der Nisse und ich noch mehr entdeckten. Auf die Dauer waren wir unzertrennlich und er wollte mich immer sehen. Sogar wenn wir Verstecken spielten, spähte er noch zwischen den Fingern hindurch. Dann sagte ich: »Nisse, du darfst mich nicht sehen«, und dann zählte er mit geschlossenen Augen bis zehn, weil ich es wollte. Sogar wenn er einfach die Augen zumachte, vermisste er mich schon.

Meine Mutter und meine Tante waren froh, dass wir so gut miteinander zurechtkamen. Nisse war schließlich mein Cousin, und Cousins und Cousinen kann man sich nicht aussuchen. Sie sind ganz von selbst in der Familie.

Eines Tages wollte Nisse heiraten. Ich sagte: »Ja«, und er sagte: »Ja«, und von da an heirateten wir fast jeden Tag.

Entweder bei ihnen hinter dem Haus oder bei uns hinter dem Haus. Und bei schönem Wetter oder an einem langen Nachmittag fuhren wir mit dem Fahrrad ganze zwei Straßen weiter und heirateten dort.

Manchmal ließen wir das Heiraten aus, weil wir keine Zeit hatten. Dann zogen wir sofort zusammen, auf dem Feld hinter unserem Haus. Wir traten das Gras platt. So machten wir Zimmer zum Wohnen. Auf Händen und Knien krochen wir durch das Gras.

Ein kleines Viereck war die Küche. Ein großes Viereck war das Wohnzimmer. Dort hielten wir uns oft auf, weil wir müde waren vom Zimmerbauen.

Manchmal schliefen wir, aber meistens blieben wir wach, weil das am schönsten war. Schlafen konnten wir später, bei uns zu Hause, wenn wir allein waren und erst eine Stunde später einschliefen, weil wir uns so sehr vermissten.

Wenn wir zusammen waren, machten wir fast kein Auge zu. Wir mussten immer reden oder schmusen, wie wir es bei unseren Eltern gesehen hatten.

Wir mussten auch streiten, dann konnten wir uns wieder versöhnen, wie unsere Eltern es taten. Einmal versprachen wir uns, dass wir uns nie in Wirklichkeit streiten würden. Wir würden nie wirklich mit den Türen schlagen. Wir würden nie wirklich schreien und nie wirklich schimpfen. Wir spuckten auf unsere Finger. Das war ein Schwur.

Tante Altje und Onkel Jan blieben mit ihrer Stina weit weg. Sie lebten auf einer Art Insel und taten, als hätten sie kein Telefon. Briefe schrieben sie auch nicht. Trotzdem gab es sie noch, denn wenn Tanten oder Onkel zu Besuch kamen, tauchten ihre Namen immer auf. Oder jemand hatte etwas von dem dummen, kindischen Jan und von der dummen, kindischen Altje gehört. Sie wurden immer dümmer und kindischer gemacht, als sie eigentlich waren, denn das gehörte zu einem Streit. Sie würden sich wohl nie mehr versöhnen.

»Ich weiß nicht mal mehr, wie Stina aussieht«, sagte Nisse einmal.

»Denk an ein Kalb«, sagte ich.

Im September starb Tante Altjes Mutter.

Wir bekamen einen Brief, in dem stand, dass sie beerdigt werden würde. Es wurde herumtelefoniert. Meine Mutter rief einen Onkel an, der Onkel eine Tante und die Tante wiederum meinen Vater. Und so weiter.

Es ging darum, ob sie traurig genug waren, um zur Beerdigung zu gehen. Niemand war traurig und alle waren übrigens noch böse auf die dumme, kindische Altje, aber es war eine schwierige Situation. Wenn sie wegblieben, würde Tante Altje das nie vergessen und vergeben.

»Es ist ein Schritt, den wir tun müssen«, sagte meine Mutter am Telefon zu meinem Onkel. »Und dann müssen Jan und Altje uns wieder die Hand geben.«

Ich verstand nicht, warum sie sich so anstellten. Es war doch bloß eine Beerdigung.

Wir mussten uns schwarz anziehen. Ich bekam einen neuen Mantel, einen hässlichen, den ich danach nie mehr anzog, aber nun ja, er war schwarz. Wir durften nicht auffallen.

Nisse hatte, wie immer, alles falsch zugeknöpft. Seine Schnürsenkel waren nicht gebunden, seine Jacke hing schief und sein Hosenlatz stand offen. In der Kirche wollte ich ihn wieder in Ordnung bringen, aber ich fing mir eine Ohrfeige von meiner Mutter ein und einen Klaps von meiner Tante. Wir mussten traurig sein. Meine Familie machte mir vor, wie das ging. Man muss vor allem viel zu Boden starren und sich dabei auf die Lippe beißen.

Aus dem Augenwinkel konnte ich die erste Reihe sehen, wo Stina mit Tante Altje und Onkel Jan saß. Sie starrten nicht zu Boden. Alle drei schauten einfach vor sich hin, in Richtung des Sargs, und sie bissen sich auch nicht auf die Lippe. Ab und zu benutzte Tante Altje ein Taschentuch, das sie dann vollschnäuzte. Stina schaute ihre Mutter manchmal dumm von der Seite an. Sie hatte sich in der ganzen Zeit kaum verändert.

Einmal drehte sie sich zu mir um. Sie saugte die Wangen nach innen, zog den Mund schief und warf auch einen Blick auf Nisse, mit seinen losen Schnürsenkeln und den mit einem nassen Kamm selbst gekämmten Haaren. Sie tat, als würde sie pfeifen, rieb sich die Nase und schaute wieder geradeaus. Besonders traurig war sie offenbar nicht.

Nisse hatte es auch gesehen. Er stieß mich an und tat, als hätte er keine Zähne und würde auf Gras rumkauen.

Wir bekamen wieder einen Klaps und eine Ohrfeige. Da spielten wir, wir wären traurig und auf einer Beerdigung.

Später, nach dem Friedhof, bekamen wir belegte Brote. Die Erwachsenen saßen an einem langen Tisch, die Kinder mussten getrennt von ihnen sitzen. Diesmal nicht an einem runden Tisch.

Weil wir gestern noch geheiratet hatten, saß Nisse neben mir. Wir bekamen fast keinen Bissen runter.

Stina saß uns gegenüber. Sie schwieg die ganze Zeit. Sie kaute und kaute an einem Käsebrot herum, als hätte sie keine Zähne, als äße sie ein Brot aus trockenem Heu, und wir konnten sie nicht anschauen, sonst wären wir erstickt vor Lachen.

Stinas Mundwinkel gingen erst hoch, als meine Mutter zu uns kam und sagte, es wäre jetzt wirklich genug. Da lächelte sie dann, aber eher weniger als mehr, denn wir wurden bestraft und wie kleine Kinder hinausgeschickt.

»Du kommst nicht eher zurück, bis du dich abgekühlt hast«, sagte meine Mutter.

Vielleicht hatten wir zu viel rotes Fleisch gegessen.

Draußen lachten Nisse und ich erst richtig los. Wir taten, als hätten wir mehr Spaß, als wir eigentlich hatten. Wir lachten ein bisschen aus Nervosität, weil wir sehr wohl verstanden, dass sich das eigentlich nicht gehörte, bei einer Beerdigung so laut zu lachen.

Wir wussten nicht genau, wo wir waren, also liefen wir um den Festsaal herum, auf der Suche nach einem Spielplatz. Es gab aber keinen. Drinnen war kein Fest und draußen wurde nicht gespielt. Es gab nur einen Garten für Erwachsene, mit einem Teich und Blumenbeeten. Hinter einem Zaun entdeckte Nisse ein Stück Land, auf dem ein Schafstall stand. Die Schafe waren nicht da und das Gras stand so hoch wie auf dem Feld bei uns daheim. Hier hatten wir noch nie ein Haus gebaut.

Auf Händen und Knien machten wir uns an die Arbeit. Eine handtuchgroße Küche, ein vierhandtüchergroßes Wohnzimmer. Uns wurde heiß, denn die Arbeit war anders als zu Hause. Das Gras war nicht einfach Gras. Hier wuchsen auch Disteln und alles Mögliche, was sich nicht einfach platt treten ließ.

Als wir mit dem Schlafzimmer anfingen, wurden wir schon im Voraus müde. Wir machten unser Bett ein bisschen kleiner als sonst und wählten eine Stelle aus, auf der hauptsächlich Gras wuchs. Nisse musste niesen. Er setzte sich auf, um sich die Nase zu putzen.

»Du musst helfen«, sagte ich zu ihm.

»Helfen beim Liegen, ja«, sagte er.

Keuchend legten wir uns aufs Bett. Erst noch dicht beieinander, aber dafür war es wirklich zu warm. Unsere Gesichter waren feuerrot. Wir waren noch lange nicht abgekühlt.

Ich drehte mich auf den Rücken und schaute zum Himmel. »Puh«, sagte ich.

»Hngja«, sagte Nisse.

Wir schwiegen beide und schauten hinauf zu den Wolken, die

vorbeizogen. Ich dachte an Tante Altjes tote Mutter, an Tante Altje selbst und an Onkel Jan. Sie waren beide in Tränen ausgebrochen, als meine Onkel und meine Tanten und meine Mutter und mein Vater sie umarmt und geküsst hatten. Als ob nie ein böses Wort gefallen wäre. »Arme Altje, armer Jan.« Sie haben immerzu geweint. Stina nicht. Sie hatte sich an Onkel Jan gelehnt wie an einen Zaunpfahl. Blass und bedrückt, aber nicht trauriger als sonst.

Nisse nieste wieder. Er rieb sich die Nase und nieste noch einmal. Erst dachte ich, er wolle seine nasse Hand an meinem Ärmel abwischen, aber er suchte meinen Arm und rückte näher.

»Riechst du nichts?«, fragte er.

Ich roch an meinen Achseln und an meinen Armen. Ein bisschen Schweiß von jetzt und ein bisschen Seife von heute Morgen, mehr nicht. Ich setzte mich auf und schaute mich um.

»Pfeffer«, sagte Nisse. »Riechst du's nicht?«

Ich blickte mich in unserem Zimmer um, als könnte ich irgendwo den Geruch von Pfeffer sehen. Fast hätte ich gelacht, weil ich dachte, Nisse hält mich zum Narren.

Dann kam ein Windstoß und nun roch ich es auch: Pfefferluft.

Unser ganzes Haus war davon erfüllt. Nun, da ich wusste, was ich roch, konnte ich nichts anderes mehr riechen.

Unser Bett, meine Kleider, meine Hände, die grün geworden waren. Alles roch nach Pfeffer.

»Hier haben sie Pfeffer angepflanzt«, sagte ich und schaute in meinem Bett nach, was da wuchs.

»Nein«, sagte Nisse. Er machte den Mund auf, kniff die Augen zu, holte tief Luft und nieste wie in einem Comic. »Nein«, sagte er noch einmal, während er sich das Kinn abwischte. »Pfeffer wächst nicht auf einem Feld.«

»Wenn Pfeffer auf einem Feld wächst«, sagte ich, »dann können wir was erleben.« Meine Zunge wurde ein bisschen dick. Ich dachte, von der Anspannung. Gleich würden wir schnell wegrennen müssen, weil der Mann vom Festsaal hinter uns her wäre. Wir hatten ein Haus in seinem Pfefferfeld gebaut, man konnte schon wegen weniger böse werden. Ich zog schon mal Nisses Fuß zu mir herüber und wollte seinen Schnürsenkel binden, damit er beim Rennen nicht hinfiel. Ich spuckte in die Hände, aber weiter kam ich nicht.

Hinter meinem Rücken ging eine Tür auf. Fast wäre ich hochgesprungen. Ich hörte die Stimmen von drinnen, die Tür wurde hart zugeschlagen.

»Mach dich auf was gefasst«, sagte ich zu Nisse.

Am Zaun standen Tante Altje und die blasse Stina.

Tante Altjes Gesicht war ein bisschen grau, aber sie lächelte, als würde sie sich freuen, uns zu sehen.

Nisse und ich schauten uns an und ganz von allein fingen wir an zu lächeln, froh, dass da kein böser Mann stand.

»Guten Tag, Kinder«, sagte Tante Altje. »Hier ist Stina.« Sie schob Stina auf das Pfefferfeld und machte eine Handbewegung. Geh spielen, hieß das.

Stina blieb zögernd stehen. Egal, ob wir sie für ein Kalb hielten, sie hatte keine Lust auf eine ganze Weide mit Gras.

»Sie beißen nicht«, sagte Tante Altje.

Nisse und ich lachten sie mit einem breiten Lächeln an. Nein, wir würden nicht beißen. Ich klopfte sogar neben mich aufs Gras, um Stina einen Platz zu zeigen.

Sie blieb stehen, wo sie war. Sie schaute nur Tante Altje hinterher, die hineinging, und zupfte nervös an der schwarzen Schleife auf ihrem Kopf.

Nisse und ich wurden sofort weniger freundlich.

»Du kannst mitspielen«, sagte Nisse. »Du stehst schon in der Küche. Das dort soll das Wohnzimmer sein und wir sind dein Vater und deine Mutter.«

Stina betrachtete unser Schlafzimmer aus einem gewissen Abstand. Sie nagte Hautfetzchen von ihren Fingerspitzen. Wie dumm mein Kind guckte! Ich würde sie öfter kräftig durchschütteln müssen, sonst würde sie nie aufwachen. So ein Kind ließ man lieber zu Hause, man konnte es nicht mal zum Einkaufen schicken, so dumm, wie es aus der Wäsche guckte. Und dazu noch das Nagelhautnagen.

Nisse grinste.

»Was, was, was?«, fragte ich.

Er schüttelte den Kopf – ich würde es schon merken. Er rief Stina zu: »Du sollst unser Kind sein. Du musst für uns einkaufen. Du bleibst lange weg, der Metzger ist sehr weit entfernt.«

Erst kapierte ich es nicht, aber als Nisse laut zu lachen begann, kam ich drauf.

»Oh ja!«, schrie ich. »Hol Fleisch für uns, drei Scheiben rotes Fleisch.« Ich konnte mich nicht mehr halten. Ich schlug die Hände vors Gesicht vor lauter Lachen und meine Nase kitzelte und kribbelte.

Stina drehte sich um und lief mit steifen Beinen Richtung Schafstall. Es war wirklich ein ganz schöner Weg bis zum Metzger. Sie schaute nach links und rechts, als würde sie die Pflanzen zählen und vergleichen.

»Das ist nicht ganz fair«, sagte ich.

»Aber witzig«, sagte Nisse und nieste wieder.

»Es staubt immer noch«, sagte ich.

»Gleich wird Stina staubsaugen«, sagte Nisse. Sein Gesicht war rot vor lauter Lachen und Niesen. Er kroch auf Händen und Knien zum Wohnzimmer und hockte sich hin, die Arme im rechten Winkel und die Fäuste vor sich, als halte er Messer und Gabel über einem Teller. Wenn er mit einem Spiel anfing, dann machte er es richtig.

»Wir haben Hunger!«, rief er über die Schulter.

Stina schaute auf. Sie hatte eine Handvoll Blätter gepflückt und auf dem Rückweg pflückte sie noch welche.

Wir schauten ihr zu, wie sie um unser Haus herumging und durch die Küche hereinkam.

»Hier habt ihr euer Fleisch«, sagte sie. Es war das Erste, was ich seit Jahren von ihr gehört hatte. Aber vielleicht hatte ich auch noch nie richtig hingehört. Sie warf die Blätter auf den Tisch und schaute Nisse herausfordernd an.

Er ließ Messer und Gabel sinken, schaute vom Fleisch zu Stina und zurück. »Hast du gedacht, wir würden es roh essen?«, sagte er. »Willst du es nicht braten?«

Stina bekam große Augen, weil Nisse ihr auf die Nerven ging, und grapschte ein paar Blätter vom Tisch. In der Küche nahm sie eine Bratpfanne, legte das Fleisch ohne Butter hinein und zischte ein bisschen.

»So«, sagte sie, als sie die Pfanne zwischen mir und Nisse auf den Tisch stellte. »Hier habt ihr euer gebratenes Fleisch.« Sie verschränkte die Arme vor der Brust und schaute neugierig zu, ob wir das Fleisch auch essen würden. In ihren Sandalen krümmten sich ihre Zehen.

Nisse schnalzte ein paarmal mit der Zunge und stach mit einem langen Finger in die Pfanne. »Da liegen vier Scheiben«, sagte er. »Du glaubst doch nicht, dass wir umsonst so hart gearbeitet haben. Eine Scheibe für deine Mutter und eine für mich und zwei für dich, denn du musst noch wachsen.«

Stina erschrak und starrte uns ungläubig an, aber Nisse schaute zurück und blinzelte noch nicht einmal. Er deutete mit dem Kinn auf den Boden und sagte: »Hinsetzen.«

Ich wusste nicht, ob ich das noch witzig fand. Nisse spielte zu gut.

»Spiel einfach mit, Stina«, sagte ich. »Du hast doch so lecker gekocht.« Ich beugte mich vor und steckte meine Nase in die Pfanne. Ich versuchte, nicht auf die Pfefferluft zu achten, die von den Blättern ausging. »Wirklich prima!« Als ich aufschaute, hatte Stina sich noch immer nicht hingesetzt.

Sie hatte die Arme gekreuzt und kaute auf ihrer Lippe. »Das esse ich nicht«, sagte sie.

Nisse grinste und vergaß, dass er der Vater war. Er nahm ein Blatt und wedelte damit vor ihrer Nase herum. »Ist das vielleicht Fleisch?«, fragte er. »Ist das Fleisch?«

»Nisse, hör auf«, sagte ich.

Seine Hand mit dem Blatt darin blieb in der Luft hängen.

Er sah, dass ich ihn diesmal nicht witzig fand.

Sein Mund ging zu, er wich ein bisschen zurück und ließ das Blatt zwischen uns fallen.

Sein Atem ging langsamer, er legte die Hand auf die Brust, als würde er seine Lungen nach innen drücken.

»Spiel doch einfach mit, Stina«, sagte er nach einer Weile.

»Ja, komm«, sagte ich und fing an, in die Blätter zu stechen, als würde ich essen. In meiner Nase kribbelte es auch. »Hmm, lecker«, sagte ich.

Stina ließ sich auf die Knie sinken. Sie passte auf, dass ihr Kleid nicht grün wurde, und hatte gerade noch Zeit für einen halben Seufzer.

Ohne dass Nisse mich gewarnt hatte, legte er mit einem Spaß

los. Ich dachte erst an einen Witz. Aber niemand lachte. Nisse nicht, Stina nicht, ich nicht.

Nisse kauerte sich wie eine Katze zusammen, schoss hoch und packte Stina mit der Hand im Nacken. Er zog sie nach vorn und drückte ihr Gesicht in die Pfanne mit Fleisch. »Essen!«, sagte er.

Stinas Aufschrei wurde vom Boden erstickt. Die Spange rutschte ihr aus den Haaren.

Ein paar Augenblicke lang konnte ich nichts tun. Ich schaute Nisse an, ich sah seine Hände in Stinas Nacken, ich sah Stinas Schleife, die ins Gras fiel, ihre fuchtelnden Arme. Dann sprang ich wie eine gespannte Feder hoch. Ich schlug die Hände um Nisses Handgelenke. »Lass das«, sagte ich. »Lass das, Nisse.«

Aber Nisse war stärker. Sein Gesicht war ganz nahe, er hätte mich fast küssen können, aber jetzt war sein Atem heiß und seine Augen glühten, als wären sie voll Pfeffer.

»Sie muss essen«, knurrte er. »Sie muss wachsen.«

Stina stöhnte nur noch lauter. Sie versuchte zu schreien – es klang, als wäre der Schrei weit weg. Sie rief nach ihrer Mutter, sie schlug um sich, krümmte sich zusammen. Ihr eines Bein schoss unter ihr hervor, dann das andere, sodass sie noch tiefer in die Erde sank.

Nisse ließ nicht locker. Er drückte sie noch fester als vorher.

Je fester er Stina ins Gras drückte, umso wütender wurde ich. Ich schlug gegen seine Schultern, riss an seinen Armen. Gerade weil ich nicht gegen ihn ankam, wurde ich so wütend, wie ich noch nie gewesen war. Ich sah rot.

»Hör auf!«, schrie ich und schwang zugleich den Arm zur Seite. Ich schlug ihn so fest ins Gesicht, dass meine Hand knackte. Der Schlag klang in meinen Ohren nach.

Nisse griff nach seiner Wange. Meine Fingerabdrücke waren

zu sehen, ich schwör's. Er schaute mich an, als wäre der Schlag von oben gekommen und als hätte sein hässliches Gehirn eine Delle bekommen. Er keuchte mit offenem Mund und knallrotem Gesicht.

Meine Hand kam mir doppelt so groß vor und meine Finger zitterten und bebten. Ich versuchte sie ruhig zu halten, schob sie zwischen meine Knie, und sagte nur: »Oh. Oh. Oh.« Ich schaute überallhin, nur nicht zu Nisse, nicht zu Stina.

Ganz langsam kam unser Haus zurück. Die Zimmer und die Küche, in der wir waren. Nisse. Ich selbst.

Ich schaute zur Seite, wo Stina kauerte. Wo Stina aß.

Ich stöhnte leise, als ich sah, was sie tat.

Mit dem Gesicht nah am Boden kauerte Stina da und kaute an einem Blatt. Sie schaute zu Nisse hoch, zu mir, so hoch, wie sie es wagte, denn sie dachte, sie dürfte den Rücken nicht ausstrecken. Sie zitterte am ganzen Körper, auf ihren Wangen und ihrer Nase waren grüne Streifen. Nervös kaute sie weiter. Schnell, als ginge es um eine Wette. Aus ihren Mundwinkeln floss dicke grüne Spucke.

Ich musste blinzeln, bevor ich es glaubte.

Sie kaute an einer Pflanze wie ein Kalb, und als sie schluckte, fing sie an zu würgen.

»Nicht«, sagte ich. »Tu das nicht!«

Stina schüttelte den Kopf. Sie presste die Lippen zusammen und machte sich bereit für den nächsten Bissen.

Ich zog sie an den Kleidern nach hinten. »Nicht«, sagte ich noch einmal. Ich legte meine Hand unter ihr Kinn, damit sie ausspuckte, was sie im Mund hatte, aber sie drehte sich zur Seite und bewegte den Kopf so schnell hin und her, dass ich nicht an ihren Mund kam.

»Nein«, sagte sie.

Nisse wich zurück. Um seine roten Wangen herum war er blass.

»Die spinnt«, murmelte er.

»Du spinnst«, sagte ich. Auf Knien rutschte ich zu Stina und versuchte, den Arm um sie zu legen. Wenn es nötig wäre, würde ich ihr die Zähne auseinanderdrücken, dann würde das Zeug schon herausfallen.

Stina schüttelte mich ab. Mit der Schulter stieß sie an meinen Unterkiefer. »Lass mich los«, sagte sie. Sie leckte über ihre grünen Zähne und wischte sich über den Mund. »Bleib weg. Du wirst schon sehen, was passiert.« Sie lispelte ein bisschen, als wäre ihre Zunge zu groß für ihren Mund. »Ich werde sterben«, sagte sie. »Durch eure Schuld. Von einigen Pflanzen stirbt man nämlich.« Sie deutete auf die Blätter, die noch auf dem Boden lagen. »Aber das könnt ihr nicht wissen, mit eurem ewigen Fleisch.«

»Eh«, machte Nisse.

»Ja, genau«, sagte Stina. Mit den Zähnen riss sie ein Stück von einem Blatt ab und fing wieder an zu kauen. Aus ihrem Hals kamen alle möglichen Töne, als müsste sie sich erbrechen und dann doch wieder nicht. Sie schluckte und schluckte noch einmal und legte die Hand auf ihren Bauch. »Passt auf«, sagte sie. »Passt nur gut auf.«

Nisses Mund klappte auf. Er sah aus, als würde er kein Wort glauben, wäre sich aber nicht ganz sicher. Er wischte mit den Händen an seiner Hose herum und wiegte sich vor und zurück.

»Du bist schuld«, sagte ich und war froh, dass die Zweifel in seinem Gesicht zunahmen.

»Ein Affentheater«, sagte Nisse. »Sie tut nur so, als ob.« Er schubste Stina leicht gegen die Schulter. Sie fiel fast um. Sie hustete und spuckte ins Gras.

»Hör auf«, sagte ich.

Nisse dachte erst, dass ich Stina meinte, und versetzte ihr einen heftigeren Schubs, weil er sich stärker fühlte, aber ich sprang hoch und hatte das Gefühl, als müsste ich mich selbst erbrechen.

»Hör auf!«, schrie ich über seinem Kopf. Ich versetzte ihm einen Stoß, sodass er ins Gras zurückfiel, drehte mich um und rannte über die Wiese. Ich rief nach Onkel Jan. »Onkel Jan!« Ich warf mich mit meinem ganzen Gewicht gegen die Tür, fiel hinein und schrie über alle Stimmen hinweg. »Stina!«, rief ich. »Es ist was mit Stina!«

Aus all den Köpfen, die sich umdrehten, schoss einer nach oben. Onkel Jan schien Flügel zu bekommen. Sein Stuhl kippte zu Boden, *klackklack*, und er stolperte und strauchelte den Tisch entlang. Inzwischen hatten sich Tante Altje und meine Mutter und mein Vater und eigentlich auch alle anderen Onkel und Tanten in Bewegung gesetzt.

Erst schwiegen sie, dann fingen sie an durcheinanderzusprechen – plötzlich war ein solcher Lärm, dass ich rückwärts hinauslief. So viele Menschen wussten auf einmal, dass Stina sterben würde, und jeder wollte ihr helfen.

Onkel Jan stürmte an mir vorbei. Fast rutschte er auf dem Gras aus. Er hielt sich gerade noch aufrecht, drehte sich um, fragte: »Wo? Wo?« Aber er hatte längst gesehen, wo sie war. Ich brauchte es ihm nicht zu zeigen.

Nisse stand bei Stina. Er sprang auf und ab und bewegte dabei die Arme, als wäre die Luft Wasser und er könnte nicht schwimmen. Als er Onkel Jan sah, hörte er sofort auf zu springen. Er nahm Reißaus, der Feigling, aber auf dieser Schafweide war er gefangen.

Onkel Jan sprang über den Zaun und hob Stina hoch, als würde sie nichts wiegen. Er packte sie wie einen Sack unter den Arm und riss zugleich das Blatt aus ihrer Hand. Er roch daran, er betrachtete es, er fluchte und zog Stinas Kopf nach hinten. Ohne zu zögern, steckte er ihr den Finger in den Mund. So tief, dass Stina nicht mehr nach Luft schnappen konnte. Ich dachte, sie würde sich den Magen aushusten. Sie krümmte sich, würgte mit dem ganzen Körper und erbrach sich über Onkel Jans Hand und über ihr Kleid.

Ich musste den Blick abwenden. Weit weg konnte ich allerdings nicht schauen. Vor der Weide standen alle Onkel und Tanten. Sie machten Platz für Onkel Jan, der an mir vorbeiging und Stina an sich gedrückt hielt. Sie stolperte neben ihm her. Sie war mir so nahe, dass ich sie riechen konnte. Pfefferluft und sonst noch alles Mögliche, mir wurde übel davon. Ich dachte, ich schaue lieber wieder weg, aber es war nicht die richtige Richtung, in die ich schaute, denn etwas weiter weg lief Nisse. Er hing mit einem Ohr an seinem Vater. Sein Gesicht war schmerzverzerrt. Mein Onkel war wütend auf ihn und zerrte ihn vorwärts. Ich konnte es selbst am Kopf fühlen und stöhnte ein bisschen an Nisses Stelle. Und als würde ich nicht schon genug Schmerz und Reue verspüren, drängte sich nun meine Mutter nach vorn. Sie schüttelte mich, schimpfte und gab mir einen Klaps auf den Po. *Hopphopp*, ich sollte mich bewegen, *hopphopp*, ich sollte mich schleunigst ins Auto setzen.

Rotes Fleisch, dachte ich, *rotes Fleisch*, während ich auf den Rücksitz kroch und kaum sitzen konnte.

Am Nachmittag, im Krankenhaus, gab es nicht genug Stühle. Meine Mutter und mein Vater und Nisses Mutter und sein Vater konnten sitzen, Tante Altje und ich auch, aber Onkel Jan und Nisse mussten stehen.

Onkel Jan fand das nicht schlimm. Er lief hin und her, er lief den Gang auf und ab, und seine Füße pupsten in seinen Sandalen. Die Erwachsenen taten, als hörten sie es nicht.

Tante Altje hörte es wirklich nicht. Sie saß neben mir und zerquetschte ihr Taschentuch. Meistens schaute sie nur geradeaus, auf ein Poster von einer lachenden Oma und einem lachenden Opa, und ab und zu sah es aus, als würde ein Gummiband in ihr zusammenschnurren, dann sackte sie zusammen und gab ein paar Schluchzer von sich.

Ich wusste nicht, wohin ich schauen sollte. Ich hatte mich an den Stuhlrand geschoben. Nicht, dass ich Angst vor Tante Altje gehabt hätte, aber mir wurde so warm neben ihr. Dann wollte meine Hand am liebsten zu ihr hinüber, um sie zu trösten, doch zugleich hätte ich lieber mit meiner Mutter oder meinem Vater Plätze getauscht. Sie saßen auf der anderen Gangseite, weit weg von Tante Altje.

Sollte ich sie trösten? Sollte ich weglaufen? Mir wurde ganz heiß, weil ich mich nicht entscheiden konnte.

Das Einzige, was meine Mutter tat, war, mich böse anzugucken. Mein Vater wühlte sich in den Haaren, die Ellenbogen auf die Knie gestützt, aber meine Mutter verlor mich keinen Moment aus den Augen.

Ihre Augen. Manchmal wurden sie groß, und wenn sie dann noch mit der Zunge schnalzte, wusste ich, dass ich nie mehr von meinem Stuhl aufstehen würde.

Nisse stand ein Stück von den anderen entfernt, und da stand er gut. Er schniefte, als wäre nicht nur Tante Altjes Mutter gestorben. *In seinem Kopf sind wir alle tot,* dachte ich. Seine Schnürsenkel waren aufgegangen, das Hemd hing ihm aus der Hose und sogar er selbst lehnte irgendwie schlampig an der Wand, aber ich hatte keine Lust, ihn aufrecht hinzustellen und ordentlich anzuziehen.

Ich fand es schon schlimm genug, dass wir ab und zu dasselbe anschauten. Die Sandalen von Onkel Jan, die vorbeiliefen und pupsten.

Niemand sagte etwas. Hinter der Tür kümmerten sie sich um Stina. Von überall im Krankenhaus drangen Geräusche zu uns. Besucher kamen oder gingen, Fernseher liefen, ein Telefon klingelte und niemand wollte wissen, wer anrief. Überall Geräusche, nur hinter der Tür blieb es still.

Manchmal wurde es gerade deshalb in meinem Kopf umso lauter. Dann sah ich einen Doktor herauskommen, einen grauen Doktor mit einem ernsten Gesicht. Ich wollte nicht hören, was er sagte, aber er sagte es trotzdem. Dass Stina durch eine Pflanze gestorben war. Es war schwer, dann noch sitzen zu bleiben. Meine Mutter schaute meistens mit ihren großen Augen in meine Richtung und schnalzte mit der Zunge. Dann musste ich sitzen bleiben. *Hinsetzen!*

Tante Altje hüstelte und wir schauten alle hoch. Es war ein Hüsteln, das bedeutete: Ich will etwas sagen.

»Ich hoffe ...«, sagte sie. Sie hatte zu wenig Luft, ich sah es. Sie fing erneut an. Als sie ihr Taschentuch anschaute, ging es besser. »Ich hoffe, dass uns das nicht noch weiter auseinandertreibt«, sagte sie.

Treibt, dachte ich. Tante Altje und Onkel Jan auf einer Insel. Meine Mutter, mein Vater, meine Schwester und ich auf einer anderen. Die ganze Verwandtschaft trieb um sie herum. Wir trieben alle immer weiter auseinander.

»Davon ist gar nicht die Rede«, sagte mein Vater. Er sah ernst aus. »Den Streit von damals im Mai, den müssen wir vergessen. Nicht wahr, Jan?«

Onkel Jan blieb stehen, wiegte sich in seinen Sandalen. Er nickte.

»Dann ist es gut«, sagte Tante Altje.

Danach sah es so aus, als würde es wieder eine Stunde lang still bleiben.

Ich richtete mich auf dem Stuhl auf, Nisse lehnte nun mit einer Schulter an der Wand und meine Mutter und mein Vater hatten sich auf ihren Stühlen zurückgelehnt. Sogar Tante Altje entspannte sich. Sie ließ ihr Taschentuch fallen und hob es nicht sofort wieder auf.

Onkel Jan war der Erste, der das Geräusch hinter der Tür hörte. Mit angehaltenem Atem blieb er stehen und lauschte. Seine Augen wanderten zu seinem linken Ohr und er hielt die Hände vor sich, als würde ihm die Tür gleich gegen das Gesicht knallen.

Wir schauten zur Tür und standen alle gleichzeitig auf, als der Doktor herauskam.

Der Doktor war so grau wie in meinem Kopf und erst erschrak er über uns, dann lächelte er, weil wir alle so dastanden.

Wir lächelten nicht zurück. Wir starrten auf seinen Mund, der jederzeit ernst werden konnte. Aber sein Lächeln wurde nur noch breiter.

»Keine Sorge«, sagte er. »Alles ist wieder gut.«

Tante Altje stieß einen leisen Schrei aus und lief auf den Doktor zu. Das dachte ich jedenfalls. Aber sie lief an ihm vorbei und Onkel Jan folgte ihr und der Doktor schaute sich um und vergaß, uns Auf Wiedersehen zu sagen. Er machte die Tür zu und ließ im Gang einen leeren Fleck zurück.

Meine Mutter und mein Vater und Nisses Mutter und sein Vater fielen einander um den Hals, umarmten sich und drückten sich die Hände. Alles durcheinander. Ich konnte nur herumstehen und zusehen. Nisse stand auch verloren daneben, aber das war mir egal. Ich schaute zu ihm, aber eigentlich schaute ich nirgendwohin, ich starrte in die Luft. Meinetwegen brauchte er nicht die Augenbrauen zu bewegen, wie er es früher manchmal getan hatte, weil er dachte, das würde wie blinzeln aussehen. Meinetwegen brauchte er nicht zu lächeln oder zu nicken, das konnte er vor dem Spiegel tun.

Ich fing an zu zittern, weil Nisse mich so kalt ließ, aber vielleicht zitterte ich auch vor Freude wegen Stina. Sie hatte sich doch nicht totgegessen an den seltsamen Blättern, die nach Pfeffer rochen. An einigen Pflanzen starb man, aber nicht an diesen. Seltsam, ganz seltsam, erst jetzt spürte ich das Kitzeln in meiner Nase, es kribbelte bis hinter meine Augen, fast hätte ich niesen müssen.

Meine Mutter zog mich schließlich an sich. Sie sagte: »Nimm dein Taschentuch, Schatz«, aber ich weinte überhaupt nicht.

Eine Woche später besuchten wir Stina – meine Mutter, mein Vater, meine kleine Schwester in der Tragetasche und ich. Wir hatten ein Geschenk für sie gekauft. Vier Töpfe, in die man Samen streuen musste, dann wuchsen Kräuter. Meine Mutter und mein Vater fanden das Geschenk lustig. Ich musste sogar eine Karte schreiben, die sie an das Päckchen hängten. ESSBAR, HAHAHA stand darauf. Mein Vater hatte noch gewollt, dass ich ein ES TUT MIR LEID darunter schrieb, aber ich dachte nicht daran, meine Schuld war es ja nicht.

Auch ohne dass es mir leidtat, war Stina ganz aus dem Häuschen wegen ihren Töpfen. »Hahaha«, sagte sie, als sie die Karte las. *Hahaha,* im selben Ton, wie es da stand.

Die Erwachsenen übertrieben, indem sie noch lauter lachten, und dann liefen sie zusammen ins Gartenzimmer, in dem es ein bisschen nach Blumenkohl roch und ein bisschen nach Tieren, aber lebendigen.

Stina und ich blieben allein zurück. Wir standen uns gegenüber, zwischen uns die Schachtel mit den Töpfen.

»Geht es dir wieder besser?«, fragte ich. Im Auto hatte meine Mutter gesagt, dass ich das gleich fragen müsse, auch wenn Stina gut aussah. »Wirklich besser?«

»Ja«, sagte sie. Sie strahlte fast. Ihre Augen glänzten, ihre Zähne blitzten, es ging ihr besser als je zuvor. »Komm mit hinauf«, sagte sie. »Dann legen wir die Samen in die Töpfe.« Es hörte sich an, als wäre Säen das Schönste, was sie je getan hatte. Sie polterte aufgeregt die Treppe hinauf.

»Schuhe!«, rief Tante Altje aus dem Gartenzimmer.

Auf halber Treppe blieb Stina gehorsam stehen und grinste von oben auf mich herunter. Sie öffnete ihre Schnürsenkel und forderte mich auf, das Gleiche zu tun.

Ich wollte zuerst nicht. Ich konnte es nicht. Wenn ich Stina wäre, hätte ich meine Schuhe anbehalten und laut getrampelt. Sehr laut. Das wäre mir egal.

Aber Stina war Stina. Sie stand mit ihren dünnen Beinen oben auf der Treppe und winkte mir, als wäre nie etwas gewesen. »Komm«, sagte sie und ließ ihre Schuhe nach unten rutschen. Sie kicherte – es war wohl das Ungezogenste, was sie je getan hatte. Besonders ungezogen war es nicht, aber es machte wenigstens einen hübschen Lärm.

Badadam. Badadam.

Vielleicht sollte ich es auch so machen, wenn ich oben war. Langsam lief ich hinter ihr her. Ich tat es so leise, dass Tante Altje meine Schuhe nicht hörte.

Ich freute mich schon darauf, wie meine Schuhe die Treppe hinunterpoltern würden. Stina auch. Sie blieb oben stehen und wartete auf mich. Wir schauten uns an, als ich meine Schuhe auszog, und wir fanden es beide witzig. Das entdeckten wir plötzlich.

Schade, dass es klingelte. Schade, dass es Nisse war, mit seiner Mutter und seinem Vater. Er blieb in der Tür stehen, während sich die Erwachsenen umarmten und küssten. Er starrte zu uns herauf, wir starrten zu ihm hinunter.

»Schaut mal, wer da ist«, rief Tante Altje und schob Nisse vor, als wäre er ein ganz neuer Cousin. »Er hat etwas mitgebracht.«

Wir hatten das Päckchen längst gesehen.

Eine große Schleife war obendrauf und Nisses blasses Gesicht hing darüber. Er lächelte nur, weil er nicht wusste, was er sonst tun sollte.

»Kommst du nicht runter, Stina?«, fragte Onkel Jan. Er winkte ihr. Aber er wartete nicht auf sie. Er ging hinter den anderen Erwachsenen her in das Gartenzimmer, in dem es stank und wo mein Onkel und meine Tante sich schon über die Tragetasche beugten, um meine kleine Schwester zu stören.

Niemand hörte, dass Stina Nein sagte. Nur wir hörten es. Seelenruhig sagte sie einfach: »Nein.«

Wir standen alle drei still da und ich war sicher, dass in unseren Köpfen das Wort »Nein« nachhallte. Nein, auf drei Arten.

Nisse machte den Mund auf. Ich konnte hören, dass seine Zunge klebte.

»Ich möchte sagen, dass es mir leidtut«, sagte er. Er hielt sein Päckchen Stina entgegen und sah aus, als würde es ihm wirklich leidtun, aber Stina fiel nicht darauf herein.

»Ach ja?«, sagte sie. »Dann sag es eben.«

Ich schaute mich zu ihr um. Ich glaube, mir stand der Mund offen. Was für eine schlaue Antwort das war. Ich war gespannt, was Nisse darauf erwidern würde.

Nisse biss sich auf die Lippe und wippte mit den Schuhen, die Schnürsenkel waren offen. »Ich sage es: Es tut mir leid«, sagte er leise und hob das Geschenk noch ein bisschen höher. Lange nicht hoch genug, damit man es erwischen konnte.

Stina nickte ihm zu. Zufrieden, wie es schien. Sie beförderte meine Schuhe mit einem Tritt die Treppe hinunter. *Badadam, badadam* polterten sie die Stufen hinab. Ein Schuh blieb auf halber Treppe am Geländer hängen.

»Lass ihn liegen«, sagte Stina zu meinem Rücken.

Lass ihn stehen, meinte sie. *Lass Nisse einfach stehen.*

Ich schaute von Stina zu Nisse, und als Stina sich umdrehte und in ihrem Zimmer verschwand, hatte ich nur noch Nisse, den ich anschauen konnte.

Ich wollte sagen, dass ich ihn nicht mehr witzig fand. Dass wir nicht mehr verheiratet waren, dass er wieder allein wohnte. Aber ich sagte nichts. Ich dachte daran, dass wir uns geschworen hatten, nie wirklich zu streiten. Wir würden nie wirklich mit den Türen schlagen. Wir würden uns nie wirklich anschreien und streiten.

Ich tat, was ich versprochen hatte.

Dann folgte ich Stina. In ihrem Zimmer zeigte sie mir, wie man Pflanzen sät, die essbar sind, *hahaha*. Sie zeigte mir auch, wie die Pflanzen aussehen würden, wenn sie groß wären. Und wenn sie tot wären. Sie hatte ein Buch voller Blätter. Eines war von einer Pflanze, die Haselwurz heißt und giftig ist, getrocknet oder lebendig.

WIE EINE STADT ENTSTEHT

MIT EINER ZEICHNUNG VON

ANDRÉ SOLLIE

Wenn Paris einen Namen hat, dann habe ich auch einen.
Aber mich kennen die Leute noch nicht.

Blanche
Auberge

Blanche baute ein Haus, doch sie selbst zog in einen kleinen Holzschuppen. Es zog durch die Ritzen und war immer kalt, aber das machte Blanche nichts aus.

Das Haus war für die Gäste – die sollten es gut haben. Der Schuppen war für sie selbst – darauf kam es ihr nicht an. Das Haus hieß Herberge, der Schuppen war einfach der Schuppen.

Jeden Tag zog Blanche saubere Kleider an, hängte sich Ohrringe an die Ohren und stellte sich auf die Türschwelle. Sie betrachtete die Umgebung. Das war ganz leicht, denn da standen weder Häuser noch Bäume. Sie hoffte darauf, dass eine Kutsche oder ein Pferd oder ein Mensch am Horizont auftauchen würde, aber nie war jemand zu sehen, denn das Haus lag an einem Weg am Meer und dahin wollte keiner.

»Hm«, sagte Blanche jedes Mal zu sich selbst. »Ein einzelner Gast würde ja reichen, dann kommt der Rest von selbst.«

Als das Frühjahr kam, fuhr eine Kutsche den Weg entlang.

Blanche winkte und breitete die Arme aus, um den Gast zu empfangen, aber die Kutsche fuhr vorbei und der Kutscher rief, sie wären auf dem Weg nach Paris.

»Ah oui!«, rief Blanche, denn der Kutscher sprach Französisch. Zu sich selbst sagte sie: »Natürlich!« Sie nahm sofort die Ohrringe ab und über ihr schönes Kleid zog sie einen alten Mantel. Sie suchte ein Stück Holz mit einer Spitze, befestigte es an einem Stock und holte einen Farbtopf aus dem Schuppen. Auf das Holzstück malte sie einen Pfeil und in eleganten runden Buchstaben ihren Namen.

»Wenn Paris einen Namen hat«, sagte sie, »dann habe ich auch einen. Aber mich kennen die Leute noch nicht.«

Zufrieden betrachtete sie ihr Werk. Unter ihrem Namen war noch viel Holz frei. Platz für ein weiteres Wort. Sie tauchte den Pinsel in die Farbe und zögerte. Sie schaute hoch zu dem großen Haus und überlegte, was sie im Leben eigentlich wollte.

Dann malte sie noch ein Wort dazu.

Blanche zog ihre hohen Schnürstiefel an und ging den Weg hinunter, bis sie an ein Schild mit einem Pfeil kam, der nach Paris wies.

An dieser Stelle steckte sie den Stock in die Erde, mit dem Pfeil in die richtige Richtung. Darauf stand *Blanche* und *Auberge*. Man konnte es nicht verfehlen. Pferde und Kutschen und Menschen konnten sehen, wo Blanche wohnte, und sie wussten sofort, dass sie eine Herberge hatte, aber auf Französisch.

Später dachten die Leute, Blancheauberge wäre eine Stadt, aber das war ein bisschen dumm von ihnen.

WELLEN
SITTICH

MIT ZEICHNUNGEN VON

GERDA DENDOOVEN

Wir haben nicht mal Platz
für so ein Tier!

Zuletzt hält Marthe es nicht mehr aus. Sie platzt fast vor Ungeduld. Sie rutscht auf ihrem Stuhl am Fenster hin und her und schaut nach links und rechts die Straße entlang. Aber noch ist Papa nicht zu sehen.

Wenn er sie nur nicht vergessen hat. Papa kommt oft später nach Hause. Dann sagt er, dass er nicht auf die Zeit geachtet hat, und tut ganz fröhlich. Dann riecht er nach Bier und Zigaretten.

Marthe seufzt. Die Zeiger auf der Uhr stehen auf fünf nach sechs. Er muss Marthe vergessen haben. Und dabei hat er ihr ein Geschenk versprochen! Ein Geschenk mit Krallen und Flügeln und einem Schnabel. Einen Vogel also. Einen Kanarienvogel in einem Käfig. Oder einen Wellensittich.

Marthe will nicht länger warten. Das ist ihr Plan: Sie wird ihren Mantel vom Haken nehmen, das Licht ausknipsen, die Wohnungstür abschließen, den Schlüssel unter die Matte legen.

Aber der Plan klappt nicht, denn in der Küche sitzt Jorg.

»He, he, wo gehen wir denn hin?«, fragt er.

Marthe bleibt am Garderobenständer stehen und schaut sich um. »Ich gehe Papa holen«, sagt sie.

»So, du gehst deinen Papa holen«, sagt Jorg.

Marthe nickt. »Im Wirtshaus an der Ecke.«

»Das glaube ich nicht. Dein Papa kommt von ganz allein. Du brauchst ihn nicht zu holen.«

»Aber«, sagt Marthe, »Papa sollte um sechs Uhr kommen. Er sollte für mich ...«

Jorg schüttelte den Kopf. »Er sollte für dich, er sollte für dich – ja, was sollte er für dich?«

»Ein Geschenk mitbringen. Ein Geschenk mit einem Schnabel, Flügeln und Krallen. Einen Vogel also, und bestimmt einen sehr schönen.«

»Das ist großartig, aber er hat mich gebeten, auf dich aufzupassen. Bis er zu Hause ist. Oder bis deine Mama zu Hause ist. Und das tue ich. Du bleibst hier. Geh wieder spielen. Tu, als wärst du ein Vogel.«

Marthe zieht einen Flunsch. »Please«, probiert sie.

Jorg legt die Arme übereinander und schweigt.

Mit einem Seufzer dreht Marthe sich um. Sie hat keine Lust zu spielen. Und sie wird ganz bestimmt nicht so tun, als wäre sie ein Vogel. Mit schleppenden Schritten geht sie zurück ins Zimmer.

Sie lässt sich auf das Sofa sinken und möchte etwas Hässliches zu Jorg sagen, aber dann hört sie den Schlüssel im Schloss der Wohnungstür. In der Küche schiebt Jorg seinen Stuhl vom Tisch.

»Pom, pom, pom«, singt Papa in der Diele. Und dann steht er plötzlich in der Tür. In den Armen trägt er eine große Schachtel. »Schau doch, mein Herzchen«, ruft er fröhlich. Er geht weiter in die Küche und fragt Jorg, ob Marthe brav gewesen sei. Er lässt die Schachtel auf den Küchentisch sinken.

»Ja«, sagt Jorg.

»Das höre ich gern«, sagt Papa. Er tippt ein paarmal auf die Schachtel.

»Pass auf«, sagt Jorg.

»Ja, pass auf«, sagt Marthe, die neugierig in die Küche kommt.

»So ein Tier hält ein paar Klapse aus«, sagt Papa. Er strahlt. Marthe schaut zu ihm hoch. *So ein Tier?*, denkt sie. *So ein Tier? Ist ein Wellensittich so ein Tier?*

»Dreimal darfst du raten«, sagt Papa lachend, hebt Marthe hoch und setzt sie auf den Tisch.

»Ich weiß es nicht«, sagt Marthe, während sie die Schachtel anschaut. Es ist eine große Schachtel, findet sie. »Ist es ein großer Käfig mit einem kleinen Vögelchen drin?«

»Nein«, sagt Papa.

»Oh«, sagt Marthe. »Zwitschert er oder spricht er?«

»Nein«, sagt Papa. »Zwitschern kann er nicht. Und sprechen auch nicht.«

Marthe seufzt. Sie weiß es nicht. Sie kennt nicht so viele Vögel. Vielleicht macht Papa einen Witz. Hat einen ganz normalen Spatz mitgebracht. Oder eine Taube.

Aus der Schachtel kommen Geräusche. Flügelschlagen und Krallenscharren.

Hat Marthe richtig gehört? Sie schaut von Papa zu Jorg und grinst plötzlich. »Ich habe ein *Gackgack* gehört«, sagt sie. »Ich habe ein Huhn gehört.« Sie lacht noch mal – nein, ein Huhn kann es nicht sein.

Aber Papa nickt und grinst breit. »Ja«, jubelt er. »Richtig geraten, mein Herzchen!« Er macht die Schachtel auf, schiebt beide Hände hinein und holt ein großes braunes Huhn heraus. »Ganz für dich allein!«, ruft Papa und drückt das gackernde Huhn auf Marthes Schoß.

Marthe dreht das Gesicht zur Seite und wird ganz steif. Sie hält die Hände in die Luft. Ein Huhn! Ein dummes Huhn!

Mit einer abwehrenden Bewegung schiebt sie das Huhn von sich weg. Sie steigt vom Tisch auf den Stuhl und springt vom Stuhl auf den Boden. »Du hast mir einen Vogel versprochen!«

Papa lässt das Huhn zurück in die Schachtel fallen. »Und was ist das?«, fragt er.

»Das ist ... Das ist ...«, ruft Marthe, aber sie findet nicht das richtige Wort. »Kein richtiger Vogel!« Sie rennt aus der Küche und schlägt die Tür hinter sich zu.

Jemand klopft an Marthes Zimmertür. Marthe hält sich die Ohren zu und schaut bockig nach draußen. Ab jetzt ist sie taub.

Wieder wird geklopft, diesmal lauter, aber es nützt nichts. Marthe stopft sich die Finger noch ein bisschen tiefer in die Ohren. Ihr Kopf fängt an zu rauschen.

»Geh weg!«, ruft sie, ohne sich umzuschauen.

In diesem Moment spürt sie, wie ein Finger auf ihre Schulter tippt.

»Stell dich nicht so an«, sagt Jorg. Er klingt weit entfernt, aber er ist ganz nah.

»Geh weg«, sagt Marthe wieder.

Jorg bleibt. Er fängt sogar an zu lachen und setzt sich neben sie.

Marthe nimmt die Finger aus den Ohren. »Was gibt es da zu lachen?«, fragt sie.

»Nichts Besonderes.« Jorg unterdrückt sein Lachen. »Du hast eben die Tür zugeknallt und da ist was Lustiges passiert. Ich bin erschrocken, dein Papa ist erschrocken, aber das Huhn nicht. Es hat den Kopf gehoben und geschaut, wo du abgeblieben bist. ›Gackgack‹, hat es gesagt, ›gackgack‹.«

Marthe hebt die Schultern hoch und stößt Luft aus. »Gackgack«, sagt sie. »Ein Vogel fliegt. Ein Vogel zwitschert. Ich habe noch nie ein Huhn fliegen gesehen. Und ich habe noch nie ein Huhn zwitschern gehört.«

»Das stimmt«, sagt Jorg. »Ich habe auch noch nie einen Kanarienvogel gackern gehört.« Er greift nach Marthes Händen, nimmt ihre Zeigefinger und steckt sie ihr zurück in die Ohren.

Marthe lässt sich vom Stuhl rutschen und läuft leise zur Küche. Sie will nicht, dass jemand sie hört oder sieht.

»Noch eins, Hühnchen, noch eins.«

Das ist Papa. Er spricht mit dem dummen Huhn.

Auf Zehenspitzen schleicht Marthe näher, bis sie durch den Türspalt in die Küche spähen kann.

Papa steht vor der Schachtel auf dem Tisch. Jorg steht neben ihm, die Hände in die Seiten gestemmt.

»Los, Hühnchen«, flüstert Papa. »Zwei Eier reichen nicht.«

Marthe sieht das Eierkörbchen auf dem Tisch stehen. Das Körbchen, das Mama immer auf den Kühlschrank stellt. In ihm hebt sie die Eier vom Supermarkt auf.

Jorg seufzt. »Es hat keinen Sinn«, sagt er. »Dieses Huhn weiß einfach, dass es Marthe nicht gefällt. Wenn ich das Tier wäre, würde ich auch kein Ei für sie legen.«

Marthe hält die Luft an. Stimmte es etwa, was Jorg da sagt? Ein Ei für Papa und ein Ei für Mama, aber keines für Marthe?

Sie geht in die Küche, als wäre sie zufällig vorbeigekommen. »Was ist? Ist das Huhn vielleicht ... krank, oder so was?«

Papa schüttelt den Kopf. »Wir wissen es nicht. Kann ein Huhn vor lauter Traurigkeit krank werden?«

»Das glaube ich nicht«, sagt Jorg. »Aber jetzt, wo du es sagst: Wenn ich Flügel, Krallen und einen Schnabel hätte, fände ich es wirklich schlimm, wenn jemand sagt, ich wäre überhaupt kein Vogel.«

Marthe macht den Mund auf, um Jorg zu widersprechen, aber Papa kommt ihr zuvor. »Hast du das gesagt oder hast du das gesagt, Marthe? Ist ein Huhn ein Vogel oder ein Vogel?«

»Ja«, sagt Marthe. »Nein.« Sie zieht sich einen Stuhl heran und steigt hinauf, so dass sie das Huhn sehen kann. Sie schaut von der

Schachtel zum Eierkörbchen, in dem schon zwei Eier liegen. Ein Ei für Mama und ein Ei für Papa.

Das Huhn hält den Kopf schief. *Ich weiß, was du denkst*, so sieht es aus.

Hässlich bist du nicht, denkt Marthe. *Dein Schnabel ist schön gelb. Und deine Federn sehen zwar nicht aus wie die Federn von einem Wellensittich, aber doch weich. Sind sie auch so weich?*

Marthe streckt die Hand aus. Sie berührt einen Flügel. Sie streichelt sogar ganz schnell über das Huhn.

Ja, die Federn sind weich. Und so braun wie Schokolade.

»Und seine Krallen?«, fragt Marthe.

»Was meinst du mit *seine Krallen*?«, sagt Papa. »Seine Krallen sind natürlich unter dem Bauch.«

»Ich will sie mal sehen.«

Papa grinst. »Also los«, sagt er.

Marthe beugt sich vor und schiebt die linke Hand unter das Huhn. Sie versucht, eine Kralle zu erwischen. Plötzlich wird sie ganz stumm. Ist eine Hühnerkralle rund und glatt? »Papa!«, stottert sie. »Ein Ei! Das Huhn hat ein Ei für mich gelegt!«

Papa runzelt die Augenbrauen und legt vor Erstaunen die Hand auf die Brust. Er stößt die Luft durch die Zähne und sagt »Na, so was!«, als Jorg das Huhn hochhebt.

»Oh«, sagt Marthe.

Im Stroh auf dem Schachtelboden liegt nicht nur ein Ei, auch nicht zwei, sondern sogar vier Eier.

Die Wohnungstür fällt zu und Mamas Stimme ist zu hören: »Ich bin zu Hause!« Sie hängt ihren Mantel auf und kommt in die Küche.

»Was ist denn hier los?«, fragt sie und stellt ihre Einkaufstasche auf den Boden.

»Schau mal, Mama«, sagt Marthe. »Ich habe ein Huhn von Papa bekommen, und ich wollte es erst nicht, und da wollte es kein Ei für mich legen, nur für dich und Papa, und da habe ich geschaut, ob seine Federn weich sind, und da hat es auf einmal vier Eier gelegt.«

»Was?« Mama beugt sich über die Schachtel und schaut dann Papa an. »Womit bist du bloß nach Hause gekommen, Liebling?«, sagt sie. »Was sollen wir denn mit einem Huhn? Wir haben nicht mal Platz für so ein Tier.«

»So ein Tier?«, sagt Marthe. »Es legt vier Eier auf einmal.«

»Wir bauen ihm einen Stall im Garten«, sagt Papa.

»Oder in meinem Zimmer«, sagt Marthe. »Wellensittiche machen auch die ganze Zeit Lärm. Auch nachts.« Marthe merkt plötzlich, was sie sagt. Sie wird still.

Jorg muss lachen. Papa lächelt auch. Mama seufzt nur. Sie nimmt die Einkaufstasche und macht den Kühlschrank auf.

»Macht, was ihr wollt«, sagt sie. »Wenn das Huhn für Eier sorgt, soll es mir recht sein.«

Marthe ruft: »Hurra!« Aber sie ruft es nicht zu laut. »Bist du böse, Mama?«, fragt sie, weil Mama sich so seltsam umschaut.

»Nein, mein Schatz. Ich frage mich nur, wo das Eierkörbchen ist. Ich weiß genau, dass wir noch sechs Eier hatten. Frische Eier. Aus dem Supermarkt.«

»Nein, das ist unmöglich«, sagt Papa.

»Nein, das ist unmöglich«, sagt Jorg.

Marthe sagt nichts und das Huhn schweigt auch.

DIE MUTTERSAU, DER BÄR UND DAS FERKEL

MIT ZEICHNUNGEN VON

KORNEEL DETAILLEUR

Wenn es nach ihm ginge, würde er nie etwas werden.
Nicht groß. Nicht fett. Nicht dumm.

»Ich bin noch heil und ganz«, sagte die Muttersau. Sie setzte sich auf einen Stuhl am Tisch. Ihre Tasche stellte sie auf den Tisch. Ihre Ellenbogen stützte sie neben der Tasche auf.

»Sie haben nicht angefangen zu schneiden«, sagte sie. »Nein.« Sie schaute den Bär stolz an und knöpfte sich die Jacke auf.

»Das sind gute Neuigkeiten«, sagte der Bär.

»Sehr gute Neuigkeiten«, sagte die Sau. »Ich habe schon gedacht, gleich fängt der Doktor an zu schneiden. Was abgenützt ist, holt er raus. Was noch gut ist, macht er sauber. Und wenn er fertig ist, näht er mich wieder zu. Aber es war nicht nötig. Ich bin innerlich noch gut.«

Der Bär nickte. Dann betrachtete er das Ferkel, ob es bei den Worten seiner Mutter nicht ein bisschen blass geworden war.

Das Ferkel wurde nur rot. Ihm machte das gar nichts aus. Es fand nur, dass seine Mutter nicht gut erzählen konnte. Andere Mütter hätten mit Blut und scharfen Messern angefangen. Sie hätten den Bauch mit einem Brotlaib verglichen und die Geräusche nachgemacht.

So konnte sich das Ferkel gar nichts vorstellen. Bei seiner Mutter hörten sich alle Wörter gleich an. Sie hätte ebenso gut erzählen können, sie hätte den Bauern auf dem Hof gesehen oder dass sie heute keine Kartoffeln zu essen bekommen würden.

»Ich erreiche die Hundert mit so einem Innenleben«, sagte die Sau. »Ich erreiche die Hundert. Wie schwer kann eine Sau eigentlich werden?«

Der Bär zuckte mit den Schultern. »Bären werden schwerer als Säue«, sagte er.

»Ja«, sagte das Ferkel, das ein Bär war.

»Schwer, schwerer«, sagte die Sau. »Was spielt das schon für eine Rolle. Hauptsache, wir sind gesund.«

»Aber lieber gesund und schwer«, sagte der Bär.

Der Bär und das Ferkel schauten sich an und grinsten. Das Ferkel schob sich ein bisschen näher zu seinem Vater, als würde es dann plötzlich mehr wiegen.

»Schon gut«, sagte die Sau und betrachtete ihren Sohn von unten bis oben. »Der ist noch rosig und lacht seine Mutter aus. Der muss erst noch groß und fett und plump werden, wie sein Vater, und doch vergisst er jetzt schon, wo er herkommt.« Die Sau blies Luft durch die Nase, stand auf und sagte: »Krieg du erst mal einen Wachstumsschub.«

Au. Das Ferkel sackte in sich zusammen. Es hielt es nicht gut aus, wenn seine Mutter so sprach. Es fand es schrecklich, wenn sie ihm den Rücken zukehrte. Dann schien sie auf irgendeine Art viel schwerer zu sein als sein Vater.

»Liebling«, sagte der Bär.

»Liebling«, sagte die Sau, packte ihre Tasche und ging ein bisschen spazieren.

Kaum war die Tür zugefallen, musste der Bär lachen. »Verstehst du jetzt, warum Säue nicht so schwer werden wie Bären?«, fragte er seinen Sohn.

Das Ferkel schaute zu seinem Vater hoch. »Nein«, sagte es.

»Sie können keinen Spaß vertragen«, sagte der Bär. »Sie regen sich zu schnell auf und dann machen sie es wie deine Mutter: Sie gehen ein bisschen spazieren. Ein schwaches Herz und lange Spaziergänge halten Säue mager. Mager! Und das ist nicht das, was der Bauer will. Säue müssen fett werden.«

»Ja«, sagte das Ferkel. Dass Bären und Schweine fett werden mussten, wusste es. Bären wurden groß und plump wie sein Vater und Schweine wurden groß und plump wie seine Mutter. Das hatten sie ihm schon oft gesagt: *Krieg du erst mal einen Wachstumsschub, dann kommt das Fett von ganz allein.*

»Man kriegt einen Wachstumsschub und dann kommt das Fett von ganz allein«, sagte das Ferkel ernst. Es hoffte, sein Vater würde etwas antworten, das ihm helfen würde.

»Das stimmt«, sagte der Bär. »Eines Tages, irgendwann einmal, bald.«

Das Ferkel schaute zu Boden. Es strengte sein Gehirn an, trotzdem verstand es nicht, was sein Vater gesagt hatte. Plötzlich kam es ihm sehr wichtig vor, was ein Wachstumsschub eigentlich genau war, und vor allem, wann er begann.

»Wann ist das?«, fragte das Ferkel. »Wann ist eines Tages, irgendwann einmal, bald?«

»Tja«, sagte der Bär. »Ich würde mal sagen: früher oder später.«

Das Ferkel hielt sich gut. Es tat, als würde es lachen und hätte keine Sorgen, aber in seinem Kopf schwirrte es nur so vor Fragen.

Es machte die Tür auf und blieb einen Moment auf der Schwelle stehen.

Der Himmel hing grau und drohend über ihm, weiter entfernt kämpften zwei Enten in einem Schlammloch und hinter der Ecke waren die aufgeregten Stimmen von Säuen zu hören. Die Stimme seiner Mutter übertönte alle anderen Stimmen.

»Dumm!«, rief sie. »Groß und fett und plump, aber vor allem

dumm! Und es sieht so aus, als würde mein Kleiner um kein Haar besser.«

Die anderen Säue knurrten und seufzten, als hätten sie einen schrecklichen Juckanfall und kämen nicht dagegen an. Sie fingen einen Satz an und unterbrachen sich dann gegenseitig.

Das Ferkel hörte, wie sie sich aneinander rieben und dafür sorgten, dass sie noch böser wurden, als sie ohnehin schon waren.

»Da kommt man vom Doktor nach Hause, man hat den ganzen Morgen Angst gehabt, man erwartet ein bisschen Unterstützung von seinem Mann und seinem Kind, und was tun sie? Sie trampeln einem auf dem Herzen herum. Dass sie, die Bären, schwerer sind als wir Säue. Könnt ihr euch das vorstellen?«

Ja, das konnten sich die Säue vorstellen. Die eine war mal aufgeschnitten und wieder zugenäht worden und die andere hatte ein Ohr verloren und wieder eine hatte einen Splitter unter dem Hufnagel gehabt und eine vierte hatte einen Furunkel auf dem Po bekommen.

»Und hat unser Bär uns getröstet?«, rief die Muttersau.

»Nein!«, riefen die anderen Säue. »Vom Trösten haben sie keine Ahnung. Dafür sind sie zu groß und zu fett, zu plump und vor allem: zu dumm!«

Das Ferkel fühlte sich auf einmal ganz schwach.

»He, Ferkel«, sagte eine der Enten im Schlammloch. »He, Ferkel, was ist, du bist so blass?«

»Es geht schon«, stotterte das Ferkel, doch dann knickten seine Hinterpfoten ein, dann seine Vorderpfoten und es knallte mit dem Kinn auf den Boden.

»Endlich bist du wach«, sagte die Muttersau. »Was für eine Erleichterung.«

Das Ferkel sah das Gesicht seiner Mutter und machte schnell wieder die Augen zu. Doch es konnte ihr Gesicht immer noch sehen, und so lieb sie in seinem Kopf auch lächelte, es hörte nur ihre laute Stimme. Dass es ein Ferkel war und ein Bär werden würde – groß, fett, plump und vor allem dumm.

Er beschloss auf der Stelle, die Augen nie wieder aufzumachen. Er würde für immer in einer Ecke des Stalls schlafen und er wollte niemanden mehr sehen.

»Ochochoch, das arme Kind«, sagte irgendeine Sau und um das Ferkel herum waren weitere kreischende Stimmen zu hören. Alle sagten »Ochochoch« und sie taten wieder, als hätten sie einen schrecklichen Juckreiz.

Nein, das Ferkel war sich sicher. Wenn es nach ihm ginge, würde es nie etwas werden. Kein Bär. Nicht groß. Nicht fett. Nicht dumm. Nicht schwerer als eine Sau. Nichts.

Und das würde es ihnen gleich mitteilen, dann wussten sie es endgültig.

»Wo ist Papa?«, fragte es mit geschlossenen Augen.

Im Zimmer wurde es still.

Das Ferkel wusste genau, dass alle Säue sich nun gegenseitig anschauten oder es betrachteten. Vielleicht sahen sie ein bisschen verstört aus, weil es nach einem Bären gefragt hatte. Sofort packten alle ihre Taschen, um einen kleinen Spaziergang zu machen.

»Wo ist Papa?«, fragte es noch einmal.

»Hier, mein Junge««, sagte eine Stimme dicht an seinem Ohr.

Das Ferkel spürte den warmen Atem seines Vaters. Es nahm seinen ganzen Mut zusammen. Es holte tief Luft und sagte: »Ich habe beschlossen, dass ich euch nicht mehr sehen will. Mama nicht und dich nicht.«

»Warum?«, fragte der Bär.

»Darum«, sagte das Ferkel. »Weil Mama nicht immer, fast nie, kaum etwas ist, und weil du manchmal, hier und da und so weiter bist.« Das Ferkel nickte. Es fand, dass es gut gesprochen hatte. Vielleicht nicht ganz klar, aber es hatte sich bedeutend angehört, mit Worten, die ein echter Bär benutzt. Es machte die Augen auf und schaute in das breit grinsende Gesicht seines Vaters. »Was ist?«, fragte das Ferkel.

»Nichts, nichts«, sagte der Bär. »Du bist gewachsen, denke ich, du bist gewachsen.« Er drehte sich zu Muttersau um und fragte, ob noch Futter im Trog sei, denn der Wachstumsschub seines Sohnes müsse gefeiert werden.

EIN KLAPS IST KEIN KUSS

MIT ZEICHNUNGEN VON

GERDA DENDOOVEN

Agatha kopfüber, Agatha andersrum,
Agatha aufrecht, das ist genauso dumm.

KÜRBIS

Papa lässt den Kürbis absichtlich auf Agathas Hand fallen. Er sagt nichts. Er hockt ihr gegenüber, mitten im Kürbisfeld, und das Einzige, was er tut, ist warten.

Agatha zieht die Hand aus der Kiste, unter dem Kürbis hervor. Ihre Finger sind rot und glühen. Sie steckt sie unter die Achsel.

»Gut«, sagt Papa. »Schreib dir das hinter die Ohren. Wenn ich dich noch einmal mit den Fingern im Mund sehe, dann lasse ich es dich noch mal spüren. Hast du das kapiert?« Er nimmt die Hacke und macht sich wieder an die Arbeit. Er tut, als wäre nichts passiert. »Bring die Kiste zum Lieferwagen«, sagt er, ohne sich umzuschauen.

Die Kürbiskiste ist schwer. Agatha zieht sie über den Boden und muss ab und zu stehen bleiben, um Luft zu schnappen. Das Holz schneidet ihr in die Hand. Die Finger ihrer linken Hand brennen. Sie flucht im Stillen. Die Wut klopft in ihrem Kopf.

Im Straßengraben neben dem Lieferwagen zirpen Grillen. Die Sonne steht hoch über dem Feld und es gibt nicht den kleinsten Windhauch.

Agatha lässt die Kiste neben dem Lieferwagen stehen und knallt die offene Tür zu. Das Geräusch hallt bis zum Wald.

»Man darf einem Kind nicht wehtun«, mault sie. Sie bläst über ihre Finger und späht über die Schulter zu Papa hinüber.

Er hat nur Augen für seine Kürbisse.

Finger aus dem Mund!

Das musste sie sich in der letzten Zeit bestimmt zehnmal am Tag anhören. Von Papa und von Mama und manchmal auch von Ulla, die schon lange bei ihnen arbeitet.

Letzte Woche hat Papa zum ersten Mal gesagt: »Finger aus dem Mund oder willst du einen Klaps?«

Das war bei Tisch, als Agatha ihre Finger wohlschmeckender fand als den Rosenkohl auf ihrem Teller. Das meint er nicht ernst, hatte sie damals gedacht, aber nun weiß sie es besser.

Es ist zu spät, um böse zu werden.

Du darfst einem Kind nicht wehtun! Es ist zu spät, ihm das entgegenzuhalten. Es ist passiert.

Sie wischt sich die Hände an ihrer Schürze ab und dreht sich um. Sie muss die Füße weit hochziehen, um durch das hohe Gras neben dem Lieferwagen zu laufen.

Sie geht nach Hause.

Ja.

Soll Papa doch Kürbisse ernten bis morgen früh und Kisten schleppen bis nächste Woche. Sie geht nach Hause.

Sie geht am Lieferwagen vorbei, den Weg zum Dorf entlang.

Sie murmelt vor sich hin. Sie sagt, wie gemein Papa ist. Wie schrecklich gemein.

Die Haare kleben ihr an der Stirn. Sie zischt vor Wut. Sie tritt Steinchen in den Wassergraben, zu den quakenden Fröschen.

Als sie an der Gärtnerei ankommt, ruft sie schon von Weitem: »Mama! Papa hat mir …« Sie verschluckt den Rest des Satzes. Sie sollte besser den Mund halten. Sonst weiß bald das ganze Dorf, was Papa getan hat. Und dass Agatha noch am Finger lutscht, geht niemanden was an.

Sie ist neun und lutscht noch Finger! Agatha hört schon die Nachbarin. Von der Nachbarin geht es zum Bäcker und vom Bäcker mit jedem Laib Brot nach draußen. *Agatha ist neun und sie lutscht noch am Finger, hahaha!*

JELLE BUNDERD

»Agatha kopfüber, Agatha andersrum,
Agatha aufrecht, das ist genauso dumm.«

Erschrocken bleibt Agatha stehen. Hat sie richtig gehört? Es kommt von ganz nah. Ein ganz dünnes Stimmchen.

Sie wird rot, als hätte jemand ihre Gedanken erraten. Geheime Gedanken über das Fingerlutschen, *hahaha*.

Ihre Augen schießen hin und her, vom Haus zur Scheune, von der Scheune zu den Gewächshäusern dahinter, aber niemand ist zu sehen. Die Kaninchen in ihren Ställen können es nicht sein.

»Dumm, dumm, duhumm!«, hört sie es nun lauter. Jetzt erkennt sie die Stimme.

»Jelle Bunderd, komm mal her!«, ruft sie unerschrocken.

Mit dem lahmen Jelle wird sie fertig. Bunderd mit seinen sechs Brüdern. Daheim haben sie keinen Bauernhof, sondern einen Brüderhof. Es stinkt nach Zwiebeln und Schweinen und Jelle Bunderd stinkt auch.

Agatha zuckt zusammen, als sie ihn plötzlich entdeckt.

Er hängt in der Trauerweide neben dem Haus. Mit den Beinen über einem Ast, kopfüber und mit einem knallroten Gesicht. »Hier bin ich«, sagt er.

»Geh weg«, sagt Agatha. Wenn sie heute jemanden nicht sehen will, dann ist es Bunderd. »Geh von unserem eh … Land runter.«

»Ich stehe nirgends drauf«, sagt Jelle. »Ich hänge.« Er schaukelt herausfordernd hin und her.

»Dann raus aus unserem Baum.«

»Gut, gut, sofort.«

»Jetzt!«, ruft Agatha und hebt die Faust hoch und erschrickt selbst. Vor allem, weil sie fast gesagt hätte: »Oder willst du einen Klaps?« Sie presst die Lippen fest zusammen.

Jelle hat es nicht eilig. Mit einem Sprung landet er auf dem Boden. Sein Gesicht ist knallrot. Er stemmt die Arme in die Seite und grinst Agatha an. »Dumm, dumm, dumm«, sagt er und nickt bei jedem Wort. Danach läuft er brüllend vor Lachen weg.

LANGERSCHATZ, KURZERSCHMATZ

In der Küche ist es kühl und still und es riecht nach Obst. Die Uhr tickt. Teezeit. Teezeit. Teezeit.

Um diese Zeit ist Mama nie da. Nach drei zieht sie immer ihre Gartenkleidung aus und teure Kleider an. Sie tauscht die Stiefel gegen schöne Schuhe und fährt auf dem Fahrrad davon.

Ausgehen, nennt sie das. Sie trinkt Tee bei einer Freundin, sie macht Einkäufe und manchmal radelt sie sogar den ganzen Weg bis in die Stadt.

Agatha lässt sich auf einen Stuhl fallen und trommelt mit den Händen auf den Tisch.

»Schlagen«, sagt sie wieder.

Sie hat Papa noch lange nicht vergessen.

Sie spuckt auf die Finger und reibt sie an ihrem Ärmel sauber.

Ganz kurz zögert sie. Soll sie es tun?

Traut sie sich, ihre Lieblingsfinger in den Mund zu stecken, oder nicht?

Niemand sieht sie jetzt.

Sie drückt den Kragen ihrer Bluse gegen die Wange und lässt sich ein bisschen zusammensinken. Das tut sie immer, wenn sie an ihren Fingern lutscht. Aber es fühlt sich nicht an wie sonst.

Sie fühlt sich nicht verträumt, nicht angenehm warm, ganz allein für sich.

Papa geht ihr nicht aus dem Kopf. Papa, der nichts sagt, der vor ihr steht und wartet. Die Augenbrauen ein bisschen hochgezogen. Wie er ausgesehen hat, als er den Kürbis packte und auf ihre Hand fallen ließ.

Agathas Bauch zieht sich zusammen.

Finger aus dem Mund oder willst du einen Klaps?

Mit einem schmatzenden Geräusch tut sie, was die Stimme in ihrem Kopf zu ihr sagt.

Sie hält die Hand hoch. Ulla hat allen Fingern einmal Namen gegeben. Der Mittelfinger heißt zum Beispiel Langerschatz. Und der Finger daneben Kurzerschmatz.

»Nein«, sagt Agatha zu Langerschatz und Kurzerschmatz. »Nein. Ich bin zu groß für euch.«

ULLA

Ulla klopft ans Fenster und winkt. Mit dem Ellenbogen drückt sie die Haustür auf. »Viel zu heiß«, stöhnt sie. »Viel zu heiß.« Sie stellt einen großen Korb voller Gemüse auf die Anrichte und legt eine Hand auf ihre runden Brüste. Sie sind wie Kürbisse, die sich auf und ab bewegen.

Ulla muss erst wieder zu sich kommen.

Solange Agatha sich erinnern kann, arbeitet sie schon mit Mama und Papa in der Gärtnerei. Sie ist viel zu alt, um eine Schwester zu sein, aber manchmal ist sie so etwas wie eine zweite Mama. Eine warme Mama, die prima kocht und mit den Kaninchen redet.

Oder mit Agatha.

Ulla hat immer Zeit. Vor allem zur Teezeit. Sie kann sich gut der Länge nach auf einem Stuhl räkeln.

»Wo ist deine Mutter?«, fragt sie.

»Weiß ich nicht«, sagt Agatha. »Ausgegangen, denke ich.«

»Und dein Vater?«

Agatha schaut Ulla nicht an, sie deutet unbestimmt nach draußen. »Auf dem Kürbisfeld«, sagt sie. »Er will sie alle vor dem Abend drinnen haben.«

Ulla lehnt noch immer an der Anrichte und schaut aus dem Fenster. »Die Schwalben fliegen tief«, sagt sie. »Es kommt ein Unwetter, und zwar ein gehöriges.«

Agatha zieht die Schultern hoch. Die Kürbisse können ihr egal sein. Ihre Augen folgen einer Fliege, die über dem Tisch ihre Runden fliegt.

Ulla fragt: »Warum hilfst du deinem Vater nicht?«

»Darum«, sagt Agatha.

»Darum ist kein Grund«, sagt Ulla. Sie kippt das Küchenfenster und wedelt sich kühle Luft zu. Die Alpenveilchen auf der Fensterbank zittern im Luftzug.

Ganz kurz verschwindet die Sonne hinter einer Wolke. Ganz kurz wird es dunkel in der Küche.

»Ich war den ganzen Nachmittag draußen«, sagt Agatha. Sie hält die Luft an. Kann sie es Ulla erzählen?

»Papa hat ...«, sagt sie.

»Was sagst du?«, fragt Ulla.

»Papa hat mich mit einem Kürbis ... geschlagen.«

SCHOSS

Ulla dreht sich um. Ihre Augen sind groß, ihr Mund steht offen. »Was hat er?«

Agatha wird rot. Es klingt verrückt, man kann niemanden mit einem Kürbis schlagen, und eigentlich ist es auch nicht war. Sie macht ein Knallgeräusch mit der Zunge. »Er hat einen Kürbis auf meine Hand fallen lassen.« Sie hebt die Hand und bewegt Langerschatz und Kurzerschmatz.

Ulla geht auf Agatha zu. »Aus Versehen?«, fragt sie.

Das hat sie nun davon. Jetzt muss Agatha wohl oder übel alles erzählen.

Aber Ulla ist schneller, sie ist gut im Erraten.

»Komm her«, sagt sie und zieht Agatha auf ihren Schoß. Sie nimmt Agathas Hand und betrachtet den Mittelfinger und den Finger daneben. Sie stößt leise die Luft aus. »Tun sie weh, sie sind ganz rot?«, fragt sie in einem Atemzug.

Agatha antwortet nicht. Sie starrt vor sich hin. Sie denkt an früher. Wie sie das Gesicht hinter einem Buch versteckt hat, wenn Ulla im Zimmer war. Beim Lesen wurde das Buch zu einer Wand, hinter der sie heimlich an ihren Fingern lutschen konnte. Niemand würde es merken, dachte sie immer. Bis Ulla einmal sagte: »Lutsch nicht die Buchstaben von der Seite.«

Agatha weiß noch gut, wie sie damals erschrak.

Ungefähr so wie jetzt.

»Och, deine Lutschfinger«, sagt Ulla plötzlich. Sie zieht Agatha dichter zu sich heran und streichelt sanft über ihre Hand. »Wie schade, dass es ausgerechnet deine Lutschfinger sind.«

»Ja«, sagt Agatha. In ihrer Stimme ist ein Schluchzer zu hören.

»Ach«, sagt Ulla beruhigend. »Dein Papa hat dich bestimmt nicht so fest treffen wollen. Und ein bisschen hat er ja recht. Du musst langsam damit aufhören, du bist bald zehn.« Ulla kichert und wiegt Agatha sanft hin und her. Sie flüstert: »Als ich zehn war, habe ich meinen ersten Kuss bekommen.«

Agatha hält die Luft an. »Ja, und?«, fragt sie.

Ulla zieht die Augenbrauen hoch. Ihre Augen lachen. »Du bist zu alt, um Finger zu lutschen«, sagt sie kichernd. »Aber meiner Meinung nach wird es Zeit für deinen ersten Kuss.«

HÜHNERKACKE

Agatha richtet sich auf. »Ich? Küssen?«, fragt sie. Sie lässt sich von Ullas Schoß rutschen.

»Ja, du. Küssen«, sagt Ulla. »Einen Freund. Küssen. Mann. Ring. Einen Ring an deinem Ringfinger. Und danach hast du alle Hände voll zu tun mit einem Mann und einem Kind. Dann gehört die Gärtnerei dir. Und so weiter.«

»Was hat das ... Ich meine, was hat das mit meinen Lutschfingern zu tun?«, fragt Agatha.

Ulla legt die Hände auf den Tisch und stemmt sich hoch. Sie stöhnt. »Alles«, sagt sie. »Dann vergisst du deine Lutschfinger von ganz allein, das meine ich.«

Darüber muss Agatha erst einmal nachdenken, aber Ulla lässt ihr keine Zeit. Sie nimmt den Senf für die Salatsoße aus dem Schrank und sagt: »Du bist noch gut dabei weggekommen. Zu meiner Zeit wurde der Senftopf geholt. Dahinein hat man deinen Finger getaucht und zur Strafe musstest du den ganzen Tag mit dem Finger im Mund rumlaufen. Oder schlimmer noch ...«

»Eine ganze Woche?«, fragt Agatha.

»Nein, Hühnerkacke. Hühnerkacke hat auch manchmal geholfen.« Ulla lacht, es hört sich ein bisschen an wie Auslachen.

»Es sind meine eigenen Finger«, sagt Agatha. »Mir schmecken sie gut und ich steck sie in meinen eigenen Mund. Mamas Papa hatte eine Pfeife und Mama ist verrückt nach Gummibärchen.«

»Das ist etwas anderes«, sagt Ulla.

»Ach ja?«, fragt Agatha.

»Ja«, sagt Ulla und hantiert lautstark mit dem Mixer.

»Aber deshalb darf man doch niemandem wehtun«, ruft Agatha über den Lärm hinweg. »Das ist und bleibt Wehtun.« Damit hat sie das letzte Wort. Sie schlägt die Küchentür hinter sich zu und läuft die Treppe hinauf in ihr Zimmer.

DRAUSSEN

Kuschelhuhn liegt auf dem Bett. »Lutschbaby«, gackert es. »Lutschbaby.«

»Halt den Schnabel«, knurrt Agatha und setzt sich auf Kuschelhuhn. Sie legt die Arme übereinander und schaut böse aus dem Fenster.

Der Himmel ist nicht mehr ganz blau. Er hat weiße und graue Flecken von den Wolken, die aufziehen. Der Wald weiter weg liegt im Schatten einer dunklen Wolke.

Papas Lieferwagen steht in der Sonne. Die Fenster glitzern.

Agatha späht zum Kürbisfeld hinüber. Sie sieht Papas nackten, gebeugten Rücken. Er schwitzt vor Anstrengung, er schaut weder zur Seite noch nach oben.

Plötzlich sieht Agatha eine Bewegung zwischen den Kürbissen. *Ein Hund*, denkt sie erst, aber dann taucht ein Junge auf.

Bunderd. Sie erkennt ihn sofort.

Jelle Bunderd läuft zu Papa. Zu ihrem Papa.

Papa legt dem Kerl eine Hand auf die Schulter, mit der anderen hebt er den Daumen hoch.

Agatha springt auf. Sie glüht vor Wut. Dieser langweilige Jelle Bunderd, der nicht einmal den Unterschied zwischen einem Kürbis und einer Gurke kennt! Was hat er dort auf dem Feld zu suchen?

»Eifersucht! Eifersucht!«, gackert Kuschelhuhn.

Agatha wirft das Tier unters Bett und zieht die Vorhänge vor.

Sie rennt aus dem Zimmer.

In der Küche fragt Ulla: »Wohin gehst du?«

Sie bekommt keine Antwort.

Agatha rennt den Weg entlang. »Bunderd«, murmelt sie und spricht den Namen so verächtlich wie möglich aus. »Bleib daheim, Bunderd! Bei deinen Zwiebeln und deinen Brüdern! Stinkstiefel!«

Vor dem Kürbisfeld bleibt Agatha stehen. Sie zittert, als sie Papa sieht. Papa von Weitem findet sie weniger schlimm als Papa aus der Nähe.

Sie läuft zum Lieferwagen und versteckt sich hinter einem Rad. Vorsichtig späht sie hinüber zum Feld. Wenn Jelle Bunderd gleich kommt, wird sie ihm eine Lektion erteilen. Ganz still wird sie über ihn herfallen. Papa wird gar nichts merken.

Sie reibt sich die Hände und wartet.

Die Äcker und Wiesen liegen schwer vor Hitze da. Auf dem sandigen Pfad laufen Ameisen hin und her.

Agatha nennt eine Ameise Jelle Bunderd und tritt sie platt. Das wäre schon mal erledigt.

Ratscheratsch, erklingt es aus dem Kürbisfeld. Jemand läuft durch die Blätter.

Agatha stockt der Atem. Sie stemmt sich gegen den Boden. Wie eine Katze, die eine Maus fangen will.

JELLES MUTTER

Die Maus ist groß. Die Maus ist Papa und er sagt: »Ach, schau mal an.«

Agatha lässt den Blick über Papas Stiefel und seine Hose nach oben gleiten. »Ich bin ...«, sagt sie.

»Faul?«, ergänzt Papa. Er schüttelt den Kopf und dreht sich um. »Macht nichts, ich habe schon einen anderen Helfer.« Er winkt Jelle Bunderd.

Schnell wie der Blitz steht der Schleimer neben ihm. »Ja?«, sagt er und bläst sich die Haare aus den Augen. Die Hände hat er in den Taschen, den Bauch vorgestreckt. Ein zehnjähriger Bauer.

Agatha richtet sich auf und schiebt die Schultern zurück. Sie spürt, dass ihr die Hitze in die Wangen steigt.

Papa betrachtet sie, als wäre sie eine streunende Katze. Eine mit Flöhen. Er gibt Jelle die Hand. »Noch mal danke, Junge«, sagt er. Danach steigt er in den Lieferwagen und knallt die Tür zu.

Die Grillen schweigen. Der Motorlärm dröhnt über das Land. Rauchend und in einer Staubwolke verschwindend rumpelt der Lieferwagen davon.

Agatha schaut dem Lieferwagen nach, bis er um die Kurve verschwunden ist.

Die Stille ist stiller als je zuvor.

»Er ist sehr böse auf dich«, sagt Jelle.

»Und was geht es dich an?«, sagt Agatha. Sie läuft ganz dicht an ihm vorbei.

Weg, nur weg, bevor ich anfange zu weinen, denkt sie.

Sie hört Jelles Schritte hinter sich. Dieser Arschkriecher. Bestimmt will er jetzt Freundschaft schließen.

»Geh und stink zu Hause«, sagt sie über die Schulter.

»Das hatte ich auch vor«, sagt Jelle. »Reg dich nicht auf.«

Aber Agatha regt sich auf. Es ist, als klebe ihr Jelle an den Fersen. Als trete er ihr gleich hinten auf die Schuhe.

Sie fühlt seinen Blick. Er geht jetzt neben ihr her. Sie starrt in die Ferne. Es gibt ihn nicht, versucht sie sich einzureden, es gibt ihn überhaupt nicht. Aber das nützt nichts.

Sie bleibt stehen und verschränkt die Arme. Was sie zu ihm sagen will, weiß sie nicht, und sie bekommt auch fast kein Wort heraus. »Es ist deine Schuld, Bunderd«, sagt sie. »Dass – er – mein – Vater – böse – ist. Auf mich. Du Arschkriecher!« Sie spuckt die Worte aus.

Jelle schaut sie mit großen Augen an. »Was? Wie?«, sagt er.

Agatha hält sich die Ohren zu. Sie kneift die Augen zusammen. »Geh weg!« Sie zählt bis drei, aber er ist immer noch da, schaut Agatha aber nicht mehr an.

Er hat Angst.

In der Ferne kommt eine Frau den Weg entlang. Jelles Mutter. Sie hat beide Hände in die Seiten gestemmt und man sieht ihr an, dass sie nicht fröhlich ist.

DÄUMLING

Mit großen Schritten kommt Jelles Mutter angebraust. Sie ruft schon von Weitem: »Jelle!« Und noch einmal: »Jelle!« Ihre Stimme ist schrill. Wie eine Lawine stürmt sie auf Jelle los.

Sie zieht ihn am Arm zu sich und gibt ihm eine schallende Ohrfeige. Und dann gibt sie ihm noch eine. »Nach Hause, auf der Stelle!«, schnauzt sie.

Agatha blinzelt. Gerade hat sie Jelle noch eine Ameise genannt und wollte ihn platt treten, aber jetzt, da er von seiner Mutter eine bekommen hat, bekommt sie Mitleid mit ihm.

Jelles Mutter dreht sich zu Agatha um.

Fast hätte Agatha auch eine Ohrfeige erwartet.

Aber Jelles Mutter sagt: »Hat er dir schon seinen Daumen gezeigt?« Sie zieht Jelles Hand aus der Hosentasche und hält sie triumphierend hoch. »Sein Daumen!«, ruft sie. »Sein Lutschdaumen!«

Agatha schlägt die Hand vor den Mund.

Jelles Daumen ist dick verbunden.

»Das wird ihm eine Lehre sein!«, ruft Jelles Mutter. »Der junge Mann hier braucht noch einen Schnuller!« Sie zieht Jelle am Ohr hinter sich her.

Er kann kaum Schritt halten und läuft vor Schmerzen ganz gekrümmt.

»Ich hatte dir Hausarrest gegeben, junger Mann«, hört Agatha noch. Sie seufzt tief.

»Schlagen«, murmelt sie. Es klingt wie: Das ist schlimm.

Zwei Schläge an einem Tag, das ist zu viel. *Blöd, dass ich nichts gesagt habe,* denkt Agatha. *Frau Bunderd, Ihnen sitzt die Hand zu locker.* Sie hätte Jelle verteidigen können.

Plötzlich weiß sie, was sie zu tun hat.

Sie läuft Richtung Wald. Wenn sie durch den Wald läuft und so den Weg abkürzt, kann sie Jelle und seine Mutter noch einholen.

Sie bahnt sich einen Weg durch das Gebüsch. Zweige schlagen ihr ins Gesicht. Sie rennt im Zickzack zwischen den hohen Tannen hindurch, schneller und schneller. Sie kommt am Waldrand heraus und springt über den schmalen Wassergraben.

Etwa zehn Meter vor ihr laufen Jelle und seine Mutter. Sie schimpft noch immer mit ihm.

»Warten Sie einen Moment!«, ruft Agatha.

Jelles Mutter schaut sich um.

»Warten? Worauf?« Sie knurrt ungeduldig, weil Agatha erst einmal ausschnaufen muss.

»Ich will …«

»Was willst du?«

»Ich will nur sagen, dass Sie das nicht dürfen«, sagt Agatha.

Jelles Mutter verschlägt es ein paar Sekunden die Sprache.

»Was darf ich nicht?«, fragt sie dann.

Agatha beißt sich auf die Lippe. Jelles Mutter hat harte Augen und ihre Hände sind kräftig.

Jelle steht hilflos daneben. Er sieht aus, als könnte er jeden Moment anfangen zu weinen.

Agatha holt tief Luft, bevor sie eine Antwort gibt.

»Schlagen«, sagt sie.

Jelles Mutter bläst Luft durch die Nase. »Willst du dir vielleicht auch eine fangen?«, fragt sie.

Agatha beißt die Zähne zusammen und schüttelt den Kopf. Obwohl sie eine Heidenangst hat, versucht sie zu lächeln. *Ich habe keine Angst,* denkt sie, *ich habe keine Angst.*

»Ich habe heute schon einen Schlag abbekommen«, sagt sie, »von meinem Vater. Schauen Sie.« Sie zögert keinen Moment. Fast stolz hebt sie ihre Hand hoch. »Schauen Sie«, sagt sie. »Diese zwei Finger, an denen lutsche ich noch.«

Jelles Mutter schnappt nach Luft. Sie lässt Jelle los, macht einen Schritt nach vorn und beugt sich zu Agatha. »Wenn ich deine Mutter wäre, hättest du jetzt eine Ohrfeige bekommen, du freches Stück«, sagt sie. Sie zieht Jelle am Arm mit sich und geht weiter.

Agatha steht wie festgenagelt da. Sie kann nichts sagen, sie kann sich nicht rühren.

Sie sieht Jelle, der sich manchmal zu ihr umschaut.

Seine Augen sagen: *Tut mir leid. Danke. Tut mir leid.*

STREIT

Ulla tobt vor Wut, als sie hört, was passiert ist. »Diese Frau!«, ruft sie und stürzt sofort aus dem Treibhaus. »Komm! Was glaubt sie, wer sie ist?«

Agatha folgt ihr mit klopfendem Herzen. Wenn Ulla böse wird, sollte man lieber in Deckung gehen. Sie schlägt einen platt mit Worten, die schlimmer als Schläge sind.

Sie laufen quer durch das Dorf. Vorbei an der Bäckerei, in der es plötzlich still wird. Der Bäcker und ein paar Kunden schauen ihnen nach. *Ulla, die lustige Ulla, lacht nicht, habt ihr das gesehen?*

Am Bauernhof der Bunderds bekommt Agatha Angst. Das Herz klopft ihr in der Kehle. »Es ist gut, Ulla«, sagt sie. »So schlimm ist es nun auch wieder nicht.«

Die Hunde schlagen an. Sie fletschen knurrend die Zähne.

Ulla bleibt am Zaun stehen. »Frau Bunderd!«, ruft sie mit Donnerstimme.

Die Hunde toben, bis jemand schreit: »Schnauze!«

Mit einem Schlag wird es still. Schrecklich still.

Agatha versteckt sich hinter Ulla. Sie wagt kaum hinzuschauen.

Langsam kommt Jelles Mutter zum Zaun. »Was willst du?«, fragt sie.

»Nichts«, sagt Ulla. »Du solltest was wollen! Zum Beispiel aufpassen, was du sagst. Was du mit deinem Sohn machst, geht mich nichts an. Aber wenn du auch nur drohst, Agatha zu schlagen, dann gehst du schon zu weit. Dann ist das schon so gut wie schlagen.«

»Bist du vielleicht ihre Mutter?«, entgegnet Jelles Mutter herausfordernd. »Warum mischst du dich überhaupt ein?«

Jetzt wird Ulla erst richtig böse. Sie schreit, sie schimpft, sie schlägt Jelles Mutter die hässlichsten Worte um die Ohren. So laut, dass die Nachbarn neugierig herauskommen.

Agatha starrt auf ihre Schuhspitzen. Sie ist stolz auf Ulla, doch zugleich würde sie am liebsten vor Scham im Erdboden versinken.

Jelle, der auch herausgekommen ist, bleibt in sicherer Entfernung stehen. Er winkt Agatha und deutet hinüber zum Wald.

Was meint er?

Agatha kann bei dem Geschrei nicht nachdenken. Jelles Mutter lässt sich nichts gefallen. Ulla gibt sich nicht geschlagen. *Bei diesem Streit kann keiner gewinnen,* denkt Agatha.

Sie schaut zur Scheune hinüber, aber Jelle ist verschwunden.

Dann sieht sie ihn durch den Kartoffelacker rennen.

Zum Wald?

Vorsichtig macht sie ein paar Schritte rückwärts. Niemand achtet auf sie, nun mischen sich auch die Nachbarn in das Gespräch. Sie ergreifen Partei für Ulla oder sie ergreifen Partei für Jelles Mutter.

Agatha dreht sich um und rennt los. Die Schimpfwörter folgen ihr noch eine Weile, aber sie schaut sich nicht um.

LANGERSCHATZ, KURZERSCHMATZ, DÄUMLING

Die Tanne flüstert im Wind. »Istjellehhhier«, klingt es durch den Wald.

Agatha hört einen Specht. Er morst die Botschaft weiter: Ist ... Jelle ... hier?

Keine Antwort.

»Jelle!«

Agatha läuft tiefer in den Wald hinein.

»Jelle!«, ruft sie noch einmal.

»Hier!«, hört sie von Weitem.

Ist das ein Vogel?

Der Wald, den Agatha so oft besucht, macht ihr jetzt ein bisschen Angst. Es scheint, als würden die Bäume murren. Oder ist es das Unwetter, das immer näher kommt?

Agatha stapft weiter.

Sie ist froh, als sie ihren Namen hört. Sie weiß sofort: Jelle ist nicht mehr weit.

Als wäre es eine Gardine, schiebt Agatha ein Gebüsch zur Seite und da sitzt er. Im Straßengraben neben dem Kürbisfeld.

Er grinst verlegen. »Hallo«, sagt er, als hätten sie sich noch nie gesehen.

»Hallo«, sagt Agatha. Sie setzt sich neben ihn.

Eine ganze Weile sagen sie nichts. Sie schauen zum Himmel, der grau ist, mit einer dunklen Wolke da und dort. Sie betrachten eine Taube, die auf einem Zweig sitzt und gurrt.

Sie schauen einander nicht an, das trauen sie sich nicht.

»Dumm«, sagt Jelle plötzlich.

»Ja, sehr dumm«, sagt Agatha. Sie ist sicher, dass er von seiner Mutter spricht. Und von ihrem Papa und von Ulla.

Sie betrachtet Jelles Daumen. Der Verband ist schmutzig und graugrün. »Hilft es?«, fragt sie.

»Es ist der erste Tag«, sagt Jelle.

»Hast du ... Hühnerkacke darunter? Oder Senf?«

Jelle runzelt die Augenbrauen. »Nein, nur meinen Daumen«, sagt er.

»Oh!«

Wieder schweigen sie.

In der Ferne ruft ein Kuckuck. Im Gras antwortet ein Frosch. »Unwetter!«, ruft er. »Unwetter!«

Agatha sieht nicht gleich, dass Jelle den Verband abwickelt. Ganz langsam. Seine Mutter hat nicht am Stoff gespart. Der Verband ist lang, länger als ihre Zunge.

Jelles Gesicht hellt sich auf, sobald sein Daumen zum Vorschein kommt. Er bewegt ihn hin und her. »Ob er noch gut schmeckt?«, überlegt er.

»Ich glaube nicht«, sagt Agatha. »Ich habe meine Finger schon probiert. Ich weiß es nicht, aber ich glaube, dass für uns die Zeit für was anderes gekommen ist.«

»Wofür denn?«

Agatha hüstelt. »Ganz einfach«, sagt sie. »Vielleicht ist es Zeit, mit dir zu sprechen.«

»Worüber?«, fragt Jelle.

Agatha springt auf und deutet zu dem dunklen Himmel. »Kommst du mit nach Hause, Jelle? Es kommt tatsächlich ein Unwetter.« Sie nimmt Jelles Hand und zieht ihn hoch.

Einen Moment lang bleiben sie so stehen. Hand in Hand. *Däumling, Langerschatz und Kurzerschmatz lernen sich kennen,* denkt Agatha.

Jelle kneift die Lippen zusammen. Er schaut sie an und sagt: »Ein Unwetter, ein Unwetter. Ich glaube, wir haben das Schlimmste hinter uns.«

DAS **BUCH** VON NIETE

MIT ZEICHNUNGEN VON

MARIJE TOLMAN

Wir hätten genauso gut
keine Tochter haben können.

EINS

»Buch zu!«, rief Titias Mutter, während sie sich kochend vor Wut einen Schal um den Kopf band.

Titias Vater nickte. »Ja, mach das Buch zu«, sagte er.

Titia schaute auf. »Warum?«

»Zu!«, sagte ihre Mutter. Sie riss Titia das Buch aus der Hand und warf es auf das Bett. »Warum, warum – darum! Du hast die ganze Reise versaut! Lesen, immer nur lesen, und dabei haben dein Vater und ich uns so bemüht, dir alles recht zu machen! Wir waren noch nicht losgefahren, da hast du deine Nase schon in ein Buch gesteckt! Fünf Tage, fünf Bücher, aber jetzt reicht's!«

Titia erschrak über das hässliche Gesicht ihrer Mutter. Sie sah rot aus, sie spuckte. Als hätte sie sich ihre ganze Wut für heute aufgespart.

»Deinen Koffer kannst du selbst tragen, Kind! Das Ding kann man gar nicht heben. Du hast mehr Bücher als Kleider darin.« Titias Mutter schnaufte tief und winkte Titias Vater. »Komm, wir gehen.«

An der Tür drehte sie sich um. Sie deutete mit ihrem langen, schmalen Finger auf das Bett und sagte: »Was uns betrifft, kannst du liegen bleiben, wo du liegst. Von mir aus schlag zwanzig Bücher auf einmal auf. Lies doch, bis du schielst. Bis dir die Augen rausfallen. Papa und ich haben es satt! Wir hätten genauso gut keine Tochter haben können.«

»Ja«, sagte Titias Vater. »Wir hätten genauso gut, eh ... keine Tochter haben können.«

Zusammen hoben sie die Reisetasche auf. Mit einem Knall schlugen sie die Tür hinter sich zu.

Titia starrte mit großen Augen auf die leere Stelle, an der ihre Mutter und ihr Vater gerade noch gestanden hatten. Sie spitzte die Ohren.

Im Hotelzimmer über ihr gurgelte Badewasser aus einer Wanne. Ganz verschwommen hörte sie draußen Schritte auf den Fliesen und eine Stimme, die sagte: »Auf Wiedersehen, die Dame, der Herr.«

Titia sprang auf. Ihr Herz setzte einen Schlag aus. *Auf Wiedersehen die Dame, der Herr?* Waren die Dame und der Herr ihre Eltern? Man ging doch fort, wenn einem jemand auf Wiedersehen sagte, oder?

Sie nahm ihr Buch, klappte ihren Koffer zu und stürmte in den Flur. Die Treppe hinunter. »Mama!«, rief sie. »Papa!«

Sie rannte an der Rezeption vorbei. Wo waren ihre Eltern geblieben? Sie waren nirgends zu sehen! Sie waren weder in der Hotelhalle noch auf der Straße!

»Mama? Papa?«, rief sie.

»Keine Ahnung«, sagte die Frau am Empfang. Sie deutete mit einer vagen Handbewegung hinaus. »Sie sind dahin oder dorthin gegangen.«

»Dahin oder dorthin, ohne mich!«

Titia lief die Straße entlang, schaute nach links, schaute nach rechts und rannte zum Hafen. Dort stand auf einem großen Schild:

In diesem Moment erklang eine laute Dampfpfeife. Hinter einem grauen Schuppen tauchte ein knallrotes Dampfschiff auf.

Titia schaute keuchend hinüber.

Das Schiff glitt langsam vorbei. An Deck standen winkende Menschen.

Titia wurde heiß vor Kummer. Tränen sprangen ihr in die Augen. Sie wollte rufen, die Hand heben, aber was würde das nützen? Ihre Eltern waren nirgends zu sehen. Es war klar: Sie waren ohne sie weggefahren und hatten noch nicht einmal Lebewohl gesagt.

Das Schiff drehte sich und nahm pfeifend Kurs aufs offene Meer.

Der Koffer glitt aus Titias Hand. Sie schaute dem Schiff lange nach, sah, wie es kleiner und kleiner wurde, und ließ den Kopf hängen. Sie sank am Straßenrand neben ihrem Koffer zu Boden. Sie war allein. Mutterseelenallein auf einer Insel, die sie nicht kannte. Bald würde es dunkel werden und sie wusste wirklich nicht, wohin sie gehen sollte. Mama hatte gar nicht so unrecht: Sie hatte viel gelesen und sich wenig umgeschaut.

»Denk nach«, murmelte sie. »Der einzige Weg, wieder nach Hause zu kommen, ist über das Wasser.«

»Darüber kannst du aber nicht zu Fuß gehen«, sagte plötzlich eine Stimme über ihr. »Du brauchst ein Boot und für ein Boot brauchst du Geld.«

Titia schaute hoch.

Neben ihr stand ein Junge. Er trug eine blaue Biwakmütze. Die hatte er sich tief über die Ohren gezogen. Sie konnte nur seine scharfen dunklen Augen sehen. Er wiegte sich auf den Schuhabsätzen hin und her.

»Eine Fahrkarte ist nicht teuer, trotzdem braucht man dafür Geld«, sagte er.

»Viel Geld?«, fragte Titia. Sie wusste, dass sie im Koffer eine Handvoll Kleingeld hatte.

»Ziemlich viel«, sagte der Junge. Er zog seine Mütze ein bisschen tiefer und ging weiter.

»He!«, rief Titia ihm nach. »Wo kann ich eine Fahrkarte für das Schiff kaufen?«

»Im Buchladen!«, rief der Junge über die Schulter. »Dass du das nicht weißt! Fahrkarten kauft man immer im Buchladen.«

Titia brummte. Sie hatte diese Insel vom ersten Tag an dumm gefunden und die Bewohner waren das wohl auch. Sie kannte kein anderes Land, in dem man Fahrkarten in einer Buchhandlung kaufte.

Sie nahm ihren Koffer und rannte dem Jungen nach.

»Kannst du mir sagen, wo dieser Buchladen ist?«, rief sie.

Der Junge drehte sich erschrocken um und legte den Finger

auf die Lippen. »Nein«, sagte er. »Such ihn doch selbst.« Schnell lief er weiter.

Titia schnappte nach Luft vor Empörung. »Ich soll ihn selbst suchen? Was glaubst du denn, wer du bist?«, fragte sie und lief im Abstand von zwei Schritten hinter ihm her. »Touristen bringen Geld, weißt du das?«

»Du jedenfalls nicht«, murmelte der Junge. »Du hast keinen roten Cent.«

Titia schwankte, als hätte der Junge sie geschubst. »Au«, sagte sie. »Das ist gemein. Meine Eltern haben mich ohne Geld zurückgelassen und ohne Fahrkarte. Ich kann nicht mehr nach Hause.«

Der Junge blieb stehen, drückte den Rücken durch und drehte sich langsam um. »Stimmt das?«, fragte er.

Titia schlug die Augen nieder. »Ja«, sagte sie.

»Was ist passiert?«

»Nichts. Nichts Besonderes. Und warum sollte ich es dir erzählen? Du willst mir doch eh nicht helfen.«

»Ich kann dir nicht helfen, glaube ich«, sagte der Junge. »Das ist etwas anderes. Also erzähl.«

Titia zögerte. Sie schaute in die dunklen Augen des Jungen. Sie waren haselnussbraun. Augen, denen man trauen konnte.

»Gut«, sagte sie mit einem Seufzer. »Ich lese zu viel.«

»Zu viel?«

»Ja, meine Mutter und mein Vater finden, sie hätten ebenso gut keine Tochter haben können. Ich habe ihnen die Reise versaut, sagen sie, weil ich meine Nase dauernd in ein Buch stecke.«

Es blieb still. Der Junge schaute Titia an, als erwarte er eine weitere Geschichte.

»Es tut mir leid«, sagte Titia und pflückte sich einen Fussel vom Ärmel. »Ich hatte gerade ein neues Buch angefangen. Im Vergleich zu diesem Buch hat mir Niete nicht gefallen.« Sie zuckte mit den Schultern.

Der Junge nickte. »Niete ist auch nichts Besonderes. Es ist fast nichts mehr, wie es war.«

»Wie komisch du das sagst«, sagte Titia.

Sie standen vor dem Schild, das die Leute verabschiedete und ihnen für ihren Aufenthalt dankte.

Der Junge deutete auf die Rückseite.

las er laut. »Das hört sich zwar gastfreundlich an, aber es ist gelogen.«

»Wie meinst du das?«

»Weißt du denn wirklich nichts von Niete?« Der Junge griff nach Titias Arm und zog sie näher. Er schaute sich hastig um und sprach flüsternd weiter: »Hier hat sich alles verändert, nachdem unsere Königin gestorben ist. An jenem Tag ist auch Niete ein bisschen gestorben. Die Sonne blieb hinter den Wolken. Die Blumen auf ihrem Grab verwelkten schon beim Hinschauen. Die Menschen vergaßen, was sie zu tun hatten. Der Nikolaus kam nicht, es wurde Weihnachten und keiner hat einen Baum geschmückt. Alle haben Kerzen vor dem Bild der Königin angezündet, denn niemand konnte sie vergessen.«

Titia nickte. Sie wusste, wie sich Trauer anfühlte.

Der Junge hielt die Luft an. Dann sprach er noch leiser weiter: »Damals, nach Neujahr, ist der General an die Macht gekommen. Die Königin hatte mit sanfter Hand regiert. Der General packte es ganz anders an. Mit der Faust, könnte man sagen.« Der Junge ballte eine Hand zur Faust. »Er hat alles, was an die Königin erinnerte, entfernt. Ihr Bild, ihre Statue. Er veranstaltete Feste, zu denen keiner aus Niete gehen durfte. Er lud Menschen von Übersee ein und feierte jede Nacht seine Macht. Die Musik schallte durch die geöffneten Fenster bis weit über die Insel, bis tief in den Wald. Meine Mutter, mein Vater und ich konnten nicht schlafen. Meine Mutter weinte sich in den Schlaf. Oder sie schrieb einen weiteren traurigen Brief, der anfing mit *Liebe Königin*. Den Brief steckte sie in eine Flasche und warf sie ins Meer. Das tröstet sie, sagte sie.«

Der Junge schwieg plötzlich.

Titia wartete. Sie hatte das Gefühl, als komme jetzt etwas sehr Wichtiges.

»Eines Morgens haben sie Mama und Papa abgeholt«, fuhr der Junge fort. »Ich bin noch rechtzeitig unters Bett gekrochen. Wo Mama und Papa jetzt sind, weiß ich nicht. Man sagt, der General habe an seinem Privatstrand einen von Mamas Briefen gefunden. Und Mamas Ton hat ihm offenbar nicht gefallen.«

Titia schaute den Jungen mit großen Augen an. »Geht das einfach so?«, fragte sie. »Das geht doch nicht einfach so, oder?«

»Trotzdem ist es passiert.«

Irgendwo in der Nähe läuteten Glocken. Nach den ersten Klängen ertönte weiteres Gebimmel von anderen Türmen. Der Lärm war überall zu hören.

Titia sah, dass die Menschen schnell weiterliefen, als müssten sie plötzlich dringend irgendwohin.

Der Junge hatte es auch eilig. Er wollte schon losrennen, überlegte es sich aber anders und drehte sich um. »Wie heißt du?«

»Ich bin Titia.«

»Auf Wiedersehen, Titia. Ich bin Pepe.« Er zog seine Jacke fester um sich und rannte los.

Titia wollte ihm noch etwas nachrufen, aber er war bereits um die Ecke verschwunden.

ZWEI

Die Uhr auf dem Kamin schlug zum letzten Mal und die Frau des Generals stellte ihre Teetasse auf den Tisch.

»Bist du ganz sicher?«, fragte sie und legte die Hand auf das Knie ihrer Tochter.

»So sicher, wie ich hier sitze, Mama. Auf der Insel nennen die Menschen Papa einen ... eh ...«

»Ja, ja«, sagte Leonoor. »Und weiß Papa das auch?«

»Ich glaube nicht«, sagte Aline.

»Dann müssen wir es ihm ganz vorsichtig beibringen«, sagte Leonoor.

Beide liefen durch die langen Gänge des Palastes.

»Ko!«, rief Leonoor schon von Weitem. Sie riss die Tür zum Büro auf. »Ko! Hör mal. Unsere Tochter weiß etwas, das du noch nicht weißt.« Sie winkte Aline näher.

»Erzähle«, sagte der General. Er legte seine Hände wie Spinnen vor sich auf die Tischplatte.

Aline wusste nicht, ob es nötig war, aber sie machte trotzdem eine Verbeugung. Darüber freute Papa sich immer. »Sie wissen, dass die Insel nicht groß ist«, sagte sie. »Und die Wände sind dünn. Ich bekomme alles mit, was die Leute sagen. Und jetzt habe ich etwas gehört. Es ging um Sie. Sie haben von Ihnen gesprochen. Sie haben Ihnen einen Namen gegeben.«

»Nun rede schon«, sagte der General ungeduldig.

»Sie nennen Sie einen Tyrannen.« Aline war froh, dass sie dieses Wort los war. Es klang widerlich.

»Tyrann?«, fragte der General. Er trommelte mit den Fingern auf den Tisch.

»Ja«, sagte Aline. »Ty-rann.«

Der General runzelte die Stirn. Er hüstelte. »Man bringe mir ein Wörterbuch«, sagte er.

Der Soldat, der Wache stand, nahm Haltung an. Er holte das Buch aus dem Bücherschrank und sagte, dass das T nach dem S kam.

TAGEBUCH, DAS – EIN BUCH, IN DAS MAN
ABENDS SCHREIBT, WAS MAN TAGSÜBER ERLEBT HAT.
BÜCHER LESEN KANN MAN IMMER,
AUCH MORGENS UND MITTAGS.

TIPP, DER – NÜTZLICHER HINWEIS
LESETIPPS BEKOMMT MAN
VON VERSCHIEDENEN MENSCHEN.

TITEL, DER – NAME EINES BUCHES
ODER EINER GESCHICHTE.

TYRANN, DER – HERRSCHT ALLEIN, UNTERDRÜCKT,
GEBRAUCHT GEWALT, HAT ZU VIEL MACHT.
TYRANNEN SIND NICHT IMMER MÄNNER.

Langsam, ganz langsam lief der General rot an. Aus seinen Augen schoss Feuer.

»So!«, brüllte er plötzlich. »Das meinen sie also? Soll ich noch einmal tun, was ich tun muss? Soll ich weiter allein herrschen, unterdrücken, Gewalt anwenden, zu viel Macht haben?« Er griff nach einem Stift, schlug das Gesetzbuch von Niete auf und kritzelte ein neues Gesetz hinein. Den soundsovielten Artikel:

Ab heute wird ohne Angabe von Gründen das Wort Tyrann verboten. Sonst gibt es Schläge, sonst gibt es Tote.

Er grinste und wedelte mit den Fingern durch die Luft, als wäre dort noch mehr Macht zu finden. Er drehte seinen Stuhl zum Fenster und schaute über Niete hinweg. »Lasst alle wissen, was ich beschlossen habe«, sagte er. »Der Artikel soundsoviel tritt in Kraft. Sofort.«

DREI

Weit war der Marktplatz nicht. Er lag hinter den Bäumen und groß war er auch nicht. Die Häuser drängten sich dicht zusammen. Zwischen einer Teestube und einem Tabakgeschäft entdeckte Titia die Buchhandlung.

Das Schaufenster war vollgestopft mit Büchern. Nirgendwo

hatte man einen Platz für das Foto eines Schiffes gelassen. Nirgendwo konnte man lesen, wie viel eine Fahrkarte zum Festland kostete.

Im Laden war es dunkel. Hinter der Scheibe hing eine Tafel.

Titia wünschte, es wäre schon morgen. Sie wollte so schnell wie möglich eine Fahrkarte für das Schiff kaufen. Sie wollte so schnell wie möglich nach Hause.

Doch vorher musste sie sich darum kümmern, einen Abend und eine Nacht hier zu verbringen. Wenn sie noch ein bisschen Geld verdienen wollte, musste sie sich beeilen, es fing schon an zu dämmern.

Es würde schwer werden. Der Platz lag verlassen da. Auf der anderen Seite lief ein kostbar gekleidetes Mädchen. Um die Ecke erschien ein Mann in Uniform. *Ein Soldat*, dachte Titia. Seine Orden klirrten wie ein Tablett voller Gläser. Er klingelte an jedem Haus.

»Befehl des Generals!«, rief er jedes Mal.

Es war niemand in der Nähe, für den Titia hätte tanzen können. Oder singen. Niemand würde stehen bleiben, um ihr Geld in die Mütze zu werfen.

Trotzdem musste sie es wagen. Sie hatte kein Geld, um nach Hause zu kommen. Das Einzige, was sie besaß, war ihr Koffer. Und die Nacht. Die ganze lange Nacht.

Sie seufzte. Mama und Papa waren jetzt vermutlich schon zu Hause. Vielleicht saßen sie beim Abendessen. Bei Tisch erzählten sie sich immer Geschichten. Was am vergangenen Tag passiert war. Manchmal ging es auch um vergangene Jahre. Welchen Streich Papa ausgeheckt hatte, als er zehn war. Er konnte gut erzählen. Vielleicht dachte er sich die Hälfte nur aus, aber das war nicht schlimm.

Plötzlich ging Titia ein Licht auf. *Natürlich,* dachte sie. *Jeder liebt Geschichten, oder? Würden die Leute für eine Geschichte aus ihren Häusern kommen? Für ein Geschichtenmädchen?*

Schnell machte sie ihren Koffer auf, wühlte zwischen den Kleidungsstücken und Büchern und wählte ein Buch aus. Sie rannte zum Standbild des Generals, das mitten auf dem Platz stand, faltete ihren Mantel zu einem Kissen und setzte sich darauf. Ihre Mütze legte sie vor sich auf den Boden.

Anschließend räusperte sie sich und rief: »Ich bin Titia, das Geschichtenmädchen!« Ihre Stimme kam als Echo zurück: *...äädchen, ...äädchen.* Das klang vielversprechend.

»Auf meinen Wegen durch die Städte traf ich einen Jungen. Ich fragte ihn: ›Wofür ist deine Nase gut?‹ Der Junge sagte: ›Damit ich Platz für Popel habe.‹« Titia tat, als müsste sie schallend lachen.

Da und dort erschienen Gesichter hinter den Fenstern. Das kostbar gekleidete Mädchen blieb stehen. Sie legte die Hand hinters Ohr und kam näher.

»Popel?«, rief Titia laut. »Eine Nase ist nicht nur dafür gut, dass man Platz für Popel hat. Geschichtenmädchen wissen es besser! Wir nehmen ein Buch, wir schlagen es auf und wir stecken unsere Nase zwischen die Seiten. Und dann atmen wir ein. Sehr tief atmen wir ein. Allein der Geruch der Bücher erzählt uns etwas über die Abenteuer, die wir erleben werden.«

Titia schwieg kurz und schaute sich um. Immer mehr Leute kamen aus ihren Häusern, um dem Geschichtenmädchen zu lauschen. Sie vergaßen ihre Töpfe auf dem Herd. Sie legten ihre Zeitungen beiseite. Männer mit Hunden, Frauen mit Babys auf dem Arm oder im Bauch. Kinder in Bademänteln. Sogar der Soldat vergaß vorübergehend seinen Auftrag.

»Auf meiner Reise durch die Städte, auf der Suche nach Büchern, roch ich ein Abenteuer, das uns allen passieren könnte.« Titia ließ den Blick unheilverkündend über die Gesichter streifen, sodass die Leute erst etwas zurückwichen, um sich dann wieder neugierig zu nähern.

»Ich entdeckte die Geschichte von Vicky, Sally-Ann und Melanie, die das Mädchen Lucy bis zum Äußersten reizten!«

Titia zeigte den Umschlag des Buches, verbarg jedoch den Titel mit der Hand. »Soll ich es Ihnen erzählen? Soll Titia, das Geschichtenmädchen, Ihnen erzählen, warum alle diese drei Mädchen so schrecklich fanden?«

Die Menschen um Titia herum nickten. »Weiter, weiter!«, sagten sie.

»Wie heißt das Buch?«, fragte das kostbar gekleidete Mädchen.

Titia lächelte und wartete einen Moment, um die Spannung zu erhöhen. Bestimmt würde bald viel Geld in ihre Mütze fallen. Sie sagte: »Wissen Sie, wie diese Mädchen genannt wurden? Wissen Sie, wie das Buch heißt, aus dem ich vorlesen werde?«

Titia schwieg eine Sekunde, nahm dann wie ein Zauberer die Hand vom Einband und rief: »Tyrannen!«

VIER

Die Kutsche des Generals donnerte über das Kopfsteinpflaster. Auf dem Bock saßen zwei Soldaten. Die Pferde waren nicht zu halten. Der General, Leonoor und Aline klammerten sich an der Bank und aneinander fest. Ständig stießen sie sich die Köpfe an.

»Ich schwör's«, sagte Aline. »Ich stand dabei, ich hab's gesehen. Ihr Gesetz war gerade in Kraft getreten, da hat dieses Mädchen das Wort über den Platz gebrüllt. Noch dazu in der Mehrzahl! Es war schrecklich!«

»Unglaublich«, zischte der General. Er klopfte mit der Faust an die Kutschenwand. »Schneller!«, rief er. »Schneller! Dass niemand sie gefangen genommen hat, ist besonders schlimm.«

Die Laternen an der Kutsche schwankten hin und her. Die Schatten sprangen auf und ab.

Leonoor quietschte vor Angst. »Sie ist eine Enkelin der Königin. Die Stunde der Rache ist gekommen! Das Mädchen hat absichtlich das Gesetz übertreten. Unsere schönen Tage sind vorbei.«

»Noch lange nicht!«, sagte der General. »Verkündet, dass ich das gesagt habe!«

Sie verließen den dunklen Wald. Die Kutsche fuhr in einer scharfen Kurve auf den verlassenen Marktplatz und blieb neben dem Standbild des Generals stehen.

Hinter Türen, durch Spalten von Gardinen und zwischen Zimmerpflanzen spähten viele Augen. Vorsichtig kamen Leute aus den

Häusern, Richtung Marktplatz. Aber weiter als bis zur Schwelle wagten sie sich nicht.

Aus den Pferdemäulern trat Schaum. Sie schnaubten.

Als der General aus der Kutsche stieg, neigten die meisten Menschen den Kopf.

Der General lief schweigend um sein Standbild herum. Seinem Schnaufen war anzuhören, wie böse er war.

»So ein Trara um ein unbedeutendes Gesetz!«, rief er plötzlich. »So ein Trara um ein kleines Gesetz!«

Niemand wagte sich zu rühren. Auch auf ein weinendes Kind achtete niemand.

»Wer weiß, wohin dieses Geschichtenmädchen geflohen ist? Oder wer weiß, wo sich diese – wie heißt sie doch wieder – Titia versteckt hält? Ich bin gut, ich bin sehr gut, aber ich bin kein Tanzbär. Ich herrsche über dieses Land, diese Insel. Von Niete kann man nicht ungesehen verschwinden. Keiner kann über das Wasser laufen. Und über den Strand, die Stadt, den Hafen und den Wald wacht mein wachsamer Blick.«

Der General deutete auf die Soldaten. »Papier!«, rief er. »Man bringe mir Papier und einen Bleistift!«

Ein großes weißes Blatt wurde gebracht, dazu ein spitzer Bleistift.

»Du weißt, wie Titia aussieht«, sagte der General zu Aline. »Du hast dabeigestanden und sie gesehen. Zeichne sie.«

Aline nahm den Bleistift. Sie versuchte, sich in ihrer kostbaren Kleidung hinzukauern. Das war nicht so einfach, aber sie tat, als falle es ihr nicht schwer.

Sie zeichnete zwei freundliche Augen.

»Ho!«, sagten die Leute.

Sie zeichnete eine Stupsnase dazu.

»Ha!«, machten die Leute, und als Aline einen fröhlichen Mund zeichnete, erklang ein »Unglaublich süß«.

Titia auf dem Papier bekam rote Wangen, Zöpfe in die Haare und ein Grübchen ins Kinn.

»So, das reicht!«, schrie der General. Er schob seine Tochter zur Seite und hielt das Bild hoch. »Das ist das Mädchen, das ich suche!«, rief er. Mit einem spitzen Finger deutete er auf Titia. Über ihren Kopf schrieb er mit großen klaren Buchstaben:

GESUCHT!

Der General rollte die Zeichnung zusammen und gab sie einem Soldaten. »So!«, sagte er. »Verbreite das im ganzen Land!«

Hinter seinem Rücken war ein Murren zu hören. Ein Mann drängte sich durch die Menge nach vorn. »Herr General!«, rief er.

Die Leute hielten die Luft an. Was hatte der Mann vor? In der Hand hielt er einen Koffer.

»Den habe ich vor dem Teehaus gefunden«, sagte er. »Das ist der Koffer von diesem Mädchen, da bin ich ganz sicher. Was darin ist, weiß ich nicht, aber er ist schwer.« Der Mann stellte den Koffer vor die Füße des Generals auf den Boden.

Der General nickte dem Volk zu. Ein Nicken war genug. »Was für ein Trara!«, rief er noch einmal, bevor er mit dem Koffer in die Kutsche stieg. »So ein Trara für ein unbedeutendes Gesetz!«

Mit einer Staubwolke hinter sich machte die Kutsche eine Kurve und donnerte den Marktplatz hinunter.

FÜNF

Als Titia die Augen öffnete, war es, als hätte sie sie immer noch geschlossen, so dunkel war es um sie herum. Es war aber nicht die Dunkelheit, die ihr Angst machte. Es fühlte sich wie eine warme Dunkelheit an, wie in einer Höhle, die man sich selbst aus alten Decken gebaut hat. Die Dunkelheit roch auch ein bisschen muffig.

Vorsichtig tastete sie ihre Umgebung ab. Sie lag auf einem Bett aus Kissen. Hinter ihrem Kopf war eine Holzwand. An ihrer einen Seite hing ein schwerer Samtvorhang. Dicht über ihrem Kopf war ein Brett und unter den hubbeligen Kissen fühlte sie Bücherstapel.

Sie schluckte. Zögernd rief sie: »Ist da jemand?« Es blieb still. Wenn sie die Ohren spitzte, konnte sie ihr Herz klopfen hören. »Ist da jemand?«, rief sie noch einmal, diesmal lauter.

Nichts.

Vorsichtig schob sie den Vorhang ein Stück zur Seite. Sofort fiel Licht durch den Spalt. Sie spähte durch den Spalt hindurch und schlug erschrocken die Hand vor den Mund.

Sie war nicht allein!

In einer Ecke des Zimmers, hinter dem Vorhang, saß ein Mann. Unter einer Leselampe. Seine wirren grauen Haare glänzten wie Silber. Er trug eine alberne goldene Brille. Er hatte etwas von einem König, wie er da saß und las. Seine Lippen bewegten sich lautlos. Bevor er eine Seite umblätterte, leckte er mit der Zungenspitze über seinen linken Daumen.

Titia öffnete den Vorhang vorsichtig ein bisschen weiter. Sie legte die Hand auf die Brust, weil sie Angst hatte, der Mann könnte ihr Herz klopfen hören.

Sie traute ihren Augen nicht: Alle Wände waren Schränke, Bücherschränke, mit Regalen voller Bücher. Mehr als tausend! Ihr wurde schwindelig. Das müsste Mama mal sehen. Ihr Herz würde nicht heftig schlagen, sondern vermutlich einfach stehen bleiben.

Titia hatte keine Angst mehr. Menschen, die so viele Bücher besaßen, konnten nicht böse sein. *Unmöglich,* dachte sie.

Als sie den Vorhang ganz aufschob, sah sie Schuhe auf einem Diwan. Zwei Schuhe nebeneinander und darin steckten zwei Füße, die zu einem Jungen gehörten. Einem Jungen mit einer Biwakmütze auf dem Kopf.

Titia grinste.

Pepe! Auf diesem Diwan schlief Pepe! Über ihm ein Schild, auf dem stand:

Unter dem Diwan lag ein unordentlicher Haufen Bücher. *Kinderbücher,* dachte Titia.

Sie stellte vorsichtig die Füße auf den Boden, zog ihr T-Shirt zurecht und hüstelte. Sollte passieren, was wollte. Mit Pepe war sie sicher.

Sie versuchte ein Lächeln, um das letzte bisschen Angst zu überwinden, und sagte: »Ich bin aufgewacht.«

Der Bücherkönig schaute hoch. Er erschrak nicht einmal. Er lächelte zurück und sagte leise: »Na, Titia, hast du gut geschlafen?«

Er legte sein Buch zur Seite. »Ich bin Olle. Ich weiß, wer du bist. Mein Neffe Pepe hat mir alles erzählt. Hier bist du sicher.«

»Wo ist *hier*?«, fragte Titia.

»Siehst du das nicht?«, fragte Olle. »Das ist der Buchladen. Du bist sehr dumm gewesen. Fast wärst du in einem Kerker gelandet. Du hast das neue Gesetz des Generals übertreten.«

»Was für ein Gesetz?«

»Du hast das Wort Tyrann ausgesprochen. Oder besser: gerufen. Oder noch besser: gebrüllt! Noch dazu in der Mehrzahl!«

»*Tyrannen* ist der Titel von einem Buch.«

»Das weiß ich. Pepe weiß es auch. Aber der General weiß nur, was er hört.«

»Oh!« Titia erinnerte sich daran, was passiert war. Der Sand wirbelte auf. Die Menschen schrien. Jemand versetzte ihr einen Stoß, sodass sie fiel, aber sie wurde hochgehoben, noch bevor sie auf den Boden knallte.

»Hast du Lust auf Erbsensuppe?«

Titia musste kurz blinzeln. Sie nickte. Klar hatte sie Hunger.

Olle verschwand in einem Zimmer hinter dem Laden.

Titia ließ den Blick über die Schränke gleiten. Nur die Leselampe brannte. Ihr Licht war golden. Pepe röchelte im Schlaf.

»Murmeltier!«, sagte Titia kichernd. Sie rollte sich ebenfalls zusammen und dachte, dass der Schrank, in dem sie lag, wahrscheinlich die Theke war. Olle wohnte in seinem Laden.

»Wohnt Pepe auch hier?«, fragte sie, als Olle ihr die warme Erbsensuppe brachte.

»Ja. Ich sorge für ihn. Genauso wie für dich. Mein Neffe Pepe taucht hier unter. Niemand darf wissen, dass es ihn noch gibt. Vor allem der General nicht. Denn dann würde Pepe geschnappt. Und zu Tode gequält. Genau wie seine Eltern.«

»Deshalb«, antwortete Titia mit leiser Stimme. Sie schluckte mühsam. Die Suppe brannte in ihrer Kehle und *zu Tode gequält* hörte sich nicht gerade angenehm an. »Deshalb trägt er eine Biwakmütze. Als Vermummung. Er wollte mir den Weg zum Buchladen nicht zeigen. Als die Glocken läuteten, lief er blitzschnell davon.«

»Ein vernünftiger Junge. Jeden Tag darf er zwischen fünf und sechs Uhr hinaus. Ich sage ihm immer: Durch eine offene Tür kann man rein- und rausgehen, vor einer geschlossenen Tür fällt man auf. Um sechs Uhr schließe ich den Laden.« Olle schwieg. Sein Gesicht war sehr ernst.

»Titia, Liebes, du musst begreifen, dass du nun mit Pepe im selben Boot sitzt. Niemand darf dich finden. Mein Haus ist nicht groß und die Mauern sind dünn. Man muss leise sprechen. Bei Tag bleibst du unter der Theke. Pepe wird immer bei dir sein. Unter den Kissen findest du Bücher. Du wirst dich nicht langweilen.«

»Aber unter der Theke ist es stockdunkel!«

»Du liest mit einer Taschenlampe.«

Titia grinste. Sie dachte an zu Hause. Dort lag sie oft nachts unter der Decke und las.

Ein Schatten fiel über ihre Gedanken. Ob Mama und Papa sie wohl vermissten? Würde sie jemals wieder ihr eigenes Bett sehen?

Sie pflückte einen Fussel von ihrem Pullover. »Olle? Kann ich je mit dem Schiff nach Hause fahren?«

»Das weiß ich nicht. Das sind Sorgen für morgen, Titia. Was jetzt zählt, ist, dass du nicht geschnappt wirst und …«

»Zu Tode gequält«, ergänzte Titia.

Sie hatte das Wort noch nicht ausgesprochen, da wurde geklingelt. Das Klingeln zerriss die Stille.

Pepe war sofort hellwach.

Jemand klopfte laut an die Tür. Er schrie dazu: »Aufmachen! Befehl vom General!«

»Schnell«, flüsterte Olle. Er schob Titia unter die Theke.

Pepe folgte ihr.

Titia stöhnte, weil er sich auf ihren Arm setzte. Sie versuchte, sich zu befreien, aber Pepe bewegte sich nicht.

»Ich habe schon beinah Wurzeln geschlagen«, knurrte eine dunkle Stimme. »Für einen Befehl des Generals könntest du die Tür schneller öffnen!«

»Wenn ich lese, bin ich in einer anderen Welt«, entgegnete Olle ruhig.

»Ja, gut. Jetzt sind wir wieder in dieser Welt.«

Titia hörte Papier rascheln.

»Der General sucht dieses Mädchen. Hast du sie nach sechs Uhr noch gesehen?«

Er meint mich, dachte Titia atemlos. Sie hielt die Schmerzen fast nicht mehr aus, Pepe wurde immer schwerer. Gleich würde ihr Knochen brechen. Die Stille dauerte ewig lang!

»Nein, hab ich nicht. Soll ich nach ihr Ausschau halten?«

»So ist es. Und dieses Plakat muss ins Schaufenster. Das ist Pflicht.«

»Ich werde es aufhängen. Gute Nacht.«

»Gute Nacht? Solange dieses Mädchen im Land ist, macht keiner ein Auge zu!«

»Das stimmt«, sagte Olle. Er ließ die Tür ins Schloss fallen und zog das Rollo herunter.

Endlich rutschte Pepe weg. »Tut mir leid«, sagte er und stieß sich den Kopf an. »Zu zweit ist es ziemlich eng hier.«

Titia stöhnte erleichtert. Sie rieb sich den Arm und sagte: »Eng? Eng? Es ist absolut kuschelig.«

SECHS

Mitten im Wald ließ der General die Kutsche auf einer Lichtung halten.

»Von Geduld kriege ich Blähungen«, sagte er und zündete eine Laterne an. Die kleine Flamme erleuchtete die Kutsche, als wäre sie eine Schatzhöhle mit drei Räubern darin.

Auf den Knien des Generals stand Titias Koffer. Leonoor und Aline betrachteten ihn mit glänzenden Augen.

Draußen schrie eine Eule. Sie flog auf, ihre Flügel rauschten. Im Gebüsch raschelte eine Beutelratte, aber genauso gut hätte es eine Wildkatze sein können oder ein Wolf. Die Soldaten auf dem Kutschbock zitterten. Sie versuchten, keine Angst zu haben. Das Rauschen in den Baumwipfeln, das war der Wind. Natürlich war das der Wind, nicht der Geist der toten Königin, die durch den Wald irrte. Nein, das war ausgeschlossen.

»Aufgeschoben ist aufgehoben«, sagte der General entschieden und ließ die Hände über den Koffer gleiten. »Ich kann nicht mehr mit dem Aufschließen warten! Das ist der richtige Ort und die richtige Zeit.«

»Nein«, flüsterte Leonoor ängstlich und legte ihre Hände auf die ihres Mannes. »Und wenn eine Bombe drin ist und die ganze Insel von der Landkarte verschwindet? Was, wenn wir eine Briefbombe finden, die explodiert, bevor wir einen Satz gelesen haben?«

»Wenn etwas explodiert, Schatz, dann haben wir Pech gehabt«, sagte der General.

Leonoor und Aline sanken in die Kissen und schauten zu, wie der General den Koffer öffnete. *Klick* machte das eine Schloss. *Klick* machte das andere. Sein Gesicht verschwand hinter dem Deckel. Nur seine Augen waren noch zu sehen, und die wurden groß vor Staunen.

»Und?«, fragten Leonoor und Aline gleichzeitig, auch wenn die Stimme der einen etwas mutiger klang als die der anderen. »Was siehst du?« Sie setzten sich neben den General. Der Platz auf der Bank reichte gerade.

Beiden klappte der Mund auf. Sie sahen ein Nachthemd, einen Pullover, zwei T-Shirts und eine Jeans. Das war alles.

»Unmöglich«, sagte Aline. »Der Koffer war schwer, also muss noch mehr drin sein.« Sie hob das Nachthemd am Saum hoch.

»Bücher!«, sagte sie. Sie riss die Kleidungsstücke heraus. »Bücher, alles nur Bücher.«

»Wahrscheinlich Bombenbücher«, sagte Leonoor.

»Bücher, die wie Bomben einschlagen«, sagte der General. »Verderbliche Bücher, die von dem Mädchen unter das Volk gebracht werden, sodass die Leute auf dumme Gedanken kommen.«

»Moment mal«, sagte Aline und legte nachdenklich den Finger an die Schläfe. »Was hat sie gesagt? Etwas von Nasen und Popeln. Nein. Sie hat gesagt, dass Geschichtenmädchen ihre Nase in Bücher stecken, um das Abenteuer zu riechen.«

»Da siehst du's«, sagte der General. »Sie will das Volk in die Irre leiten. Wer weiß, vielleicht ist ›Abenteuer‹ eine Parole. Abenteuer. Abendstunde. Zum Beispiel: Heute Abend ermorden wir den General.«

Leonoor stieß vor Schreck einen spitzen Schrei aus.

»Wir müssen es ausprobieren«, sagte Aline.

»Was ausprobieren?«, fragte Leonoor und schluckte.

»Unsere Nase in ein Buch stecken. Mal sehen, was wir riechen.« Aline nahm ein Buch und steckte ihre Nase zwischen die Seiten zehn und elf. Sie atmete tief ein und wartete, was mit ihr passieren würde. Es passierte nichts.

»Ich rieche nichts«, sagte sie. »Ganz und gar nichts.«

»Lass mich mal!« Leonoor steckte ihre Nase zwischen die Seiten vierzig und einundvierzig. »Oh«, sagte sie. »Es riecht gut. Es riecht wirklich gut.«

Verstimmt riss ihr der General das Buch aus der Hand. »Es geht darum, was drinsteht«, sagte er. »Was drinsteht, stinkt schrecklich!« Er legte die Bücher zu einem Stapel vor sich hin. »Ich muss alle achtzehn, neunzehn, eh ... zwanzig verbieten!«

»Ach«, sagte Aline ungläubig. »Es sind Kinderbücher. Sehr gefährlich sind sie nicht. Ein paar Elfen und Einhörner, ein Troll und ein Zauberer.«

Leonoor grinste, aber der General wollte nichts davon wissen. Er schnalzte mit der Zunge und sagte: »Auch wenn es um Elfhörner und Zweihörner geht, ich muss die Bücher verbieten. Kinder brauchen nicht zu wissen, wie es auf der Welt zugeht. Die beiden Gehirnhälften, die sie haben, müssen nicht wachsen. Stellt euch vor, sie fangen an nachzudenken, wie dieses Geschichtenmädchen. Stellt euch vor, sie fangen an, sich eine eigene Meinung zu bilden. Das müssen wir verhindern.«

Aline und Leonoor schwiegen.

Der General stellte die Füße auf den Bücherstapel und zeigte damit, was er von Titias Kinderbüchern hielt. Er schlug mit der Faust an die Kutschenwand und rief: »Weiterfahren.«

Als die Kutsche mit knarrenden Rädern losfuhr, sagte er: »Hinter jeder Mauer ist eine andere Mauer, und so gehört es sich.«

Aline verstand nicht, was er meinte. Leonoor hörte nicht hin. Sie schnäuzte sich die Nase. Es war, als könnte sie den Geruch von Abenteuer nicht loswerden.

SIEBEN

Titia starrte in die Dunkelheit. Sie war todmüde, aber ihr Kopf war hellwach. In ihm lief ein Film ab. Ein schneller Film mit vielen Bildern. Einmal sah sie ihre wütende Mutter, dann wieder flitzte ihr Vater durch ihren Kopf. Sie wünschte, Pepe würde darauf warten, dass sie etwas sagte. Sie wünschte, sie würden daliegen und sich unterhalten.

Pepe schnarchte und lag warm an ihrer Schulter. Titia hatte schon versucht mitzuschnarchen, um einzuschlafen, aber es war ihr nicht gelungen. Immer wieder drehten sich die dunklen Gedanken in ihrem Kopf herum. Wie sollte es weitergehen?

»Pepe?«, rief sie leise. »Pepehe!«

Pepe knurrte und drehte sich um.

Titia blieb ruhig.

Auch Pepe blieb ruhig. Doch dann, ein paar Sekunden später, ertönte plötzlich seine Stimme ganz klar: »Du musst schlafen, Titia. Das ist gut für dich.«

»Es geht nicht.«

»Dann sing leise vor dich hin oder zähl Schafe, aber schlaf endlich.«

»Hm«, machte Titia. Was für ein Rat! Den hätte sie sich selbst geben können. Sie schloss die Augen und zählte die Seiten eines dicken Buches.

»Pepe?«, sagte sie nach einer Weile.

»Was ist los?«

»Warum hat dein Onkel mich in sein Haus gebracht? Er holt sich Schwierigkeiten an den Hals und trotzdem will er für mich sorgen. Warum?«

»Das weiß ich nicht«, antwortete Pepe und legte sich auf den Rücken. Er wusste nicht, wohin mit seinem linken Arm. Erst legte er ihn auf seinen Bauch, dann neben seinen Körper, dann wieder auf den Bauch. Er hätte ihn auch um Titias Schulter legen können. Zu zweit schlafen. Aber das traute er sich nicht.

»Vielleicht«, fing er an, »vielleicht ist es, weil du Bücher ebenfalls liebst. Bevor Tante Do gestorben ist, hat sie Onkel Olle ein winziges Buch gegeben. In winzigen Buchstaben stand auf dem Einband: *Freundschaft ist in einer kleinen Schachtel.* Das Buch war eine Schachtel. Als er sie aufmachte, fand er einen Ring. Seit Tante Dos Tod glaubt Onkel Olle, dass in allen Büchern Ringe sind. Freundschaftsringe. Und eigentlich ist das auch so.« Pepes Stimme fing an zu stottern.

»Und was hat das mit mir zu tun?«

»Wie ich gesagt habe: Du liebst Bücher. Deshalb hat er dich in sein Haus geholt.«

Pepe gähnte, kratzte sich an der Nase und rutschte näher zu Titia. Einen Moment blieb es still.

Als Titia fragte: »Warum stirbt in deinen Geschichten immer

jemand?«, bekam sie keine Antwort mehr. *Ach,* dachte sie, *er schläft schon.* Dass sie ihren Koffer verloren hatte, konnte sie nur sich selbst erzählen.

ACHT

Purpurfarbene Baldachine und eine Blumentapete. Lila Lilien auf Kleegrün. Verschnörkelte Schränke und ein Toilettentisch voller Zeug. Vor den hohen Fenstern hingen Samtgardinen mit Goldfäden darin und der Kronleuchter an der Decke war so groß wie ein Wagenrad. Ungefähr.

Bei Tageslicht sah das Schlafzimmer des Generals und seiner Frau schrecklich teuer aus. Alles glänzte und glitzerte. Doch wenn der Mond durch die Pappeln schien und das Zimmer seinen Glanz verlor, fiel auf, dass alles aus Blech und Plastik war. Wenn der General die kleine kupferfarbene Lampe über dem Bett anknipste und alles rosa beleuchtet wurde, sah es ganz und gar schrecklich aus.

In dieser Nacht brannte das Bettlicht bis weit nach zwölf. Der General machte Überstunden. Da und dort lagen Bücher auf der Bettdecke. Titias Bücher, die er eines nach dem anderen in die Hand nahm. Er las nicht, was darin stand, nur was darauf stand. Dann wusste er genug, fand er. Auf einem großen Blatt notierte er die Titel ordentlich untereinander. In eine zweite Spalte kamen die Autoren. Oben auf das Papier hatte er mit großen roten Buchstaben *VERBOTENE BÜCHER* geschrieben. Jedes Buch nahm er mit einem Brummen in die Hand. Nichts von seiner Macht sollte ihm entgleiten. Was dieses Mädchen Titia auch vorhatte, seine Gesetze würden sie daran hindern, ihre verrückten Pläne auszuführen. Das Volk aufhetzen? Nein! Ihm die Macht entreißen? Nie!

Der General zog geräuschvoll die Nase hoch und zog einen dicken Strich unter die Liste. Er rief einen Soldaten und gab ihm die Liste. »Noch bevor der Buchladen aufmacht, lässt du diese Bücher aus den Regalen holen. Verstanden?«

Endlich war auch für den General die Nacht gekommen.

Leonoor schlief schon. Sie hatte ihm den Rücken zugedreht. Leise gab er ihr einen Klaps auf die Schulter. *Sie schläft schon tief,* dachte er. Er schob sich unter die Decke und knipste das Licht aus.

Er merkte es nicht, aber im Licht des Mondes öffnete sich Leonoors linkes Auge. Sie spitzte die Ohren. Es war so still, dass sie fast nicht zu atmen wagte. Geräuschlos glitt ihre Hand zum Nachttischchen. Sie nahm eine Taschenlampe aus der Schublade und schob sie unter das Kopfkissen. Dann schaute sie kurz über die Schulter, um zu sehen, ob ihr Mann sich noch bewegte, und schlug die Decke zurück.

Mucksmäuschenstill schlich sie zur anderen Seite des Bettes. Während sie das Gesicht des Generals nicht aus den Augen ließ, bückte sie sich. Sie nahm ein Buch vom Stapel und lief vorsichtig um das Bett herum zurück zu ihrer Seite. Wie eine Schlange kroch sie unter die Decke. Immer tiefer, bis auch ihr Kopf verschwand.

Einen Moment zögerte sie noch. Voller Angst, dass überall im Land die Lichter angehen könnten, knipste sie die Taschenlampe an. Aber nichts geschah. Sie schlug das Buch auf und steckte die Nase zwischen die Seiten.

Schon beim ersten Satz wurde ihr warm. Nicht vor Spannung, sondern vor Scham.

Sie fühlte eine kalte Hand an ihrem Hals.

Der General schlief noch nicht. Er sagte kühl: »Leg das Buch zurück, Leonoor. Enttäusche mich nicht. Das Gesetz gilt auch für dich.«

NEUN

Behutsam kroch Titia über Pepe. Sie tastete mit dem linken Fuß, um festen Boden zu finden, und kletterte unter der Theke hervor.

Es war, als könnte sie die Kälte draußen sehen, so grau war das Morgenlicht. Titia zog die Satingardinen zu und krümmte die Zehen auf den kalten Fliesen. Geräuschlos schlich sie in das Zimmer hinter dem Laden.

Dort machte Olle gerade den Ofen an. Ein Scheit Holz, das musste reichen. Ein Scheit Holz war genug, um das Zimmer zu erwärmen, bis die Sonne über die Bäume kam.

»Guten Morgen«, sagte Titia.

Olle schaute sich um. »Guten Morgen.« Seine Stimme schlief noch und seine Haare waren wirr. »Komm, setz dich hier hinter den Ofen, dann wird dir gleich warm.« Er stellte einen Stuhl für sie hin, schlurfte zu dem kleinen weißen Herd und holte einen dampfenden Kessel.

In ihrer Ecke hinter dem Ofen fing Titia fast an zu schnurren. *Dieses Haus ist voller Höhlen,* dachte sie. Schrankhütten wie unter der Theke. Eckenhütten wie diese. Sie schlang die Arme um die Knie. Der Bauch des Ofens fing an rot zu glühen.

Olle reichte ihr einen Becher mit Milch, die nach Zucker roch. Sie trank gierig und schmatzte mit den Lippen. »Wie spät ist es?«

»Gegen sieben«, sagte Olle von der anderen Seite des Ofens, als spräche der Ofen selbst.

Titia lehnte sich selig zurück. »Und um acht machst du den Laden auf?«

»Punkt acht. Du hast noch eine Stunde Zeit, um deine Beine zu strecken.«

»Ich sitze gut«, sagte Titia. »Ich bleibe ...«

»Still!«, zischte Olle plötzlich. »Da läuft ein Soldat durch den Garten. Bücken!«

Titia tauchte unter. Sie hörte, wie die Tür aufging, Kälte wehte herein.

»Guten Morgen!«, sagte Olle. »Wie witzig. Abends wählen Sie die Vordertür und morgens die Hintertür. Und was werden Sie am Mittag tun?« Wenn man richtig zuhörte, konnte man das Gift in seiner Stimme hören.

Der Soldat lachte säuerlich. »Hier«, sagte er. »Ein neuer Befehl. Ein Verbot für Bücher. Diese zwanzig.«

Olle hörte nur halb, was der Soldat sagte. Bei dem Wort Verbot fing es in seinem Kopf an zu rauschen. Er faltete den Brief auf und schüttelte den Kopf.

»Was heißt Nein?«, fragte der Soldat. »Doch, ja. Diese zwanzig Bücher nehme ich mit. Jetzt. Sofort.«

Olle antwortete nicht. Das war die einzige Art, Ruhe zu bewahren. Jede Antwort war gefährlich.

»Ich rieche Milch mit Zucker«, sagte der Soldat. »Ich hätte Lust auf eine Tasse. Kannst du inzwischen die Bücher holen?«

»Die Milch ist alle«, sagte Olle schnell.

»Ach ja? Und was ist das da, in der Kanne?«

»Milch«, sagte Olle. »Sauer geworden. Nicht zu trinken.«

»Sie dampft!«, rief der Soldat. Er setzte sich hin und legte die Beine auf den Tisch.

Schnell schaute Olle zum Ofen hinüber. Er atmete auf. Vom Tisch aus war nur Titias kleiner Zeh zu sehen.

Der Soldat hob die Milchkanne an die Lippen. »So! Ich wärme meinen Rücken am Ofen und meinen Magen mit warmer, saurer Milch. Hol die Bücher, Mann!«

Titia blieb die Luft weg. Ihre Kehle war wie zugeschnürt.

Gefangen nehmen. Zu Tode quälen.

Sie konnte nur noch an diese Worte denken. Gleich würden ihre Füße sich von allein in Bewegung setzen, da war sie sich sicher.

Ach, geh doch weg, flehte sie. *Ersticke an deiner Milch mit Haut!*

»Da sind sie«, sagte Olle, als er wieder hereinkam. Er legte einen Stapel Bücher auf den Tisch. »Und jetzt geh. Der General wartet auf dich. Verlasse mein Haus.«

»Ganz ruhig«, sagte der Soldat herausfordernd. »Darf ich nicht erst meine Milch trinken?«

»Nein!«, antwortete Olle.

Der Soldat grinste. »Und meinen Rücken wärmen?«

»Nein«, schnauzte Olle wieder.

Die Sache fing an, dem Soldat Spaß zu machen. Er vollführte eine Viertelumdrehung und schlug, *pardauz*, mit den Stiefeln gegen den Ofen.

Titia schnappte nach Luft. Fast hätte sie einen Schrei ausgestoßen.

»Meine Füße wärmen?«, fragte der Soldat.

Olles Augen wurden groß.

»Meine Hände?«

Die Hände des Soldaten fuhren schräg an Titias Knie vorbei.

»Nein!«, schrie Olle laut. Er packte die Bücher und drückte sie dem Soldaten in die Hände. »Raus!«

Der Soldat bog sich vor Lachen. Sein Gelächter füllte erst die Küche und hallte dann bis weit über die umliegenden Gärten.

Olle knallte die Tür hinter ihm zu. »Zwanzig Bücher«, fauchte er. »Zwanzig Bücher!« Er sank auf einen Stuhl und sagte eine Weile nichts mehr.

»Es ist meine Schuld«, flüsterte Titia. Sie stellte ihren Becher auf die Anrichte.

Olles Lippen waren dünn. Als hätte er den Mund geschlossen und würde nie wieder ein Wort sagen.

»Es tut mir leid«, sagte Titia. Auf Zehenspitzen lief sie zurück in den Laden, in den noch immer kein fröhliches Sonnenlicht fiel. Der Himmel sah noch grauer aus als zuvor. Unter der Theke war es noch dunkler als in der Nacht.

Titias Gedanken waren auch dunkel. Sie wünschte, sie wäre so klein wie die Kinder in einem Bilderbuch. So dünn wie ein Blatt, sodass sie, getragen vom Wind, von Niete wegfliegen könnte. Niemand würde sie bemerken und sie würde Olle nie mehr zur Last fallen.

»Was war denn da los?«, fragte Pepe.

»Nichts«, sagte Titia.

»Du starrst in ein Bilderbuch. Hast du keine Lust auf Worte?«

»Nein.«

Olle kam in den Laden. Er hatte einen knallgelben Südwester an.

»Gehst du aus?«, wollte Pepe wissen.

»Ja«, sagte Olle. Er ließ die Kasse klingeln und steckte ein bisschen Geld ein. »Hört gut zu. Ich werde den General besuchen. Ich muss mit ihm sprechen. Titia als Feind zu bezeichnen ist schon verrückt, aber das Bücherverbot ist noch verrückter. Bald kommen noch weitere Gesetze, die uns vorschreiben, was wir nicht mehr tun dürfen und wie wir uns verhalten sollen. Es wird immer schlimmer.«

»Olle!«, sagte Pepe.

»Ja, ich weiß. Mit dem General zu reden ist nicht ungefährlich. Wir treffen eine Abmachung: Wenn ich bis mittags nicht zurück bin, dann ...« Olle schlug die Augen nieder und schüttelte den Kopf. »Ich komme zurück. Versprochen.« Er gab Pepe und Titia einen Kuss. »Schließt die Tür hinter mir«, sagte er und schaute zum Himmel, der grau wie Asche war. Er stellte den Kragen gegen den kalten Wind hoch und verschwand. Kein Winken, kein Auf Wiedersehen.

ZEHN

Der General verließ das Bett. Der Schlaf hing noch an seinen Wimpern, aber er dachte, dass er für den Tag wieder gut gerüstet war. Zum Frühstück aß er ein halbes Dutzend Buchweizenküchlein und trank drei Tassen Kaffee.

Doch plötzlich spürte er, wie ihm das Blut aus den Wangen sank. Ein kalter Schauer flog ihm über den Rücken. Er schwankte und hielt sich am Tischrand fest.

»Ko?«, sagte Leonoor. Sie legte erschrocken die Gabel hin.

Der General machte eine schwache Handbewegung und sagte: »Es ist nichts.« Er hielt sich aufrecht – Generäle sind eigensinnig. »Ich muss ins Bett«, stieß er hervor. Stöhnend zog er sich vom Stuhl hoch.

Leonoor kam ihm zu Hilfe. »Was hast du?«, fragte sie.

»Es geht schon. Ich lege mich kurz hin.« Schritt für Schritt lief er zur Tür. Mit einer Hand an der Wand und Leonoor an der anderen Seite schlurfte er den Gang entlang. Zum Schlafzimmer war es weit. Das Licht tat ihm in den Augen weh. Sein Magen schwappte und war schwer wie eine Tonne Wasser. Er ließ sich auf das Bett fallen.

Leonoor sank neben ihn. Sie hörte sein Herz klopfen wie eine Dampfmaschine, die einfach explodieren konnte.

»Ko!«, sagte Leonoor. Sie knöpfte sein Hemd auf, fächerte ihm Kühlung zu und zog ihm die Stiefel aus. Sie riss das Fenster auf. Der Wind blähte die Gardinen.

»Luft. Du musst dein Gehirn lüften«, sagte sie, aber der General griff sich an den Kopf und stöhnte: »Nein, zumachen!«

Die Wolken grollten.

Leonoor schlug das Fenster so fest zu, dass die Scheiben klirrten. Der Wasserhahn in der Ecke – sie würde ein Glas mit Wasser füllen!

»Wasser! Du musst dein Blut reinigen!«, sagte sie und gab dem General zu trinken, aber er spuckte das Wasser wieder aus, sodass seine Orden ganz nass wurden.

»Nein, kalt!«, sagte er schaudernd.

Leonoor griff sich mit beiden Händen an den Kopf und schaute sich suchend um. Sie drehte den Gasofen auf Stufe sieben. Die Flammen schossen zischend empor.

»Feuer«, murmelte sie. »Du brauchst Wärme.« Wenn das nicht half, wusste sie nicht mehr weiter.

Der General sagte nichts. Er lag unter der Decke und starrte fiebrig vor sich hin.

Mit einem Spitzentaschentuch tupfte Leonoor ihm den Schweiß von der Stirn. »Du hast dich gestern zu sehr aufgeregt«, flüsterte sie. »Du hast heute Nacht zu lange gearbeitet. Das wird es sein.«

Der Atem des Generals wurde ruhig, aber ab und zu zog noch ein Schmerz durch seinen Körper. Dann krümmte er sich stöhnend zusammen. »Einen Doktor«, sagte er. »Ich brauche einen Doktor.«

Leonoor richtete sich auf. Hatte sie richtig gehört? Verlangte ihr eisenstarker Mann nach einem Arzt? Sie drehte sich um ihre eigene Achse und sagte: »Einen Doktor. Jawohl. Du musst gesund werden.«

Gerade als sie zur Tür hinausgehen wollte, kam ein Soldat herein. Er nahm Haltung an. »Besuch für Sie, Herr General.«

Der General hob mühsam den Kopf. »Oh, das ist aber schnell gegangen. Lass den Doktor eintreten.«

Leonoor schaute von der Tür zum Bett und wieder zur Tür. Sie wollte etwas sagen, aber der Soldat kam ihr zuvor.

»Hier ist Doktor Olle, Herr General.«

Leonoor trat zwei Schritte zurück.

Ein Mann kam ins Zimmer. Er hatte eine goldene Brille auf der Nase und die Haare standen ihm wild um den Kopf. Leonoor hatte ihn noch nie zuvor gesehen.

»Doktor Olle«, stöhnte der General. »Ein Mann der Wissenschaft.«

Olle runzelte die Stirn. »Nein, ich ...«, fing er an, aber der General unterbrach ihn.

»Ich verstehe Ihr Erstaunen. Es ist das erste Mal, dass ich einen Doktor kommen lasse. All die Jahre bin ich kerngesund gewesen, aber auch ein Mann wie ich kann mal Kopfschmerzen bekommen. Oder eine Grippe.«

»Ja.« Olle nickte zögernd. »Ja, das verstehe ich. Aber ...«

»Warten Sie nicht länger. Mehr habe ich nicht zu sagen. Machen Sie mich gesund!« Die Stimme des Generals schlug in einen Schmerzensschrei um.

Olles Augen wurden groß. Einen Moment lang starrte er das Bett an. Er konnte nicht zurück. Er konnte nicht sagen: *Ich beschäftige mich mit Lesen, nicht mit Genesen.* Das hätte unweigerlich zu Problemen geführt. Der General wollte jetzt nur Doktorsprache hören.

Also setzte er sich vorsichtig auf den Bettrand und legte die Hände auf die Brust des Generals. Er trommelte auf seine Rippen.

Der General hatte die Augen geschlossen. Er lag da wie ein Engel.

Olle drückte mit der Hand auf das Herz des Generals. Er musste sich etwas einfallen lassen. Alle Krankheiten, die er kannte, schossen ihm durch den Kopf, von Grippe bis Lungenentzündung.

Er räusperte sich und sagte: »Sie leiden an einer schweren Herzerkaltung, Herr General.« Das war keine Lüge.

Leonoor erschrak. Von dieser Krankheit hatte sie noch nie etwas gehört. Es klang so bösartig, dass ihr ganz heiß wurde.

Olle kratzte sich nachdenklich am Ohr, wie Ärzte das manchmal tun, und betastete dann den Hals des Generals.

»Au, au«, stöhnte der General.

Olle brummte. »Empfindlich. Hoch empfindlich. Haben Sie Kopfschmerzen?«

»Ja«, sagte der General.

»Zuoberst oder zuunterst?«

»Zuoberst. Ganz zuoberst.«

Olle brummte wieder und nickte ernst. »Ein schwerer Fall von Hirnblähungen. Ihnen ist etwas in den Kopf gestiegen.«

Leonoor erschrak. »Was denn? Kann man etwas dagegen tun?«

Olle zögerte wieder. Er wollte gerade sagen: *Wahrscheinlich nicht*, als er den Bücherstapel vor dem Bett sah. Den Stapel verbotener Bücher. Sein Herz setzte einen Schlag aus. Er überlegte rasend schnell. Das war seine Chance. Jetzt, da der General schwach war, musste er stärker sein.

Er sagte: »Soweit ich sehe, ist es nicht zu spät. Er muss eine Stunde ruhen und dann auf Reisen gehen.«

»Auf Reisen?«, stieß Leonoor hervor. »Das ist unmöglich. Der General hat Arbeit. Ein Feind ist im Land.«

»Sie verstehen mich nicht. Um zu reisen, braucht der General das Bett nicht zu verlassen.« Olle bückte sich und nahm ein Buch vom Stapel. »Eine solche Reise meine ich.«

»Lesen? Sie meinen lesen?«, fragte der General lauter, als gut für ihn war. »Ich lese nie, schon gar nicht Kinderbücher, ganz zu schweigen verbotene Bücher.«

Olle atmete sehr tief ein und sagte so drohend, wie er konnte: »Diesen Abscheu sollten Sie lieber vergessen. Hirnblähungen sind eine … eh … zerstörerische Krankheit.« Olle fand, dass sich das gut anhörte.

»Zerstörerisch?« Leonoors Kinn zitterte.

»Genau.« Olle ging entschlossen zur Tür. Es waren die letzten, abschließenden Schritte seines Plans. »Ich hole nun … eh … meine Tochter. Sie kann gut vorlesen. Dann geht es dem Herrn General schnell wieder gut.« Olles Ohren glühten. Er musste weiterlügen. »Bis gleich.«

»Zerstörerisch«, flüsterte Leonoor, nachdem Olle den Raum verlassen hatte. »Wo ist das Wörterbuch?«, fragte sie den Soldaten, der Wache hielt.

Er schlug die Hacken zusammen und brachte das Wörterbuch.

Leonoor ließ ihren langen Finger über die Seite gleiten.

ZARTHEIT, DIE – EIN WEICHES, ZARTES GEFÜHL

ZEICHNUNG, DIE – EINE ABBILDUNG.
EIN FÜLLER WURDE ZUM ZEICHENDING
DIE TINTE, DIE ER VERLOR,
HINTERLIESS EINE SCHWARZE SPUR.
ER SAGTE: »ZEICHNUNG HEISST DAS WORT«,
UND FUHR FRÖHLICH WEITER FORT.

ZEITUNG, DIE – AUF PAPIER GEDRUCKTE NACHRICHTEN

ZERSTÖRERISCH – KAPUTTMACHEND, ZERSETZEND
EGAL, WAS MAN IM LEBEN HÖRT,
ES WIRD AM ENDE DOCH ZERSTÖRT.

Leonoor wurde blass um die Nase. Sie hoffte, dass Doktor Olle bald zurückkommen würde.

ELF

»Onkel Olle kommt nicht zurück«, sagte Pepe in die Dämmerung unter der Theke.

»Halt den Mund. Was sagst du denn für schreckliche Sachen?«, flüsterte Titia zurück. Sie konnte Pepes Gesicht kaum erkennen. Aber sie hörte, wie schwer er atmete. »Olle muss zurückkommen. Er ist der Einzige, der weiß, wie es weitergehen soll.«

»Du weißt auch, wie es weitergehen soll, oder?«, fragte Pepe. »Für dich gibt es noch einen Ausweg. Du klaust eine Fahrkarte aus der Schublade und fährst mit dem Boot weg. Du musst nur dafür sorgen, dass dich keiner erkennt, und dann bist du fort.«

»Klauen?«, wiederholte Titia. »Eine Karte klauen?« Sie schnaubte empört. »Glaubst du wirklich, dass ich so etwas tun würde? Dass ich dich im Stich lasse?« Sie wartete einen Moment, dann sagte sie spitz: »Ich bin nicht wie meine Eltern.«

Pepe zögerte, dann versuchte er es noch einmal. »Ich meine doch nur ...«, sagte er vorsichtig. »So ist es doch in der Welt: Hauptsache, einem selbst geht es gut. Meine Mutter hat immer gesagt: In der Welt gelten harte, fantasielose Gesetze.«

»Nicht in meiner Welt«, sagte Titia. Sie legte die Arme übereinander.

»He, okay«, sagte Pepe. Er schob sein Gesicht nah an ihres. »Bist du jetzt böse?«

Titia zuckte mit den Schultern. Pepe sah nicht, dass Titias Augen glänzten, weil sie fast weinte.

»Ich habe es nicht böse gemeint. Ich dachte nur ...«

Titia kniff die Lippen zusammen und rührte sich nicht. Sie spitzte die Ohren, um die Geräusche von draußen zu hören. Das Unwetter kam näher, das konnte sie an dem grollenden Gedonner hören. Es hörte sich an, als würden Felsbrocken durch die Straßen gerollt. Der Nordwind riss an den Fenstern.

Pepe rückte etwas näher zu Titia. Er wünschte, sie würde etwas zu ihm sagen. Einen Scherz machen. Aber sie blieb kalt.

Sie sagte: »Ein schöner Freund bist du. Ein Freund, der mir nicht mal vertraut.«

»Das stimmt nicht. Ich fände es sehr schade, wenn du weggehen würdest.«

»Ich kann nicht weg, das weißt du. Und solange Olle nicht zurück ist, will ich auch nicht weg.«

Nun schwieg Pepe. Er dachte darüber nach, was Titia gesagt hatte. Wollte sie nicht weg, weil sie ihn mochte? Genau wie er sie mochte?

»Ich bin ...«, fing er an. Seine Stimme klang traurig und fröhlich zugleich. »Ich bin froh, dass du hier bist, weißt du das? Ich habe noch nie eine Freundin gehabt, überhaupt noch nie.«

Titia drehte sich zu ihm. Sein Gesicht war ganz nah. Sie sah, wie lieb er sie anschaute.

Plötzlich schoss der erste Blitz über den Himmel. Ihre Gesichter wurden erhellt. Als hätte jemand ein Streichholz angezündet und sofort wieder ausgeblasen. Der Donner ließ die Schränke erzittern. Draußen fing es plötzlich an, wie aus Eimern zu gießen.

Die Fensterscheiben klirrten. Die Kirchenglocke schlug halb zehn, doch ein stürmischer Wind riss den Klang in Stücke, wehte an ihrem Haus entlang, klopfte an die Tür.

»Lasst mich rein«, rief eine Stimme. »Ich bin's.«

Mit einem Satz sprang Pepe unter der Theke hervor und schob den Riegel zurück.

Mit einem pfeifenden Windstoß wehte Olle herein. Wie eine Katze, die man aus dem Wasser gezogen hat. »Schnell, Titia«, keuchte er, während er Pepes Regenmantel vom Garderobenhaken nahm. »Zieh diesen Mantel an. Pepe, gib ihr deine Mütze.« Olle verlor keine Sekunde. Er zog Titia die Biwakmütze über den Kopf und knüpfte ihr hastig den Mantel zu.

»Wo gehen wir hin?«, fragte sie.

Olle packte ihre Hand und zog sie mit. »Keine Fragen jetzt. Du wirst schon sehen. Pepe, pass auf das Haus auf!«

Titia rannte hinter Olle her, durch den peitschenden Regen, über den Marktplatz. Sie stapften durch Pfützen, pflügten durch den matschigen Weg, der durch den Wald führte. Titia zuckte bei jedem Blitz zusammen. Sie klammerte sich fest an Olle und wischte sich den Regen aus den Augen.

Dann sah sie den Palast vor sich. Er zeichnete sich grau gegen den Himmel ab.

»Olle?«, schrie Titia gegen den stürmischen Wind an. »Gehen wir dort hinein?« Sie blieb stehen, aber Olle zog sie mit sich.

»Keine Angst!«, rief er.

Sie liefen durch das Tor zum Palast.

Das Unwetter hörte mit einem Schlag auf, der stürmische Wind, der Donner.

Keuchend blieben sie stehen.

Titia hörte nur die dicken Regentropfen, die in die Pfützen fielen. Ängstlich drehte sie sich zu Olle um. »Was werden wir tun?«, stammelte sie. Eigentlich meinte sie: *Kann ich dir vertrauen?*

Olle konnte nicht gleich antworten. Er war außer Atem vom Rennen. Er legte die Hand auf Titias Schulter und schnaufte. »Einen Moment«, sagte er. Und dann erklärte er ihr seinen Plan, so gut er konnte.

Titia hörte sich alles mit offenem Mund an. Ihr Herz schlug schneller.

»Vergiss nicht«, sagte Olle am Schluss. »Du behältst deine Mütze auf. Egal, was passiert.«

Titia nickte. Sie stiegen die Turmtreppe hoch. Über die Schulter sagte sie: »Halt dich fest!«

ZWÖLF

Leonoor schob die Gardinen zu und schloss so das Unwetter aus. Sie knipste die Nachtlampe an. Das Schlafzimmer wurde rosa. Sie nannte das kuschelig. Sie zog den Überwurf zurecht und strich schnell über die Stirn des vor sich hin dösenden Generals.

Hinter ihrem Rücken ging die Tür auf.

Sie schaute über die Schulter und lächelte. »Da sind Sie endlich«, sagte sie leise zu Olle.

»Und das ist meine Tochter.«

»Wie schön«, erwiderte Leonoor. Ihre Stimme klang süß wie

Honig. »Guten Tag, Liebes. Ach, Liebes, dir läuft das Wasser aus den Kleidern. Zieh deinen Mantel aus und nimm die Mütze ab.«

»Nein«, sagte Olle schnell. »Lieber nicht. Sonst erkältet sie sich.«

»Der Doktor spricht«, sagte Leonoor mit einem Lächeln und weckte den General.

Er bekam kaum die Augen auf und stöhnte, als er fühlte, wie das Bett unter dem Gewicht des Mädchens, das sich neben ihn setzte, zusammensank. Er sah, dass sie ein Buch in der Hand hielt. Es war ein Buch, das sie aus dem Stapel verbotener Bücher gefischt hatte, aber er hatte keine Kraft, um zu protestieren.

»Sind Sie bereit für die Reise?«, fragte Olle leise.

Der General nickte müde. »Was sein muss, muss sein.«

Leonoor machte es sich auf dem Sofa unter dem Fenster gemütlich. Sie hörte den Regen an das Fenster trommeln. Der Donner verschwand in der Ferne, der Wind hatte nachgelassen.

Olle setzte sich auf einen Hocker am Fußende des Bettes und zwinkerte Titia zu. *Tu dein Bestes,* sollte das heißen.

Titia holte tief Luft. »Wir gehen nach Deutschland. In das Haus des Mädchens Inge. Es ist nach dem großen Krieg.« Titia schwieg einen Moment. Sie schlug das Buch auf und fing an: »Inge wurde wach. Es war Samstag und ...«

Sie las vor, als wäre sie ein richtiges Geschichtenmädchen, das wusste, wozu Nasen gut waren. Sie vergaß das schreckliche Zimmer des Generals. Sie stellte sich einen Marktplatz voller Menschen vor. Frauen mit Babys auf den Armen und im Bauch. Kinder in Bademänteln. Männer mit Hunden oder auf Stöcke gestützt.

Ihre Stimme klang ganz sanft, denn auch die Geschichte, die sie aus dem Buch vorlas, war sanft. Es ging um Freundschaft und

Vertrauen. Um ein Mädchen und einen Soldaten und um große Gefahr.

Der General lauschte. Anfangs ging ihm die Geschichte zum einen Ohr rein und zum anderen Ohr raus. Es interessierte ihn nicht, dieses Getue um Freundschaft und Vertrauen. Doch immer öfter blieben einzelne Wörter in seinem Kopf hängen. Die Wörter wurden zu Sätzen, die etwas bedeuteten. Es war, als könnte er die Geschichte in seinem Kopf sehen. Als würde er einen Film anschauen. Oder nein: als würde er selbst in der Geschichte mitspielen. Wie das funktionierte, wusste er nicht, aber so fühlte es sich an.

Leonoor hörte manchmal mit Tränen in den Augen zu. Sie merkte nicht einmal, dass ihre Tochter ins Zimmer getreten war. Mit raschelnden Röcken setzte Aline sich neben Leonoor und starrte das fremde Mädchen auf dem Bett an.

Hinter den Gardinen hörte der Regen auf. Der Wind wurde zu einer Brise.

Als Titia das Buch zuklappte, blieb es ein paar Sekunden lang still. Sie versuchte ein Lächeln, aber es wollte ihr nicht gelingen. Sie war so müde, als hätte sie wirklich eine lange Reise hinter sich gebracht. Sie schaute zu Olle und war froh, dass er zustimmend nickte.

Titias Blick wanderte zu Leonoor, die »Wunderbar, ganz wunderbar« sagte und sich die Nase in ein kleines Spitzentuch schnäuzte. Sie stieß Aline an und flüsterte: »Sag es doch auch. Dass es wunderbar war.«

»Ja, wunderbar«, sagte Aline. Aber es klang nicht echt. Es klang gemein. Ihr Blick war kalt. Sie straffte sich, raffte ihre Röcke und kam langsam zum Bett. »Es gibt nur etwas, das mich stört«, sagte sie, während sie die Hand auf Titias Kopf legte.

Titia erstarrte.

»Diese Stimme. Wo habe ich diese Stimme schon einmal gehört? Wo nur? Und was hat diese Stimme da erzählt?«

Bei jedem Wort zog Aline die Biwakmütze einen Zentimeter höher. Quälend langsam tat sie das.

Titia blieb die Luft weg. Sie wollte nach der Mütze greifen, aber ihr fehlte die Kraft. »Nein«, flüsterte sie. »Tu das nicht.«

»Jetzt fällt es mir wieder ein«, sagte Aline.

Die Mütze rutschte über Titias Nase und über ihre Augen und in diesem Moment schrie Leonoor: »Wenn das nicht das Geschichtenmädchen ist!«

»Du meinst die Feindin!«, sagte Aline.

Mit einem Ruck setzte sich der General auf. »Was?« Er stöhnte wie ein alter Mann, nicht wie ein General. Sein Gesicht war grau.

Titia kniff die Augen zu und stopfte sich die Finger in die Ohren. Sie wollte nichts hören, nichts sehen. Sie fühlte die dicken Finger des Generals an ihrem Hals.

»Du gehörst mir«, sagte der General. »Bist du das Mädchen, das ich suche?«

Titia brachte kein Wort über die Lippen. Ihre Zunge war wie gelähmt. Sie konnte gerade noch nicken.

»Sind das deine Bücher? Alle zwanzig?«

»Ja«, kam es kläglich aus Titias Kehle.

»Unvorstellbar«, stieß der General aus. »Nicht zu glauben.«

Plötzlich ließ er Titia los. Er atmete schwer.

Er schweigt, dachte Titia. *Gleich wird er die Soldaten rufen: Bringt das Beil! Den Hammer! Packt sie und quält sie zu Tode!*

Sie machte die Augen auf und schaute den General flehend an. So herzlos konnte er doch nicht sein. Sie war unschuldig. Eine derartige Strafe verdiente sie nicht.

Der General sank langsam in die Kissen zurück. Er war todmüde. Um seinen Mund lag ein bösartiger Zug, der ihn hässlich machte. Und doch schien es, als fühle er sich anders, als er aussah. Seine Augen glänzten ein bisschen. Zärtliche Augen waren es.

Er ließ die Blicke über Leonoor, Aline und Olle gleiten. »Ach«, sagte er. Sanft. Ungefähr so sanft, wie Titia vorgelesen hatte. »Wie kann ich Nein zu dir sagen?« Es war keine Frage, auf die Titia antworten sollte.

Er streckte den Arm aus, um sie zu berühren, doch dann schlug er die Augen nieder und sagte: »Geh zurück, von wo du hergekommen bist, Kind.« Und er drehte sich um und kehrte Titia und dem Rest der Welt den Rücken zu.

DREIZEHN

Auf dem Heimweg lief Titia schweigend neben Olle her. Bei jedem Schritt schlug ihr der Koffer gegen das Knie. Er war schwer. Ab und zu musste sie verschnaufen. Dann nahm sie den Koffer in die andere Hand und stapfte weiter. Sie hatte es nicht eilig und Olle auch nicht.

Pepe jubelte, als sie eintraten.

Doch Titia lief sofort an der Theke vorbei, durch die Küche zur Tür, die in den Garten führte. Dort setzte sie sich auf die Schwelle und schlug die Hände vors Gesicht.

Erst konnte sie die Tränen noch zurückhalten, aber dann ließ sie los. Sie weinte mit langen Schluchzern. Sie weinte um den Tag ohne Mama und Papa. Sie weinte, weil sie sich so sehr nach zu Hause sehnte. Sie weinte, weil sie zu Pepe gesagt hatte, sie würde bei ihm bleiben.

»Du musst mit dem Schiff fahren«, sagte Pepe plötzlich neben ihr. »Zu Fuß geht es nicht.«

Titia schaute auf und hörte auf zu weinen.

»Du brauchst kein Geld«, sagte Pepe. Er legte eine Karte auf ihre Knie. Eine Karte für das Schiff.

Titia schlug die Hand vor den Mund. Sie traute ihren Augen nicht. Der Garten tropfte vom Regen und zugleich roch es nach Frühling. Und genauso fühlte sich Titia plötzlich auch: traurig und froh zugleich. »Pepe!«, rief sie. »Olle!« Sie stellte sich auf ihren Koffer, um beide umarmen zu können.

»Wir müssen uns bei dir bedanken«, sagte Olle. »Du hast, denke ich, den General nicht nur von seiner Krankheit geheilt.«

Aber Titia hörte nicht hin. Sie tanzte den Gartenweg entlang und hüpfte zurück zu Olle und Pepe und küsste die Karte in ihrer Hand.

Hinter den Häusern schlug die Turmuhr fünfmal und Titia sang fünfmal *Dingdong* mit. Dann blieb sie plötzlich stehen. Nach fünf ging das Schiff, fiel ihr ein. Wie gestern. Kurz nach fünf war das Schiff mit Mama und Papa abgefahren.

Sie drehte sich um.

Olle nickte ihr schon zu. »Ja, Titia, ich weiß es. Pepe wird dich hinbringen.«

Einen Moment lang war sie sprachlos. Sie wusste nicht, was sie fühlen sollte. Pepe hatte seine Biwakmütze wieder aufgesetzt. Er war noch nicht frei, sie jedoch schon. Zu seinen Eltern konnte er nicht zurück.

»Kommst du mit mir?«, fragte sie, noch bevor sie darüber nachgedacht hatte.

»Ja«, sagte Pepe.

»Nein, ich meine ganz, übers Meer.«

»Übers Meer? Nein. Ich bleibe bei Onkel Olle. Ich werde hier gebraucht.«

Titia sah nur seine Augen. Sie waren haselnussbraun und sahen traurig aus.

»Beeilt euch, Kinder.«

Nun musste Titia sich wirklich von Olle verabschieden. Sie flüsterte ihm ins Ohr, dass sie bald zurückkommen würde. In den Ferien. Und sie versprach, dass sie fast alle ihre Bücher bei ihm kaufen würde.

»Schau dich nie um, wenn du irgendwo weggehst«, sagte Pepe. »Sonst siehst du den Ort nie wieder.«

Titia schaute sich nicht um. So gern sie das auch getan hätte.

Im Schatten der Häuser liefen sie die Straße entlang. Sie folgten einem schmalen Pfad zwischen Dornensträuchern. Da konnten sie nicht nebeneinanderlaufen.

Titia sah Pepes Rücken. Verrückt. Sie hatte Lust, Pepe alles zu erzählen. Sie hatte noch so viel auf dem Herzen.

Die Möwen schrien über ihrem Kopf. Sie schrien: »Meer! Meer!«

Der Pfad endete an der Tafel, die Titia gestern schon gesehen hatte.

Links lag der Schuppen, auf dem *Seeteufel* stand, rechts war die Anlegestelle. Das rote Schiff schwankte auf und ab. Die Motoren brummten schon. Die Reisenden warteten auf dem Deck. Ein Bote brachte eilig einen Postsack an Bord. Hinter ihm lief ein Junge, der mindestens zehn Päckchen trug.

Die Fischer vom *Seeteufel* arbeiteten normal weiter. Sie verstauten Körbe und Netze.

Pepe nahm Titias Hand. »Komm zurück«, sagte er. »Eines Tages.«

»Versprochen«, sagte Titia.

Durch einen Lautsprecher wurde durchgegeben, dass das Schiff gleich abfahren würde.

Titia suchte sich einen Platz an der Reling und winkte Pepe zu, als würde sie schon für später üben.

Das Schiff setzte sich langsam in Bewegung und nahm Fahrt auf. Die Schiffspfeife heulte.

»Ich werde dir schreiben!«, schrie Titia laut.

Pepe winkte mit beiden Armen gleichzeitig und wurde immer kleiner. Er wurde zu einem Jungen in einem geschäftigen Hafen. Ein Zwerg zwischen zwei weißen Stränden. Ein Fleck auf einer Insel in der Ferne. Niete dampfte unter der Sonne. Das Wasser glitzerte so grell, dass Titia die Augen zukneifen musste.

Als sie sie wieder aufmachte, war Niete nicht mehr zu sehen. Oder vielleicht dort, in der Ferne, ein Punkt, nicht größer als ein Punkt am Ende eines Satzes.

WIRKLICH WEG IST NICHT SO WEIT

MIT ZEICHNUNGEN VON

ROTRAUT SUSANNE BERNER

Ich schmachte, ich schmachte. Das tue ich.

Hast du es gesehen?

EINS

Luises Schwester Monika lauscht auf den Wind. Oder auf etwas anderes. Sie lauscht auf das knackende Dach. Auf die Ziegel, die klappern. Sie lauscht nur auf schöne Geräusche.

Auf ihren Vater lauscht sie nie. Seine Stimme ist laut und hässlich.

Luise selbst lauscht immer nur halb. Papas Stimme macht ihr Angst. Wenn er schreit, macht Luise es genau wie Monika. Sie versucht, den Wind zu hören. Oder das knackende Dach, die klappernden Ziegel. Das kann sie nicht besonders gut. Papas Stimme ist aber auch zu laut. Das ganze Dorf kann ihn hören. Nur Monika nicht. Die hält sich dann die Ohren zu.

Der Vater von Luise schreit jeden Abend. Er hat eine Stimme wie eine Glocke. Das ganze Dorf weiß alles über ihren Vater. Die Wände haben Ohren. Die Nachbarn erzählen weiter, was sie hören. Sie reden über Luises Mutter und über Monika. Der Hund zählt nicht mit. Und Luise eigentlich auch nicht. Der Vater von Luise schreit nie etwas über Luise. Es geht immer um Monika. Oder um die Mutter.

Wenn Papa schreit, drückt sich Luise fest an Monika. Die legt ihre Arme um Luise. Als ob sie eine zweite Bettdecke wäre.

»Mmm«, summt sie Luise dann ins Ohr. Ganz still und unaufhörlich. Dann hört Luise ihren Vater weniger gut. Es klingt dann viel weiter weg. Weiter, noch weiter. *Mmm* ist ein schönes Geräusch. Mit *Mmm* schläft Luise immer ein.

Morgens hört sie es noch in ihrem Kopf. Zusammen mit den Vögeln draußen. Morgens ist es still im Haus. Luises Papa schläft gern lange.

ZWEI

Luise hört wieder ein *Mmm* im Kopf. Sie ist schon wach und die Vögel draußen auch. Monika neben ihr schläft noch. Sie schnarcht. Bei Monika ist Schnarchen ein schönes Geräusch.

Leise schlüpft Luise aus dem Bett. Das Bett quietscht. Die Tür quietscht lauter als das Bett. Aber Monika wacht nicht auf davon. Wenn sie schläft, hört sie nichts. Sie schnarcht und hört nicht auf zu schnarchen. Luise hört sie noch auf der halben Treppe.

Aber unten ist es, als würde sie allein wohnen. Als wäre sie allein mit dem Haus.

Der Wasserhahn in der Küche tropft. Auf dem Tisch steht eine Flasche. Eine Weinflasche. Daneben immer ein leeres Glas. Immer ein anderes Glas und immer leer.

Luise mag keinen Wein. Wegen Wein kann man nicht mehr leise sprechen. Man bekommt eine laute Stimme davon. Wein sollte man lieber in den Abfluss gießen als die Kehle hinunter.

In der Flasche ist nur noch ein Fingerbreit Wein. Trotzdem gießt Luise den Rest weg.

Durch das Fenster sieht sie ihre Mutter. Mama steht mit dem Rücken zum Haus. Sie hängt Laken an die Wäscheleine. Edo folgt ihr auf dem Fuß. Edo ist gern bei Mama. Sie redet mit ihm, das hat er gern. Er wedelt die ganze Zeit. Dadurch trocknet die Wäsche.

»Mam«, sagt Luise von der Tür aus.

»Luise«, sagt Mama. Sie schaut sich kurz um und lächelt. »Gibst du mir ein paar Klammern?«

Luise gibt ihr den ganzen Korb. Genau wie Edo bleibt sie bei Mama stehen. Sie schaut zu, wie Mama ein Laken auffaltet.

»Bist du heute Nacht aufgewacht?«, sagt Mama.

»Ich nicht«, sagt Luise.

»Dann ist es gut.« Mama dreht Luise den Rücken zu. Luise soll nicht sehen, wie müde sie ist.

Heute Nacht ist Mama wach gewesen. Luise weiß das einfach. Mama bleibt wach wegen Papa. Sie denkt, dass Luise das nicht weiß. Papa liebt Streit. Er liebt Wein und Streit. Mama wird davon sehr besorgt. Und still und zittrig und müde.

Aber Luise irrt sich.

Mama summt bei der Arbeit vor sich hin. Das tut sie sonst nie.

Plötzlich lässt sie die Arme sinken. Das Laken, das sie in der Hand hält, fällt auf den Boden. »Ach«, sagt sie. »Warum soll ich warten? Du musst es doch irgendwann erfahren.« Sie legt Luise den Arm um die Schultern. Zusammen gehen sie den Gartenweg entlang.

Edo läuft ihnen voraus in die Küche. Er wedelt, als würde etwas Schönes passieren. Edo ist ein bisschen dumm.

Es liegt nichts Schönes in der Luft. Luise spürt es sofort. Mama benimmt sich seltsam. Sie zieht die Tür hinter sich zu. Bei schönem Wetter geht die Tür nie zu.

»Luise, mein Schatz«, sagt Mama. »Es ist passiert.«

DREI

Luise bekommt große Augen. Erstens wegen dem, was Mama gesagt hat. Und zweitens, weil Monika auf der Treppe steht.

Ihre Schwester stolpert herunter. Ihr Gesicht ist verquollen. Ihre Augen sind dick vom Schlaf. In der Küchentür bleibt sie stehen. Sie schüttelt den Kopf, dass er fast abfällt. »Mam«, sagt sie. »Sag, dass es wahr ist. Euer Bett ist schon gemacht. Das Auto steht nicht vor der Tür. Ist es wahr, ist es passiert?« Monika sagt das, als würde sie ein Rätsel aufgeben.

Mama weiß die Antwort. »Ja, Monika«, sagt sie. »Ja, es ist passiert.«

Luise ist nicht gut bei Rätseln. Was ist passiert? Warum ist Monika so fröhlich?

Sie packt Mamas Hand. »Was?«, sagt sie. »Was ist passiert?«

Mama kauert sich neben sie. Sie legt die Arme um Luise. Edo schiebt seine Schnauze dazwischen.

»Weg, Edo«, sagt Mama. Dann schaut sie Luise an. »Er ist weg, Luise«, sagt sie. »Papa ist weg.«

VIER

»Weg?«, fragt Luise.

Mama nickt. Sie legt ihre Wange an Luises Gesicht. Edo ist eifersüchtig, aber Mama schiebt ihn zur Seite. Luise kommt zuerst dran. Hunde müssen warten.

Luise weiß nicht genau, was sie fühlen soll. Soll sie sich freuen oder nicht?

In ihrem Kopf sieht sie einen Koffer stehen. Der Koffer gehört Papa. Er geht damit aus der Tür. In Gedanken schaut sie ihm hinterher. Aber sie winkt nicht.

»Weg«, sagt Luise noch einmal. Sie blinzelt. Sie schaut von Mama zu Monika.

Monika lächelt. »Es wird wieder gut, Schwesterchen. Papa ist weg, und wenn er zurückkommt, geht es ihm besser. Das sind doch gute Neuigkeiten, oder?«

»Ja«, sagt Mama. »Er ist weggegangen, damit es ihm besser geht.«

Luise wird es warm. In ihrem Kopf und überall. Mama hält sie aber auch so fest. »Wie weg ist *weg*?«, sagt sie.

»Richtig weg«, sagt Mama. »Für eine Weile.«

Und wie weit weg ist *richtig weg*?«, sagt Luise.

»Nicht sehr weit«, sagt Mama. »Nicht bis Hongkong oder so. Papa ist einfach eine Weile in die Stadt gezogen. Dort gibt es ein Haus, in dem es ihm besser gehen wird.« Mama gibt Luise einen Kuss in die Haare. Sie geht zur Anrichte. »Du hast recht, Monika«, sagt sie. »Es sind gute Neuigkeiten. Papa für kurze Zeit weg und der Streit zur Tür hinaus.« Mama macht ein Geräusch mit der Zunge. »Das ist nicht schön, dass ich das sage«, sagt sie.

»Ja, nicht schön«, sagt Monika. »Aber wahr.«

Mama wirft die leere Weinflasche weg. Mit einem Knall in den Eimer. »So«, sagt sie. »Wer will Tee? Wir machen es uns gemütlich. Wenn wir etwas sagen, sagen wir es leise. Wir sprechen miteinander. Nicht wahr, Luise?«

Luise nickt. Sie schaut zu dem stillen Edo hinüber. Sie weiß nicht, ob sie sprechen will. Sie muss erst herausfinden, ob sie das mit Papa schlimm findet. Ob sie ihn vermisst.

»Kein Geschrei mehr«, sagt sie. Das ist das Einzige, was sie genau weiß. Ohne Papa wird es abends still sein im Haus. Daran wird sie sich gewöhnen. Aber ohne Papa ist ohne Papa. Luise greift nach der Türklinke. »Ich geh mal nachdenken«, sagt sie.

»Das ist gut, Luise«, sagt Mama. »Komm zurück, wenn du nachgedacht hast. Dann können wir sprechen.«

Luise nickt.

Sie lässt die Sonne herein und geht selbst hinaus.

FÜNF

Draußen flattern weiße Laken. Das lässt den ganzen Garten flattern. Der Garten ist nicht groß. Auf der anderen Seite des Zauns beginnt die Welt. Das Dorf und die Felder und noch weiter die Stadt. Erst kommt der leere Platz, auf dem immer das Auto steht. Luise läuft im Bogen drum herum. Sie schaut sich erst um, als sie fast am Ende der Straße ist. Auf dem leeren Platz ist nicht viel zu sehen. Aber dieser leere Platz ist wirklich sehr leer.

Sie geht weiter. Sie tut, als müsse sie irgendwohin. Ausgerechnet heute sind alle draußen. Beim Fensterputzen.

»Guten Tag, Luise!«

Damit beschäftigt, Rosen zu schneiden.

»Guten Tag, Luise!«

Bestimmt sehen sie, dass etwas mit ihr ist. Dass sie nicht weiß, was sie fühlt und so. Darum sind sie so freundlich.

Einmal hört sie: »Geht es dir gut?«

Aber Luise antwortet nicht. Schon weil sie das nicht weiß. Sie geht weiter, fast außer Atem und ganz verschwitzt. Die Sonne brennt vom Himmel. An der Friedhofsmauer bleibt Luise kurz stehen. Sie atmet schwer und schaut den Weg hinunter, zwischen den Bäumen hindurch. Am anderen Ende liegt der See. Mit ein bisschen Glück ist Luise dort allein. Nachdenken geht am besten, wenn man allein ist. Aber sie hat kein Glück, nicht mal ein bisschen. Luise hört es schon. Vom See her klingen fröhliche Stimmen.

Sie muss es ausprobieren. Schauen, ob man mit vielen auch allein sein kann.

SECHS

Luise seufzt, als sie den See sieht. Er liegt breit in der Sonne. Enten schwimmen darin und ein paar Menschen. Am Strand spielen Kinder.

Luise hat keine Lust auf Spielen oder auf Kinder. Sie hat Denkarbeit zu erledigen. Sie läuft über den Strand. Vorbei an zwei Jungen, die eine Kuhle graben. Vorbei an einer Frau und einem Mann, die zusammen essen.

»Hallo, Luise!«

»Hallo, Luise!«

Aber Luise stellt sich taub. Sie will niemanden sehen. Auf der anderen Seite ist ein ruhiges Fleckchen. Ein ganzes schattiges Fleckchen hat sie für sich allein.

Ihre Füße sind warm vom Laufen. Sie setzt sich hin, zieht Schuhe und Socken aus und hält die Füße ins Wasser. Das macht sie munter. Erst versucht sie noch, an nichts zu denken. Das ist nicht einfach.

Papa ist nicht nichts. Luise denkt immer an ihn.

Sie schaut zu dem Mann und der Frau, die zusammen essen, aber sie sieht noch immer Papa vor sich. Die Frau schält eine Birne für den Mann. Er isst die Birne auf.

Papa. Papa ist weg.

Luise macht die Augen zu. Vielleicht denkt sie dann nicht mehr an ihn. Vielleicht hilft das. Sie dreht den Kopf in die andere Richtung.

Als sie die Augen wieder aufmacht, ist das Licht anders. Der See sieht blau aus. Und die Bäume und Sträucher um sie herum auch. Nur aus dem Augenwinkel sieht sie einen weißen Fleck. Einen Fleck aus blonden Haaren.

Luise schaut zur Seite. Sie schaut und schaut noch einmal. Die blonden Haare gehören einem Mädchen. Sie strahlen fast, so hell sind sie. Das Mädchen liegt unter einem Strauch und winkt Luise zu.

»Hallo, Luise!«, ruft sie.

SIEBEN

»Hallo, Kriek«, sagt Luise. Sie lächelt und schaut sofort wieder weg. Sie will jetzt nachdenken. Kein Gekrieke und kein Geluise.

Kriek ist anderer Meinung. Bei Kriek zu Hause haben sie eine Molkerei. Dort wird den ganzen Tag lang geredet.

»Warm, nicht wahr?«, ruft sie.

Luise nickt.

»Erschrick nicht, wenn ich anfange zu pfeifen«, sagt Kriek. »Mir ist so heiß, dass ich fast koche.«

Luise nickt noch einmal. *Lass mich in Ruhe,* denkt sie.

»Ist dir nicht heiß?«, fragt Kriek. »Du hast ein ganz rotes Gesicht. Und warum sitzt du hier so komisch herum, so ganz allein?«

Luise zuckt mit den Schultern. »Du liegst hier auch komisch rum«, sagt sie. »So ganz allein.«

Kriek grinst. »Oh«, sagt sie, »aber so allein bin ich nicht. Ich habe jemanden in meinem Kopf.«

Luise erschrickt und schaut in Krieks Richtung. Fast hätte sie gesagt: *Ich auch.* Aber sie hält gerade noch rechtzeitig den Mund.

In der Molkerei unterhalten sie sich über dieses und jenes. Sie tratschen, dass die Milch sauer wird. Wenn sie Kriek etwas erzählen würde, wüssten es bald alle. *Hast du gehört, der Papa von Luise ist weg!* Luise darf gar nicht daran denken.

Sie schaut über den See. Für einen Moment vergisst sie, dass Kriek da ist. Aber es dauert nicht lange, da fängt Kriek wieder an.

»Luise! Weißt du, was ich tue, Luise? Ich spiele Meerjungfrau. Mein Schwanz liegt hier und ich warte auf einen Seemann. So machen es die Meerjungfrauen. Und weißt du, was ich mache, Luise? Ich mache sooo.«

Luise seufzt.

Jetzt macht Kriek sicher etwas mit ihren Händen. Oder mit ihrem Gesicht. Sie muss hinschauen.

Kriek hat die Hände auf ihre Stirn gelegt. Von ihren Augen lässt sie das Weiße sehen. Und ihr Mund steht offen.

Luise schnaubt. Manchmal ist Kriek ein kleines Kind, auch wenn sie fast dreizehn ist.

Plötzlich lacht sie ganz laut. »Ich schmachte, Luise, ich schmachte«, sagt sie. »Das tue ich, hast du es gesehen?«

»Ja, hab ich«, sagt Luise. Sie starrt schnell wieder vor sich hin. Nachdenken, das will sie. Sie versucht, Papa in ihrem Kopf zu sehen. Papa, der immer Durst hat. Den schreienden Papa.

Aber es gelingt ihr nicht. Ein Wort steht ihr im Weg. Das Wort ist neu und es heißt: schmachten.

ACHT

Vorsichtig schaut Luise in Krieks Richtung. Krank sieht Kriek nicht aus. Sie seufzt nur ein bisschen oft. Als hätte sie zu viel Luft in den Lungen. Luise kann es hören. *Ich schmachte, Luise, ich schmachte.* Vielleicht ist schmachten das Gleiche wie seufzen. Seufzen tut man, wenn man Sorgen hat. Mama seufzt immer. Und fröhlich ist sie dann nicht. Aber Kriek ist fröhlich.

Luise hüstelt und setzt sich anders hin. »Kriek«, sagt sie. »Kriek, was ist das, schmachten?»

Kriek legt eine Hand auf die Brust. Sie schaut zum Himmel. »Schmachten«, sagt sie, als spüre sie den Geschmack des Worts. »Schmachten ist lästig. Wie lästig, weiß ich nicht. Ich schmachte noch nicht so lange.«

»Oh«, sagt Luise. Sie versteht es nicht. Schmachten muss etwas Verrücktes sein. Man stellt sich komisch an, so wie Kriek. Luise nickt und tippt sich mit einem Finger an die Schläfe.

Kriek kichert. »Ja.« seufzt sie. »Vom Schmachten wird man ein bisschen verrückt. Verrückt vor Sehnsucht, kann man wohl sagen.«

Luise hält die Luft an. Sie schaut ins Gras. *Verrückt vor Sehnsucht.* Sie hat nicht gewusst, dass es so etwas gibt. Wenn sie bloß nicht anfängt zu schmachten. Weil sie Papa so sehr vermisst.

»Du bist ganz rot, Luise«, sagt Kriek. »Musst du nicht ins Bett? Musst du nicht A sagen beim Doktor? Hast du vielleicht Fieber?«

Luise sagt nichts. Sie starrt Kriek an, sieht sie aber nicht. Ihr Kopf ist dunkel von innen.

»Luise? Luu-ise!«

Luise schaut auf. Kriek liegt da und winkt ihr zu. Ganz langsam. Wie Meerjungfrauen winken würden.

Kriek ist halb aus dem Strauch hervorgekrochen. Luise denkt an den Fischschwanz unter dem Grün. Ganz kurz nur.

»Luise, was ist mit dir?«, fragt Kriek. »Geht's dir gut?«

»Ja, ja«, sagt Luise schnell. Sie versucht zu lächeln. Ihre Füße gleiten durch das Wasser. Als wäre nichts.

Kriek knurrt. »Zum Glück«, sagt sie.

NEUN

Eine Weile bleibt es still. Vielleicht ein paar Sekunden lang. Vielleicht länger. Luise weiß es nicht. Jedenfalls lang genug, um an Papa zu denken. Daran, wie er mal die Teller vom Tisch wischte. Daran, wie er Monika schlug. Oder daran, wie er Luise umarmt hat. Damals hat er gut gerochen.

»Luise?«

Luise schaut zur Seite. Kriek kaut an einem Grashalm herum. Sie hat ein Briefchen in der Hand. Damit spielt sie.

»Würdest du etwas für mich tun?«

Luise zuckt mit den Schultern. Eigentlich hat sie jetzt keine Zeit dafür. Sie muss wirklich nachdenken. »Das hängt davon ab«, sagt sie.

»Ich habe ein Briefchen«, sagt Kriek. »Das Briefchen ist von mir. Bringst du es in die Molkerei? Bei uns arbeitet ein neuer Junge. Er heißt Peter.«

»Ich kenne keinen Peter«, sagt Luise.

»Aber du erkennst ihn gleich«, sagt Kriek. »Er hat ein Herz auf dem Arm. Man könnte schwören, er ist ein Seemann.« Kriek wird rot und lacht hinter ihrer Hand.

»Deshalb spiele ich Meerjungfrau, verstehst du?«

»Ja«, sagt Luise. Sie summt zwischen den Lippen. Eine Meerjungfrau und ein Seemann – wie ist Kriek darauf gekommen? Vom Schmachten wird man wirklich verrückt.

»Bringst du das Briefchen weg, bitte?«, sagt Kriek.

»Warum machst du das nicht selbst?«, sagt Luise. »Du kennst ihn.«

»Ja, das stimmt«, sagt Kriek. »Aber ...« Sie seufzt die ganze Luft aus ihrem Körper. »Ich kann es dir nicht erklären. Peter ist derjenige in meinem Kopf, verstehst du.«

Luise versteht nicht viel davon. Dass man jemanden im Kopf hat, das versteht sie. Den Rest nicht. Doch sie sagt: »Also gut. Wenn das alles ist. Aber danach lässt du mich in Ruhe. Ich muss ...«

»Was musst du?«

»Nichts.« Luise zieht die Füße aus dem Wasser. Ihre Socken und ihre Schuhe lässt sie da. Sie kommt sowieso gleich zurück. Sie greift nach dem Briefchen.

Kriek lässt es nicht sofort los. Sie sieht Luise streng an. »Vergiss nicht, dass es geheim ist!«, sagt sie.

»Klar«, sagt Luise. Sie macht sich auf den Weg. Vorbei an der Frau und dem Mann mit der Birne. Vorbei an den beiden Jungen in ihrer Kuhle.

ZEHN

Luise hört die Molkerei schon von Weitem. Das Gebäude hinter den Bäumen macht Musik. Echte Musik aus dem Radio. Sie hört Männer und Frauen mitsingen. Und mitpfeifen. Glas klirrt, als würden sie dort mit Flaschen werfen. Im Glas ist auch Musik.

Vor dem Zaun bleibt Luise stehen. Sie lauscht auf die Stimmen. Wie sie einander zuschreien. Und ob sie keinen Namen schreien. Peter zum Beispiel.

Sie betrachtet das geheime Briefchen in ihrer Hand. Sie prickelt innerlich. »Hallo, ich habe ein Briefchen für Sie«, flüstert sie.

Sie muss üben. Sie muss weiter üben, bis es sich gut anhört. »Hallo, ich habe ein Briefchen für Sie.«

Mit der Schulter schiebt sie das Tor auf. »Hallo, ich habe ein Briefchen für Sie.«

Das Tor quietscht laut, aber niemand schaut zu ihr her. Eine Gruppe Männer wäscht Flaschen aus. Das Wasser plätschert. Eine Frau stapelt Kästen auf einen Wagen. Sie stöhnt dabei.

Luise betrachtet den hohen Milchturm. »Hallo«, flüstert Luise niemandem zu. »Ich habe ein Briefchen für Sie.«

Schritt um Schritt geht sie weiter, in die Molkerei hinein. Es riecht ein bisschen säuerlich nach Milch und nach Schweiß. Luise betrachtet jeden Mann, den sie sieht. Jeden nackten Arm. Muskeln und Muskeln, aber kein Herz.

»Guten Tag«, sagt Luise zu der stöhnenden Frau.

»Guten Tag, Kind«, sagt die Frau. »Wenn du Milch willst, musst du dorthin.« Sie deutet mit dem Kinn irgendwohin und arbeitet weiter.

Luise bleibt verloren zwischen den Kästen stehen. Die Molkerei ist ein Irrgarten. Der Betrieb macht ihr ein bisschen Angst. Am liebsten würde sie weggehen, so schnell wie möglich. Sie muss rufen, das hilft.

»Pee...«, macht ihr Mund, aber das *ter* verschluckt sie. Sie hat nicht laut genug gerufen.

Sie füllt ihre Lungen mit Luft. »Peter!«, ruft sie laut zur Decke. Es tut ihr sofort leid.

Die ganze Molkerei wird still. Die Männer an der Spüle schauen sich um. Die Frau vergisst ihre Arbeit. Nur das Radio singt weiter.

»Ja?«, erklingt es plötzlich.

Hinter einer Mauer aus Milch taucht ein Mann auf. Ein junger Mann mit einem Herz auf dem nackten Arm. Er lacht ihr zu.

Luise wird verlegen. »Hallo«, sagt sie. »Ich habe ein Brüüfchen für ...«

ELF

Luise wird rot. Vor Scham kneift sie die Augen zu. Sie schafft es gerade noch, nicht zu weinen.

Die Männer lachen ihr in das eine Ohr, die Frau in das andere. »Ein Brüüfchen, ein Brüüfchen!«

Luise versinkt fast im Erdboden. Peter fängt sie rechtzeitig auf. Die Molkerei bewegt sich vor ihren Augen. Sie landet auf ein paar Kästen. Peters Gesicht ist ihr ganz nah.

»Sag's noch mal«, sagen seine Lippen.

Luise bekommt kein Wort heraus. Sie kann nur noch lächeln. Ihr Mund zerreißt beinahe.

Peter lächelt auch, aber schöner. »Du bist Luise, nicht wahr?«, fragt er. »Ich kenne dich. Du bist Monikas Schwester.«

Luise starrt auf ihre nackten Füße. Sie steckt Peter das Briefchen zu.

»Für mich?«, fragt er.

»Für Sie«, murmelt Luise. Sie späht unter den Augenbrauen hervor.

Peter faltet das Briefchen auf. Mit schönen Händen. Er liest, was darinsteht. Mit seinen schönen Augen.

»Oh, Peter!«, liest er. »Ich schmachte, ich schmachte. Komm zum See. Ich warte, ich warte. Deine Kriek.«

Peter schaut hoch. »Soso«, sagt er. »Und du sollst mir dieses Briefchen bringen. Traut sie sich nicht?«

Luise grinst. Sie schüttelt den Kopf.

»Soso«, sagt Peter noch einmal.

Luise schweigt. Sie betrachtet das Briefchen in Peters Händen. Peter hätte es nicht vorzulesen brauchen. Das Briefchen war geheim.

Sie wartet. Sie will von den Kästen runter und zurück zum See.

Peter denkt lange nach. »Kriek ist bestimmt sehr ungeduldig«, sagt er. »Kann sie nicht bis zwölf Uhr warten? Dann macht die Molkerei zu.«

»Ich glaube nicht«, sagt Luise. »Und ich kann auch nicht warten. Ich war am See und jetzt muss ich zu meinen Schuhen zurück.«

Peter grinst und hebt Luise hoch. Einen Moment schwebt sie in der Luft, wie eine Puppe.

»Kriek schmachtet«, sagt er, »Kriek schmachtet.«

Luise nickt und schaut zu Boden. Sie hängt hoch.

Peter hebt sie noch höher. Er ist wirklich stark. Er macht einen Kussmund. Langsam holt er Luise auf sich zu. »Ich habe ein Bussi für Sie«, sagt er und gibt Luise ein Küsschen neben das Ohr. Dann stellt er sie auf den Boden.

Luises Beine zittern. Sie wagt Peter nicht anzuschauen. Die Sonne brennt.

»Ich begleite dich ein Stück«, sagt er. »Wenn es dir recht ist.«

Luise hat das Wort Ja vergessen. Wie Edo läuft sie hinter Peter her.

ZWÖLF

Erst denkt Luise noch, dass Peter immer so läuft. Ein bisschen schief, den einen Arm ausgestreckt. Aber dann merkt sie es. Er will, dass sie ihm die Hand gibt. Seine Hand bittet darum.

»Es geht schon«, sagt Luise.

»Auch gut«, sagt Peter. Er ist nicht böse, er ist so lieb. Seine Hand verschwindet in seiner Hosentasche.

Luise tut es sofort leid. Sie holt Peter ein.

Sie laufen nebeneinander her. Das ist ein bisschen wie an den Händen.

Luise muss fast rennen. Peter läuft schnell. Sie betrachtet seine Beine. Seine Beine sehen Papas ähnlich. Papa kann auch nicht langsam gehen. Er hat es immer eilig. Sogar wenn er Edo Gassi führt und Luise mitgeht.

Luise seufzt. Sie versucht den Gedanken an Papa wegzuhopsen. Aber es klappt nicht richtig. Ihre Beine sind nicht fröhlich genug. Und Papa bleibt in ihrem Kopf sitzen. Papa, der alles laut tut. Reden und lachen und laufen. Aber jetzt ist Papa fort.

»Papa ist fort.« Luise bleibt stehen, erschrocken über sich selbst. Sie hat es einfach laut gesagt.

Peter schaut sich um und wartet auf sie. Er stemmt die Hände in die Seiten. »Oh ja?«, sagt er.

Luise nickt. »Er ist in die Stadt«, sagt sie schnell. Als wäre Papa nur für einen Tag weggegangen.

»Soso«, sagt Peter und geht weiter. Ein bisschen wiegend, als laufe er über Wellen. Vielleicht ist er doch ein Seemann.

Luise holt ihn ein. Sie weiß nicht, warum, aber nun zögert sie nicht. Ohne zu fragen, nimmt sie seine Hand.

DREIZEHN

»Und, Luise?«, sagt Peter. Seine Augen suchen den See ab. »Wo ist Kriek?«

»Auf der anderen Seite«, sagt Luise. »Neben meinen Schuhen.«

Sie bleibt stehen. Sie wünschte, der See wäre größer. Dann wäre Peter ein paar Minuten länger da. Gleich sieht er Kriek und dann hat er Luise vergessen. Das weiß sie genau.

»Komm«, sagt sie und seufzt. Sie zieht Peter mit. Vorbei an der Kuhle der beiden Jungen. Vorbei an dem Mann und der Frau. Sie geht langsam. Immer langsamer. Bei ihren Schuhen dreht sie sich nach Peter um. »Dort«, sagt sie und deutet mit ihrem Kinn in die Richtung. »Dort unter dem Strauch liegt Kriek. Sie ist blass und sie seufzt die ganze Zeit. Das kommt vom Schmachten. Sie sagt, sie ist eine Meerjungfrau. Und du, äh, du bist ein Seemann.«

Peter legt die Arme übereinander. »Diese Kriek«, sagt er mit einem breiten Lächeln. »Sie ist verrückt. Sie ist verrückt nach mir. Und ich bin verrückt nach ihr. Ich sehne mich dauernd nach ihr. Und sie sehnt sich dauernd nach mir.«

Luise wird steif. Kriek ist verrückt nach Peter. Und Peter ist verrückt nach Kriek.

Plötzlich dringt es zu ihr durch. Sie weiß, dass sie Papa vermisst. Plötzlich weiß sie es ganz genau. Er schreit mit seiner lauten Stimme. Er wischt Teller vom Tisch. Er liebt Streit und Wein. Trotzdem vermisst sie ihn.

Papa gehört zu Luise. Er gehört zu Mama und Monika und Edo.

Es trifft Luise wie ein Schlag. Niemand am See ist allein. Jetzt erst fällt es ihr auf. Die Frau gehört zu dem Mann mit der Birne. Die beiden Jungen gehören zusammen. Sie sind nur halb, wenn einer weg ist.

Luise ist nur halb. Weniger als halb. Mama und Monika sind nicht da. Edo ist nicht da. Und Papa ist weg.

Hinter Luise erklingt Krieks Stimme. »Peter!«

Peters Augen glitzern. Sein Gesicht wird ganz hell. »Meine Meerjungfrau!«, ruft er, der Seemann. Er läuft an Luise vorbei.

Luise schaut sich nicht um. Sie will es nicht sehen. Beim Küssen zuzuschauen ist schlimm. Beim Küssen zuzuhören auch. Sie hält sich die Ohren zu. Sie presst die Lippen aufeinander. Sie kneift die Augen zu. Aber die Tränen kommen doch. Nichts hält sie zurück.

Peter gehört zu Kriek. Und Papa ist weg. Es ist zu viel für einen Morgen.

Luise schreit und weint zugleich. »Papa!«

VIERZEHN

Erschrocken wacht Luise auf. Das Zimmer ist dunkel. Draußen ist nichts zu hören. Kein Wind, kein knackendes Dach. Es dauert einen Moment, bevor ihre Augen sich an die Dunkelheit gewöhnen. Sie sieht Monika neben sich sitzen. Sie spürt die Hand ihrer Schwester auf ihrem Bein.

Monika sitzt auf dem Bettrand. Das Bett quietscht. Monika beugt sich vor. Mit ihrem warmen Atem beugt sie sich über Luise.

»Schlaf noch ein bisschen, Luise«, flüstert sie. »Ich bin bei dir.«

Luise nickt. Das geht gerade noch in dem dicken Kopfkissen. »Ist es schon Nacht?«, fragt sie.

»Nein«, sagt Monika. »Noch lange nicht. Es ist erst Mittag. Wir haben dich wieder ins Bett gesteckt. Du hast ein bisschen zu tief nachgedacht.«

»Oh«, sagt Luise.

Erst jetzt hört sie unten Stimmen. Sie klingen, als hätte Luise den Kopf unter Wasser. Die Stimmen sind ein schönes Geräusch.

»Ist Papa schon zurück?«, fragt sie.

»Nein«, sagt Monika. »Peter und Kriek sind unten bei Mama. Es ist noch immer heute. Papa ist erst seit ein paar Stunden weg.«

Luise beißt sich auf die Lippe. Sie legt sich auf die Seite, dicht an Monika. Monika streicht ihr mit den Fingern durch die Haare.

Das Bett quietscht plötzlich lauter. Monika legt sich neben Luise. Wie ein Löffel neben dem anderen in der Schublade.

Luise wird ganz ruhig. »Papa kommt zurück, nicht wahr?«, flüstert sie.

»Mmm«, macht Monika. Ihr Mund liegt dicht an Luises Ohr. »Papa geht es besser, wenn er zurückkommt.«

Luise lächelt. Sie schmiegt sich an Monika.

»Weißt du, was Schmachten ist?«, sagt sie.

»Mmm«, macht Monika wieder.

Mmm.

NEUN
MAL
NINA

MIT ZEICHNUNGEN VON

MARIJE TOLMAN

Was für ein Mädchen,

NINA UND DER BRIEF

Fräulein Rood keuchte. Sie sagte: »Ich habe ...«, aber sie konnte den Satz nicht zu Ende sagen, weil sie husten musste. »Ich habe es satt!«

Nina lief hinter Fräulein Rood her. Sie keuchte auch, aber nicht so laut.

»Immer ist der Aufzug kaputt«, zischte Fräulein Rood. Sie ließ sich auf einen Stuhl an dem runden Tisch fallen. »Und dann muss ich mit meinen alten Beinen die zweihundert Stufen hinauflaufen.«

Nina erschrak, denn Fräulein Rood schlug mit der Faust auf den Tisch.

»Aber jetzt reicht es«, sagte sie. »Jetzt schreibe ich einen Brief. Einen bösen Brief an den Hausverwalter.« Sie zog eine Schublade auf, nahm einen Füller, einen Bogen Papier und einen Umschlag heraus. »Mal sehen«, sagte sie.

Nina wollte es auch sehen.

Das Papier war noch ganz weiß. Aber nicht sehr lange. Fräulein Rood setzte den Füller an und schrieb an einem Stück durch. Lauter Buchstaben, Wörter, Sätze. Jedes Mal, wenn sie einen Punkt machte, fing der Tisch an zu zittern.

»Was schreiben Sie?«, fragte Nina vorsichtig.

»Dass ich es satthabe. Dass meine Beine zu alt sind für so viele Stufen und deine zu kurz.«

Nina schaute unter den Tisch. »Stimmt das?«, fragte sie.

»Nein, aber das ist ja auch ein böser Brief.« Fräulein Rood warf ihren Füller hin und nickte zufrieden. »Das ist gut gelungen«, sagte sie. »Steckst du den Brief in den Umschlag? Du weißt, wie das geht. Dann setze ich inzwischen einen Tee auf.«

Nina sagte: »Ja«, wandte aber den Blick nicht von dem Brief. Sie runzelte die Stirn. Der Brief sah überhaupt nicht böse aus. Die Buchstaben standen ordentlich gerade und die Sätze auch. Fräulein Rood wusste wohl nicht, wie das ging, richtig böse sein.

Nina dachte einen Moment lang nach und nahm den Füller. Sie brummte vor sich hin und zeichnete einen Blitz. Und noch einen. Und weil das noch nicht böse genug aussah, gleich noch ein paar.

»Nina?«, rief Fräulein Rood aus der Küche. »Klebst du den Umschlag zu? Dann bringen wir ihn gleich zum Briefkasten.«

»Ja«, sagte Nina und klebte grollend den Umschlag zu.

NINA UND DER SCHAL

Nina wusste, wie man strickt, aber bei ihr fielen immer Maschen runter. Nach einer Weile klapperten die Nadeln nicht mehr, sondern fingen an zu quietschen.

Fräulein Rood hatte keine Schwierigkeiten. Der Ärmel ihres neuen Pullovers wurde immer länger. Zufrieden betrachtete sie ihre Arbeit und sang ein Liedchen dazu.

Nina sagte: »Jaja, lala.«

Fräulein Rood ließ ihre Arbeit in den Schoß sinken und setzte ihre Brille ab. »Fängst du wieder an?«, fragte sie. »Ich bin doch nicht schuld daran, dass dein Schal dir nicht gelingt. Vielleicht bist du einfach noch zu klein zum Stricken, das ist gut möglich.«

Nina schüttelte den Kopf und legte die Arme übereinander. Sie wollte Zwiebelchen so gern einen selbst gestrickten Schal schenken. Einen schönen roten Schal.

»Soll ich dir noch einmal zehn Maschen anschlagen?«, fragte Fräulein Rood.

Nina antwortete nicht.

Fräulein Rood nahm zwei Stricknadeln aus dem Schrank und setzte ihre Brille wieder auf die Nase. In ein paar Sekunden hatte sie zehn Maschen aufgeschlagen. »So«, sagte sie. »Und jetzt stricken. Ganz einfach stricken.«

Einfach stricken. Fräulein Rood tat, als wäre das so leicht.

Es dauerte eine Weile, bis Nina die erste Masche zu stricken wagte. Und eine zweite.

Bei der zehnten quietschten die Nadeln noch immer nicht.

»Gut so«, sagte Fräulein Rood. »Was strickst du?«

»Einen Schal für Zwiebelchen«, sagte Nina. Sie stöhnte, denn fast wären ihr drei Maschen heruntergefallen. »Sie dürfen mich nicht anschauen, Fräulein Rood, dann geht es schief.«

»Schon gut«, sagte Fräulein Rood und machte sich auf die Suche nach ihrem Brillenetui, das hatte sie verlegt.

Nina strickte zehn Reihen nacheinander und nichts ging schief. Oder fast nichts. Sie stach zwar manchmal daneben oder strickte eine Masche zu fest, aber der Schal wurde länger. Sie versuchte zu übersehen, dass sie inzwischen sechzehn Maschen auf der Nadel hatte. Sie dachte an Zwiebelchen und an ihren Schal.

»Zeig mal«, sagte Fräulein Rood.

Stolz hielt Nina das Strickzeug hoch. Als sie es betrachtete, verschwand das Lächeln aus ihrem Gesicht. *Schals sind eigentlich schön gerade,* dachte sie, *sie laufen nicht im Zickzack. Und sie sind fast nie dreieckig.*

»Oh, Nina«, sagte Fräulein Rood und legte die Hand auf die Brust. »Wie lieb von dir. Erst sagst du, dass du einen Schal für Zwiebelchen strickst und dann fängst du heimlich mit einem Brillenetui für mich an, denn ich habe meines verloren.«

Nina dachte kurz nach. Sie wusste nicht, ob sie lachen oder weinen sollte. »Ja«, sagte sie. »Den Schal stricke ich ein andermal. Vielleicht morgen oder so.«

NINA UND DAS FOTO

Nina fiel fast aus dem Boot. Sie musste so seltsam schräg stehen. Mit einem Fuß auf dem Rand und mit Zwiebelchen auf den Knien. Und dann sollte sie auch noch lachen.

Der Fotograf fand alles prima. Sein Fotoapparat klickte und summte.

Ab und zu schaute Nina zu Fräulein Rood hinüber. Sie saß auf einem Stuhl. Sie wurde nicht müde.

»Was für ein Mädchen, was für ein Mädchen«, sagte der Fotograf. »Sie erscheint auf dem Foto, wie sie ist: ein prachtvolles Kind.«

Fräulein Rood lächelte. »Da bin ich aber neugierig«, sagte sie. Es klang überhaupt nicht neugierig.

Nina dachte: *Fräulein Rood will auch weg. Sie sieht überhaupt nicht fröhlich aus. Ob ich sie zum Lachen bringen soll?*

Nina schielte und streckte die Zunge heraus. Sie ahmte Zwiebelchen nach, mit den Daumen in den Ohren. Das fand Fräulein Rood immer lustig.

»Ha, ha, ha«, machte der Fotograf. »Sich ein bisschen verrückt aufführen, das ist gut. Aber jetzt sind wir wieder so lieb, wie wir sind.«

Nina setzte Zwiebelchen auf ihr Knie. Sie zog die Mundwinkel hoch. Sie dachte: *Das sieht ein bisschen wie Lachen aus.*

Der Fotograf wartete auf das Klicken seines Apparats, aber es kam nicht. Er entfernte das Ding von seinen Augen und betrachtete es. Bestimmt war es kaputt.

»So«, sagte Fräulein Rood. »Sie haben genug Fotos gemacht, würde ich denken.«

»Das denken Sie?«, fragte der Fotograf ein bisschen erstaunt. »Dann ist es ja gut. Wenn Sie ein bisschen warten, können Sie alle betrachten.«

Nina sprang aus dem Boot und setzte sich neben Fräulein Rood. Nun erst sah sie, wie hässlich das Boot aus Pappe war. Dahinter hing ein großes Stück Stoff, mit Wolken und Blumen und blauem Wasser darauf.

Auf einer Tafel neben Fräulein Rood hingen Fotos von Kindern und dem Boot. Sie sahen alle gleich aus. Auf den Knien hielten sie immer ein Kuscheltier. Ihr linker Fuß stand immer auf dem Bootsrand. Und sie lachten immer auf eine Art, dass es aussah, als täte ihnen etwas weh.

»So«, sagte der Fotograf, als er nach einer Weile zurückkam. »Hier sind sie. Über vierzig prachtvolle Ninas.« Er reichte Fräulein Rood einen Stapel Fotos.

Sie betrachtete eins und stöhnte. Dann betrachtete sie noch eins und stöhnte wieder. Immer schneller blätterte sie den Stapel durch. Als sie fast alle Fotos gesehen hatte, hellte sich ihr Gesicht auf. »Was für ein Schatz!«, sagte sie. »Diese da nehmen wir.« Sie zeigte dem Fotografen zwei Fotos.

Auf dem einen Foto war Nina zu sehen, eine Nina, die schielte, und auf dem anderen sah sie Zwiebelchen ein bisschen ähnlich.

»Was für ein Kind, was für ein Kind«, sagte der Fotograf und lachte, wie Nina die ganze Zeit gelacht hatte. Als würde ihr etwas wehtun.

NINA UND DER HUND

»Komm«, sagte Fräulein Rood und nahm Ninas Hand. »Machen wir einen gemütlichen Schaufensterbummel.«

»Ja, komm«, sagte Nina. Sie verdrehte die Augen und quetschte Zwiebelchen unter den Arm. Zwiebelchen konnte Schaufenster betrachten auch nicht leiden. Davon wurde man bloß müde.

Die Sonne schien um die Ecke. Auf der Straße waren viele Menschen. Sie trugen Blusen und Hüte. Alle Blusen und Hüte waren gekommen, um Schaufenster zu betrachten.

Fräulein Rood trällerte vor Vergnügen. Sie hatte vor, sich ganz viele Läden anzuschauen. Sie zog Nina hinter sich her.

»Schau mal, was für hübsche Schuhe«, sagte Fräulein Rood. »Schau mal, was für ein hübsches Kleid. Und da ein Hut mit lauter Sonnen.«

»Ja, komm«, sagte Nina die ganze Zeit. Sie hoffte jedes Mal, dieses Geschäft sei das letzte. Dass sie nach den hübschen Ohrringen und der hübschen Brille und den Socken und der Tasche endlich nach Hause gehen könnten.

Aber Fräulein Rood dachte nicht an zu Hause. Sie hatte wieder einen Hut gesehen. Einen knallroten Hut mit einer weißen Schleife darauf. »Oh«, stöhnte sie.

»Ja, oh«, stöhnte eine Frau neben Fräulein Rood. Die Frau sah sehr fröhlich aus und sie trug viele Ringe und Ketten. Bestimmt ging sie jeden Tag Schaufenster betrachten.

Neben ihren Füßen saß ein kleiner Hund. Der Hund schaute Nina an und Nina schaute den Hund an. Sie lächelten einander zu.

»Schrecklich, nicht wahr?«, sagte Nina mit einem Blick zu Fräulein Rood und der Frau.

Der Hund bellte einmal. Sehr kurz und sehr leise.

»Still«, sagte die Frau sofort. Sie ruckte an der Leine und unterhielt sich weiter mit Fräulein Rood

Nina kauerte sich neben den Hund auf den Boden.

»Pass auf«, sagte Fräulein Rood. Sie zog Nina zu sich heran und lachte dabei über irgendetwas, was die Frau gesagt hatte.

Nina seufzte. »Wir können es nicht ändern«, sagte sie zu dem Hund.

»Doch«, sagte der Hund jaulend. »Du kannst jaulen.« Der Hund bellte. »Du kannst bellen. Du musst es nur lang genug durchhalten.«

»Okay«, sagte Nina.

Der Hund bellte und jaulte.

Nina tat es ihm nach.

Und es hat funktioniert.

NINA UND DIE PFERDE

Nina und Fräulein Rood saßen zusammen am runden Tisch und schauten nach draußen. Hinter der Geranie auf der Fensterbank lag die ganze Stadt.

Fräulein Rood wohnte im neunten Stock.

Manchmal versuchte Nina, die Dächer zu zählen, aber sie kam immer durcheinander.

Manchmal betrachtete sie die Pferde, die oben auf dem Museum standen.

Vier Pferde waren es, sie zogen immer zwei und zwei einen Wagen. Auf den Wagen standen Frauen. Sie hielten eine Peitsche hoch, sodass es aussah, als wollten sie den Pferden noch einen letzten Hieb geben, bevor sie in die Luft gingen.

Nina sah es vor sich: Vier trabende Pferde flogen durch die Luft. Die Frauen schrien herrisch, denn es waren wilde Pferde. Die Frauen fluchten und schimpften und ließen die Peitsche knallen. *Patsch!*

Nina fiel fast vom Stuhl.

Fräulein Rood schlug noch einmal mit der flachen Hand auf den Tisch. Sie sagte: »Nina, nein. Ich werde nicht den ganzen Nachmittag still auf dem Stuhl sitzen. Komm, tun wir was. Was hältst du davon, wenn wir Fotos betrachten?«

Nina blinzelte und nickte. Sie versuchte, die Pferde zu vergessen.

Fräulein Rood holte ein dickes Buch aus dem Schrank und setzte sich neben Nina. »Wo waren wir stehen geblieben?«, fragte sie.

»Bei der Zeit, als Sie fast so alt waren wie jetzt«, antwortete Nina.

Fräulein Rood murmelte etwas und fing an zu blättern. Zwischen den schwarzen Albumseiten waren noch andere Seiten, diese waren dünn und raschelten ein bisschen. Vorn im Album gab es sehr alte Fotos, von Fräulein Roods Oma und Opa, dann kamen die Fotos von ihrem Vater und ihrer Mutter und von Fräulein Rood als Baby, als Mädchen und als Frau.

»Schau doch«, sagte Fräulein Rood und deutete mit dem Finger auf ein sehr dunkles Foto. »Das bin ich. Und das bist du. Siehst du, was du für ein Knirps warst? Da bist du zum ersten Mal hergekommen. Dieser Schrank stand damals noch nicht hier. Und schau mal, wie klein die Geranie noch war.«

Nina sagte: »Ja.« Aber dann blieb ihr die Luft weg.

Auf dem Foto war alles ein bisschen von der Dunkelheit verschluckt: Sie sah Fräulein Rood und sich selbst als Knirps und den Tisch und den Schrank. Nur das Fenster war hell. Ein Rechteck mit vielen Dächern darin.

»Schau«, sagte sie und legte den Zeigefinger oben auf das Museum. »Die Pferde.«

»Welche Pferde?«, fragte Fräulein Rood und zog das Album näher zu sich. »Ich sehe keine Pferde.«

»Die vier vom Museum«, sagte Nina. Sie deutete zum Fenster, aber sie schaute nicht hinaus.

»Oh!«, rief Fräulein Rood. »Die meinst du!« Sie schüttelte den Kopf und zog die Mundwinkel nach unten. »Sie werden vorübergehend weg gewesen sein. Das Museum ist umgebaut und renoviert worden. Das hat ziemlich viel Lärm gemacht.«

Fräulein Rood schlug eine Seite um und erzählte von einem Urlaub am Meer und wie still es dort gewesen war.

Nina nickte und tat, als höre sie zu, aber sie hörte nicht zu. Sie wagte immer noch nicht, aus dem Fenster zu schauen.

NINA UND DER ZAHN

Nina und Fräulein Rood seufzten gleichzeitig.

»Mir ist langweilig«, sagte Nina.

»Mir auch«, sagte Fräulein Rood. »Was sollen wir tun?«

Nina zuckte mit den Schultern und richtete sich auf dem Stuhl auf. Fräulein Rood fiel oft was Schönes ein.

Eine ganze Weile kam nichts, dann stellte Fräulein Rood die Teller vom Mittagessen zusammen und sagte: »Wir sollten etwas Obst essen.«

Nina machte ein enttäuschtes Gesicht. Was war schon schön daran, einen Apfel zu essen.

»Du bist ein Tier«, sagte Fräulein Rood. »Du bist ein Eichhörnchen. Oder ein Affe. Oder ein ... anderes Tier mit Pfoten.«

Ninas Gesicht hellte sich auf. Sie kicherte. Fräulein Rood knabberte schon an einem Apfel, als wäre sie ein Eichhörnchen. Oder ein Hamster. Das konnte man nicht so genau erkennen.

»Dann bin ich ein ... ein sehr großes Tier mit Pfoten«, sagte Nina. Sie nahm ihren Apfel und schlug die Zähne hinein. Eigentlich wollte sie dabei schön schmatzen, aber daraus wurde nichts. Sie sagte nur: »Au!«

»Was hast du?«, fragte Fräulein Rood.

»Aan«, nuschelte Nina.

»Was hast du gesagt?«

»Aan«, nuschelte Nina noch einmal.

»Oh!« Fräulein Rood sprang auf, schob die Geranie zur Seite und riss das Fenster auf.

»Spuck ihn aus«, rief sie. »Und komm her!«

Nina spuckte ein Stück Apfel aus. In ihm steckte ein Zahn. Er war ein bisschen blutig.

»Stell dich mit dem Rücken zum Fenster und wirf den Zahn über deine Schulter. Zuerst sagst du mir nach: ›Zahn in der Hand, flieg über das Land!‹«

»Zahnss in der Handss, flieg übers Landss«, sagte Nina und warf den Zahn hinaus. Sie drehte sich schnell um. »Habensse ihn fallen ssehn?«

»Ja«, sagte Fräulein Rood. »Und die Zahnfee hat ihn rechtzeitig aufgefangen. Nun wächst dir schnell ein neuer Zahn im Mund.«

Nina nickte. Nun hatte sie keine Zeit mehr, sich zu langweilen. Sie musste dauernd in den Spiegel schauen, auf das Loch in ihrem Mund. Sie musste es mit der Zunge zwischen ihren Zähnen fühlen. Und danach musste sie wieder zum Spiegel laufen, um nachzuschauen, ob ihr schon ein neuer Zahn nachgewachsen war.

NINA UND DAS GESCHENK

Alles hatte Nina schon bekommen: die acht Küsse von Fräulein Rood, den fröhlich geschmückten Tisch und die Torte mit den acht Kerzen. Nur das Geschenk, ja, das Geschenk ließ auf sich warten.

Fräulein Rood werkelte in der Küche herum, als hätte sie jede Menge Zeit.

Beeil dich, dachte Nina. Sie trommelte mit den Fingern auf den Tisch, wie Mama das manchmal tat. *Beeil dich, Fräulein Rood, gleich ist mein Geburtstag um und dann ist es zu spät. Dann ist das Geschenk kein Geburtstagsgeschenk mehr.*

»Stellst du noch ein Lied an?«, fragte Fräulein Rood durch die Tür.

Sofort lief Nina zum CD-Player. Sie drückte auf den Knopf und gleich war das Zimmer voller singender Kinder. Mit strahlendem Gesicht drehte Nina sich um.

Tatsächlich: Da stand Fräulein Rood. Sie hatte ein Päckchen in der Hand und sie wurde rot.

»Für dich, mein Liebes«, sagte sie und gab Nina das Päckchen. »Aber erst raten, was drin ist.«

Schwierig war das nicht. Ninas Finger glitten über das rote Einwickelpapier. Sie tat, als würde sie nachdenken, um Fräulein Rood eine Freude zu machen. Sie wusste längst, was sie bekam. Ein Buch. Ein schönes, großes neues Buch.

Sie riss das Papier auf und rief schon: »Danke, vielen Dank!« Aber dann schnappte sie nach Luft. Und aus ihrer Kehle kamen seltsame Geräusche.

Das Buch war überhaupt nicht neu und es sah auch nicht schön aus. Auf dem Umschlag war das Bild einer Bäuerin mit einem Korb in der Hand. Ein Kind, das an ihr lehnte, sah aus, als würde es gleich anfangen zu weinen.

Nina war auch nach Weinen zumute, denn sie merkte, dass sie die Wörter in dem Buch nicht lesen konnte. Die Sprache hatte andere Buchstaben!

»Es ist ein Buch aus Polen, Nina. Ich habe es von meiner Mutter bekommen, als ich so alt war wie du. Meine Mutter hatte es von ihrer Mutter bekommen. Und jetzt gehört es dir. Wirst du vorsichtig damit umgehen?«

Nina schaute hoch. Sie fand, dass Fräulein Rood sich traurig angehört hatte. Vielleicht fand sie das Buch ja sehr schön und gab es wirklich nicht gern her.

Nina versuchte zu lächeln. Sie deutete auf ein Bild im Buch. »Schau mal«, sagte sie. »Das Bild kann ich lesen.«

»Und den Rest denkst du dir aus. Das habe ich früher auch getan«, sagte Fräulein Rood.

»Ja«, sagte Nina und versuchte immer noch zu lächeln. »Schön.«

NINA UND DAS NEUE HAUS

Nina riss die Tür in der Diele auf und rief: »Fräulein Rood! Zwiebelchen will umziehen!«

»Schon wieder?«, rief Fräulein Rood aus der Küche.

Nina drehte sich um und sagte zu ihrem Teddy: »Hast du gehört? Fräulein Rood sagt es auch. Du willst die ganze Zeit umziehen. Nirgends ist es dir gut genug. Gestern, im Vorratsschrank, war dir das Haus zu klein und nun, hinter dem Schrank, ist es dir zu kalt. Du hast immer was.«

Nina riss die Tür wieder auf und rief in die Küche: »Ich bin schrecklich böse. Jetzt muss ich wieder ein neues Haus suchen.«

»Hm, dieses Problem musst du alleine lösen«, sagte Fräulein Rood. »Du bist schließlich seine Mutter.«

Ja, dachte Nina. *Ich bin seine Mutter.*

Böse klemmte sie das Tischchen und den Herd unter den Arm und lief ins Wohnzimmer. Sie schaute sich um, ob irgendwo ein Haus frei war.

Zwischen dem Zeitungskorb und dem runden Tisch stand nichts. Dort sollte Zwiebelchen einziehen.

Nina stellte den Tisch und den Herd polternd auf den Boden und seufzte tief. Die Dielentür stand noch immer offen. Zwiebelchen half noch nicht mal beim Umzug.

»Ich muss alles allein tun«, brummte Nina und ging zurück in die Diele, um den Rest des Hauses umzuziehen. Küchenzeug, ein Kissen, ein Bett, zwei Bücher und ein Eimerchen. Sie packte Zwiebelchen am Ohr und kniff fest hinein. »Du bist faul und lästig«, sagte sie. »Setz dich still hierher.«

Nina setzte sich auch. Sie schaute sich um. Sie betrachtete den unordentlichen Zeitungskorb. Die Rückseite des Lehnstuhls. Den hohen runden Tisch hinter ihr.

»Und?«, sagte sie zu Zwiebelchen. »Wohnst du gern hier? Ich finde es ja nichts Besonderes.«

»Ich auch nicht«, sagte Fräulein Rood. Sie stand mit einem Topf dampfender Suppe neben dem Tisch und wartete, dass Zwiebelchen ihr Platz machte, aber er ging nicht zur Seite.

»Siehst du?«, sagte Nina und zog Zwiebelchen böse näher zu sich. »Wir finden es beide nichts Besonderes.«

»Reg dich nicht auf«, sagte Fräulein Rood. »Sonst kriegst du keinen Bissen runter. Zieh Zwiebelchen eine Jacke an und schicke ihn zum Spazierengehen. Du musst dich an den Tisch setzen und er soll nachschauen, ob irgendwo anders ein Haus zum Verkauf steht.«

NINA UND FRÄULEIN ROOD

Fräulein Rood brodelte wie kochendes Wasser in einem Topf. Sie machte Schmatzgeräusche und Klackgeräusche. Sie machte den Mund auf und zu und sagte: »La und la und la und la.«

»Muss das sein?«, fragte Nina.

»Ja und ja und ja«, sagte Fräulein Rood.

Nina schaute sich im Park um und rutschte ein Stück von Fräulein Rood weg. Nun sah es aus, als gehörten sie nicht zusammen. Drüben, auf der anderen Seite des Wegs, saß ein Mann hinter seiner Zeitung. Ein Mädchen mit nackten Beinen und nackten Schultern schaute die ganze Zeit von Fräulein Rood zur Sonne und von der Sonne wieder zurück zu Fräulein Rood.

»Fräulein Rood«, sagte Nina. »Hören Sie bitte auf.«

Fräulein Rood hob die Hand zu ihrem Hut und zog eine Nadel heraus. Dann legte sie den Hut neben sich auf die Bank. »Ich soll das so machen«, sagte sie. »Ich habe Unterricht. Und die Gesangslehrerin hat gesagt: Man muss immer erst seine Stimme aufwecken. Dann kann man erst singen. Am besten im Freien.«

»Hat die Lehrerin auch gesagt, dass ich dabei sein muss?«, fragte Nina.

»Nein und nein und nein. Ich trainiere die Muskeln um meinen Mund. Nur mit starken Lippen kann man singen. La und la und la und la.«

Nina schwieg.

Fräulein Rood setzte sich kerzengerade hin und sog ihre Brust voller Luft. Die Hände faltete sie über dem Bauch. »Laaa!«, sang sie plötzlich.

Nina erschrak, der Mann hinter der Zeitung und das Mädchen mit den nackten Beinen erschraken auch.

»Fräulein Rood«, sagte Nina wieder.

Aber Fräulein Rood kümmerte sich um nichts. »Laaa!«, sang sie noch einmal. »Lasst uns singen! Lasst uns springen!«

Nina spürte, wie ihr Gesicht warm wurde. Sie schämte sich zu Tode. Was für ein schreckliches Lied! Nie mehr wollte sie mit Fräulein Rood in den Park gehen.

»Es ist Sommerzeit, es ist So-hoomerzeit!«

Nina steckte sich die Finger in die Ohren und drehte sich mit dem Rücken zu Fräulein Rood. Sie kniff die Augen zu. Am liebsten würde sie im Boden versinken. Ganz langsam zählte sie von eins bis zehn. Dann müsste das Lied vorbei sein.

Bei zehn zog Nina die Finger aus den Ohren und machte die Augen auf. Sie sah den Mann mit der Zeitung weggehen. Das Mädchen mit den nackten Beinen war bereits verschwunden.

Aber Fräulein Rood saß noch da. Sie schaute ein bisschen befremdet in ihren Hut. Zwei Geldstücke lagen darin.

»Wo kommen die denn her?«, fragte Nina.

»Bekommen«, sagte Fräulein Rood. Es sah fast aus, als würde sie rot im Gesicht.

ERST SEHEN

MIT ZEICHNUNGEN VON

KORNEEL DETAILLEUR

Ich habe dir etwas gezeigt,
das du nicht kannst. Punkt.

Anna sagte: »Nein.« Und dabei blieb sie. »Nein«, sagte sie. »Du kannst zuschauen. Zuschauen, mehr nicht. Ich will kein Foto in der Zeitung. Ich will keinen Reporter vor der Haustür. Und eine Kamera hilft mir auch nichts. Haha.« Sie knöpfte die Jacke zu.

»Und wenn …«, sagte Bennie noch.

Aber Anna ließ ihn den Satz nicht zu Ende sagen. Sie schüttelte den Kopf, kratzte sich an der Oberlippe und sagte noch einmal und deutlich: »Nein.« Dann kroch sie aus der Baumhütte.

Wir sagten alle: »Ha!«

Wir glaubten kein Wort von dem, was Anna versprochen hatte. Zugleich wussten wir nicht so recht, was wir davon halten sollten. Wir passten auf, ob jemand noch etwas sagte. Es blieb still. Wir kratzten uns an der Oberlippe wie Anna.

»Ha«, sagte Bennie plötzlich noch einmal. »Das glaubt doch keiner, dass sie eine Taube aus ihrem Mund fliegen lassen kann. So eine große Taube aus ihrem Mund?« Bennie schaute Mona und mich an. »Das glauben wir doch nicht, oder? Steine können schwimmen und eine Taube kommt aus dem Hals! Nein.«

»Nein«, sagten wir. »Das glauben wir nicht.«

Aber ganz sicher waren wir nicht. Anna hatte einen großen Mund. Mit ein bisschen Durchquetschen konnte man schon eine Taube hineinstopfen und dann kam eine Taube heraus. Vielleicht.

»Ich muss den Trick erst sehen«, sagte Bennie. »Erst sehen, dann glauben.«

»Hmm«, machte Mona. »Wer weiß, vielleicht lügt sie ja nicht. Es würde mich nicht wundern, wenn Anna so etwas könnte. Neulich, in der Schule, saß sie oben auf der Mauer. Ihr Mund war geschlossen und trotzdem kam ein Geräusch heraus.«

Ich sagte: »Das stimmt. Ich habe es auch gehört.«

»Es war ein bisschen wie Taubengurren, nicht wahr?«

Ich sagte nicht, dass es sich meiner Meinung nach angehört hatte wie Magenknurren. Vielleicht war es ja doch ein Gurren gewesen.

Ich sah Anna vor mir. Ich versuchte zu tun, was sie manchmal tat. Ich blies die Wangen auf, ich machte die Brust breit und ließ den Hals dick werden. Das Gurren klappte nicht so recht. Bei mir hörte es sich an wie ein leichtes Schnarchen. Es klang anders als bei Anna. Vielleicht musste man dafür erst einmal eine Taube verschlucken.

»Ich weiß nicht, was ich davon halten soll«, sagte ich.

»Das ist Blödsinn«, sagte Bennie. »Man verschluckt eine Taube und dann bleibt der Vogel in einem sitzen und gurrt, bis er wieder herauskann.«

»Du bist bloß neidisch, weil Anna etwas kann, das du nicht kannst«, sagte Mona. »Aus dem Mund kann alles Mögliche kommen. Woher stammt das Feuer, wenn jemand Feuer spuckt?«

Wir nickten alle. Feuer, wenn es aus dem Mund kam, war ein Kunststück, genauso ungewöhnlich wie eine Taube.

»Wo ist das Feuer denn so lange?«, fragte Mona. »Natürlich im Bauch, oder was meinst du?« Sie lachte plötzlich.

Ich lachte mit ihr. Eigentlich wusste ich nicht, warum.

Bennie lachte nicht. »Hör doch auf«, sagte er. »Das Feuer kann nicht von tief innen kommen. Erst recht nicht aus dem Mund. Sonst verbrennt man sich die Zunge oder den Hals.«

»Mona hat recht«, sagte ich. »Aus dem Mund kann alles Mögliche kommen. Ein Lied oder ein Gedicht, das können wir alle. Es gibt Menschen, die ein Bild aus ihrem Mund zaubern – wirklich wahr, die malen mit dem Mund – und andere können Messer oder Schwerter aus dem Mund holen und sogar Gläser und Vasen. Und Tauben. Aber die habe ich noch nie aus einem Mund fliegen sehen.«

Anna unterbrach uns. Sie stand oben an der Strickleiter unserer Hütte und lachte uns zu. Es hörte sich an wie ein Gurren, ich schwör's. Sie sagte: »Sind wir bereit? Ich jedenfalls schon. Und meine Taube auch. Kommt raus. Ich will auf der Erde stehen. Meine Taube muss mit den Flügeln schlagen können.«

Wir folgten ihr. Plötzlich hatten wir es ebenfalls eilig, und aufgeregt waren wir auch ein bisschen. Wir kletterten über die Strickleiter am Baum hinunter und versuchten, uns nicht gegenseitig auf die Hände zu treten. Unten blieben wir dicht nebeneinander stehen, Bennie, Mona und ich.

Wir warteten darauf, dass Anna sagte, sie würde jetzt mit ihrem Trick anfangen.

Bennie knurrte: »Erst sehen«

Anna stieß ein Geräusch aus, das wie *Oj!* klang. Und dann sagte sie: »Schaut mal.«

Wir stießen alle drei ein erstauntes Geräusch aus und sahen etwas Dunkles über unsere Köpfe fliegen. Wir fühlten den Luftzug in unseren Haaren. Wir duckten uns ein paar Zentimeter und hielten uns vor Schreck an den Armen fest.

Bevor wir hatten sehen können, was aus Annas Mund gekommen war und ob es echt eine Taube gewesen war, war alles vorbei.

Irgendwo über uns, im Baum, saß eine Taube und gurrte.

»So«, sagte Anna und pickte sich ein Federchen von der Oberlippe. »Die hatte es eilig.«

Monas Mund klappte auf. Bennie keuchte. Mir fiel nichts anderes ein, als die ganze Zeit von Annas Mund zu der Taube im Baum zu schauen und wieder zurück.

»Nein«, sagte ich.

»Ja«, sagte Anna. »Und ich mache es nicht noch mal.«

Bennie streckte den Finger nach Anna aus. »Nein, nein«, sagte er, kniff die Augen zu einem Spalt zusammen und hielt den Kopf ein bisschen schräg. »Mich hältst du nicht zum Narren.«

»Zum Narren?«, fragte Anna.

»Ich habe nichts gesehen«, sagte Bennie.

»Schade«, sagte Anna. »Deine Augen waren zu spät.«

Bennie lehnte sich zurück. »Ich glaube, dass du falsch spielst«, sagte er.

»Du nennst das falsch«, sagte Anna. »Aber Tricks lügen immer ein bisschen. Dafür sind es Tricks. Tu nicht so seltsam.«

»Du bist seltsam.«

»Gerade hast du das noch nicht gefunden.«

»Aber jetzt«, sagte Bennie.

»Was willst du, Bennie?«, fragte Anna. »Ich habe mich nicht verändert. Ich habe genau getan, was ich versprochen habe. Ich habe dir etwas gezeigt, das du nicht kannst. Punkt.«

»Gut«, sagte Bennie. »Aber mach mir bloß nicht weis, dass die Taube aus deinem Mund gekommen ist.«

Die beiden standen sich gegenüber. Plötzlich hatten sie keine Worte mehr. Sie wölbten die Brust, schoben das Kinn nach vorn, pressten die Lippen zusammen. Wären ihre Nasen Schnäbel gewesen, hätten sie aufeinander eingepickt.

»Wenn ich das gewusst hätte«, sagte Anna.

»Was denn?«, fragte Bennie.

»Dass du meinen Trick nicht aushältst. Dann hätte ich nichts gemacht. Dann hätten wir einfach ein bisschen Quartett gespielt.«

»Quartett spielen«, sagte Bennie.

»Ach, Junge«, sagte Anna. Sie warf die Arme in die Luft und blieb eine ganze Weile so stehen.

In diesem Moment stieß Nina mich an. Sie deutete mit dem Kinn in Annas Richtung. Ich müsste sie länger betrachten, meinte sie. Ich müsste genauer zuhören.

Anna hatte angefangen zu gurren. Es war das Gurren, das sie manchmal ganz allein auf dem Schulhof ausstieß, wenn sie auf der Mauer saß.

»Komm, Meiselchen«, rief sie nach oben. »Komm!«

»Tsss«, zischte Bennie zwischen den Zähnen hindurch, während er sich umdrehte. »Ihre Taube heißt Meiselchen und ich bin ein Esel.«

Bennie kletterte die Strickleiter hinauf. Wir hörten ihn vor sich hin murmeln. Flüche und dazwischen ganze Sätze. Bevor er in die Hütte kroch, schaute er unter dem Arm hindurch zu uns herunter. »Du kannst einen anderen zum Narren halten«, sagte er zu Anna.

Das Letzte, was wir von Bennie sahen, waren seine Füße. Danach war er verschwunden. Wir hörten ihn nicht mehr kriechen oder rascheln. Eine ganze Weile warteten wir auf irgendein Geräusch, aber es kam keins. Er hüstelte nicht. Er klopfte nicht aus

Versehen gegen ein Brett, was sehr leicht passieren konnte, denn unsere Hütte war nicht sehr groß. Er hatte keinen Krampf und keinen Juckreiz, er kratzte sich nicht am Kopf. Er hatte auch kein Buch genommen, denn wir hörten ihn nicht blättern.

Mona und ich schauten uns an und beide drehten wir uns zu Anna um, die noch immer mit den Händen in der Luft dastand und genau wie wir hinauf zur Baumhütte schaute.

»Was hat Bennie auf einmal?«, fragte Anna. Sie hakte ihre Daumen ineinander und machte Flügel aus ihren Händen. Schnell bewegte sie sie auf und ab.

Wir mussten daran denken, was Bennie gerade gesagt hatte. Dass Anna seltsam wäre. Und uns flitzte der Gedanke durch den Kopf, dass das stimmte. Es war mir bisher nie aufgefallen. Sie war seltsam, vor allem, wenn man ihr Lachen hörte oder wenn man ihre weißen Augenbrauen und Wimpern betrachtete. Oder den rosafarbenen Rand um ihre Augen. Oder ihre rosafarbene Jacke mit dem rosafarbenen Pelzbesatz auf dem Kragen.

Mona ging einen Schritt auf Anna zu. »Was hast du mit ihm gemacht?«, fragte sie.

Anna erschrak. »Fängst du jetzt auch noch an?«, sagte sie. »Ich habe den Vogel aus meinem Mund fliegen lassen und jetzt sitzt er irgendwo oben im Baum.»

»Was hast du mit Bennie gemacht?«, fragte Mona.

Anna ließ die Arme sinken und stöhnte. »Was soll ich denn mit ihm gemacht haben?«, sagte sie. »Er stand dabei und er hat hingeschaut und du auch, Mona.« Sie warf mir einen Blick zu. »Du ebenfalls, Door. Ich habe nur einen Trick vorgeführt. Nur gut, dass ich kein Feuer bin, dann wäre ich jetzt erloschen.« Anna schnaubte empört und drehte uns den Rücken zu. Sie hob die Arme wieder in die Luft und wedelte wie vorher mit den Händen. Man sah ihren Händen an, dass sie böse waren, und das Gurren kam tiefer aus ihrer Kehle als vorhin.

»Hm«, machte Mona. »Es war eine hübsche Idee, dass du einen Trick zeigen wolltest. Aber vielleicht hättest du lieber einen anderen gemacht. Etwas Kleineres mit einer Schnur oder mit einem Stück Papier. Den Trick mit dem Hemd des Kapitäns, den Trick mit der linken und der rechten Hand, zum Beispiel. Dann wäre Bennie weniger erschrocken.«

»Ein Trick ist ein Trick«, sagte Anna.

»Ja«, sagte Mona, »aber der mit der Taube ist nicht witzig.«

»Nein, nicht witzig, aber merkwürdig.«

Merkwürdig oder nicht, ich wusste, was Mona meinte. Wenn ich an die Taube dachte, wie sie durch Annas Kehle nach draußen gekrochen sein musste, zog sich mir der Magen zusammen.

»Es ist eine ... eh ... schöne Taube«, sagte ich, nur um etwas zu sagen, während ich mit den Augen nach dem Vogel suchte.

»Meiselchen ist unsere Schönste«, sagte Anna. »Die Schönste von allen. Sie hat die schönsten Farben und die schönsten Flecken. Und sie fliegt immer geradewegs nach Hause und oft noch schneller als alle anderen Tauben.« Anna hörte nicht auf mit dem Angeben. Dass die ganze Familie so stolz auf sie sei, auf ihr Meiselchen, und dass Meiselchen eine freundliche, neugierige Taube sei, die von allein zu den Menschen komme, und dass sie schon viele Preise gewonnen habe, von hier bis Bombarral, und das sei sehr weit, Bombarral.

Mona und ich hörten ihr nicht mehr zu. Es konnte uns egal sein, dass Meiselchen einmal einen günstigen Wind gehabt hatte und in einem halben Tag von Spanien nach Hause geweht worden war.

Wir überlegten, was wir tun könnten.

»Und dann fliegt sie einfach tief übers Dach«, sagte Anna.

Das hörten wir allerdings schon, weil Anna mit einer hohen, dünnen Stimme rief und mit ausgebreiteten Armen um Mona und mich herumlief, als würde sie fliegen.

Dann entdeckten wir Bennie. Mona und ich sahen ihn ungefähr gleichzeitig und beide erschraken wir.

Er saß in der Öffnung unserer Hütte. Seine Beine hingen über den Rand.

Erst dachte ich noch, dass er betete. Seine Augen waren geschlossen und er drückte die Hände aneinander. Aber als ich genauer hinschaute, sah ich, dass er sich vorbereitete, wie sich ein Zauberer auf einen Trick vorbereitet.

Er leckte sich über die Lippen. Er schluckte und schluckte noch einmal. Er machte Platz in seiner Kehle. Er wollte etwas tun, was er noch nie getan hatte.

»Bennie?«, sagte Mona langsam.

»Bennie?«, sagte auch ich.

»Was hast du vor?«, fragte Mona.

Wir sahen genau, was er vorhatte, aber wir konnten es nicht glauben.

Bennie machte die Augen auf. »Ihr könnt zuschauen«, sagte er.

»Was will er machen?«, sagte Anna. Von da aus, wo sie stand, konnte sie Bennie nicht richtig sehen.

»Ich will keine Fotos in der Zeitung«, sagte Bennie mit einer Grabesstimme. »Keine Kameras und so. Was sie kann, kann ich auch.«

Wir sahen, wie Anna ganz steif wurde. Sie hob den Arm und deutete mit einem zittrigen Finger nach oben. Sie wurde blass. Einen Moment lang war sie bewegungslos, dann fingen ihre Hände über ihrem Kopf an zu zittern. »Bennie hat Meiselchen gefangen!«, sagte sie.

Ich versuchte zu lächeln, um Anna zu beruhigen. Ich sagte, sie müsse sich keine Sorgen machen. Bennie konnte Annas Trick nicht nachmachen, er wusste doch gar nicht, wie er ging, oder? Was man nicht kennt, kann man nicht machen, das wusste sie doch.

»Ja«, sagte sie, aber es klang wie *Nein.* Sie machte ein paar Schritte nach vorn, bis unter den Baum. »Bennie«, sagte sie ruhig. »Lass Meiselchen los.«

Das ging Bennie zum einen Ohr rein und zum anderen wieder raus. Er schüttelte den Kopf und verzog keine Miene.

»Bennie«, sagte Anna noch einmal. »Lass Meiselchen frei. Sie ist viel Geld wert. Gleich tust du ihr noch was an.«

Bennie tat, als wäre er taub und feige und stumm, aber weil wir zu lange nichts sagten, überlegte er es sich.

Plötzlich hielt er Meiselchen hoch. »Sie lebt noch«, sagte er. »Sie gurrt sogar ein bisschen. Sie wartet, dass ich den Trick mache. Sie sagt: ›Anna wird dir den Trick beibringen.‹«

Anna drehte sich zu uns um und verdrehte die Augen. Dann wandte sie sich wieder Bennie zu. »Bennie«, sagte sie. Ihre Stimme zitterte. »Soll ich dir meinen Trick beibringen?«

»Ja«, sagte Bennie. »Ich lasse Meiselchen nicht los, bevor du mir beibringst, wie man eine Taube aus dem Mund fliegen lässt.«

»Halte die Taube ganz ruhig«, sagte Mona.

»Ja«, sagte Anne. »Geh bitte sanft mit Meiselchen um. Gib sie her.«

»Erst den Trick«, sagte Bennie.

»Gib sie her.«

»Nein, erst den Trick«, sagte Bennie. Er hob Meiselchen zu seinem Mund. »Was soll ich tun? Sie in den Mund stopfen?«

»Du musst ...«, fing Anna an, brachte den Satz aber nicht zu Ende.

»Du musst es mir genau erklären. Sonst probiere ich es allein.« Um zu zeigen, wie er es probieren wollte, sperrte er den Mund weit auf und ließ Meiselchen hineinschauen. Zu Anna sagte er: »So?«

Mona sagte: »Stell dich nicht so an, Bennie.«

»Ich stelle mich an?«, rief er. »Die da stellt sich an. Sie will sich schnell etwas ausdenken, aber das gelingt ihr nicht. Einfach deshalb, weil nichts aus ihrem Mund gekommen ist. Sie hatte die Taube einfach unter den Mantel gestopft oder unter den blöden rosa Pelzkragen. Ich habe nichts aus ihrem Mund kommen sehen. Ich nicht.« Er wartete einen Moment, dann rief er herunter: »Nun, wird's bald?«

Vor mir krümmte Anna sich zusammen. Sie fluchte schrecklich. »Hör zu«, sagte sie. »Du musst ...«

Bennie setzte sich gerade hin und spitzte die Ohren.

Und dann kam es heraus. Wie man es machen musste. Anna verriet alles. Wie man den Trick anfing. Dass man sagen musste, dass man keine Zeitung dabeihaben wollte. Kein Radio. Und auch keine Kamera. Das half, die Leute zu verwirren. Danach musste man die Lippen nass machen. Man musste etwas mit den Zähnen tun. Mit der Zunge. Dem Gaumenzäpfchen, der Kehle. Man musste Luft in den Magen bekommen. Man musste mit den Händen irgendwo rumdrücken.

Es hörte sich eklig an.

Bennie hörte zu, aber Mona nicht. Sie begann zu würgen. Sie sagte, sie wüsste jetzt wieder, was sie mittags gegessen hatte. Sie stopfte sich die Finger in die Ohren und machte »Ba, ba, ba«, um nichts zu hören.

Ich tat es Mona nach. Wir sagten um die Wette »Ba, ba, ba«.

Irgendwann fühlten wir einen Luftzug an den Haaren. Wir zogen die Finger aus den Ohren und hörten noch Meiselchens Flügelschlagen. Wir sahen, wie sie sich gurrend auf einem Ast niederließ.

»So«, sagte Bennie.

Mona und ich warfen erst einen Blick nach oben, dann schauten wir einander an. Wir waren beide sehr blass.

»Danke«, sagte Bennie zu Anna.

»Gern geschehen«, sagte Anna. Sie lehnte an unserem Baum, als wäre sie daran festgewachsen und selbst eine Art Pflanze geworden. »Es ist ein Trick«, sagte sie leise. »Es ist bloß ein Trick.«

Bennie auf dem Baum rülpste.

Mona nannte ihn ein Ferkel.

»Es tut mir leid«, sagte Bennie. »Gurren kann ich nicht, nur rülpsen.« Er tastete nach einer Sprosse der Strickleiter und hielt

sich mit einer Hand fest. Schlingernd wie ein Affe kam er herunter. Inzwischen erklärte er etwas, aber wir konnten ihn nicht verstehen.

Wir sahen nur, dass er sich wie ein Held fühlte. Mit einem Sprung landete er auf dem Boden und dann sagte er seinen Satz zu Ende.

»Oder was hast du gedacht?«, sagte er zu Mona.

Mona brummte etwas. »Was denke ich worüber?«, fragte sie. Sie schaute mich an, dann Anne und zum Schluss Bennie.

»He?«, sagte Bennie.

»Ach, lass nur«, sagte Mona. Sie wedelte mit den Händen und machte klar, dass sie nicht mehr über Meiselchen reden wollte.

Sie machte den Trick mit der linken und der rechten Hand, was bei Bennie zu einer schmerzenden Wange führte, und dann kam der Trick mit dem Hemd des Kapitäns.

Dieser Trick ist witzig, aber man kann ihn nicht beschreiben, man muss ihn sehen.

DER MANN IM MOND

MIT ZEICHNUNGEN VON
ANDRÉ SOLLIE

Der Topf ist für dich. Den isst du leer.
Die Pfanne ist für den Mann auf dem Dach.
Die Pfanne ist heiß. Pass auf. Halt sie fest.

EINS

»Das«, sagt Nel, »ist der Topf.
Und das ist die Pfanne.«
»Und dann?«, fragt Bet.
»Was noch?«
Nel zischt.
Sie schaut Bet an.
Sie sagt: »Beruhige dich.
Der Topf ist für dich.
Den isst du leer.
Die Pfanne ist für den Mann auf dem Dach.
Er repariert das Dach von der Scheune.
Nimm sie.«
»Und dann?«, sagt Bet.
»Was ist dann?«
Nel zischt noch mal.
Sie scheint zu kochen.
Sie sagt: »Bet, bist du taub?
Nimm sie, die Pfanne.
Sie muss zu dem Mann.
Lauf schnell zu dem Mann auf dem Dach.
Die Pfanne ist heiß.
Pass auf.
Halt sie fest.«

Bet nimmt die Pfanne.
Sie sagt: »Ich seh schon.
Das ist Fleisch für den Mann auf dem Dach.«
»Ja«, sagt Nel.
Sie zischt, doch jetzt sehr laut.
Sie hat genug von Bet.
Sie sagt: »Los, raus aus der Tür.
Ich will dich nicht mehr sehen.
Lauf zu dem Mann.
Oder zum Mann auf dem Mond.
Tu, was du willst.«
Bet schaut hinauf zu Nel.
Meint sie das ernst?
Ist sie jetzt böse?
Nel doch nicht, oder?
»Tschüs, Bet«, sagt Nel.
»Sag dem Mann einen Gruß von mir.«
»Das werde ich tun.
Tschüs, Nel!«
Bet geht durch die Tür.
Sie passt auf, dass die Pfanne nicht fällt.
Sie drückt die Pfanne an den Bauch.
Sie läuft zu dem Mann.
Oder zum Mond.
Nel mit ihren Witzen.

ZWEI

Bet läuft auf die Sonne zu.
Sie geht schon fast unter.
»Rot von der Sonne, nass in die Tonne.«
Das sagt Nel manchmal.
Über den Mond sagt Nel auch manchmal was.
»Weiß ist der Mond und Mumm im Mann.«
Das versteht Bet nicht.
Es wird wohl was Schlaues sein.
Nel ist schlau.
Bet stapft weiter.
Sie muss zu dem Mann.
Der Mann will sein Fleisch.
Die Pfanne ist schwer.
Bet schaut sich um.
Sie schnauft und stöhnt.
Ihre Arme sind müde.
Ist der Mann auf dem Dach noch weit?
Dort neben dem Baum ist die Scheune.
Auf dem Dach sitzt der Mann.
Bet läuft weiter.
Fuß vor Fuß.
Vor Fuß.
Fuß.
Plötzlich kann sie nicht mehr.
Sie setzt die Pfanne ab.
Sie macht: »Puh!
Bis hierher und nicht weiter.
Ich bin so müde.

Der Mann soll zur Pfanne kommen.
Die Pfanne geht nicht zu ihm.«
Bet schaut den Weg hinunter.
Ein Schock geht durch ihren Leib.
Sie weiß nicht, was sie sieht.
Ausgeschlossen, was sie sieht.
Gerade war die Sonne noch da.
Und jetzt sieht sie den Mond.
Der Mond sitzt auf dem Dach!
Das gibt's doch nicht.
Ein weißer Ball.
Bet schlägt die Hand vor den Mund.
Lauf zum Mond.
Das ist es, was Nel gesagt hat.
Bet stößt einen Schrei aus.
Sehr laut.
»Der Mond sitzt auf dem Dach!«

DREI

Bet hört eine Tür.
Ein Mann ruft etwas.
»Haa-loo!«
Es kommt von der Scheune.
Aus einem Tor tritt ein Mann.
Er zieht seine Jacke an.
»Warst du das?«, fragt er.
»Hast du geschrien?«

Bet sagt nichts.
Sie wiegt sich hin und her.
»Nun?«, sagt der Mann.
Er läuft auf sie zu.
»Ich hab dich was gefragt«, sagt er.
»Hast du geschrien?
Was ist los?«
»Ich habe den Mond gesehen«, sagt Bet.
»Der Mond saß auf dem Dach.«
»Nein«, sagt der Mann.
»Das meinst du nicht ernst.
Ich hab dort gesessen, gerade noch.
Und da war kein Mond.
Der Mond war dort.
Schau doch.«
Bet schaut auf.
Sie sieht die Scheune.
Das Dach ist leer.
Der Mond hängt hoch.
Nicht sehr hoch, aber immerhin.
»Hast du eine Fliege im Auge?«, fragt der Mann.
»Du siehst etwas, was es nicht gibt.«
»Das liegt an Nel«, sagt Bet.
»Daran, was sie gesagt hat.«
»Nel?«, sagt der Mann.
»Kennst du Nel, die so gern kocht?
Ich warte auf ihre Pfanne.«
»Oh«, sagt Bet.
»Das ist sie also.
Mit einem Gruß von Nel.«

Sie gibt dem Mann die Pfanne.
Das Fleisch ist nicht mehr heiß.
Aber dem Mann ist's egal.
»Wie lieb Nel ist«, sagt er.
»Sag ihr einen Gruß von mir.
Ich muss wieder aufs Dach.«
»Also dann Tschüs«, sagt Bet.
Sie winkt dem Mann nach.
Dann läuft sie nach Hause.
Ab und zu schaut sie zurück.
Zu dem Mond.
Und zum Dach.

VIER

Bet sitzt am Fenster.
Ihren Bär auf dem Schoß.
Nel sitzt am Feuer.
Sie liest Bet und dem Bär vor.
Aber Bet hört nicht, was Nel sagt.
Sie schaut aus dem Fenster.
Weit weg ist die Scheune.
Auf dem Dach sitzt der Mann.
Er isst aus der Pfanne.
Der Mond scheint auf ihn.
Er ist wie der Mann im Mond.
Seltsam sieht das aus.
Zu seltsam, um wahr zu sein.

Nel legt das Buch hin.
Es ist durchgelesen.
»Es ist gut ausgegangen«, sagt sie.
»Und du musst ins Bett.«
»Jetzt schon?«, sagt Bet.
»Ich will erst zum Mond.
Geht das?«
»Bet«, sagt Nel.
»Du bist nicht ganz gescheit.
Der Mond ist zu weit weg.
Viel zu hoch für dich.
Komm ins Bett.
Ich deck dich zu.
Du bist müde.«
Bet schaut sich noch mal um.
Sie winkt dem Mann im Mond zu.
Er sieht es nicht.
Dann geht sie mit Nel.
Nicht zu dem Mann.
Nicht zum Mond.
Sondern ins Bett.

RAUS AUS MEINEM GARTEN

MIT ZEICHNUNGEN VON

ANDRÉ SOLLIE

Wenn sie mich sieht, bin ich dran.

Durch die Hecke kann ich weg.

TOBBE

Tobbe stellt seine Tasche ab.
Er bleibt stehen.
Die Straße ist voller Kinder.
Sie laufen auf den Schulhof.
Frau Bok steht am Tor.
Sie klatscht in die Hände.
»Schnell, bevor's läutet«, ruft sie.
Tobbe hört es zwar.
Aber beeilt sich nicht.
Keine Lust, denkt er.
Keine Lust auf die Schulglocke.
Der Himmel ist viel zu blau
und die Sonne riecht nach Ferien.
Was soll ich in der muffigen Klasse?
Gleich teilt Frau Bok die Lesebücher aus.
Dann muss ich von einem blauen Himmel lesen.
Von einem Boot auf hoher See.
Nein, dazu hab ich keine Lust.
Ich will den Himmel sehen, nicht lesen.
Ich möchte ein echtes Boot auf See.

Tobbe erschrickt.
Fien läuft vorbei.
Nein, sie tanzt vorbei.
Und singt dabei.
»Tobbe, ich habe heute Geburtstag!
Ich habe Torte für die Klasse!«
»Freitag«, singt sie. »Freudentag!«
Fien schaut sich nicht um,
denn es läutet grad.
Tobbe schaut zur Sonne.
Er denkt an Torte.
Beide sind lecker, denkt er.
Was soll ich wählen?
Doch dann fällt das Schultor zu.
In der Straße wird es still.
In der Hecke singt eine Amsel.
Tobbe beißt sich auf die Lippe.
Jetzt ist es echt zu spät.
Alle Kinder sind in der Schule.
Und er steht noch draußen.
Er hält die Luft an.
Frau Bok!
Frau Bok kommt die Straße entlang.
Noch schaut sie in die andere Richtung.
Schnell, denkt Tobbe.
Ich muss mich verstecken.
Wenn sie mich sieht, bin ich dran.
Wo kann ich hin?
Die Hecke, durch die Hecke kann ich weg!
Tobbe lässt sich in die Zweige fallen.
Gerade noch rechtzeitig.

DER ROSENGARTEN

Tobbe bleibt noch eine Weile sitzen.
Er keucht vom Fallen.
Auf dem Arm hat er einen grünen Fleck.
Einen hässlichen Fleck von der Hecke.
Er fischt einen Zweig aus den Haaren.
Seine Hände zittern.
Ein Stück Torte bleibt jetzt übrig.
Frau Bok ist bestimmt böse.
Denn Fien wird erzählen,
dass er nicht krank ist.
Tobbe schaut sich um.
Er sitzt zwischen Rosen, mindestens hundert.
Der Himmel über den Rosen ist blau.
Das Blau aus seinem Lesebuch.
Er sieht auch das Dach eines Hauses.
Es ist ein kleines Haus.
Mit einer Wand lehnt es sich an die Schule.
Tobbe schlägt die Hand vor den Mund.
Wie blöd!
Das ist das Haus von Dora Roos!
Die Kinder nennen sie Böse Dora Roos.
Sie regt sich immer auf.
Auch ohne Grund.
Sogar wenn man nur auf den Garten deutet,
ruft Dora Roos schon: »Raus aus meinem Garten!«
Fien sagt, Dora sei schön wie eine Rose.
Aber auch genauso gemein.
Sie hat ein Gärtnermesser.

Damit piekt sie die Kinder in den Bauch.
Oder in den Po.
Das sagt Fien.
Tobbe findet das schlimm.
Er möchte hier weg.
Und zwar so schnell wie möglich.

Das Gartentor ist nicht weit weg.
Tobbe schleicht wie ein Fuchs.
Dora Roos darf ihn nicht sehen.
Er schleicht unter den roten Rosen hindurch.
Und an den gelben Rosen vorbei.
Überall liegt Mist.
Mist lässt die Rosen wachsen.
Tobbes Hände werden schmutzig.
Still kriecht er bis zum Tor.
Dann bekommt er einen Mordsschreck.
Vor seiner Nase stehen zwei Stiefel.
»Was tust du hier in meinem Garten?
Sag mir, was tust du hier?«
Tobbe hat keine Stimme mehr.
»Dora Roos«, sagt er leise.
»Ich will zur Schule.«

RECHENSTUNDE

»Das kannst du vergessen!«,
sagt Dora Roos.
Sie zieht Tobbe am Ohr.
Sie zischt böse.
»Du willst durch meinen Garten zur Schule?
Durch meine schönen Rosen?
Das glaub ich nicht.
Du lügst.«
»Ein bisschen«, sagt Tobbe leise.
»Du bist zu früh!«, ruft Dora Roos.
»Ich denke, zu spät«, sagt Tobbe.
»Zu früh!
Widersprich mir nicht!«
In der Hand hat sie das Gärtnermesser.
Sie schneidet damit durch die Luft.
Tobbe schweigt.
Sein Mund ist trocken.
Stich mich nicht, denkt er.
»Darf ich jetzt weg?«, fragt er leise.
»Ja«, sagt Dora Roos.
»Wenn ich mit dir fertig bin.
Wer zu früh kommt,
den halte ich eine Stunde fest.«
Tobbe wird blass.
Er schaut Dora an.
Sie lacht, dass man ihre Zähne sieht.
Sie lacht gemein, denkt Tobbe.
Dora hebt einen Korb voller Rosen hoch.

»Los, komm mit rein!«
Sie schiebt Tobbe vor sich her in die Küche.
Die Küche riecht nach Blumen.
Und nach kaltem Kaffee.
Auf dem Tisch liegt ein Berg Rosen.
Dora Roos deutet auf einen Stuhl.
»Setz dich da hin.
Ich muss gleich zum Markt.
Dort verkaufe ich Blumen.
Nicht einzeln, sondern zehn auf einmal.
Du kannst schon mal zählen.
Immer zehn auf einmal.
Rot zu rot und gelb zu gelb.
An die Arbeit!«

Tobbe nickt.
Er sagt nicht Nein.
Dora Roos ist wie Frau Bok.
Aber Frau Bok ist fast immer lieb.
Frau Bok hat kein Messer.
Sie lässt sie im Rechenbuch rechnen.
Dora Roos bleibt an der Tür stehen.
Sie dreht sich um und sagt:
»Wenn du bei der Arbeit singen willst,
dann darfst du das tun.«
Tobbe schaut Dora nach.
Das ist bestimmt ein schlechter Witz!
Singen bei einer Strafe, na, so was!
Tobbe zählt und zählt.
Von eins bis zehn.

Zehnmal rot und zehnmal gelb.
Immer zehn.
Aber singen tut er nicht.

SPRACHUNTERRICHT

Die roten Rosen sind zu Ende.
Von den gelben gibt's nur noch sechs.
Tobbe ist fertig.
Dora Roos arbeitet im Garten.
Sie beschneidet einen Rosenstrauch.
Tobbe traut sich nicht zu rufen.
Er wartet still auf seinem Stuhl.
Er betrachtet die Blumen auf der Tapete.
Sie sehen echt aus.
Auf einem hohen Schrank stehen Puppen in einer Reihe.
Die hat Dora Roos bestimmt gestohlen, denkt Tobbe.
Kindern auf der Straße abgenommen.
Kindern, die auf den Garten gedeutet haben.
Die Puppen schauen Tobbe an.
Sie machen ihm Angst.
»So!«, hört Tobbe plötzlich.
»Bist du schon fertig?«
Dora Roos ist wieder da.
»Darf ich jetzt gehen?«, fragt Tobbe.
»Noch nicht.
Ich behalte dich noch eine halbe Stunde hier.
Da hast du ein Buch.

In dem sind viele Bilder von Rosen.
Such den Namen der gelben Rose.
Den Namen schreibst du schön auf dieses Blatt.
An die Arbeit!«
Tobbe schluckt.
Das kann er bestimmt nicht.
Das Buch ist so dick.
So viele Namen.
Manchmal kann er sie nicht lesen.
Aber er gibt sich Mühe.
Dora Roos steht neben ihm. Wie eine Lehrerin.

Tobbe zittert.
Der Stift wackelt in seiner Hand.
Dann sieht er eine Rose im Buch.
Es ist eine gelbe Rose.
Diese Rose kennt er schon.
Er schreibt den Namen ab:
TEEROSE.
Die Buchstaben sind krumm.
Das Wort steht nicht auf der Linie.
Frau Bok würde böse werden.
Dora Roos auch?
Tobbe schaut zu ihr hoch.
Er weint fast.
So groß ist seine Angst.
Aber Dora Roos lacht.
Ist das ein liebes Lachen?
»Gut gemacht«, sagt sie.
»Jetzt suchst du noch die rote Rose.

Ich bin gleich fertig mit Schneiden.«
Sie legt die Hand auf Tobbes Kopf.
Sie streicht ihm über die Haare.
Dann geht sie wieder in den Garten.
Vor dem Fenster bleibt sie stehen.
»Du darfst ruhig singen bei der Arbeit.«

TORTE

Tobbe legt den Stift hin.
Es ist wieder still im Haus.
Nur in seinem Kopf hört er Stimmen.
Dummer Tobbe!
Wärst du jetzt in der Schule!
Dann würdest du Torte essen,
du würdest singen: Wie schön, dass du geboren bist ...
Dummer, dummer Tobbe!
Plötzlich hört er ein fröhliches Lachen.
Er schaut hinauf zu den Puppen.
Lachen sie ihn aus?
Nein, das Lachen kommt von draußen.
Lachende Kinder.
Sie reden durcheinander.
Einer singt sogar.
Der Lärm kommt näher.
Tobbe läuft zum Fenster.
Dora Roos steht am Zaun.
»Ach, da seid ihr ja«, sagt sie.

»Schön, zu Besuch im Rosengarten.«
Ein Kind nach dem anderen kommt in den Garten.
Tobbes Augen werden groß.
Es sind die Kinder aus seiner Klasse.
Schau, da ist die singende Fien.
Sie trägt eine Krone.
Sie ist die Königin der Lügen, denkt Tobbe.
Dora Roos regt sich manchmal auf,
aber deshalb ist sie nicht gemein.
Frau Bok läuft hinter der Klasse.
Sie gibt Dora Roos die eine Hand.
In der anderen trägt sie einen Teller.
»Das ist für Sie, Frau Roos«, sagt sie.
»Wir haben ein Stück Torte übrig.
Ein Mund zu wenig in der Schule.
Schade, dass er Ihre Rosen nicht sieht.«
Still macht Tobbe die Tür auf.
Er nimmt einen Strauß Rosen für Frau Bok.
Dann ist sie nicht böse.
Oder nur ein bisschen.
Dora Roos lacht, als sie Tobbe sieht.
Sie stemmt die Hände in die Seiten.
»Gehört der Junge nicht zu Ihnen?«, fragt sie.
Frau Bok schaut Tobbe an.
Ihr Mund klappt auf.
»Wo kommst du denn her?«, fragt sie böse.
»Bist du vom Himmel gefallen?«
Tobbe sagt nichts.
Er wird rot.
Dieses Rot gibt es nicht in seinem Lesebuch.
Aber Frau Bok weiß, was es bedeutet.

ICH **WOHNE** IN EINEM RAUM **SCHIFF**

MIT EINER ZEICHNUNG VON

WOLF ERLBRUCH

Ich fliege mit meinen Augen
dicht über die Köpfe hinweg.

Es ist noch immer bewölkt. Das sagen sie im Radio und für uns ist das eine gute Nachricht. Solange Wolken über Frankreich hängen, warten sie dort damit, die Tauben fliegen zu lassen.

Vom Warten bekommen Apfeljan und Kaffeejan und Tuur und Jules Durst. Sie versuchen, Mamas Aufmerksamkeit auf sich zu ziehen. Ihre Gläser sind leer und ihre Hälse trocken.

Mama sieht aus wie das Mädchen auf der Royal-Tigra-Zigarettenpackung. Sie hat viel zu tun. Ihre Hände bleiben keinen Moment still. Sie wäscht Gläser, sie zapft Bier. Witze werden gemacht, gegen die sie taub ist. Es sind Witze, über die sie sonst gern lacht.

Tuur und Jules würden gut auf ein Podium passen. Sie sind zwei Gockel, die um die Wette krähen. Sie überbieten sich mit Witzen. Wer ist der Beste? Aber seit in der Musikbox eine Platte ist über einen Mann, der Jules heißt und Bier liebt, ist es immer Tuur, der gewinnt. Sobald diese Platte läuft, hält Jules den Mund.

Ab und zu schiebt Oma sich hinter Mama vorbei. Oma schaut dann in die Wirtschaft, aber an ihrem Blick ist nicht zu merken, was sie denkt. Sie schaut alle an. Auch mich. Sie könnte doch mal zwinkern, aber vielleicht kann sie das nicht. Oma lacht nicht viel. Genau wie Mama ist sie die ganze Zeit mit etwas beschäftigt. Nicht, weil es getan werden muss, sondern, weil sie dann an nichts anderes denken muss.

Oma will vor allem nicht an früher denken. Das war eine Zeit, in der sie mit Opa auf der anderen Seite des Landes gewohnt hat. Sie haben mit Flachs gehandelt. Was das heißt, weiß ich nicht genau. Was ich aber weiß, ist, dass das Geschäft nicht lief, wie sie es wollten. Nach Opas Ansicht konnten sie ebenso gut umziehen und ein neues Leben anfangen.

Eines Morgens hat Oma die Gardinen zurückgezogen und vor dem Haus lag ein großer zugeschneiter Haufen Zeug. Sie hatte gehofft, in Zonhoven zu landen, das klang vielversprechend, aber es wurde Waterschei. Das ist eine Stadt in der Nähe von Winterslag und Eisden. Das hörte sich nass und zweimal kalt an. In Waterschei hat Oma das Lachen verlernt.

Über der Wirtschaft sind Zimmer, die an Leute vermietet werden, die von woandersher kommen und etwas erlebt haben, woran sie lieber nicht mehr denken.

Einer ist ein Mann, der Louis Armstrong ähnlich sieht und aus Vilvoorde kommt. Der Mann hat mir mal gesagt, dass er keine Sehnsucht mehr hat. Seine Geliebte ist im Krieg umgekommen, als sie mitten auf der Weide eine Kuh gemolken hat. Sie und die Kuh wurden bombardiert.

Außerdem ist da noch Josef, der Ungar. Er raucht wie ein Türke. Den Rauch bläst er durch die Nase, die so platt ist, dass sie eigentlich nicht mehr ist als zwei Löcher mit einer Falte drüber. Alle nennen ihn Josef Jupke. Das hört sich an, als hätte man viel Spaß mit ihm, aber so ist das nicht. Er steckt sich eine Zigarette an der anderen an. Wenn eine Wolke aus blauem Rauch die Wirtschaft betritt, steckt Josef darin.

Ich wohne in einem Raumschiff. Gleich steige ich von meinem Platz zwischen der Musikbox und dem Bleiglasfenster auf. Das Licht um mich herum ist grün und rot. Aus dem Gitter unter meinen Füßen bläst schon der Motor. Ich kenne die Zahlenkombination, ich lese den Code, den man braucht. Dann fliege ich mit geschlossenen Augen über die Köpfe, vorbei an den Gipsfiguren

oben auf dem Brett über dem Schanktisch. Die Gipsmänner spielen Fußball für Beringen, Zwartberg, Genk. Ihre Reihenfolge zeigt, wer in dieser Woche am erfolgreichsten war. Sehr spannend ist es in den letzten Monaten noch nicht gewesen.

Ich nicke den Fußballern zu und sage: »Viel Erfolg«, bevor ich mein Raumschiff landen lasse.

»Viel Erfolg«, sagen die Fußballer zu mir, denn sie wissen, wie tief es nach unten geht, und eine Landung ist alles andere als leicht.

Das Radio knackst.

Mama sagt: »Fass auf.«

In der plötzlichen Stille hört die ganze Wirtschaft den hohen Pfeifton aus den Minen in der Ferne, das Singen der Türme.

Und danach sagt eine Stimme, wie es mit den Tauben läuft.

WER IST HIER DER CHEF?

MIT ZEICHNUNGEN VON

KORNEEL DETAILLEUR

Ich weiß nicht, wie du heißt und warum du hier bist.
Aber ich habe heute Nacht über dich nachgedacht.

Das Licht geht aus.
Lampe an.
Lampe aus.
Hans Andreus

DIE EULE UND DAS ALTE FLEISCH

Die Katze kletterte auf einen Baum. Sie suchte sich einen Ast, aber auf dem saß schon eine Eule, die gar nicht scharf war auf Besuch.

»Wenn du dich zu mir setzt, weil du Hunger hast und mich zum Abendessen willst«, rief die Eule, »dann kann ich dir sagen, dass ich scharfe Krallen und wenig Geduld habe. Mit meiner linken Klaue schlage ich dich tot und mit meiner rechten schmeiß ich dich hinunter, bevor du auch nur Miau sagen kannst.«

»Oh«, sagte die Katze und blieb dicht am Stamm sitzen. »Hast du schlechte Laune! Ich sehe vielleicht aus wie ein Tiger, aber innerlich bin ich eine Schmusekatze. Ich hab gar nichts vor.«

»Katzen haben immer etwas vor«, sagte die Eule. »Lässt du mich in deine Augen schauen, ob ich dort die Wahrheit sehe?«

»Aber bitte, schau ruhig«, sagte die Katze und beugte sich zur Eule. »Aber vergiss nicht, dass man immer von zwei Seiten schaut. Wenn du mir in die Augen schaust, schaue ich zurück. Ich bin gespannt, was ich dann sehe. Alle Mäuse, die du je gefangen hast? Alle Wachteln, die nach Sonnenuntergang noch unterwegs waren? Alle Käfer, die nicht wissen, dass Eulen Käfer essen? Oder werde ich die Entenküken sehen, die jungen Kaninchen, vielleicht die kleinen Katzen? Glaub mir, ich rühre dich nicht an. Soll ich es schwören?«

Die Eule zögerte.

»Nein, schon gut«, sagte sie schließlich.

Die Eule und die Katze schauten einander in die Augen.

Was sie sahen, war klein und still und ein bisschen im Dunkeln. Und weil es noch lebte, piepste es ein bisschen und versteckte sich unter einem Baumstrunk oder hinter einem Strauch.

»Oh«, sagten sie gleichzeitig. Sie rutschten zur Seite und lösten vorsichtig ihre Blicke voneinander. Beide taten, als wäre links und rechts etwas Interessantes zu sehen – im Dunkeln.

»Wenn ich es richtig gesehen habe«, sagte die Katze nach einer Weile und grinste, »sind wir beide nicht so verrückt nach altem Fleisch. Was mich betrifft, ärgere ich es gern, aber essen tue ich es nicht. Nie.«

Die Eule schwieg. Sie fühlte sich angesprochen.

»Hör auf«, sagte die Katze. Sie merkte, wie empört die Eule aussah, und hob eine Pfote, als würde sie dann weniger Platz einnehmen. »Seit wann heißt du Altes Fleisch?«

»So heiß ich auch nicht«, sagte die Eule. »Aber du siehst seltsam aus und du brummst.«

Die Katze seufzte. Sie sagte: »Du drehst den Kopf nach allen Seiten, und du bist schlau, aber was direkt unter deiner Nase passiert, siehst du doch nicht. Hast du dir mal das Fleisch da unten angeschaut?«

Die Eule beugte sich vor, in die Richtung, in die die Katze deutete, und stieß einen erschrockenen Ton aus.

Unten lag ein Hund, mit einem Strick an den Baum gebunden.

»Was macht der hier?«, sagte die Eule.

»Herumliegen«, sagte die Katze. »Herumjaulen. Herumwarten. Man kann sich nicht vorstellen, worauf. Schon seit ein paar Stunden. Ich hoffe, dass er bald gefunden wird.«

Die Eule beugte sich noch etwas weiter vor und nahm sich Zeit, um besser sehen zu können.»Junges Fleisch ist das wirklich nicht mehr«, sagte sie.

»Nein«, sagte die Katze. »Und mager ist es auch. Hunde sind wählerisch, was das Essen angeht.« Sie leckte sich das Fell, wieder und wieder, als wäre das nötig. Dann dehnte sie sich und sagte gähnend, dass sie frei sei, immer frei gewesen sei.

»Und du?«, sagte sie. »Bist du frei?«

»Och, ich schon«, sagte die Eule. »Man kann sich nicht vorstellen, wie frei.«

Sie schlugen verschiedene Richtungen ein. Die Eule in die Luft, die Katze den Baum hinunter.

DER HUND UND DIE GEDULD

Die Katze tippte dem schlafenden Hund an den Kopf und sagte, er solle sich aufsetzen.

Der Hund rappelte sich erschrocken hoch, schüttelte sich und fing an zu bellen. Er bellte, bis er heiser war. Die Haare in seinem Nacken und an seinem Schwanz sträubten sich und zwischen dem Bellen knurrte er und fletschte die Zähne.

»Sitz, habe ich gesagt«, sagte die Katze, die sitzen blieb, wo sie saß. Der Strick um den Hundehals war zu kurz, er konnte sie nicht erreichen.

»Sitz!«

Der Hund ließ sich auf das Hinterteil sinken.

»Brav«, sagte die Katze. Sie versuchte, nicht auf den Atem zu achten, der aus dem Hundemaul kam. Er sabberte auch ein bisschen, weil er dachte, er würde einen Keks bekommen.

»Ich weiß nicht, wie du heißt und warum du hier bist. Aber ich habe heute Nacht über dich nachgedacht. Ich finde, dass du etwas tun musst. Nur rumliegen, rumheulen, rumwarten – das ist nicht gut. Das ist dein Ende.«

»Ich warte auf den Herrn«, sagte der Hund.

»Muss das hier sein?«, sagte die Katze.

»Ja«, sagte der Hund, er sah ernst aus und unterdrückte den Wunsch, sich wieder hinzulegen. »Der Herr hat mich hier angebunden. Diesen Baum wird er kennen.«

»Genau«, sagte die Katze. »Und er kommt nächste Woche, nächsten Monat, nächstes Jahr und holt dich wieder ab?«

»Ja«, sagte der Hund. »Wahrscheinlich.« Er sank auf die Vorderpfoten und ließ die Zunge raushängen. »Glaubst du das etwa nicht?«

»Keine Ahnung«, sagte die Katze. Sie beugte sich zu ihm. »Ich bin eine Katze.«

»Ein Tag ohne Herr, das ist ein Verlust«, sagte der Hund.

»Ein Tag ohne Herr, das ist ein Genuss«, sagte die Katze. Sie legte sich auf den Rücken, um sich von den ersten Sonnenstrahlen den Bauch bescheinen zu lassen, und dehnte sich. Sie zeigte, was eine Katze noch so alles konnte.

Als sie damit fertig war, legte sie sich die Pfoten auf die Brust und schaute den Hund lange an. Er bemerkte es nicht, denn er lag da und döste, die Augen halb geschlossen, den Kopf aufgerichtet.

»Du tust mir leid«, sagte sie. »Deine Nase ist ein Korken und deine Zunge ein trockener Lappen. Du kannst dich mit dem kurzen Strick kaum auf den Boden legen, aber du bist trotzdem fest entschlossen: Du wirst warten, denn dein Herr kommt.«

Der Hund wedelte kurz, weil er dachte, sein Herr würde kommen, doch dann begriff er, dass er es falsch verstanden hatte. Sein Schwanz hörte sofort auf zu wedeln und er stieß unwillkürlich einen Seufzer aus.

»Ich bin es gewohnt zu warten«, sagte er. »Ich tue es schon seit Jahren ganze Tage lang. Wenn der Herr das Haus verlässt, lege ich mich überall mal hin. Mal da, mal dort, mal hier, mal da und hier und da, und wenn ich überall gelegen habe, weiß ich, dass es nicht mehr lange dauert, bis der Herr wieder heimkommt.«

»Heimkommt«, sagte die Katze, als wäre sie das Echo des Hundes.

»Ja«, sagte der Hund und musste wieder wedeln, der Drang war stärker als er selbst.

»Fühlt es sich jetzt anders an?«, sagte die Katze.

»Nein«, sagte der Hund. »Oder was meinst du?«

»Keine Ahnung«, sagte die Katze. »Warten ist Warten, aber hier gibt es einen Unterschied. Hier kannst du dich nicht woanders hinlegen, der Strick ist nicht lang genug. Fühlst du den Unterschied?«

»Was meinst du?«, sagte der Hund. Er hörte kurz auf zu keuchen, weil ihm ein Gedanke in den Kopf kam, der sofort wieder verschwand, aber er hatte ihn durcheinandergebracht. Noch nie war ihm ein Gedanke in den Kopf gekommen und gleich wieder verschwunden.

Er fiepte leise.

Die Katze schlug ihre Krallen in den Baumstamm und kletterte nach oben. Sie sagte, er solle mal über das nachdenken, was sie gesagt hatte.

Beim Klettern schaute sie ein paarmal nach unten, ob der Hund ihr hinterherschaute. Wenn er auf einen Baum klettern würde, stellte sie sich vor, dann wäre das etwas ganz Besonderes. Dafür würde er einen Keks bekommen. Von seinem Herrn. Wenn sein Herr in der Nähe wäre.

DER FUCHS UND DER UNTERSCHIED

Die Katze rief den Fuchs, auch wenn sie wusste, dass er sie nicht leiden konnte.

»Roter«, sagte die Katze und lief nervös hin und her – mit Absicht, weil sie wusste, dass es den Fuchs ganz verrückt machte. »Kennst du den Unterschied zwischen dir und einem großen Hund?«

»Nein«, sagte der Fuchs kurz, drückte sich flach auf den Boden und sah verwirrt aus. »Ich kenne keine großen Hunde, wie soll ich dann den Unterschied kennen, falls es überhaupt einen gibt?«

»Roter«, sagte die Katze. Sie versuchte, ihre Pfoten unter Kontrolle zu halten, aber es gelang ihr nicht, sie ärgerte andere gar zu gern. »Kennst du dann vielleicht kleine Hunde? Kennst du dann vielleicht den Unterschied zwischen dir und einem kleinen Hund?«

»Nein«, sagte der Fuchs geduldig und hielt einen Moment lang die Luft an, um die Katze nicht merken zu lassen, wie schrecklich sie ihm auf die Nerven ging – diesen Spaß

gönnte er ihr nicht. »Nein. Auch kleine Hunde und ich pflegen keinen Umgang miteinander. Wie soll ich dann den Unterschied kennen, falls es überhaupt einen gibt?«

»Roter«, sagte die Katze. Sie blieb plötzlich stehen und tat, als dächte sie gründlich nach. »Du verstehst nicht, worauf ich hinauswill. Hier in der Nähe ist ein Hund angebunden. Ich will wissen, was er denkt. Von allen Tieren, die ich kenne, siehst du einem Hund am ähnlichsten, deshalb wende ich mich an dich.«

»Warum fragst du den Hund nicht selbst?«, sagte der Fuchs. »Ich sehe einem Hund genauso ähnlich wie du.«

»Ach ja?«, sagte die Katze. »Kennst du den Unterschied zwischen dir und mir?«

Der Fuchs grinste. »Natürlich kenne ich den Unterschied zwischen dir und mir«, flüsterte er mit geschlossenen Augen. Er fand die Katze, sogar wenn sie stillstand, unerträglich. Auch mit geschlossenen Augen fand er sie viel zu lebhaft. »Der Unterschied zwischen dir und mir ist, dass ich weiß, was der Unterschied zwischen dir und mir ist.«

Die Katze dachte nach. Sie zitterte und zog die Oberlippe hoch. Sie hatte das Gefühl, es sei etwas sehr Ungebührliches gesagt worden, aber sie wusste nicht genau, was es war.

»Du bist schlau und glatt, Roter«, sagte sie.

»Du nicht, Dicke«, sagte der Fuchs. »Du nicht.«

DIE MOTTE UND DER HERR

Einen ganzen Tag lang saß die Katze in der Sonne. Sie hatte die Augen geschlossen, aber sie schlief nicht. Sie war in Gedanken versunken. Unter anderem versuchte sie sich vorzustellen, wie es war, auf einen Herrn zu warten. Sie wusste, wie es war, selbst den Herrn zu spielen oder auch der Herr zu sein. Im entscheidenden Augenblick, wenn sie eine Maus fing oder eine Schmeißfliege zu Boden schlug. Wenn sie der Herr war, ging es auch um Warten, aber um das Warten auf den richtigen Moment.

Gegen Abend ließ sich eine Motte in ihrer Nähe nieder. Nicht genau neben ihr, aber die Katze hatte sie schnell entdeckt.

Die Motte war dick, sie roch nicht gut und atmete schwer, so dass es schien, als wäre die Luft nirgendwo gesund. Die Katze schüttelte den Kopf und versuchte, an den Hund zu denken und an den Strick und daran, wie es war, auf einen Herrn zu warten, der nicht kam. Sie versuchte, nicht auf das Geräusch zu hören, das die Motte machte.

Die Motte summte ein bisschen oder vielleicht war das, was sie machte, sogar Singen. Sie zitterte mit den Flügeln, sodass auch ihre Stimme bebte. Sie sagte, sie warte auf den Herrn, aber vor Aufregung bekam sie es fast nicht heraus.

»Auf den Herrn?«, sagte die Katze und machte ein Auge auf.

»Auf den Herrn«, sagte die Motte. »Den Herrn von allem.«

»Auf den Herrn vom Hund?«, sagte die Katze.

»Auch vom Hund«, sagte die Motte.

»Auf den Herrn von allem und jedem.«

Die Katze stand auf und sträubte die Schwanzhaare. Sie sagte, die Motte rede Unsinn. Es gebe überhaupt keinen Herrn von allem und jedem, sagte sie, denn sie kenne einige Tiere, die keinen Herrn hätten. Sie dachte an sich selbst, an die Eule und den Fuchs und ganz kurz auch an den Hund. Die Motte solle lieber machen, dass sie wegkam, sonst würde die Katze ihr den Unterschied zwischen links und rechts beibringen, zwischen vorn und hinten, und dann würde das Tier wissen, wer der Herr von allem und jedem war. Die Katze zeigte ihre Krallen, von links und von rechts, von vorn und von hinten. Sie wollte gerade eine Pfote heben, um zuzuschlagen, als im nahen Haus ein Licht anging.

Die Motte flog auf und rief: »Dort ist er! Dort ist er!«

»Wo? Wo?«, sagte die Katze. Sie versuchte, gegen das Licht, das von drinnen kam, hineinzuschauen, aber den Herrn von allem und jedem sah sie nicht.

DER HUND UND DER KUMMER

In der Nacht heulte der Hund so laut, dass die Katze vom Baum herunterkam und nach dem Hund schaute. Keine Pfotenlänge von seinem Ohr entfernt setzte sie sich hin und flüsterte ihm Mut zu. Sie sagte, er müsse tapfer sein, aber er verstand nicht, was sie meinte, er hörte ihr noch nicht mal zu. Er tat weiter, was er schon die ganze Nacht tat. Er heulte. Es war ein Drang, das war ihm anzusehen und anzuhören. Er rappelte sich immer wieder hoch, wurde von dem straffen Strick zurückgerissen und sank vor Schmerz erneut zusammen. Wenn er heulte, hob er den Kopf zum Himmel. Er heulte sehr durchdringend zum Mond hinauf, als würde sein Herr dort wohnen. Es war kaum mit anzuhören, so groß war sein Kummer.

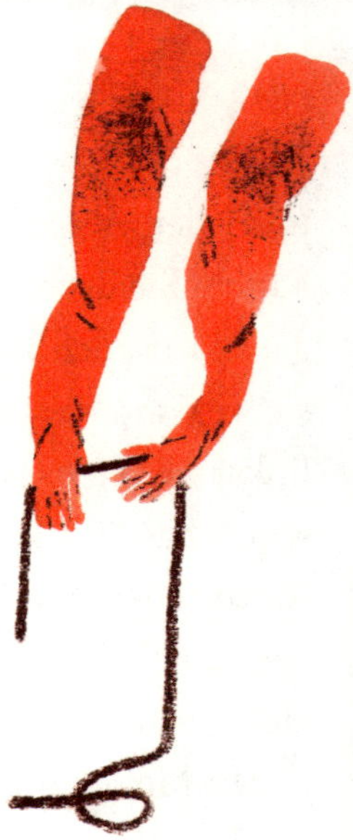

Zuletzt hielt die Katze es nicht mehr aus. Als der Hund sich wieder einmal hingelegt hatte, um auszuschnaufen, beugte sie sich zu seinem Ohr und sagte klar und deutlich: »Hör auf. Ich habe gesagt, du sollst tapfer sein, und du tust genau das Gegenteil. Du heulst, du jaulst, du jammerst, als hättest du die Pfote in einer Falle. Du solltest lieber die Zähne zusammenbeißen. Du solltest deine Muskeln anspannen. Du solltest dich losreißen.«

Der Hund hielt die Luft an. Tief in der Kehle heulte er noch, aber seinem Kopf war anzusehen, dass er über das nachdachte, was die Katze gesagt hatte. Er machte ein Auge auf und schaute die Katze damit an.

»Losreißen?«, sagte er.

»Ja«, sagte die Katze.

»Wie denn?«, sagte der Hund.

»Eins, zwei, drei und ruck.« Als die Katze das sagte, war sie froh, dass sie den Strick nicht sah. Sie begriff sehr wohl, wie dick er war und wie fest um den Baumstamm geknotet. Man müsste mindestens hundert Hunde sein, um sich da loszureißen. Trotzdem sagte sie noch einmal: »Eins, zwei, drei und ruck. Bist du ein Hund oder eine Maus?« Sie schaute dem Hund in sein offenes Auge und versuchte, munter auszusehen. Sie versuchte zu überhören, dass der Hund wie ein Hündchen fiepte. Es gelang ihr, breit zu grinsen. Fast hätte sie dem Hund beruhigend auf die Schulter geschlagen. »Du schaffst das«, sagte sie und nickte. »Du schaffst das.«

Der Hund schüttelte den Kopf. »Nein«, sagte er. »Erst muss der Herr mich losbinden.«

»Welcher Herr?«, sagte die Katze.

»Meiner natürlich«, sagte der Hund und fing wieder leise zu heulen an. Er begriff, dass er nicht wusste, wo sein Herr war und ob er je zurückkommen würde. Man musste sehr hoch springen können, um über die Bäume hinwegzuschauen. Dann konnte man den Herrn in der Ferne sehen, vielleicht. Er war unterwegs. Wahrscheinlich war er unterwegs hierher.

Die Katze schaute dem Hund in das eine Auge und lächelte. Sie lächelte noch immer, als der Hund sich mit einem Ruck aufsetzte und wieder den Mond anheulte. Jeder in der Umgebung hörte es. Die Katze, die neben dem Hund saß, die Eule, die den Hund von oben herab betrachtete, der Fuchs in der Ferne und die Motte, die gegen die Lampe flog.

DER FUCHS UND DIE GLEICHHEIT

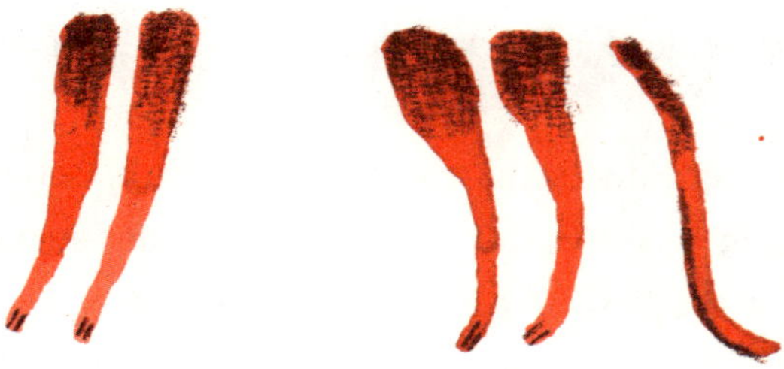

Erst als irgendwo ein Hahn gekräht hatte und es fast hell geworden war, schlief der Hund vor lauter Kummer ein. Anfangs schlief er halb, doch dann richtig tief.

Endlich, dachte die Katze. Sie wagte nicht, es laut zu denken. Sie wagte nicht einmal zu seufzen, aus Angst, er könnte durch die geringste Kleinigkeit aufgeweckt werden. Sie blieb aufrecht sitzen, den Schwanz um sich geschlungen, und lauschte auf die Stille. Es war gut, dass der Hund eine Weile schlafen konnte, dann hatten alle Ruhe. Der Tag war zum Ausruhen da und die Nacht war – ach – etwas anderes. Die Katze grinste bei diesem Gedanken und bestrafte sich selbst. So sehr genieße ich es nun auch wieder nicht, sagte sie sich, um zu verhindern, dass sie anfing zu schnurren. Das könnte den Hund aufwecken.

Sie sah, dass sie nicht die Einzige war, die den Hund beobachtete. Hinter ihrem Rücken schlich sich der Fuchs an. Er setzte sich neben sie, mit gesenktem Kopf, und grinste.

»Dicke«, flüsterte er. »Du hast mich zum Nachdenken gebracht. Du hast gefragt, was der Unterschied zwischen ihm und mir ist. Seither denke ich ständig über Unterschiede und Gleichheiten nach. Du und ich, zum Beispiel. Worin sind wir gleich?«

»Damit sind wir schnell fertig«, sagte die Katze kurz angebunden. »In nichts, hoffe ich.« Sie kniff die Augen halb zu. Zwischen den Zähnen hindurch zischte sie, der Fuchs solle jetzt lieber den Mund halten. Der Hund schlafe und so solle es auch bleiben oder wolle der Fuchs, dass der arme Tropf wieder den Mond anheulte?

»Dicke«, sagte der Fuchs leise und fügte ein bisschen Honig zu seiner Stimme. »Die Sonne ist längst aufgegangen. Ohne Mond hält sogar so ein Tier von ganz allein den Mund.«

»Wenn du doch auch selbst …«, flüsterte die Katze und schwieg sofort, weil der Hund aufhörte zu schnarchen. Sie wartete, bis er wieder weiterschnarchte, und brachte erst dann ihren Satz zu Ende: »… den Mund halten würdest.«

»Dicke«, sagte der Fuchs leise. »Erst will ich deine Antwort hören.«

Die Katze dachte blitzschnell nach. Je schneller der Fuchs verschwand, umso besser. Es musste still sein, so still wie jetzt. Allmählich hatte sie genug von dem Hund.

»Vier Pfoten und ein Schwanz«, sagte die Katze.

Der Fuchs lachte.

»Leise«, sagte die Katze. Sie fuhr ihre Nägel aus und zog sie wieder ein. Es war die einzige Art, ruhig zu bleiben. »Ich geb's auf.«

»So schnell schon«, sagte der Fuchs.

»So schnell schon«, sagte die Katze. Sie schloss die Augen und hoffte, der Fuchs wäre verschwunden, wenn sie sie wieder aufmachte.

»Schade«, hörte sie ihn flüstern. »Trotzdem hättest du es erraten können. Worin wir gleich sind, ist, dass wir beide heute Nacht kein Auge zugemacht und nichts zu essen gefangen haben.« Er grinste. »Und weißt du auch, warum?«

»Nein«, flüsterte die Katze.

»Wegen ihm«, sagte der Fuchs.

Die Katze wusste, dass sie in die Falle tappte. Sie riss die Augen weit auf und sah, wie der Fuchs böse an den Kopf des Hundes tippte.

Der Hund schoss in die Höhe, als wäre er von einer Wespe gestochen worden.

Er schnappte und knurrte und bellte nach allen Seiten, aber nicht hinauf zum Mond, denn der war – genau wie der Fuchs – verschwunden.

»Gut gemacht, Roter«, murmelte die Katze. »Gut gemacht.« Sie legte die Ohren an und zog die Lippe hoch.

DIE MÄUSE UND DER HUNGER

In der Abenddämmerung lief die Katze über eine Wiese und dann noch quer durch ein Wäldchen. Dort machte sie sich – weit weg vom Hund – daran, Mäuse zu jagen. Zufällig fing sie zwei auf einmal, weil die eine Maus voller Panik die Gesellschaft einer anderen gesucht hatte. Die behinderten sich gegenseitig und so hatte die Katze die Arbeit schnell erledigt.

Die Katze sah den Fang als gutes Zeichen. Die Beute bewies, dass man allein besser dran war. Auch wenn man in einem Wurf geboren war, lernte man doch schnell, dass man auf eigenen Beinen stehen musste. So war es richtig. Allein war man am sichersten.

Mit den beiden Mäusen im Maul kletterte sie in einen krummen Baum hinauf. Sie stapelte ihre Beute aufeinander und hielt sie mit einer Pfote fest, damit die Mäuse nicht wegliefen.

Sie fiepten und flehten. Sie fragten die Katze, ob sie es sich nicht noch mal überlegen und sie nach längerem Nachdenken nicht vielleicht doch noch freilassen würde. Vielleicht war es noch zu früh fürs Essen. Vielleicht hatte sie Lust auf etwas anderes. Vielleicht waren zwei Mäuse auf einmal einfach zu viel.

»Hab Erbarmen«, riefen sie am Schluss.

»Das habe ich«, sagte die Katze, die nun erst hörte, was die Mäuse sagten. Die ganze Zeit hatte sie auf den Hund in der Ferne gelauscht. Der Mond stand wieder über den Bäumen. Und genau wie gestern legte der Hund los. Er heulte in lang gezogenen Tönen. Sein Heulen ging einem durch Mark und Bein. Anders als gestern fügte er hinzu, dass er Hunger hatte. Er schrie vor Hunger.

»Hunger!«, rief er.

»Och, der Ärmste«, sagte die Katze und schüttelte den Kopf. Sie versuchte, nicht in Gedanken bei dem Hund zu sein. Sie versuchte, hier zu sein, an diesem schönen Ort, an dem sie zwei Mäuse auf einmal gefangen hatte. Sie befanden sich unter ihrer Pfote und wanden und drehten sich. Sie betrachtete die beiden, aber insgeheim wanderte ihr Blick immer wieder zum Himmel. In Gedanken schaute sie über die Baumkronen des Wäldchens hinweg, ausgerechnet jenes Wäldchens, durch das sie heute Abend gelaufen war, um sich vom Hund zu entfernen.

»Hab Erbarmen!«, riefen die Mäuse.

»Das hab ich wirklich«, sagte die Katze, während sie an den traurigen Hund dachte. »Wirklich. Das sollte einem mal passieren, dass man festsitzt. Das sollte einem mal passieren, dass man nicht einfach weglaufen kann. Das muss schrecklich sein.«

»Das ist auch schrecklich«, sagten die Mäuse. Gemeinsam lauschten sie dem lauten Heulen. Es hallte über die Wiese und blieb zwischen den Bäumen hängen.

»Hunger!«, rief der Hund. »Hunger!«

»Och, der Ärmste«, sagte die Katze wieder. Sie seufzte. »Ich kann mich wirklich nicht wieder neben ihn setzen und ihm die ganze Nacht Mut zusprechen, das habe ich gestern schon getan. Ich habe mein eigenes Leben.«

»Wir haben alle unser eigenes Leben«, sagten die Mäuse. Sie hätten gern noch hinzugefügt, dass die Katze absolut recht hatte, aber leider ließ ihnen die Katze dazu keine Gelegenheit mehr. Denn wie gesagt: Sie hatte ihr eigenes Leben und tat, was Katzen tun.

DER SCHMETTERLING UND DIE GERADE LINIE

Schmetterlinge waren wie Motten, aber freundlicher. Wenn die Sonne schien, hingen sie schon am frühen Morgen in der Luft und erregten Aufmerksamkeit mit ihrem Geflatter. Die Katze ärgerte sich über ihre Schlampigkeit.

»Blablabla«, sagte sie, als wieder einmal ein Kohlweißling vorbeikam. Sie seufzte übertrieben und fragte wie nebenbei, ob der Kohlweißling wisse, welches der kürzeste Weg zwischen zwei Punkten sei.

»Ich hab's mal gewusst, aber es fällt mir gerade nicht ein«, sagte der Kohlweißling, schwankte zwischen zwei Blumen und wählte schließlich eine dritte. »Warum fragst du das?«

»Um dir zu erklären, dass es einen kürzesten Weg gibt«, sagte die Katze.

»Natürlich gibt es den«, sagte der Kohlweißling. »Aber warum gibt es auch Umwege, wenn niemand sie nimmt?«

Darauf wusste die Katze keine Antwort. Sie nahm schließlich auch manchmal einen Umweg oder schlug einen Weg ein, den sie nie zuvor gegangen war. Dann folgte sie einem Duft oder einer Spur und sie kam immer an der richtigen Stelle heraus.

»Wohin bist du unterwegs?«, sagte die Katze.

»Das ist schwer zu erklären«, sagte der Kohlweißling. »Ich fliege – nun – hierhin und dorthin – und ich bleibe eine Weile – nun – hier oder dort. Diese Farbe leuchtet schön in der Sonne, das zieht mich an.« Er flatterte weiter und kehrte zurück, zögerte über einer Blume,

auf der er, wie er wusste, nicht lange sitzen würde, und setzte sich trotzdem hin. Er kicherte.

»Kannst du nicht mal eine gerade Linie ausprobieren?«, sagte die Katze. »Kannst du nicht mal von vornherein beschließen, wohin du willst, und es dann auch tun?«

»Nein«, sagte der Kohlweißling. »Wenn ich den kürzesten Weg wähle, dann komme ich nicht – nun – hierher. Dann komme ich zu dem Punkt, wohin mich der kürzeste Weg führt, das ist etwas ganz anderes. Ich habe dir doch gerade gesagt, dass diese Farbe so schön in der Sonne leuchtet und dass ich eine Weile hierbleibe. Ich muss wirklich keine geraden Linien ausprobieren.«

»Blablabla«, sagte die Katze, die fand, dass der Kohlweißling nur angab. Motten stanken, aber Schmetterlinge taten, als würden sie angenehm duften, und das war mindestens ebenso schlimm.

»Trotzdem meine ich das, was ich sage«, sagte der Schmetterling. »Du findest, dass ich immer unterwegs bin. Ich finde, dass ich immer irgendwo bin. Das ist ein Unterschied, hörst du?« Er löste sich von der Blume, auf der er saß, und flatterte senkrecht nach oben. Zumindest was Schmetterlinge senkrecht nach oben nennen.

DIE KÄFER UND IHR FEUER

Die Katze hatte nicht vor, nach einem Tag schon zu dem Hund zurückzukehren, aber sie fand es auch unnötig, so viele Bäume und eine Wiese weit von ihm entfernt zu sein. Sie suchte sich einen Weg durchs Gebüsch, kam am Rand des Dickichts heraus und setzte sich dort ins Gras, an eine Stelle, von wo aus sie die Wiese überblicken konnte.

Um sich herum sah sie die Dämmerung aus dem Boden steigen. Sie wusste, es würde nicht mehr lange dauern, da würde der Hund wieder den Mond anheulen. Bis jetzt war es nur eine Amsel, die Krach machte. Sie saß auf einem hohen Ast und besang das Ende des Tags. Es sei schön gewesen, sang sie, und jetzt sei es Zeit zum Schlafen.

»Das glaube ich nicht«, murmelte die Katze. »Das glaube ich nicht.« Und während sie das sagte, stiegen da und dort kleine Käfer aus dem Gras auf. Auch sie fanden nicht, dass es Zeit zum Schlafen war. Im Gegenteil, sie waren froh, dass die Nacht begann. Sie hatten keine Angst vor der Dunkelheit.

»Hier«, rief ein Käfer.

»Hier«, rief ein anderer.

»Hier«, rief ein dritter.

Sie waren viele. Sie riefen durcheinander, dass sie hier waren.

Die Katze hatte gewusst, was passieren würde, und trotzdem war sie wieder überrascht, als es geschah. Fast alle zugleich machten die Käfer ihr Rücklicht an. Es leuchtete und erlosch, während die Käfer vorsichtig umeinander herumflogen. Sie zogen kleine Lichtbögen durch die Luft und riefen laut, wo sie waren. Manchmal irrten sie sich auch und riefen: »Komm her!«, und taten, als hätten sie sich versprochen, aber eigentlich war es nur das, was sie gemeint hatten. Sie leuchteten und erloschen und leuchteten eine ganze Weile und winkten einander schamlos zu. Sie waren völlig im Bann ihres eigenen Lichts und ließen sich durch nichts stören.

»Hier!«

»Hier!«

»Komm her!«

Das riefen sie noch, als der Hund sich bemerkbar machte. Hinter den Bäumen an der anderen Seite der Wiese stieg sein Heulen auf. Es klang heiser und wurde jede Nacht dünner.

Die Katze erschrak. Sie hatte das Heulen des Hundes immer als Lärm gehört, aber nun verstand sie zum ersten Mal, dass der Hund eigentlich das Gleiche rief wie die Leuchtkäferchen: »Hier! Hier! Komm her!«

Diesmal hielt der Hund das Heulen nicht lange durch. Schon bald schwieg er. Vermutlich hatte er überlegt, dass er seinem Herrn Zeit lassen musste, damit er antworten konnte: »Ich komme! Ich komme!«

Die Katze rutschte auf ihrem Platz hin und her. Sie wollte die Leuchtkäferchen fragen, ob sie vielleicht etwas leiser sein könnten oder etwas anderes rufen, aber sie hielt sich zurück. Sie hielt sich ganz und gar zurück. Jedem das Seine, beschloss sie. Den Leuchtkäferchen ihr Licht. Dem Hund seinen Strick. Mir meine Aussicht.

DER FUCHS UND DIE ZWEI SEITEN

»Ich kann dich zur anderen Seite der Wiese bringen, Dicke«, sagte der Fuchs. »Nein. Ich kann dich, noch ehe ein Hahn kräht, zur anderen Seite der Wiese bringen. Oder nein. Ich kann dich, noch ehe ein Hahn kräht, zur anderen Seite der Wiese bringen und ich werde dich nicht mit der Pfote berührt, geschweige denn getreten haben. Nein, nein. Ich kann dich, noch ehe ein Hahn kräht, zur anderen Seite der Wiese bringen und ich werde dich nicht mit der Pfote berührt, geschweige denn getreten haben und ich werde dich nicht herausgefordert haben, ich werde nicht gesagt haben:

Wetten, dass ich als Erster auf der anderen Seite der Wiese bin. Nein, nein, warte. Ich kann dich, noch ehe ein Hahn kräht, zur anderen Seite der Wiese bringen und ich werde dich nicht mit der Pfote berührt, geschweige denn getreten haben und ich werde dich nicht herausgefordert haben, ich werde nicht gesagt haben: Wetten, dass ich als Erster auf der anderen Seite der Wiese bin, und ich werde dir keine Maus vor die Nase halten oder dir etwas Leckeres versprechen. Nein, nein, warte, warte. Ich kann dich, noch ehe ein Hahn kräht, zur anderen Seite der Wiese bringen und ich werde dich nicht mit der Pfote berührt, geschweige denn getreten haben und ich werde dich nicht herausgefordert haben, ich werde nicht gesagt haben: Wetten, dass ich als Erster auf der anderen Seite der Wiese bin, und ich werde dir keine Maus vor die Nase halten oder dir etwas Leckeres versprechen und ich werde nichts über den Hund gesagt haben, ich werde nicht gesagt haben, dass etwas mit dem Hund nicht stimmt oder dass er nach dir verlangt hat.«

In der Ferne krähte ein Hahn.

Der Fuchs sah die Katze direkt an, drehte den Kopf in die Richtung der Wiese und reckte den Hals. Als ob das nötig wäre. Er konnte auch so zur anderen Seite sehen, er sah auch so, dass dort keine Bewegung war.

»Tsss«, machte die Katze. »Misslungen.«

»Ach, misslungen«, sagte der Fuchs und deutete auf die linke Pfote der Katze. Er fragte, warum sie die Pfote in die Luft hielt. Hatte sie etwa vor, irgendwohin zu gehen?

»Hm«, machte die Katze.

»Tss«, machte der Fuchs. »Erwischt.«

DER HUND UND SEINE GEDANKEN

Die Katze sprang mit einem eleganten Satz hinter einem Baum hervor, landete gleichzeitig auf allen vier Pfoten und rief: »Hier bin ich wieder!«

Der Hund erschrak nicht. Er atmete schwer, aber er machte sich nicht die Mühe, den Kopf zu heben. »Bist du denn weg gewesen?«, fragte er.

Die Katze wurde steif und druckste eine ganze Weile herum. Sie schüttelte den Kopf.

»Nein«, sagte sie. »Ich war immer in der Nähe, du hast mich bloß nicht gesehen.«

Der Hund nickte und versank in Gedanken. Er verglich die Katze mit seinem Herrn. Sie waren einander ähnlich. Man sah sie lange nicht, aber sie tauchten immer wieder auf und dann war es, als wären sie nie weit weg gewesen.

»Alles wird gut«, sagte der Hund.

»Es ist gut, dass du das denkst«, sagte die Katze.

»Ja«, sagte der Hund. »Ja.« Er verdrehte die Augen, versuchte, den Mond zu sehen, gab es dann aber auf. Der Mond stand zu hoch, sein Kopf lag zu tief. Er war zu müde.

»Kann ich etwas für dich tun?«, sagte die Katze. Sie war bereit, eine Maus für ihn zu fangen, notfalls eine Motte, aber sie wusste, dass Hunde wählerisch waren.

»Nein«, sagte der Hund. »Das Einzige, was mir bleibt, ist warten. Es kann jetzt nicht mehr lange dauern.«

»Nein«, sagte die Katze. »Es kann jetzt nicht mehr lange dauern. Es ist gut, dass du das denkst.«

Der Hund hatte die Augen geschlossen. Er kam fast um vor Hunger. Er verging fast vor Trauer. Aber er blieb mutig. Er hörte nicht auf zu warten. Schau: Er lag noch immer hier unter dem Baum, er konnte noch immer gefunden werden. Er rollte sich zusammen und jaulte vor sich hin.

Die Katze suchte ein paar hübsche Gedanken zusammen: etwas, womit sich der Hund beschäftigen konnte, damit die Zeit schneller verging.

»Würdest du gern eine Eule sein?«, sagte die Katze. »Oder etwas anderes, was fliegt? Ein Schmetterling, eine Motte? Oder wärst du lieber ein Fuchs?« Sie schauerte übertrieben und hoffte, den Hund damit zum Lachen zu bringen. Er zuckte nicht mit der Wimper. Die Katze brauchte sich keine Mühe zu geben. Der Hund hatte keine Lust auf Spielchen. Keine Lust auf Scherze oder Fragen. Was würdest du am liebsten sein, eine Maus oder eine Katze, ha, ha, ha?

»Denk an deinen Herrn und daran, wo er ist«, flüsterte die Katze. »Denk an den Ort, an dem du bist.«

Dann beschloss sie zu schweigen. Sie würde gern noch erzählen, dass es einen Weg zwischen den beiden Orten gab, aber diesen Gedanken behielt sie lieber für sich. Das fand sie vernünftig.

DER HAHN UND DIE HENNE

Am nächsten Morgen war der Hund verschwunden. Die Katze suchte nach Spuren im Gras, nach einem Pfotenabdruck in der lockeren Erde, nach einem Büschel von seinem Fell oder nach einem abgebrochenen Zahn, aber sie fand nichts, was sie klüger machte. Der Hund war weg und auf der Stelle, an der er gelegen hatte, lag der Strick um den Baum.

Was habe ich heute Nacht zu dem Hund gesagt, überlegte die Katze. Was genau habe ich zu ihm gesagt? Sie setzte sich neben den Strick, als wäre es dann leichter, sich zu erinnern. Stück für Stück kamen die Gespräche der Nacht zurück. Sie wusste wieder, was sie nicht gesagt hatte: das von der kürzesten Strecke. Und sie wusste wieder, was sie gesagt hatte: dass er wegkönnte, wenn er es wirklich wolle. Offensichtlich hatte er es wirklich gewollt, trotzdem war es ein Rätsel, wie er den Strick losbekommen hatte.

Die Katze kletterte in den Baum und suchte den Ast, auf dem sie die Eule angetroffen hatte. Die Eule war nirgends zu entdecken. Auch die Motte und der Fuchs oder die Leuchtkäferchen waren nicht zu sehen. Niemand war da, der ihr hätte erzählen können, was mit dem Hund geschehen war.

Kurz nach Mittag tauchten eine Henne und ein Hahn aus dem Dickicht auf. Sie scharrten und pickten zwischen Blättern und Gras und schauten weder zur Seite noch nach oben. Sogar als sie den Strick erreichten, verstummten sie nicht wirklich. Sie schauten sich an und murmelten etwas, aber sie fuhren fort zu scharren.

»Hast du das gesehen, hast du das gesehen«, sagte der Hahn zwischendurch.

»Ich hab's gesehen, ich hab's gesehen«, sagte die Henne. »Ja doch.«

»Es war keine Ziege mehr dran«, sagte der Hahn. »Hast du das gesehen?«

»Ich hab's gesehen, ich hab's gesehen«, sagte die Henne. »Ja doch.«

Die Katze räusperte sich und wollte die Henne und den Hahn ansprechen, aber die beiden taten, als wäre sie Luft.

Sie fuhren fort, zu picken und zu kratzen, sie hatten nur Augen für Larven und Würmer.

»Entschuldigung«, sagte die Katze.

Der Hahn schaute nach oben. »Ich höre etwas«, sagte er.

»Das war die da«, sagte die Henne. Sie machte eine Kopfbewegung zur Katze und kratzte weiter. »Sie hat etwas gesagt.«

Der Hahn plusterte die Federn auf, sodass er größer und breiter aussah, als er war, und drehte sich um. »Hast du mit uns gesprochen?«, sagte er.

»Ja«, sagte die Katze. »Ich wollte wissen, ob ihr unterwegs einen Hund und seinen Herrn gesehen habt.«

»Einen Hund nicht, nein«, sagte die Henne.

»Wie sieht ein Herr aus?«, sagte der Hahn.

»Das ist schwer zu sagen«, sagte die Katze. Sie deutete auf sich selbst und auf den Hahn und auf alles, was um sie herum war.

»Wenn es schwer zu sagen ist, wie ein Herr aussieht, ist es auch schwer zu sagen, ob wir einen gesehen haben«, sagte der Hahn. »Ich krähe, wenn es Morgen ist, sie und ich gehen auf die Stange, wenn es Abend ist, und dazwischen kratzen wir ein bisschen herum. Stell uns keine schwierigen Fragen. Guten Tag.« Er scharrte weiter, schüttelte ab und zu seine Federn und verschwand unter einem Strauch auf der anderen Seite.

»Kommst du?«, rief er über die Schulter der Henne zu.

»Ich komme, ich komme«, sagte die Henne. »Ja doch.«

DIE EULE UND DER LEERE FLECK

Die Katze kletterte in einen Baum. Auf einem hohen Ast blieb sie sitzen. Sie schaute sich um, ob sie von hier aus die Wiese mit den Leuchtkäferchen sehen konnte. Es war dunkel. Sie suchte, ob sie von hier aus das Licht in dem Haus sehen konnte – dann wusste sie, wo die Motte war. Die Lampe war aus. Die Katze hielt Ausschau nach der weißen Schwanzspitze des Fuchses zwischen den Stämmen und Sträuchern. Der Fuchs war nirgends zu entdecken oder er versteckte sich absichtlich, um sie zu ärgern. Sie beugte sich vor und schaute hinunter, zum Fuß des Baums. Sie seufzte. Am Strick hing noch immer ein leerer Fleck.

Die Katze erschrak nicht, als sich die Eule neben ihr niederließ. Sie hatte es heimlich gehofft.

Die Eule freute sich schon, bevor sie saß. »Ich komme zu dir, weil ich Hunger habe und dich zum Abendessen will«, neckte sie. Als sie sah, dass die Katze den Scherz nicht witzig fand, senkte sie die Stimme. »Och«, versuchte sie es noch einmal. »Hast du aber schlechte Laune!« Doch dann gab sie die Neckerei auf. Mit einer Katze, die nicht zurückfaucht, stimmt etwas nicht. Die Eule stellte ihre Klauen zusammen und wartete, dass die Katze etwas sagte.

Sie sagte nichts.

Das war auch nicht unbedingt nötig. Die Nacht war vor allem dunkel und still, aber das hieß noch lange nicht, dass weniger los wäre. Im Kopf der Katze war es sozusagen weit nach zwölf.

»Vergangene Nacht gab es viel Lärm«, sagte die Eule. »Puh, puh, was war das für ein Lärm.«

»Ach ja?«, sagte die Katze.

»Ja«, sagte die Eule. »Überall.« Sie drehte den Kopf und schaute ebenfalls nach unten. »Überall.«

»Lärm verjagt alles, nicht wahr?«, sagte die Katze.

»Alles«, sagte die Eule. »Alles.«

Aus den Bäumen um die Eule und die Katze herum kamen Geräusche, die jede Nacht aufstiegen. Von allen möglichen Eulen, Käfern, Mäusen. Im Gebüsch und im Gras zirpten Grillen und raschelten Kröten.

Die Katze und die Eule schwiegen lange. Es war, als würden sie zu viert auf dem Ast sitzen: die Katze, die Eule und ihre Gedanken.

»Alles in Ordnung?«, sagte die Eule nach einer Weile.

»Fast alles«, sagte die Katze.

»Gibt es etwas, was ich tun kann?«

»Fast nichts«, sagte die Katze. Und sie nickte kurz, um anzudeuten, dass sie jetzt genug gesprochen hatten. Sie fand es gut so. Sie fand diese Nacht gut. So dunkel. So still. Wenn die Eule nicht aufhörte zu sprechen, würde sie nie auf den Grund ihrer Gedanken kommen.

»Ich geh jetzt mal«, sagte sie, als es fast Morgen war.

»Es war gemütlich«, sagte die Eule.

»Ja«, sagte die Katze. »Danke.« Sie sprang auf einen Ast unter ihr und von dort sprang sie noch einen Ast tiefer. »Oh«, sagte sie, als würde ihr plötzlich etwas einfallen. »Ich wüsste gern, ob du letzte Nacht zufällig den Herrn des Hundes gesehen hast.«

»Oh«, sagte die Eule, als hätte die Frage sie an etwas Wichtiges erinnert. »Gesehen nicht, aber womöglich gehört.«

»Dann ist es gut«, sagte die Katze und wagte den Sprung zum Boden.

DER HERR VON ALLEM

Die Motte gab es auf. Sie rutschte flatternd und fallend zugleich an der Fensterscheibe nach unten und blieb auf dem Rahmen hängen. Sie hing da, tot wie ein Herbstblatt, aber wenn man genau hinschaute, konnte man ihre Fühler zittern sehen.

»Bestimmt bist du müde, oder?«, sagte die Katze von der Fensterbank aus. Es fiel ihr schwer, die Stimme nicht zu verstellen, denn sie verstand nicht, wie man so dumm sein konnte. Eine ganze Nacht lang versuchen, durch das Glas zu fliegen – da musste man doch kapieren, dass das nicht ging. Da wartete man doch lieber, bis das Fenster aufgemacht wurde.

»Müde, ja«, sagte die Motte. »Aber daran bin ich gewohnt.«

»Das macht die Sache einfacher«, sagte die Katze. »Und du bist hartnäckig.«

Die Motte lebte auf. »Das stimmt«, sagte sie. »Irgendwann komme ich dahin, wo ich hinkommen will.«

»Absolut«, sagte die Katze so, als würde sie der Motte glauben. Sie schaute durch die Scheibe ins Haus. Sie hatte keine Ahnung, was da drin der Herr der Motte sein konnte.

Im Haus lag ein Mädchen in einem Bett. Auf einem Hocker neben dem Bett stand eine Nachttischlampe. Das Licht brannte. Nun, da es Tag wurde, hätte es ebenso gut aus sein können.

»Und jetzt?«, sagte die Katze.

»Warten«, sagte die Motte. »Warten.«

Sie sagte nicht, worauf, aber die Katze ahnte es. Sie verstand nicht so richtig, was das sein sollte. Ihr Herr. Ihr Herr von allem.

»Also gut«, sagte die Katze. »Viel Glück.«

Im Haus wurde das Mädchen munter. Es setzte sich im Bett auf, knipste die Nachttischlampe aus und kratzte sich.

»Danke«, sagte die Motte. »Ich geh jetzt mal wieder.«

»Ich auch«, sagte die Katze und schaute hinein, ins Haus.

In diesem Moment sah das Kind zum Fenster. Die Motte war vom Bett aus nicht zu erkennen. Die Katze schon. Und es gab keinen Zweifel, wen das Mädchen meinte, als es plötzlich anfing zu schreien, dass die Dicke zurückgekommen war. Die Kleine schrie laut, noch einmal und noch einmal.

Die Katze stand auf, reckte ihren Schwanz in die Höhe und war froh, dass die Motte bezeugen konnte, dass man für sie das Fenster aufmachte.

»Hier«, sagte das Mädchen. »Komm hierher.«

Die Katze gehorchte nicht sofort. Was bildete das Mädchen sich ein, was es war.

UNSERE GASSE

MIT ZEICHNUNGEN VON

ROTRAUT SUSANNE BERNER

Arjan und ich waren Stars.
Stars der Gasse.

EINS

Unsere Gasse ist eine Sackgasse. Nur dass du es weißt. Sonst fährst du noch aus Versehen hinein. Frag Eva von Nummer vier. Eva mit dem schiefen Auge.

Sie hatte ein rotes Fahrrad, ein schönes. Sie sagte: »Ich fahre mit geschlossenen Augen.«

Ich sagte: »Das schiefe und das andere?«

»Das schiefe und das andere«, sagte sie.

»Das will ich sehen«, sagte ich.

»Pass auf!«, sagte sie.

Sie fuhr in die Bohnenstraße. Nach einer Weile kam sie wieder um die Ecke. Sie schoss wie der Blitz in unsere Gasse. Mit geschlossenen Augen.

»Hoppla!«, rief sie noch.

Dann knallte sie gegen die Mauer. Ihr Fahrrad war verbogen. Sie selbst war auch verbogen.

Unsere Gasse ist eine Sackgasse. Nur dass du es weißt.

ZWEI

Komm einfach zu Fuß. Das ist das Beste. Etwas anderes macht nur Ärger. Frag meine Mutter. Sie hat ein Auto. Ein kleines, zum Einkaufen.

Einmal ist sie in unsere Gasse gefahren.

Sie sagte: »Hilfst du mir mit den Taschen?« Danach musste sie noch irgendwohin. »Beeil dich«, sagte sie.

Das Auto war voller Einkäufe. Es fand einfach kein Ende. Als es leer war, seufzte meine Mutter tief.

»Oh, oh«, sagte sie.

Sie kam nicht wieder aus der Straße. Zu Fuß schon, aber nicht mit dem Auto.

»Wie soll das gehen, rückwärts?«, sagte meine Mutter.

»Mit der Hinterseite zuerst«, sagte ich.

Es ging nicht. Etwas war mit dem Schaltknüppel. Oder mit meiner Mutter.

»Dann dreh um«, sagte ich.

Das ging auch nicht. Unsere Gasse ist schmal. Nicht viel breiter als ein Auto.

Dann mussten wir schieben. Das war eine harte Arbeit.

Meine Mutter stöhnte. »Los, rückwärts!«, sagte sie.

Zu uns kommst du besser zu Fuß.

DREI

Viel passiert bei uns nicht. Ein bisschen Krach, ein bisschen Streit. Mehr passiert nicht.

In acht Häusern wohnen alte Leute. Sehr alte Leute, die man nie sieht. Ich weiß auch nicht, wie sie heißen.

Von Anna habe ich es aber gewusst. Sie wohnte in Nummer neun. Anna habe ich nur einmal gesehen. Und dann noch mal ganz kurz. Mit viel Lärm kam ein Auto angebraust. Mit einer Sirene drauf. Zwei weiß angezogene Männer kamen heraus. Sie legten Anna auf ein Bett. Anna war sehr krank. Sie sah aus, als würde sie schlafen.

Die Männer sagten: »Zur Seite, zur Seite!«

Sie rollten das Bett ins Auto. Wieder der Krach, wieder das Licht. Wie der Blitz fuhr das Auto rückwärts. Schieben war nicht nötig. *Tatüü, tataa*, weg waren sie.

Ich habe Anna nie mehr gesehen.

Sie war fast hundert, sagt meine Mutter.

Hundert ist alt. Da macht man nicht mehr viel Krach.

VIER

Annas Haus stand lange leer. Nach einem Jahr zogen Leute ein. Eine Mutter und ein Vater und Arjan. Ich spreche nicht gern über Arjan Brodin.

Na gut. Ich erzähle es schnell.

Als er gerade eingezogen war, fand ich ihn nett.

Eva sagte zu ihm: »Kannst du Rad fahren?«

Arjan sagte: »Klar.«

»Kannst du es mit einem geschlossenen Auge?«, fragte ich. »Oder mit zwei geschlossenen Augen?«

Arjan sagte: »Du bist wohl nicht ganz richtig im Kopf. Mit geschlossenen Augen auf dem Fahrrad? Und dann knall ich gegen die Mauer?«

Ich fand Arjan wirklich nett. Er war nicht so dumm wie Eva.

»Was kannst du dann?«, fragte ich.

»Singen«, sagte Arjan. »Ich kann sehr gut singen.«

»Oh«, sagte ich. »Singen kann ich nicht. Aber tanzen kann ich. Auch sehr gut. Stepptanzen. Kannst du das?«

»Vielleicht könnte ich es«, sagte Arjan. »Wenn ich wüsste, was das ist.«

»Stepptanzen ist schwer«, sagte ich. »Man muss es lernen, so schwer ist es. Ich habe Unterricht bei Lia Voorn.«

»Wer ist Lia Voorn?«, fragte Arjan.

»Die mit den dicken Armen«, sagte ich. Und ich deutete auf Lia Voorn. Sie stand vor der Tür von Nummer zwei.

»Oh«, sagte Arjan. »Einer kann singen, der andere lernt tanzen. Ha, ha, ha.« Er lachte. Er hatte also einen Witz gemacht.

Ich verstand ihn nicht. Eva verstand ihn aber. Sie lachte laut mit Arjan mit.

»Ich verstehe, ich verstehe«, kreischte sie.

Ich gab ihr einen Tritt. Den verstand sie auch.

FÜNF

Dann musste ich auch lachen. Denn Arjan Brodin kam zum Unterricht. Er bekam Gesangsstunden bei Lia Voorn.

»Hach«, sagte ich. »Ich dachte, du kannst es schon?«

»Hach«, sagte er. »Ich kann immer noch was lernen.«

Darauf fiel mir nichts ein.

Ich hörte ihn singen.

Ich wusste nicht, ob es noch besser ging. Ich wusste nicht, ob man es noch besser lernen konnte. Es klang bereits so schön. Ich sage es nicht gern. Aber es stimmt.

Manchmal hatte ich nach ihm Unterricht. Dann ging ich früher hin und setzte mich auf den Randstein. Vor Nummer zwei, mit einem Buch. Ich tat, als würde ich lesen. In Wirklichkeit hörte ich ihm zu. Sogar bei geschlossenem Fenster klang es sehr schön.

Lia Voorn schwebte wie auf Wolken. Sie sagte: »Arjan ist ein Engel.«

»Ein Engel?«, fragte ich.

»Ja«, sagte Lia. »Ich weiß es genau.«

Ich fragte Arjan, ob er ein Engel wäre. Er wusste es nicht.

Ich sagte schlau: »Du bist mir einer!«

Darauf fiel ihm nichts mehr ein.

SECHS

Ein Engel ist etwas Schönes. Das weiß ich jetzt. Engel können besser singen als jeder andere. Manchmal singen sie im Chor.

Stepptanzen tun sie nie. Das weiß ich einfach. Lia hat mich nie einen Engel genannt. Engel tanzen also nicht.

Lia Voorn sagte immer, ich wäre eine Biene. Das stimmt auch, wenigstens wenn ich tanze. Du solltest mich mal sehen. Ich springe und springe. Als ob ich von Blume zu Blume fliege.

Stepptanzen gibt es nicht oft. Es ist auch schwer. Man braucht dafür schöne Schuhe. Und Rhythmus, viel Rhythmus.

»Rhythmus hat man im Blut«, sagte Lia Voorn immer.

Stepptanzen macht man auf Holzboden. Auf Fliesen geht es auch. Man tippt mit den Füßen auf. So *klick-klack*. Mit den Absätzen. Und mit den Schuhspitzen. *Klick, klack, klick, klack*. So hört es sich dann an.

Du musst es sehen und hören. Ich mache es dir mal vor. Wenn du kommst und ich Zeit habe. Erst muss ich nämlich noch besser werden.

»Stepptanzen ist harte Arbeit«, sagte Lia Voorn immer.

Ich arbeite hart. Und ich habe gute Beine.

SIEBEN

Singen ist anders als tanzen. Eine weniger harte Arbeit, denke ich. Arjan war eins, zwei, drei ein Star. Ich sage es nicht gern, aber es ist wahr.

Er wurde der Star der Gasse. Wenn er sang, kamen alle heraus. Sogar die alten Leute wollten ihn hören. Manchmal setzten sie sich vor ihre Türen. Lia Voorn machte dann das Fenster auf.

Arjans Vater und seine Mutter waren stolz. Sie glühten vor Stolz. Arjan sang in vier Sprachen. Wörter, die niemand verstand. Englisch und Französisch und so. Es wurde mucksmäuschenstill bei uns. Als würde jeder verstehen, was er sang.

Einmal sang Arjan etwas Schönes. Etwas Fröhliches, auf das ich tanzen konnte. Ich stellte mich mitten auf der Gasse auf. Die Füße nebeneinander, die Arme leicht ausgestreckt. So stehe ich, wenn ich tanze. Ich lachte. *Klick, klack, klick, klack* machten meine Schuhe.

»Still, Marte!«, sagten die anderen böse. Sie fanden, dass ich Krach machte.

»Aber …«, sagte ich.

»Psst!«, machten alle.

Arjan war ein Engel. Ich war eine Biene.

Nur lästig.

ACHT

Arjan sang. Ich tanzte. Barber drehte nur. Er hatte eine Drehorgel. Darin waren Bücher. Kein Mensch konnte sie lesen. Es waren Bücher mit Löchern. Barber drehte sie durch die Orgel. Die Orgel las die Löcher. Das ergab dann die Musik.

Barber lief drehend durch die Stadt. Einmal in der Woche kam er vorbei. Dann drehte er in unserer Gasse. Dafür bekam er von uns Geld. Arjan legte auch immer Geld in den Hut.

Einmal hörte Barber auf zu drehen.

»Du bist Arjan«, sagte Barber zu Arjan. »Über dich spricht man in der Stadt. Du singst wie ein Engel, sagen die Leute.«

»Ich danke Ihnen«, sagte Arjan.

Er sagte: *Ich danke Ihnen*. Ich fand es blöd, dass er das sagte. Ich tanzte schon seit zwei Jahren. Barber hatte noch nie etwas über mich gesagt.

»Du tanzt wie eine Biene.«

Nein, das hatte Barber noch nie gesagt.

NEUN

Im Frühjahr hatte Lia Voorn eine Idee. Sie ließ Arjan nach seinem Unterricht noch dableiben. Ich saß vor dem Haus.

Lia ließ mich eintreten.

Sie sagte: »Setz dich, Marte. Setz dich und halte dich fest. Ich habe eine Idee.«

»Oh«, sagte ich. Eine Idee ist immer schön. Dann passiert wieder mal was.

»Im Sommer gibt es ein Fest«, sagte Lia. »Wie jedes Jahr: ein Straßenfest.«

»Oh«, sagte Arjan. Er war noch nicht lange eingezogen. Er kannte das Fest noch nicht.

»Ja, ein Fest«, sagte Lia. »Die ganze Nachbarschaft kommt dann her. Die Leute von der Bohnenstraße und vom Deich. Vor der Mauer steht ein Podium. Dort treten Leute auf. Leute. Genau wie ihr.«

Ich fand die Idee noch immer nichts Besonderes. Ich hatte schon mal auf dem Fest getanzt.

»Dieses Jahr wird es anders«, sagte Lia. »Dieses Jahr tretet ihr gemeinsam auf. Du, Arjan, singst und du, Marte, tanzt.«

»Meine Schuhe machen Krach«, sagte ich. »Das wissen Sie doch.«

»Das weiß ich«, sagte Lia. »Das macht nichts. Es ist und bleibt eine schöne Idee.«

ZEHN

Es war keine schöne Idee. Aber wir taten, was Lia sagte. Arjan und ich bekamen gemeinsam Unterricht. Arjan sang etwas Fröhliches. Ich tanzte dazu. Die ganze Küche war voller Musik. Lia spielte Klavier. Ich klickte und klackte. Und Arjan sang, so hoch er konnte.

Lia hielt das Fenster geschlossen. Es klang nicht immer gut. Niemand saß auf der Straße.

Damals hätte ich es schon wissen können. Das wurde nichts. Ein Engel und eine Biene. Das hörte sich nicht gut an.

Es hörte sich seltsam an.

ELF

Eva saß auf ihrem Fahrrad. Sie hatte ein neues, ein blaues.

Sie sagte: »Ich fahre freihändig.«

»Mit beiden Händen?«, sagte ich.

»Ja«, sagte sie.

»Das will ich sehen«, sagte ich.

Sie fuhr aus der Straße. Nach einer Weile tauchte sie wieder auf. In der Kurve ließ sie den Lenker los.

»Hoppla!«, rief sie. In voller Fahrt schoss sie an mir vorbei.

»Pass auf!«, rief ich noch. Aber sie knallte schon gegen die Bühne.

Ihr Fahrrad war noch heil. Nur Eva hatte Schmerzen.

»Morgen ist das Fest«, sagte ich.

»Jau«, sagte Eva.

ZWÖLF

Es regnete. Beim Fest hatte es noch nie geregnet. Immer Sonne, solange ich dabei war. Blauer Himmel und ein bisschen Wind. Das beste Wetter, um draußen ein Fest zu feiern. Jetzt mussten wir fast schwimmen. Alles war durch und durch nass. Die Lampions gingen zischend aus. Von den Fähnchen tropfte die Farbe herunter.

Lia Voorn schaute immer wieder zum Himmel. »Das ist kein Schauer mehr«, sagte sie. »Das hört nie mehr auf.«

»Ach, nie mehr«, sagte Arjans Mutter. »Wartet ein Stündchen. Wenn es dann noch gießt, feiern wir drinnen.«

Lia wurde still. Sie konnte nicht mehr lachen. Sie musste für alles sorgen. Auch für die Sonne, falls das möglich wäre. Jeder Fehler war ihre Schuld.

Arjan und ich saßen in ihrer Küche. Wir mussten warten. Wir hörten den Regen ganz deutlich. Das Fenster stand offen.

»Der Regen singt«, sagte Arjan. »Horch nur.«

Ich hörte kein Singen. Der Regen platschte auf den Gehsteig.

»Der Regen tanzt«, sagte ich. »Schau nur.«

Die Tropfen hüpften auf dem Bürgersteig vor dem Haus umeinander herum.

»Hör auf«, sagte Lia.

DREIZEHN

Innerhalb einer Stunde hörte es auf. Die Sonne brach nicht hervor. Aber es kam auch kein neues Grau mehr an. Allerdings donnerte es in der Ferne, das schon.

Eva sprang auf ihr Fahrrad. Sie radelte zur Bohnenstraße und zum Deich. Wir hörten sie schreien. Das konnte sie sehr gut.

»Das Fest fängt an!«, rief sie. »Kommt alle, kommt, kohommt!«

»Mach dich bereit«, sagte Lia zu mir.

Ich nickte. Ich zitterte noch ein bisschen. In der Waschküche hingen Kleider. Dieses Jahr war ich eine Biene. Auf dem Rücken hatte ich Flügel aus Tüll. Mein Pulli hatte gelbe und schwarze Streifen. Außerdem gehörten lange Handschuhe dazu. Auch in Gelb und Schwarz. In meinen Haaren steckten zwei Fühler. Bienen haben die auch. Bienen tragen keinen Rock. Sie haben Glück. Ich fand meinen Rock blöd. Lia Voorn hatte ihn aus Wolle gemacht. Er hing herunter wie ein nasser Putzlappen. Über meinem Po war ein Stachel. Im Spiegel konnte ich mich sehen.

»Summsumm«, sagte ich. Ich fand mich nicht schön.

Nur meine Schuhe waren gut. Sie waren schwarz und glänzten. Und sie hatten gelbe Schnürsenkel. *Klick, klack, klick, klack* machte ich. Meine Schuhe tanzten prima.

»Marte, kommst du?«, rief Lia.

Ich ging in die Küche. Dort stand Arjan mit Lia. Lia strahlte übers ganze Gesicht. Arjan strahlte überhaupt nicht.

Sein Mund stand umgekehrt in seinem Gesicht. Er hatte ein weißes Kleid an. Über seinem Kopf hing ein kleiner Reifen. Auf dem Rücken waren ihm Flügel gewachsen. Sehr große. Er schaute mich an. Ich schaute ihn an. Wir nickten einander zu.

»Wie sehen wir bloß aus«, sagten wir.

VIERZEHN

Die Gasse war voller Menschen. Sie hatten ihre besten Regenmäntel an. Alle schauten zur Bühne. Dort stand Barber.

»Meine Damen und Herren«, sagte er. »Manchmal sind die Sterne weit weg. Andere Sterne sind ganz nah. So wie diese beiden!« Er deutete auf Arjan und mich. Barber hatte das schön gesagt. Es hörte sich so echt an.

Arjan und ich liefen nach vorn.

Alle Menschen klatschten.

»Schön, schön, schön«, sagten sie. Sie hatten ihre Brillen nicht aufgesetzt.

Aber ich sagte nichts.

Lia kletterte auf die Bühne. Sie zog die Decke vom Klavier. Arjan stellte sich neben sie.

Ich sollte warten, bis ich an der Reihe war. Erst sollte Arjan etwas über mich singen. Biene auf der Wiese. So etwas Ähnliches. Es reimte sich.

Alle wurden still. In der Ferne grollte der Donner. Aber das war nicht schlimm. Arjan sang lauter. Und schön. Das konnte ich an den Gesichtern sehen.

Arjans Mutter weinte fast. Sein Vater lächelte die ganze Zeit. Neben Arjans Vater saß ein Herr. Ich hatte diesen Mann noch nie gesehen. Er trug einen schwarzen Anzug. Das passte nicht in unsere Gasse.

»Marte!«, flüsterte Lia. »Komm her!«

Gerade rechtzeitig tanzte ich auf die Bühne. Ich machte es gut, fand ich. Ich war wirklich eine Biene auf der Wiese. Ich tanzte von Blume zu Blume. Fröhlich *klick, klicker-di-klick.*

Ab und zu rutschte ich fast aus. Der Boden war glatt vom Regen. Aber ich fiel nicht hin. Entweder man kann tanzen oder man kann es nicht. Nach einer Weile hing mein Stachel schief. Niemand achtete darauf. Ich wurde eine Biene. Ich fühlte mich sehr leicht. Gleich würde ich davonfliegen.

Arjan sang wie ein Engel. Ihm machte es auch Spaß.

Mit ausgebreiteten Armen blieb ich stehen. Das war das Ende meines Tanzes.

Arjan sang noch ein bisschen weiter.

Lia spielte am längsten. Dann waren wir fertig. Es war brillant.

»Brillant!«, rief Arjans Vater.

»Hoppla!«, rief Eva.

»Bravo!«, riefen alle.

Arjan und ich waren die Stars. Die Sterne der Gasse. Ich glühte vor Stolz. Mir wurde ganz heiß von innen. Ich grüßte mindestens drei Mal.

Dann bekam Arjan einen Strauß Blumen.

Ich schaute mich um. Die Blumen waren weg. Ich, die Biene, bekam keine. Das war alles andere als schön.

»Was für ein Engel!«, hörte ich.

Keiner sagte: Was für eine Biene!

Ich passte genau auf. Aber kein Mensch beachtete mich.

Das war wirklich alles andere als schön.

Ich stand allein auf der Bühne.

Die Komplimente, die Küsse, alles ging an Arjan. Er war der Stern. Das wusste ich plötzlich. Ich war nie der Stern gewesen. Ich hätte es wissen können.

FÜNFZEHN

Ich stieg die Bühne hinunter. Niemand achtete auf mich. Oder doch. Eine Frau sagte: »Pass auf, eine Biene.« Aber das war ein Witz, denke ich.

Ich hielt die Luft an. Sonst hätte ich geflucht. In der Waschküche zog ich mich um. Absichtlich hängte ich meinen Pulli nicht auf. Ich trampelte sogar auf mein Bienenkostüm. Weinen tat ich nicht. Dafür war ich zu böse.

Arjan hatte alles verdorben. Mit seiner blöden hohen Stimme. Natürlich klingt so etwas lieb. Natürlich ist man dann der Stern.

Stepptanzen ist viel schwieriger. Nicht jeder mag das. Nicht jeder findet das lieb.

Ich war wütend. Es wurde nicht besser. Auch nicht, als ich meine eigenen Sachen wieder anhatte.

Ich verließ die Waschküche.

Arjan saß da mit seinen Blumen. Der Mann im Anzug saß neben ihm. Der teure Mann. Der Mann, der nicht in die Gasse passte.

Ich wusste, was los war.

Arjan wurde ein Stern. Ein großer Stern. Ein Stern weit weg.

Mich vergaßen sie.

Lia sprach mit dem Mann im Anzug. Sie sprachen Deutsch. Sie hörten einen Moment auf, als sie mich sahen.

»Bravo«, sagte der teure Mann zu mir.

»Ich danke Ihnen«, sagte ich. Ich sagte: *Ich danke Ihnen*. Blöd von mir.

»Willst du Limonade?«, rief Lia noch.

»Nein«, sagte ich. Ich rannte zur Tür hinaus. Zu meinem Haus Nummer acht. Meine Mutter kam auf mich zu.

»Schätzchen, du warst gut«, sagte sie. Sie wollte mich umarmen.

Ich duckte mich unter ihrem Arm durch. Die Treppe hinauf.

»Gut!«, rief ich. »Aber nicht am besten!«

Ich knallte die Tür hinter mir zu.

SECHZEHN

Das war Arjan. Vergiss ihn. Ich versuche es auch.

Eine Woche später ist er weggezogen. Er durfte nach Wien, um noch besser zu werden. Dort sollte er Gesangsunterricht bekommen. Vier Stunden am Tag, sagte meine Mutter. Aber das glaubte ich nicht.

Hach, dachte ich. *Der eine tanzt schon gut. Und der andere lernt besser zu singen. Der Witz des Jahres. Den muss ich Eva erzählen.*

Ein teures Auto kam in die Gasse. Arjan durfte vorn ins Auto steigen. Ein Mann kümmerte sich um seine Koffer. Die kamen hinten hinein. Seine Mutter und sein Vater auch.

Wie ein König saß Arjan am Fenster. Er winkte, als das Auto losfuhr. Er lachte. Er lachte mir zu. Er lachte mich aus, denke ich. *Ich bin froh, dass ich dich nicht mehr sehe, Marte.* So lachte er.

Ich tat, als würde ich es nicht sehen. Ich sagte ganz leise zu ihm: »Arjan Brodin, von mir aus kannst du platzen.«

Langsam fuhr das Auto die Gasse entlang. Mit der Hinterseite zuerst.

Lia Voorn winkte mit einer Hand. In der anderen hatte sie ein Taschentuch. Sie weinte also auch.

»Mach's gut, Junge!«, rief sie. »Auf Wiedersehen, auf Wiedersehen, auf Wiedersehen!«

Alle machten es Lia nach.

»Auf Wiedersehen, auf Wiedersehen, auf Wiedersehen! Mach's gut!«, riefen sie. Auch die alten Leute.

Was für ein Unsinn. Sie liefen sogar neben dem Auto her. Als ob es geschoben werden müsste.

Arjan winkte und winkte. Fast wäre ihm seine Hand weggeflogen. Er tat, als wäre er noch hier. Aber mit dem Kopf war er schon in Wien. Das habe ich genau gesehen.

Alle blieben an der Ecke stehen. Schauten, ob die Straße frei war. Schleimer. In der Bohnenstraße ist nie viel Verkehr.

Das Auto bremste an der Ecke.

Eva stellte sich neben mich. »Warum winkst du nicht?«, fragte sie.

»Geh Rad fahren«, sagte ich.

Eva zuckte mit den Schultern. »Gleich«, sagte sie.

Ich schaute nur noch halb hin. Das eine Stück Bohnenstraße. Als ob dort noch etwas passieren würde. Das blöde Auto wendete. Die Sonne strich darüber. Der Motor heulte auf. Die Hupe sagte: Auf Wiedersehen.

Arjan Brodin verschwand in der Bohnenstraße.

»Auf Wiedersehen, auf Wiedersehen, auf Wiedersehen.«

Weg war er.

SIEBZEHN

Ich habe über unsere Gasse gesprochen. Unsere Gasse ist dunkel. Die Häuser stehen dicht beieinander. Nachts stehen sie noch dichter beieinander. Und es gibt nur eine Laterne. Die hängt über Nummer sieben. Eine Laterne gibt nicht viel Licht.

Komm am Tag. Ich will dich im Licht sehen. Du kannst bis nach acht bleiben. Dann zeige ich dir die Dunkelheit. Nach acht ist unsere Gasse unheimlich.

Eva hat einmal gesagt: »Gehst du mit?« Es war schon spät.

»Wohin?«, fragte ich.

»Nach draußen«, sagte sie. »Ich will sehen, ob mein Licht funktioniert.«

Ich ging mit.

Auf unserer Schwelle blieb ich stehen.

Eva radelte davon. Das Rücklicht funktionierte. Es sah aus wie ein böses rotes Auge.

Ich hörte ihr Fahrrad, aber ich sah es nicht. Es ratterte ganz leise.

Das Rattern wurde lauter. Die Luft um mich herum bewegte sich. Ein Schatten schoss an mir vorbei. Das war Eva.

Sie bremste wie verrückt. Und trotzdem stieß sie gegen irgendetwas.

Ich wurde steif vor Schreck.

»Dein Vorderlicht funktioniert nicht!«, rief ich.

»Nein!«, rief Eva.

ACHTZEHN

Eva ist nicht meine beste Freundin. Ich habe kein Fahrrad. Meistens bin ich allein. Vor allem jetzt, wo Arjan weg ist.

In unserer Gasse sind alle alt. Früher kam Barber manchmal her. Der war auch alt, aber nicht wirklich. Manchmal durfte ich ihn begleiten. Dann half ich ihm. Wir hoben seinen Leierkasten den Randstein hinunter. Und beim nächsten Mal wieder hinauf.

So gingen wir in die Stadt. Ich trug seinen Hut. Unten im Hut war eine Münze. Festgeklebt. Ich weiß bis heute nicht, warum.

Barber drehte seinen Leierkasten. Mal mit der rechten Hand, mal mit der linken. Dann wieder mit der rechten. Der Leierkasten machte Musik für ihn. Es sah leicht aus. Aber das war es nicht.

Ich habe es mal probiert. Drehen ist harte Arbeit. Genauso harte Arbeit wie Tanzen und Singen.

Denke ich.

NEUNZEHN

Es wäre schön, wenn du kommen würdest. Dann könnten wir zusammen etwas unternehmen. Komm doch morgen schon. Am Nachmittag habe ich frei.

Erst habe ich noch Unterricht. Nicht mehr bei Lia Voorn. Ich bin nicht böse auf sie. Aber ich finde sie nicht mehr nett. Jetzt habe ich Unterricht in der Stadt. Bei einem Mann, den ich Nisse nennen muss. Er heißt anders, aber ich weiß nicht, wie.

Einmal hat er gefragt: »Warum kommst du zu mir?«

»Damit es besser geht«, sagte ich.

»Besser?«, sagte er. »Bist du krank?«

»Nein«, sagte ich. »Was ich schon kann, will ich besser können.«

»Wir werden sehen«, sagte er.

Ach.

Ich werde sehen. Ich hoffe, dass du kommst. Du weißt es jetzt. Den Deich hinunter, dann in die Bohnenstraße. Links ist unsere Gasse.

Denk dran: Es ist eine Sackgasse. Eva kann dir ihr Knie zeigen.

DIE DINGE DENKEN

ALLE KINDERGEDICHTE

MIT ZEICHNUNGEN VON

WOLF ERLBRUCH

WIEDER MAL

Morgens nach Butterbrot und Tee,
grüß ich alles, was ich seh'.
Den Boden unter meinen Füßen,
die Tischschublade will ich grüßen,
samt Krimskramszeug und samt Besteck.
Und auch das Rührei mit dem Speck.
Die Krümel neben meinem Becher,
die Küchenschürze mit den Löchern.
Dann steig ich auf den Stuhl hinauf
und ruf nach draußen: Glück, Glückauf!
Tag, Katz, Tag, Spatz, habt ihr gesehn?
Die Sonne scheint, die Welt ist schön!

ERRÖTEN

Ich mal mit großen Pinselstrichen
Eine Tür, durch die ich passe.
Durch diese Tür bist du gekommen,
wir werden rot, die ganze Klasse.
Für die Wangen muss ich suchen:
Rosa wird aus Weiß und Rot.
Wie viel Farbe braucht's, um Klassen
reihenweise erröten zu lassen?

DU UND ICH

Du und ich auf meinem Teppich,
die Lampe mittendrin.
Du bist bestimmt ein Wunder
und ich bin Aladin.

PRINZ

Eines Tages wird er kommen,
mein Prinz auf seinem Pferd so schön.
Und auf der Wiese vor dem Wald
zwischen Blumen bleibt er stehn.
Eines Tages wart ich dort
auf seine Stimme, seinen Gruß.
Eines Tages, dort im Grünen,
wart ich dann auf seinen Kuss.

DORT

Ich wünsch mir, ich wünsch mir, ich wär Papier.
Ich wünsch mir, ich wäre bunt bebildert.
Ich wär ein Buch und gehörte dir,
ein Buch, das dir das Leben schildert,
ein Buch mit schön verzierten Lettern,
du könntest fröhlich in mir blättern.
Ich wär ein Buch, ob klein, ob groß,
und läge jetzt auf deinem Schoß.

MEIN HERRCHEN

Mein Herrchen ruft – so lieb, so weich,
kein andrer ruft so schön wie er.
Mein Herrchen ruft – komm her, komm gleich,
und deshalb lieb ich ihn so sehr.
Mein Herrchen ruft – und seine Stimme
hör ich von Weitem, dort bis hier.
Ruf noch mal, Herrchen, ruf mich gleich,
ich hör's und lauf sofort zu dir.

WIR ZWEI

Zwei Bäume – ein Wald, das ist doch krass,
entfernt man dann einen, so fehlt gleich was.

Ich brauch meinen Bruder und er braucht mich,
ohne ihn wär alles ganz fürchterlich.

Er ist Polizist, Prinzessin und Hex',
Manchmal ist er achtzig, dabei ist er sechs.

Wir sind Herrchen und Hund und gehen spazieren,
er hört mir aufs Wort und lässt sich dressieren.

Ist er eine Biene, werd ich zur Blume.
Meine Hände sind Blätter, mein Bruder Gesumme.

Als Kaninchen zaubert er mich aus dem Hut.
Und dann wieder weg, das kann er sehr gut.

Ich bleib nicht lang fort, denn wir sind ein Paar.
Zwei Bäume – ein Wald. Verrückt, aber wahr.

WIESEL

Ein Mann ist der Bär,
der Hase ein Mann.

Groß ist, was Kleines
bezwingen kann.

Das Kalb ist kleiner als die Kuh,
die Sonne größer als der Mond.

Was groß ist, das weiß ich,
was klein ist, weißt du.

Ich aber, ich musst ein Wiesel finden,
tot lag es im dürren Gras.
Und da erst verstand ich, was
klein und zugleich das Größte ist.

EULEN

Ich wusste nie, warum die Eulen
Nacht für Nacht heulen, immer nur heulen.

Nur so zum Spaß, zu ihrem Vergnügen?
Wenn ich das glaubte, müsste ich lügen.

Komm her, komm her!
Wo bist du denn?
Oben! Ich bin oben!

Ich hab darüber nachgedacht:

Weil's einfacher ist, verstehn wir nur
das, was wir hören wollen.

Huh, huh, juhuu!

Wir stellen uns mit Absicht taub,
wenn Eulen heulen, dort im Laub.

Nein, meiner Meinung nach
heulen die meisten Eulen
aus Trauer um die Toten.

Aber sicher weiß ich das nicht.

HASE

In der Ferne noch die Lichter
vom Auto, das verschwunden ist.

Es blinzelt, selbstbewusst und frech,
bevor es um die Kurve biegt.

Lang brüllt es, laut und danach leiser,
bis flüsternd es den Wald verlässt.

Hinter ihm die Bäume träumen
und rauschen sacht im Wind.

Der klingt wie leises Weinen
und in der Ferne wird es still.

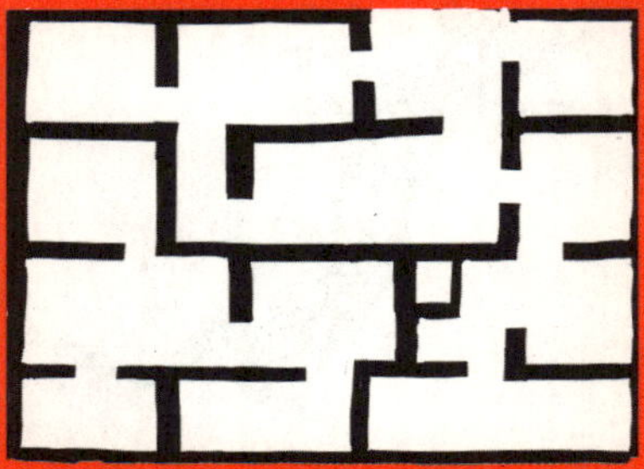

HAUS NUMMER ZWEI

Wie ein Geheimnis war in unserm Haus
ein andres Haus versteckt.
Ich wusst' es nicht. Mir hat man
nichts gesagt. Unter unser Dach
passten die Wände, die es gab.
Ich hätt es mir nie anders
vorgestellt. Bis die großen
Hämmer kamen. Die Zimmer wurden
leer geräumt. Und alle Ecken, die ich kannte
wie meine Hosentasche,
zogen an andere Stellen.
Ich zeichnete eine Karte, denn ich hielt nichts
von tagelangem Herumirren.
Das war ein bisschen übertrieben.
Wir leben nun schon eine Weile
im Haus Nummer zwei.
Unser erstes Haus
versuche ich zu vergessen.

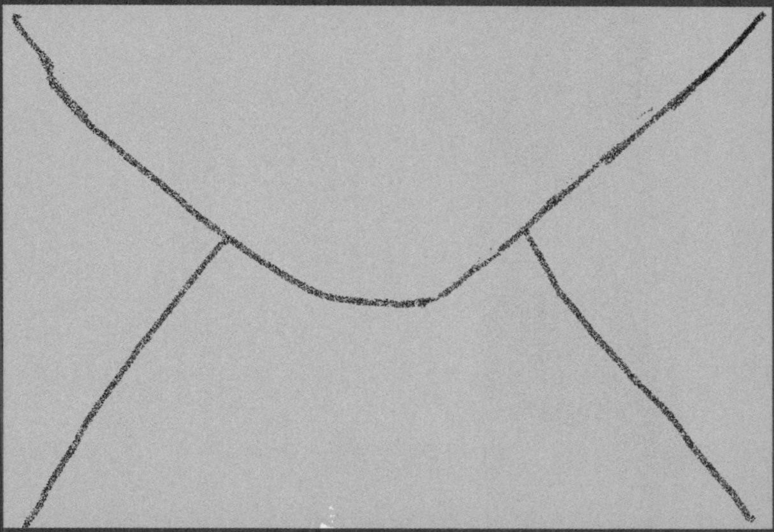

GENUG

Ich könnte ewig Briefe schreiben, aber
eines Tages geht mir die Tinte aus.
Wörter schlafen tief, wenn niemand
sie liest. Auf jeder Seite habe ich
schon mal gesungen, oft vom Honig
oder vom Hunger. Papierblumen halten lange,
bis sie dann doch verwelken: Verfärben ist
eine Form von Verschwinden. Heut reimt sich *Du*
auf *Würdest du mir mal Antwort geben?*.
Nur eine kurze, so wie *Amen*, oder
auch länger: *Was hältst du von einem Leben zu zweit?*

FARBE

Nacht für Nacht, da mischt ein Mann
die Farben, die man sehen kann,
in einem Topf, auf welchem steht:
vor Tau und Tag.
Erst wenn es hell ist, kann er sehn,
ob alle Farben richtig stehn.
Viel Gelb für die Sonne,
für den Himmel viel Blau
und Blau auch für das Kleid der Frau.
Und manchmal sieht er es auch schnell,
das ist nicht richtig, zu dunkel, zu hell.
Doch es dauert nicht lang,
da wird's wieder Nacht.
Und er kann's für morgen
gleich noch mal versuchen.

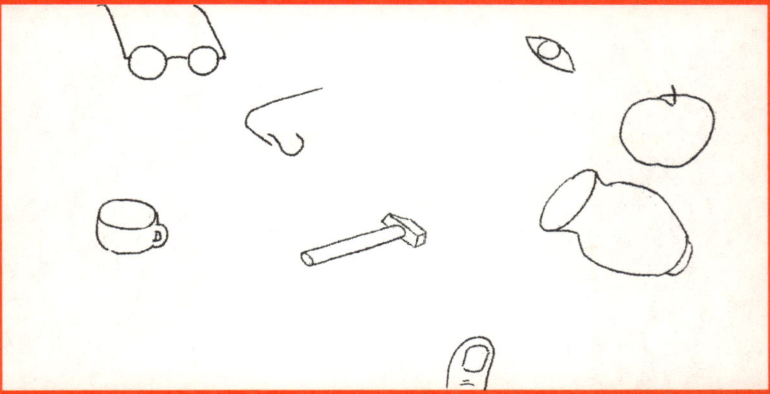

DIE DINGE DENKEN

Die Uhr geht nach, das Licht ist grün, die Glocke macht kling. Was soll ich von den Dingen denken, denn die Dinge denken, denk ich. Manchmal sind sie sauber wie die Teller oder meine Hände und das Zimmer meines Bruders, aber wenn zum Beispiel meine Oma kommt, dann nennt sie alles gewaltig, nein, wunderschön, sogar wenn's nicht gewaschen ist oder frisch gestrichen oder viel zu voll wie die Welt oder unter meinem Bett. Innen in meinem Kopf fängt es an zu singen, was wollen die Dinge?

VON MIR

Du hast ein Lied gesungen
und gesagt, das Lied
ist nur von mir, von mir ganz allein.
Ich fragte: Solltest du
nicht sagen *war*?
Du hast mich gelangweilt angeschaut
Und mich gefragt: Warum?
Ich sagte: Verstehst du das nicht?
Was du eben gesungen hast,
hast du geteilt, denn Töne
gehören allen.
Man kriegt sie nur ein Lied lang,
so lang's eben dauert,
geliehen, hab ich gesagt.

MUTIG

Kein Meer zu tief.
Kein Feuer zu heiß.
Kein Berg zu hoch.
Keine Kluft zu breit.
Kein Wald zu groß.
Kein Land zu trocken.
Kein Lehrer zu streng.

UMZUG

Ich geh voraus. Die Stiefel an. Die Uniform vom General. Das Lachen aus einem Comicstrip. Mit Federn auf dem breiten Hut, stapf ich der Welt entgegen. Ich schau mich ständig um. Dass etwas schiefläuft, merkt keiner. Genau das läuft schief. Auf mich wird kaum geachtet. Nur auf alles, was nach mir kommt. Auf die Wagen und die Fahnen. Was kommt, ist immer schöner. Das Feuerwerk und die Trompeten. Der Schwanz ist wichtiger als der Kopf. Und dabei denk ich: Der Schwanz, der wedelt nur, dann ist alles vorbei. Warum wollt ihr nicht alles? Fangt doch mit mir an.

SIE

Ein Mädchen kam die Straße entlang,
mit ausgebreiteten Armen. Für uns,
dachte ich, aber sie wollte nur die Luft
woanders hinschicken und alles, was ihr entgegenkam.
Wir mussten weiter. Wir durften ihr
auch hinterhergehn. Aber nur, wenn wir sangen,
was sie sang: »Sie sind wieder da, sie sind wieder da!«
»Wer?«, fragten wir. »Nun, sie«, sagte sie.
Es klang, als wäre es eine Sünde, dass wir
sie noch nicht kannten, also rannten wir
ihr hinterher, so schnell wir konnten.

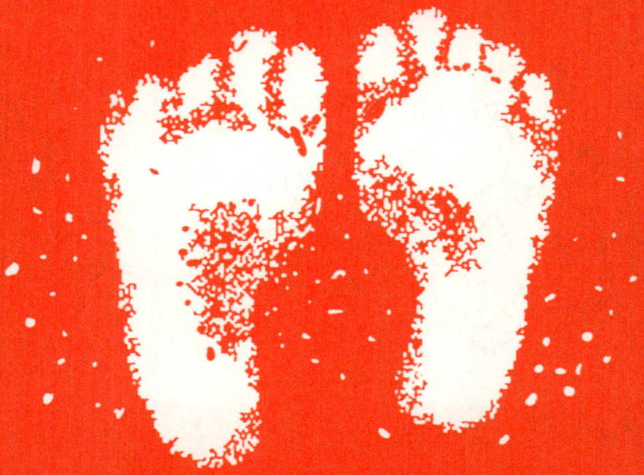

BARFUSS

Im Sommer kehrt das Haus
das Innere nach außen. Der Sand
kriecht zwischen unsre Laken und
die Laken zwischen die Sträucher.
Wir schlafen in Zelten, die nach
Winter riechen, und der Platzregen
dauert lang. Doch Angst haben wir
nie. Wir haben Papa, der
uns über seine Schulter wirft.
Unser Bett wird kürzer als
alles andre. Die Tage werden
älter. Wir laufen barfuß.
Ohne Schuhe sehn wir
nicht, dass unsre Füße wachsen.

KLAVIERLEHRERIN

Ich musste einen Berg erklimmen,
bevor ich sitzen konnte. Dann bin ich fast
ertrunken. Die Lehrerin trug blauen
Tüll und das Klavier war schwarz.
Sie fragte mich nach den Namen der
Teile: der Saiten und der Hammerköpfe,
die an die Saiten schlagen. Das heißt
Klavier und ich entdeckte hier, nein dort,
was die Pedale tun.
Falls man mit seinen kurzen Beinen
drankommt (ha ha ha)? Ich sagte, ich sei
erst acht. Ich wusste, was laut
und leise war und dass ich alles Weitere
von der blauen Lehrerin lernen würde.

NEST

Meine Mutter nennt mich Schwesterlein,
mein Vater nennt mich klein.
Doch für das nackte Vögelchen
werd ich wohl riesig sein.

WILLKOMMEN

»Geh jetzt«, sagt Oma auf dem Deich.
Sie lässt sie los, meine Hand.
Das hatten wir nicht abgemacht.
Der Strand liegt vor uns wie
ein Wald, in dem man sich
verlaufen kann. Der Wald hat einen Rand.
Das Meer hört niemals auf.
»Hier«, sagt Oma jetzt hinter mir.
Sie deutet über meine Schulter.
Der heiße und der harte Sand,
das Meer und dahinter Engeland.
»Hab keine Angst:
Am Strand ist noch ein Fleckchen frei,
für das Handtuch und für mich.«

ACH UND NICHTS

Was hast du gewollt, was willst du heute?,
fragte meine Mama mich.
Ich seufzte tief und sagte: Ach.
Sie sagte: Ach? Das ist ne' Plag',
das heilt man nicht an einem Tag.

Was hast du gewollt, was willst du heute?,
fragte meine Mama mich.
Ich seufzte noch tiefer, ich sagte: Nichts.
Du Ärmster, sagte sie, nichts ist schlimm,
das kriegt man in einer Woche nicht hin.

Ach und nichts, das sind der Blues,
sagte meine Mama zu mir,
dagegen ist ach und nichts zu tun.
Ich weiß, ach und nichts, was ich machen muss.
Ich seufzte, ich sagte: Vielleicht hilft ein Kuss.

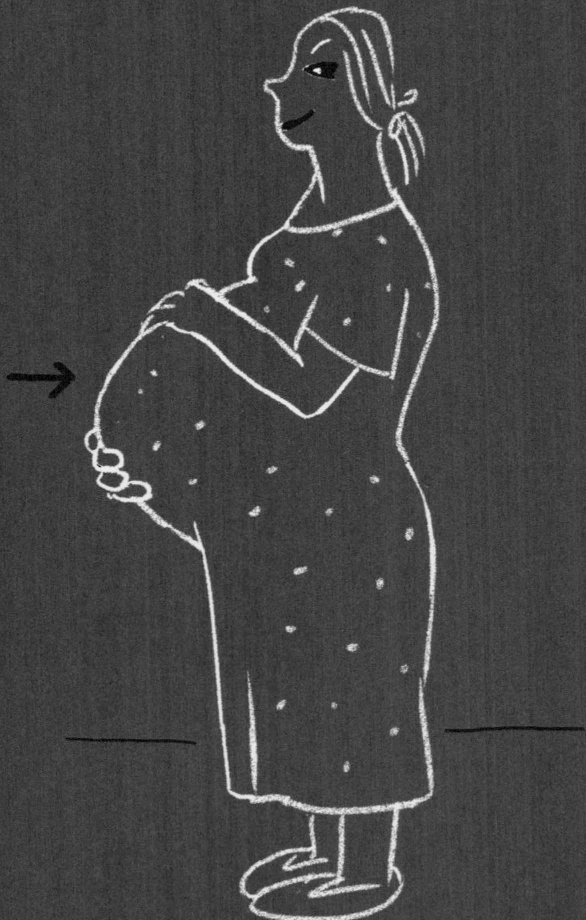

STORCH

Kein Kohl und kein Storch.
All diese Geschichten sind ersonnen.
Das Baby ist aus dem Bauch gekommen.
So hat es begonnen.

GUTE NACHT

Mit Mama am Bett
wird das Zimmer schön warm.
Sie schmust noch ein bisschen
Und hält mich im Arm.
Sie liest mir vor, vom Mond und der Welt
und von Menschen, die schlafen
im nachtblauen Bett,
eine Geschichte, die mir gut gefällt.
Doch den Schluss, ich mein' den Schluss der Geschicht',
den kenn ich leider bis heute nicht.
Das letzte Wort – ich könnt es schwören –
ist leise, sehr leise und kaum zu hören.

LA
MI
LOS

MIT EINER ZEICHNUNG VON

ANDRÉ SOLLIE

Swanufümf

In einem Dorf, das Dufftown hieß, lebte ein Junge, von dem man sagte, er habe das Lachen verlernt. Er war blass, auch im Sommer, und um die Augen hatte er einen roten Rand, weil er nie genug schlief. Jeden Tag fragte irgendjemand, ob er krank sei, und dann schüttelte er den Kopf und sagte: »Nein, warum?«

Er wartete nie auf eine Antwort. Meist zog er sich zurück auf den Baum neben der großen Straße, gleich neben dem Schild, auf dem knallgrün der Name des Dorfs stand: DUFFTOWN. Aus dem Loch im O ragte eine riesige Whiskyflasche, denn durch den Whisky war das Dorf berühmt geworden.

Jemand hatte zufällig einmal aus nassem Korn ein Getränk gebraut und die Leute erzählten sich, es macht von innen warm. Nach zwei Gläsern wird man fröhlich. Und wenn man ein Glas zu viel trinkt, ist man betrunken. Die Leute mussten immer lachen, wenn es um ein Glas zu viel ging.

In Dufftown gab es inzwischen sieben verschiedene Stellen, an denen Whisky gemacht wurde. Und es gab sieben Häuser, in denen die Menschen regelmäßig ein Glas zu viel tranken, *haha*.

Einmal im Jahr stand das ganze Dorf kopf. Dann wurde gefeiert und es wurden Spaziergänge zu den sieben Whiskyhäusern organisiert. An den sieben Türen bekam jeder, der das wollte, ein großes Glas Whisky, der immer wieder anders schmeckte, denn in jedem Haus wurde er anders hergestellt.

Der Junge im Baum hatte schon oft aus der Nähe gesehen, was Menschen taten, wenn sie betrunken waren. Sie schwankten beim

Gehen und wiegten sich auf den Beinen, wenn sie stillstanden, und es lief immer darauf hinaus, dass ihnen schlecht wurde. Dann beugten sie den Oberkörper über das Mäuerchen am Fluss. Jemand, der nichts getrunken hatte, musste sie festhalten, sonst wären sie kopfüber ins Wasser gestürzt.

So etwas war auch dem Bruder des Jungen passiert. Ein nasser Anzug wäre vielleicht noch witzig gewesen, aber es kam anders.

Der Bruder des Jungen – der immer ein guter großer Bruder für seinen kleinen Bruder gewesen war – hatte sich fröhlich auf den Spaziergang gemacht. Mit seinem großen Mund hatte er großspurig angekündigt, wie viel er trinken würde. Nach dem zweiten großen Glas hatte er angefangen zu schwanken und sich zu wiegen. Zwischen dem vierten und dem fünften Whiskyhaus hatte er gesungen. Erst dann wurde ihm schlecht. Und zu seinem Pech bekam er auch noch Streit mit dem Mann, der dafür sorgte, dass er nicht in den Fluss stürzte.

»Lamilos, lamilos«, lallte der Bruder und schlug um sich, aber der Mann, der ihm half, ließ ihn natürlich nicht los.

Der Bruder versetzte dem Mann einen Schlag ans Kinn und noch einen auf die Nase und noch einen und noch einen und dann erst ließ der brave Mann los und der Bruder stürzte fast vornüber, aber nicht ganz. Es war Glück im Unglück: Er wurde gerade noch rechtzeitig von einem Polizisten am Kragen gepackt.

»Swanufümf«, sagte der Bruder und das reichte, um ihn nach Aberdeen zu schicken, einer Stadt, die ziemlich weit entfernt lag, wenn man die ganze Strecke zu Fuß gehen musste, aber es war die einzige Stadt in der Nähe, die ein Gefängnis hatte.

Seither hatte der Junge keinen Grund mehr zu lachen, denn durch den Whisky war zuvor auch schon mit seinem Vater etwas Schlimmes passiert.

Doch dann setzte sich eines Tages ein Mädchen neben ihn in den Baum. Sie sagte: »Hallo«, aber sie lachte nicht. Sie deutete auf die Dinge um sich herum und erzählte etwas darüber. Die Weide war grün, die Schafe waren schön. Den Hügel nannte sie den Convall, ein Name, den der Junge nie benutzte.

»Bist du krank?«, fragte der Junge.

»Nein, warum?«, sagte das Mädchen. Sie sah ein bisschen erstaunt aus.

Danach fing sie von ihrer Mutter und ihrer Schwester an und davon, was ihnen im vergangenen Jahr passiert war. Sie sagte: »Du hättest dabei sein müssen«, und erzählte von dem Spaziergang zu den sieben Whiskyhäusern. Es ging um ein Glas. Von einem halben Glas hatte die Mutter schon angefangen zu schwanken und nach der anderen Hälfte die Schwester. Arm in Arm waren sie die Straße entlanggegangen und hatten dauernd gebrüllt: »Lamilos, lamilos.« Und ein paar Minuten später waren sie beide, *pardauz*, über das Mäuerchen neben der Brücke gestürzt, *platsch*, ins Wasser.

Das Mädchen schaute den Jungen an. »Aber sie leben noch«, sagte sie. »Findest du es nicht lustig, was ich erzähle?«

»Doch«, sagte der Junge. »Doch.«

»Warum lachst du dann nicht?«, fragte das Mädchen.

Der Junge wollte etwas sagen, als er an der Nase des Mädchens vorbei auf der Straße zwei Männer sah. Sie waren nicht gleich groß. Sie liefen auf Dufftown zu und sie schwankten nicht.

»Ach, das ist besser«, sagte das Mädchen, weil sie den Jungen lächeln sah. Sie betrachtete seine Hand, die zufällig auf ihrem Arm gelandet war. Sie sagte: »Lamilos, lamilos.«

Darüber musste der Junge richtig lachen. Das hatte er schon lange nicht mehr getan. Er sprang von dem Ast und das Mädchen sprang ihm nach.

ER WAR DER HASE

MIT ZEICHNUNGEN VON

GERDA DENDOOVEN

Jäger sein ist langweilig.

Ein Haufen Lärm und wenig Spaß.

EINS

Lolo war der Hase.
So sollte es eben sein.
Er sagte: »Bitte.«
Er sagte: »Ich nicht.«
Aber Stina und ich nickten.
»Ja, du«, sagten wir.
Wir schauten auf seine Füße.
Unsere Augen wanderten nach oben.
An seinen dünnen Beinen hinauf.
Die ganze Länge bis zu seinem Kopf.
»Widersprich mir nicht«, sagte Stina.
»Ach«, sagte Lolo.
Er wurde blass um die Nase.
»Hat ein Hase kurze Beine?«, sagte Stina.
»Nein«, sagte Lolo.
»Kleine Ohren?«
»Nein«, sagte Lolo.
»Und kleine Zähne?«
»Nein«, sagte Lolo.
»Na also«, sagte Stina.
Also war Lolo der Hase.

ZWEI

Stina wollte der Hund sein.
»Lass mich«, sagte ich.
»Ich kann am schnellsten rennen.«
Aber Stina schaute mich an.
Sie fletschte die Zähne.
Sie knurrte.
»Du hast richtig gehört«, sagte sie.
»Ich habe Nein gesagt.«
Sie sank auf den Boden.
Auf einmal hatte sie vier Pfoten.
Außerdem bellte sie.
Sie konnte am lautesten bellen.
Sie hatte den größten Mund.

DREI

Ich war also der Jäger.
Das wäre ich lieber nicht gewesen.
Na ja, es musste eben sein.
»Los, hau ab, Hase!«, rief ich also.
»Oder ich schieße dir die Hose voller Schrot!«
Ich brüllte wie ein wilder Kerl.
»Hast du noch keine Angst?«, rief ich.
»Soll ich den Hund auf dich hetzen?
Willst du eine Kugel in den Po?
Los, weg mit dir!«

Ich zog mein Gewehr von einem Baum.
Lolo piepste.
»Ich geh ja schon«, rief er.
Er rannte los.
Er rannte um sein Leben.
»Haha, Hase!«, rief ich.
»Mit dir ist's vorbei!«
Ich lachte ihn aus.
Ich spuckte in die Hände.
Ich packte mein Gewehr.
Und ich schoss dreimal.
Das knallte sehr laut!
»Fertig«, sagte ich.
»Jetzt bist du dran, Hund.«
Jäger sein ist langweilig.
Ein Haufen Lärm und wenig Spaß.

VIER

»Such, bring!«, schrie ich.
»Los, Hund, hopp!«
Ich gab meinem Hund einen Fußtritt.
Sie sagte noch: »Nicht so fest.«
»Ich bin dein Herrchen«, sagte ich.
»Also los, hopp, hopp.«
Sie musste den Hasen verfolgen.
Ich blieb, wo ich war.
»Such!«, schrie ich meinen Hund an.

»Such da und dort und überall!
Komm ja nicht mit leerem Maul zurück!«
Mein Hund bellte und jaulte.
Sie verschwand im Grün.
Ich sah ihren Schwanz nicht mehr.
Weit weg hörte ich sie noch.
Dann wurde es still.

FÜNF

Ein Jäger muss lange warten.
Erst, bis er den Hasen sieht.
Und dann auf seinen Hund.
Jäger müssen viel Zeit haben.
Ich setzte mich hin.
Hoffentlich würde mein Hund den Hasen finden.
Sonst müsste ich bis morgen warten.
Meine Haare juckten.
Mein Bein schlief ein.
So lange dauerte es.
Gut, dass ich etwas in der Nase hatte.
So hatte ich wenigstens was zu tun.
Da tauchte auch noch ein Bär auf.
Er war sehr groß.
Er hatte genug Pelz für zwei.
Und er brüllte für drei.
Ich nahm mein Gewehr.
Ich schoss ihn tot.
Dann aß ich weiter.

SECHS

Auf einmal war mein Hund wieder da.
Sie war allein.
Ich wollte schon böse werden.
Aber sie hüpfte auf und ab.
»Komm schnell!«, sagte sie.
»Das geht schlecht aus.«
Ich sprang auf.
»Was?«, sagte ich.
»Wo?«
»Los, komm mit!«, sagte mein Hund.
Ich folgte ihr.
Durch das Grün.
Unter Gebüsch hindurch.
Bis zum Waldrand.
Da war Lärm.
Viel Lärm.
Ich blieb stehen.
Auf dem Feld am Wald standen Jungen.
Große.
Es sah nicht gut aus.
Sie warfen Lolo hin und her.
Echt wahr.
Mein Hund und ich schauten uns an.
»Jetzt«, sagte mein Hund.
»Jetzt«, sagte ich.

SIEBEN

Mein Hund hatte Hunger.
Sie bellte und knurrte.
Sie fletschte die Zähne.
Ich konnte ihr direkt in den Magen schauen.
Der war leer, bis auf einen halben Menschen.
Sie stürzte sich auf die Jungen.
Sie kratzte um sich.
Sie biss in jedes Bein.
Auch mir kam man besser nicht zu nah.
Ich schoss nach allen Seiten.
Ich fluchte und brüllte.
Jäger beißen nicht.
Aber treten tun sie schon.
Und kratzen auch.
Die Jungen bekamen einen Mordsschreck.
»Die sind verrückt!«, riefen sie.
Sie schlugen mich zu Boden.
Sie warfen meinen Hund zur Seite.
Aber dann zogen sie ab.
Mit zerrissenen Hosen.

ACHT

Wir blieben auf dem Feld liegen.
Mein Hund keuchte.
»Die sind selbst verrückt«, sagte sie.
»Groß gegen klein.
Das trauen sie sich.«
Ich lag der Länge nach auf dem Rücken.
Ich schaute zum Himmel.
»Pff«, machte ich.
»Sie waren groß, aber sie hatten Angst.
Angst vor mir und meinem Gewehr.«
»Pff«, machte mein Hund.
»Sie hatten eine Heidenangst vor mir.
Angst vor mir und meinen Zähnen.«
Wir lachten die Jungen aus.
Das ging, sie waren weit weg.
Dann hörten wir auf zu lachen.
Der Hase sagte etwas.
»Pff«, machte er.
»Vor mir hat niemand Angst.
Ich bin zu lieb.
Ich bin zu klein.«
Mein Hund und ich schauten uns an.
Der Hase tat uns leid.
Er lag so zerknittert da.
Mein Hund knurrte.
Ich brummte einmal.

»Jetzt«, sagte mein Hund.
»Jetzt«, sagte ich.
Wir sprangen auf den Hasen.
Wir umarmten und drückten ihn.
Bis er fast keine Luft mehr bekam.

ALLES
AUF DER
WELT

MIT ZEICHNUNGEN VON
GERDA DENDOOVEN

Wir haben dich lieb.
Wir werden dich ein bisschen öfter knuddeln,
damit du es merkst.

Einmal fragte ein Junge seine Mutter, ob sie wirklich seine Mutter sei.

Die Mutter schaute den Vater an, nahm den Jungen auf den Schoß und sagte: »Nein, das bin ich nicht. Du warst ein Waisenkind und da bin ich deine Mutter geworden. Und Papa dein Vater. Und dann waren wir beide jeden Tag für dich da.«

Der Junge schaute zu seinen Füßen und ließ die Schultern hängen. Er versuchte, nicht traurig zu werden. Seine Mutter und sein Vater, die nicht seine Mutter und sein Vater waren, hatten nie etwas unterlassen, was richtige Eltern normalerweise taten. Daran versuchte er zu denken, aber das machte ihn nicht fröhlicher.

»Wir haben dich lieb«, sagte die Mutter. »Wir werden dich jeden Tag ein bisschen öfter knuddeln, damit du es merkst. Und schau, dein Vater wird dir sogar ab und zu einen Kuss auf die Stirn geben, wenn Kunden im Laden sind, damit sie es auch sehen.«

Der Vater nickte. »Du darfst neben mir auf dem hohen Hocker sitzen, wenn ich das Fleisch hacke, auf jeden Fall.«

Der Junge lächelte, weil sein Vater und seine Mutter das erwarteten, aber von Herzen kam das Lächeln nicht.

»Ich ... eh ...«, sagte die Mutter zögernd. »Hast du noch eine Frage?«

Der Junge brauchte nicht nachzudenken. Er sprang vom Schoß seiner Mutter und sagte: »Kann ich einen kleinen Bruder haben?«

»Dafür haben wir keine Zeit«, sagte der Vater sofort.

Da wurde der Junge wirklich traurig und diesmal schien es für immer zu sein. Die Mutter und der Vater merkten es wohl, aber im Laden war den ganzen Tag über viel zu tun und eigentlich konnten sie es auch nicht ändern.

Eines Abends, ein paar Tage später, lief der Vater am leeren Zimmer auf halber Treppe vorbei. Vor dem Schlafengehen sagte er zur Mutter: »Wenn es klappt, bekommt er morgen seinen Bruder.«

»Wieso denn das?«, sagte die Mutter und fragte, ob sie das Licht ausmachen konnte.

Am Tag darauf mussten sich alle Kunden anhören, dass der Metzger ein Zimmer zu vermieten hatte. Und ob sie jemanden kannten, der einen Schlafplatz suchte. Nein, leider. Alle hatten einen Schlafplatz, irgendwo unterm Dach oder auf einer Gartenbank oder in einem Lehnstuhl am Kamin.

Der Junge, der den ganzen Tag auf dem hohen Hocker neben dem Hackklotz saß, wurde immer trauriger, denn sein Vater hatte ihm einen Bruder versprochen. Und dass er nie mehr allein sein müsse.

Kurz vor Ladenschluss kam ein junger Mann herein.

Der Vater fragte, was es sein dürfe, heute sei Specktag, aber der junge Mann schüttelte den Kopf und sagte: »Wissen Sie hier in der Gegend jemanden, der ein Zimmer vermietet?«

Der Junge fiel fast vom Hocker und die Mutter schrie: »Hurra!«, und der Vater grinste so breit, man hätte an seinem Mund die Wäsche aufhängen können.

»Ja«, sagte er. »Oben bei uns, auf halber Treppe. Zeig ihm das Zimmer, Frau.«

Die Mutter und der junge Mann liefen zusammen die Treppe hinauf und der Junge glitt zwischen ihnen hindurch. Er wollte als

Erster im Zimmer sein, damit er seinen neuen Bruder besser betrachten konnte.

Als die Mutter das Licht anknipste, stand der junge Mann ziemlich groß da, aber als Bruder ging er gerade noch durch.

»Nun, was meinen Sie?«, fragte die Mutter.

»Frau Zilvermunt«, sagte der junge Mann. »Eigentlich könnte alles auf der Welt besser sein. Aber dieses Zimmer ist in Ordnung.«

Die Mutter nickte. »Was für ein Glück. Bleiben Sie gleich hier und essen mit uns?«

Der junge Mann blieb und später kam er abends immer zurück, nachdem er morgens nach dem Frühstück weggegangen war.

»Seine Schule ruft«, sagte die Mutter dann ernst.

Der Junge rief auch. Abends hängte er sich aus dem Fenster und rief »Hallo«, wenn sein neuer Bruder, der nicht sein neuer Bruder war, um die Ecke bog.

Der junge Mann las dem Jungen immer vor und nach einer Weile brachte er dem Jungen das Lesen bei. Und jeden Tag sagte er etwas Schönes aus einem Buch, wie zum Beispiel: »Heute Morgen bin ich von den Vögeln geweckt worden. Auch vom Licht, aber noch mehr von den Vögeln.« Am schönsten war aber, dass der Junge bald selbst etwas Schönes in einem Buch lesen konnte.

Wie auch immer, der Junge wurde glücklich und dieses Gefühl ging nie vorbei, während der Vater und die Mutter Fleisch verkauften und reich wurden – nicht steinreich, denn alles auf der Welt könnte schließlich besser sein.

DER **BRIEF**, DEN ROSIE **FAND**

MIT ZEICHNUNGEN VON

ROTRAUT SUSANNE BERNER

Lesen und in den Kasten werfen, dachte sie.

DER BRIEF

Der Brief lag auf der Türschwelle.
Nur Rosie sah ihn.
Er war weiß und geschlossen.
Das konnte sie sofort sehen.
Sie lief darum herum.
Sie setzte sich daneben.
Fast hätte sie ihn aufgehoben.

Dann überlegte sie es sich.
Der Brief war nicht von ihr.
Und er war auch nicht für sie.
Also nicht, dachte Rosie.
Sie ging weiter.
Nur ein paar Schritte.
Sie blieb stehen, weil sie nicht anders konnte.
Der Brief wollte mit ihr mit.
Sie durfte nicht alleine weitergehen.
Rosie schaute sich um.
Komm!, machte der Brief.
Ich bin verloren gegangen.
Bring mich weg!
Wirf mich in den Briefkasten!
Nein, lieber nicht, dachte Rosie.
Aber sie ging zurück.
Sie schaute sich um.
Keiner kam.
Sie tat, als hätte sie etwas gefunden.
Einen wertlosen Knopf.
Da lag gerade einer.
Ihre eine Hand hob ihn auf.
Ihre andere Hand fand den Brief.
Zufällig.
Sie schob ihn schnell unter ihren Pulli.
Dann lief sie weiter.

DER BRIEFKASTEN

Genau neben dem Haus hing ein Briefkasten.
Rosie sah ihn schon von Weitem.
Er war sehr rot heute.
Rosie sah nur den Briefkasten.
Unter ihrem Pulli stach der Brief.
Er gab keine Ruhe.
Er wollte irgendwohin.
In den Briefkasten und dann irgendwo ins Land.
Zu jemandem, der Grüße bekam.
Oder – wer weiß – zu irgendeinem König.
Lieber König, hier regnet es auf uns.
Ich hoffe, auf Sie nicht. Bis bald.
»Oh«, machte Rosie.
»Beeil dich!«, drängte der Brief.
Aber Rosie lief nicht mehr schnell.
Sie blieb fast stehen.
Sie wollte wissen, für wen der Brief war.
Unbedingt wollte sie das wissen.
Wenn sie ihn unter dem Pulli vorholte ...
Dann konnte sie beim Laufen nachschauen.
Dann konnte sie lesen, was darauf stand.
An Frau soundso.
Oder: *An den Herrn König.*
Dann würde sie den Brief in den Kasten werfen.
Ganz bestimmt.
Da hing der Briefkasten schon.
Er wartete auf Rosie.
Rot wie nie zuvor.

Rosie schob die Hand unter den Pulli.
Sie zitterte ein bisschen.
Langsam nahm sie den Brief.
Lesen und in den Kasten werfen, dachte sie.
Lesen und in den Kasten werfen.
Sie hielt sich den Brief vor die Nase.
Fast konnte sie nicht lesen, was da stand.
So sehr zitterte sie.
Sie brauchte beide Hände dafür.
Dann schaffte sie es.
Auf dem Brief stand kein Name.
Auf dem Brief stand:
An mein Herz.

DAS HERZ

Rosie verstand nicht, was sie sah.
An mein Herz!
Wer schrieb denn so einen Brief?
Wer schrieb an ein Herz?
Noch dazu an sein eigenes!
Rosie betrachtete ihre Hände.
Sie hielten den Brief fest.
Er war zwischen ihr und dem Briefkasten.
Als wüsste er nicht, was er tun sollte.
Weggehen oder bleiben.
Nein, dachte Rosie.
Sie schüttelte den Kopf.
Der Brief durfte nicht fort.
Noch nicht.
Erst musste sie darüber nachdenken.
Eine Frau schubste Rosie zur Seite.
Sie wollte zum Briefkasten.
Das war günstig.
Weil sie geschubst wurde, konnte Rosie weitergehen.
Sie lief um die Ecke.
Den Brief stopfte sie wieder unter ihren Pulli.
Da klopfte es auf der linken Seite.
Das war ihr Herz.
Es klopfte auf dem ganzen Weg.
Ein Brief, ein Brief, ein Brief.
Mach mich auf, schnell auf.
»Hör auf!«, sagte Rosie zu ihrem Herzen.
»Du bist zwar mein Herz.
Aber *mein Herz* bist du nicht.«

ZU HAUSE

Zu Hause legte Rosie den Brief auf den Tisch.
In die Mitte, da konnte sie ihn gut sehen.
Sie setzte sich dazu.
Mit dem Kinn auf den Händen dachte sie nach.
Mein Herz, las sie noch einmal.
An mein Herz
In den Gärtchen 1
Die Adresse war auch seltsam.
Rosie dachte an ein Gärtchen.
Ein sehr kleines Gärtchen.
Darin wohnte das Herz.
Es lag unter einem Baum und klopfte.
Nein, dachte Rosie.
Und der Nachbar ist ein Magen?
Die Nachbarin eine Lunge?
Nein, dachte Rosie wieder, *das ist zu seltsam.*
Sie hob den Brief hoch.
Sie drückte darauf.
Sie biss auch einmal hinein.
Aber das nutzte alles nichts.
Der Brief war einfach aus Papier.
Auf der Vorderseite.
Und auf der Rückseite.
Rosie erschrak.
Auf der Rückseite stand noch etwas.
Das war nicht weniger seltsam.
Da stand: *Vom Mann deines Lebens.*

MAMA

Als Mama kam, war Rosie erschöpft.
Sie war müde vom Nachdenken.
Wie Herz, wer Herz, wo Herz?
Und was war ein *Mann deines Lebens*?
Mama zog ihre Schuhe aus.
Sie seufzte zusammen mit Rosie.
»Gab's Post?«, fragte sie.
»Nein«, sagte Rosie.
»Und was hast du da?«, sagte Mama.
»Einen Brief«, sagte Rosie.
»Einen Brief, den ich gefunden habe.«
»Auf der Fußmatte?«
»Auf dem Bürgersteig«, sagte Rosie.
Mama blieb vorm Tisch stehen.
Sie nahm den Brief.
Sie las, was darauf stand.
Erst mit der Brille auf der Nase.
Dann ohne Brille.
»Oh, wie lieb!«, sagte sie.
»Ein Liebesbrief.
Wirf ihn schnell in den Briefkasten.«
Rosie schaute zu Mama auf.
»Ein Liebesbrief?«, sagte sie.
»Woher weißt du das?«
»Manchmal kriege ich auch einen«, sagte Mama.
»Sie sind sich alle ähnlich.
An meinen Schatz, an meine Taube.
An meinen Liebling, an mein Herz.

Und sie kommen immer von einem Mann.
Dem Mann deines Lebens.«
Mama lachte und nahm die Zeitung.
Sie legte sich aufs Sofa.
»Bring ihn schnell zum Briefkasten, Rosie.
Sonst ist es bald aus zwischen den beiden!«
Wie aus, was aus?, dachte Rosie.

LINE

Dann kam Line nach Hause.
Sie knallte die Tür zu.
»Ich bin zu Hause!«, schrie sie.
Jetzt wussten es alle.

Sie warf ihre Tasche auf den Boden.
»Was gibt's zu essen?«, schrie sie.
Sie riss den Kühlschrank auf.
»Ich habe gesagt: Was gibt's zu essen?«
Mama sagte nichts.
Sie las die Zeitung.
Rosie sagte nichts.
Sie dachte nach.
»Will jemand Tee?«, schrie Line.
Sie ließ den Kessel voll Wasser laufen.
Sie stellte ihn aufs Feuer.
Dabei schaute sie Rosie an.
»Was hast du?«, fragte sie.
Rosie schüttelte den Kopf.
»Einen Brief«, sagte sie.
»Mama meint, es ist ein Liebesbrief.«
Line ließ den Kessel los.
»Ein Liebesbrief?«, rief sie.
Sie nahm den Brief vom Tisch.
Sie grinste Rosie breit an.
»Das sagt Mama nur so.
Sie lügt.
Das, Rosie, ist ein unheimlicher Brief.
Von einem unheimlichen Mann.
Der schreibt an sein eigenes Herz!
Über Blut und Vollmond!
Mit Tod und ...«
»Line, hör auf!«, rief Mama.
»Du machst Rosie wieder Angst.«
Line machte den Mund zu.

Sie schaute Rosie an.
»Pass nur auf«, flüsterte sie.
»Der Mann deines Lebens
wird schnell böse.«
Sie riss die Augen auf.
Als hätte sie Angst
vor einer großen Gefahr.
Dann drehte sie sich um.
»Was gibt's zu essen,
Mama?«, rief sie.
»Leber«, sagte Mama
hinter ihrer Zeitung.

TOMMIE

Hätte Rosie den Brief nur nie gesehen.
Hätte sie den Brief bloß liegen lassen.
Dann hätte sie jetzt schön spielen können.
Oder bei Mama auf dem Sofa liegen.
Mit Line Tee trinken.
Aber nein, jetzt saß sie hier.
Allein in der Küche.
Mama war eingeschlafen.
Line war oben.
Rosie wusste nicht, was sie machen sollte.
Als Tommie nach Hause kam, weinte sie fast.
»Was hast du?«, fragte Tommie sofort.
»Einen Brief«, sagte Rosie leise.

»Einen Brief, den ich gefunden habe.
Mama sagt, es ist ein Liebesbrief.
Und Line sagt etwas anderes.«
Tommie nahm den Brief.
Er roch daran.
Er drückte darauf herum.
Erst dann las er, was darauf stand.
»Hmmm«, machte er.
Er legte die Hand auf sein Herz.
Er lachte schief auf.
Dann gab er Rosie den Brief zurück.
»Die zwei sind verrückt.
Verrückt nacheinander.
Ich liebe dich.
Das schreibt er an seinen Schatz.
Bestimmt ist das so ein Brief.
Du könntest ihn aufmachen.
Das geht mit Wasserdampf.
Damit löst man den Klebstoff.
Aber tu das nicht, Rosie.
Ein Brief ist geheim.
Geh zum Briefkasten und wirf den Brief ein.
Dort gehört er hin.«
Rosie nickte.
Sie nickte noch,
als Tommie schon längst wieder weg war.
Ja, dachte sie.
Sie würde den Brief in den Briefkasten werfen.
Dort gehörte er hin.
Aber erst würde sie ihn aufmachen.

DER KESSEL

Aus dem Wasserkessel kam noch Dampf.
Ein bisschen Dampf war genug.
Auf Zehenspitzen schlich Rosie zum Herd.
Sie hielt den Brief zwischen zwei Fingern fest.
Sie schaute sich schnell um.
Mama schlief.
Oben rumorte Line in ihrem Zimmer.
Und Tommie war schon wieder verschwunden.
Vorhin war allein sein schlimm gewesen.
Aber jetzt war es besser so.
Was sie tun wollte, durfte niemand sehen.
Was sie tun wollte, gehörte sich nicht.
Aber sie tat es doch.
Sie hielt den Brief über den Kessel.
Ihre Hand wurde warm.
Das Papier wurde warm.
Es rollte sich am Rand ein.
Geh auf, geh auf!, dachte Rosie.
Die Buchstaben auf dem Brief wurden nass.
Die Tinte verlief.
Das ging nicht gut.
Tommie hatte gelogen.
Was zugeklebt ist, bleibt zu.
Los, geh auf!, dachte Rosie.
Aber der Brief blieb zu.
Er wurde nur nasser.
Mein Herz bekam Flecken.
Fast konnte man nichts mehr lesen.

Geh auf, geh auf!, dachte Rosie.
Da war Mama plötzlich da.
»Gib her!«, sagte sie.

IN DEN GÄRTCHEN

»Das tust du nie wieder.
Nie wieder, hörst du?«
Mama schlug die Haustür zu.
Sie nahm Rosies Hand.
Sie ging mit ihr hinaus auf die Straße.

Rosie konnte fast nicht folgen.
Mama war ziemlich wütend.
»Ein Brief ist geheim«, sagte sie.
»Jeder Brief ist geheim.«
»Aber Tommie ...«, sagte Rosie.
»Auf Tommie bin ich auch böse.
Und jetzt will ich nichts mehr hören.«
Mama lief weiter.
Sie machte einen Schritt und Rosie zwei.
Das ist nicht fair, dachte Rosie.
Es war mein Brief.
Ich habe ihn gefunden.
Ich wollte ihn in den Briefkasten werfen.
Jetzt weiß ich immer noch nicht, was drinsteht.
Ob es etwas mit Liebe ist.
Oder etwas mit Blut und Vollmond.
Wie Herz, wer Herz, wo Herz?
Und wie sieht ein Mann deines Lebens aus?
»Geh schneller!«, sagte Mama.
»Zieh nicht so an meinem Arm.
Die nächste Straße muss es sein.
Dort links ist *In den Gärtchen.*«
Rosie hielt die Luft an.
Musste das wirklich sein?
»Rosie, geh schneller!«, sagte Mama noch einmal.
»Du kommst mit, ob du willst oder nicht.
Du gibst den Brief ab und sagst: *Es tut mir leid.*
Und dass du es nie wieder tun wirst.«
Mama brummte etwas.
»Einen Liebesbrief lesen!«, murmelte sie.
Sie gingen um die Ecke.

Rosie wollte nicht hinschauen.
Wer weiß, vielleicht standen dort gar keine Häuser.
Wer weiß, vielleicht gab es da nur Gärtchen.
Mit einer Lunge darin und einem Magen.
»Hier ist Nummer eins«, sagte Mama.
Rosie schaute auf.
Sie stand vor einem Garten.
Und hinten im Garten stand ein Haus.

NUMMER EINS

Mama klingelte.
Sie schob Rosie vor.
»Du weißt, was du tun musst«, sagte sie.
Rosie nickte zur Tür.
Dahinter ging Licht an.
Nun würde sie *Mein Herz* sehen.
Das Herz vom *Mann deines Lebens.*
Rosie schluckte.
Ihr eigenes Herz klopfte heftig.
Jeder konnte es hören.
Weglaufen ging nicht mehr.
Die Tür wurde geöffnet.
Vor Rosie stand ein junger Mann.
Ein hübscher Mann mit schönen blonden Haaren.
Er lächelte Rosie an.
»Guten Tag«, sagte Rosie.
Sie schnappte nach Luft.
»Das ist ein Brief für Sie.

Er ging verloren.
Ich fand ihn auf dem Bürgersteig.
Er ist ein bisschen offen.
Es tut mir leid.
Ich werde es nie wieder machen.«
Sie hob den Brief hoch.
Der Mann nahm ihn in die Hand.
Er las, was da stand.
Sein Mund verzog sich.
Seine Augen mussten lachen.
Und dann sein ganzes Gesicht.
Rosie wurde selbst ganz froh, als sie das sah.
Sie drehte sich nach Mama um.
Mama nickte.
Sie sagte: »Gut.
Dann können wir jetzt nach Hause gehen und essen.«

EIN SCHIFF IM NEBEL

MIT ZEICHNUNGEN VON

ANDRÉ SOLLIE

Schiffe aus England sind immer blau.

EINS

Ein Schiff schwamm auf dem Meer. Noor wusste nicht, ob es das Schiff aus England war. Ihre Mutter sagte Ja, ihr Vater sagte vielleicht. In dem Nebel könne man das nicht erkennen.

»Ich bin doch nicht blind«, sagte Noors Mutter. »Und ich bin auch nicht farbenblind. Ellens Schiff kommt um sechs Uhr an. Schau doch: Es ist Viertel vor sechs und das Schiff dort ist blau. Schiffe aus England sind immer blau.«

»Wie kannst du das Blau sehen?«, fragte Noors Vater. »Im Nebel ist alles grau. Egal ob man farbenblind ist oder nicht.«

Noor wickelte sich fester in ihren Mantel und lief ein paar Schritte den Kai entlang. Sie zitterte. Der Wind kam vom Meer. Ein Stück weiter standen noch andere Menschen und warteten. Sie stritten sich nicht, wie Papa und Mama. Sie schauten nur zum Schiff hinüber.

Noor auch.

Zugleich lauschte sie, wann es hinter ihrem Rücken wohl still werden würde.

»Bei Nebel geht alles langsamer«, sagte Noor, nur um etwas zu sagen.

Ihre Mutter machte einen Schritt nach vorn. Sie sah erschrocken aus, als hätte sie vergessen, dass Noor existierte. »Hast du was gesagt?«, fragte sie.

»Bei Nebel geht alles langsamer«, sagte Noor.

Ihre Mutter starrte weiter zum Schiff hinüber. Es kam nicht näher. »Gut möglich«, murmelte sie.

Noor sah, dass das Schiff einfach am Hafen vorbeifuhr. Es war kein Schiff aus England, sondern ein Frachter aus Russland.

Noor bekam einen Rippenstoß von ihrer Mutter.

»Was du gesagt hast, vom Nebel und dass alles langsamer geht, ist gar nicht so abwegig«, sagte sie. »Das ganze Jahr über habe ich Ellen vermisst. Und das Jahr hat lang gedauert, sehr lang.«

Noor verstand den Witz nicht. Aber den Ton, in dem ihre Mutter das sagte, hatte sie sehr wohl verstanden. Der Ton war traurig. Wenn ihre Mutter über Ellen sprach, war es immer, als rede sie über verwelkte Blumen. Oder über etwas anderes, das früher mal schön gewesen war.

»Meine älteste Tochter so weit weg von zu Hause«, sagte sie dann mit einem Seufzer.

Meine große Schwester, dachte Noor. Zu Hause oder weit weg von zu Hause, sie konnte keinen Unterschied erkennen. Hier oder in England. Ellen war sowieso nie da, wenn Noor sie brauchte. Sie hatte immer etwas zu tun. Keine Zeit für eine kleine Schwester.

Noor ließ ihre Hand in die Hand ihres Vaters gleiten.

Er zog sie an sich. »Mama ist vielleicht nicht farbenblind«, flüsterte er. »Aber inzwischen fährt dort ein schönes rotes Schiff.« Er grinste.

»Ich hab's gehört«, sagte Noors Mutter. »Jeder kann sich mal irren. Ellens Schiff wird schneller kommen, als du denkst. Pass nur auf. Vielleicht ist auf dem Meer kein Nebel.« Sie schloss kurz die Augen und legte die Hand auf die Brust. »Oh Ellen, komm endlich«, sagte sie seufzend.

ZWEI

Der Seufzer ihrer Mutter tat Noor weh. Wenn Noor ein paar Jahre weg wäre, würde sie dann auch so vermisst?

Noor schaute zu ihrer Mutter hoch, aber diese hatte nur Augen für das Meer. Sie stand da und rang die Hände.

Nein, dachte Noor, *so sehr würde sie sich nicht nach mir sehnen.*

Plötzlich sah sie doch, was für einen Unterschied es gab zwischen der Ellen zu Hause und der Ellen weit weg.

Wenn Ellen da war, wurde ihre Mutter anders. Halb so lieb, kam es ihr vor.

Noor ließ die Hand ihres Vaters los und drehte sich um. Am liebsten würde sie hineingehen. Oder noch lieber: einfach verschwinden. Warum musste sie eigentlich auf Ellen warten? Ellen hatte niemals Zeit für sie, warum sollte Noor Zeit für Ellen haben?

»Dort!«, hörte Noor plötzlich.

Ihre Mutter unterdrückte einen Schrei. Sie lachte nervös. »Da kommt sie! Das ist das Schiff!«

»Ja!«, rief Papa. »Ja! Jaah!« Er zog Noor am Arm näher zu sich.

Sie standen nicht lang allein.

Die Tür des Warteraums ging auf. Menschen drängten sich am Tor zusammen, durch das die Passagiere an Land kommen würden.

Das Schiff kam nun schneller als schnell heran. Wie ein treibender Eisberg tauchte es aus dem Nebel auf.

Noors Mutter geriet ganz aus dem Häuschen. Sie lehnte sich an Noors Vater und gurrte die ganze Zeit: »Oh Ellen.«

Noor war vergessen. Es gab sie nicht mehr.

Sie versuchte, ein fröhliches Gesicht zu machen, aber es gelang ihr nicht. Ihr Herz klopfte. *Ellen ist da,* dachte sie. *Und ich bin nicht*

froh. Ich finde es noch nicht mal was Besonderes. Man muss sich nur anschauen, wie Mama sich anstellt.

Ihre Mutter drehte sich wie ein Wetterhahn um ihre eigene Achse. »Ellen!«, rief sie. »Ellen, wir sind hier!«

Natürlich kam keine Antwort. Das Schiff musste erst noch anlegen.

Die Mutter drängte sich zwischen den Menschen hindurch.

Noors Vater lief ihr nach und Noor musste ihnen folgen.

»Ellen«, rief Noors Mutter irgendwo zwischen den vielen Leuten.

Alle machten sich bereit zum Küssen und Umarmen. Manche Leute weinten jetzt schon.

Noor weinte auch fast, aber nicht, weil sie so froh war.

»Ellen? Ellen?«, rief Noors Mutter.

DREI

Als der Kai fast ganz leer war, konnte Noors Mutter es noch immer nicht glauben. Sie hörte nicht auf, hin und her zu laufen und nach Ellen zu suchen.

»Sei doch ruhig, Schatz«, sagte Noors Vater. »Ellen wird das Schiff verpasst haben. Bestimmt kommt sie noch heim. Beruhige dich!«

»Beruhigen?«, wiederholte Noors Mutter mit einer hohen Stimme. »Wie soll ich mich beruhigen? Wir können Ellen nicht erreichen. Sie geht nicht ans Telefon. Wer weiß, vielleicht ist sie noch an Bord. Irgendwo eingesperrt, ganz unten. Oder ...« – ein Krächzen kam aus ihrer Kehle – »vielleicht ist ihr was passiert.«

Noors Vater verdrehte die Augen. »Schatz, hör auf mich!«, sagte er, legte den Arm um Noors Mutter und wiegte sie ein bisschen hin und her. »Denk doch nicht immer das Schlimmste. Wir rufen in England an, ob Ellen rechtzeitig abgereist ist. Sonst gehen wir zum Schalter und fragen, wann das nächste Schiff kommt. Dann warten wir eben weiter.«

Noors Mutter seufzte, als würde sie bald sterben. Aber sie wurde ruhiger. Sie holte tief Luft. Sie nickte und lächelte Noors Vater an. Er legte den Arm um sie und führte sie hinein.

Noor schaute ihren Eltern hinterher.

Die Klapptüren schwangen noch einmal auf und zu.

Dann wurde es still.

Noor schluckte.

Sie vergessen mich wirklich, dachte sie. *Sie vergessen mich ganz einfach. Alles dreht sich um Ellen. Sie denken nur an Ellen.*

Noor schaute zu dem Schiff, das am Landesteg lag. Die großen Lichter waren schon gelöscht.

In Noors Kopf war plötzlich Ellens Stimme zu hören. Sie hämmerte gegen eine Tür. »Hilfe! Lasst mich raus! Ich will raus! Mama wartet auf mich!« Ellens Schreie wurden lauter und verzweifelter.

Noor hörte Wellen in ihrem Kopf. Hohe Wellen eines Schiffs im Nebel.

»Hilfe!«, klang es von weit weg. »Hilfe! Ich ertrinke!«

Noor blinzelte und wandte den Blick vom Schiff. Sie drehte sich auf dem Absatz um und lief hinein.

VIER

Noors Mutter kam zur Tür und gab Noor einen Klaps. »Wir hatten schon Angst, du wärst auch verschwunden«, sagte sie. »Du musst bei uns bleiben. Wir haben keine Zeit für ein weiteres Problem.« Sie deutete auf eine Holzbank. »Setz dich dort hin. Papa und ich sind gleich wieder da.«

»Wohin geht ihr?«, fragte Noor.

»Stell jetzt keine schwierigen Fragen. Mein Telefon funktioniert nicht. Wir müssen irgendwo ein Telefon finden. Wir müssen in England anrufen.« Sie lief zu Noors Vater und verschwand mit ihm um die Ecke.

Noor schob sich etwas höher an die Banklehne und schaute sich um.

Links war ein Schalter, an dem man Geld wechseln konnte. Einen Schalter weiter saß eine Frau. Sie strickte.

Der Kiosk mit Süßigkeiten und Zeitungen auf der anderen Seite war geschlossen.

Rechts standen orangefarbene Bänke. Ein Mann lag darauf und schlief. Etwas weiter saß eine Frau mit sehr vielen Juwelen, die klirrten, wenn sie sich bewegte. Sie lächelte Noor zu.

Noor lächelte verlegen zurück. Sie krümmte die Zehen in den Schuhen. Der kalte Wartesaal war zu groß für sie. Hier würde sie nie sitzen wollen, wenn sie ganz allein war.

Sie versuchte, an etwas anderes zu denken.

In ihrem Kopf war der Saal auf einmal voller Menschen.

Der schlafende Mann wachte auf. Er lachte fröhlich.

Alle lachten fröhlich.

Neben sich hörte Noor eine Reisetasche auf den Boden fallen. Ein lachendes Gesicht schob sich über ihre Schulter.

Ellen!

»Hier bin ich«, sagte sie in Noors Kopf. »Guten Tag, mein Spatz!«

Noor schreckte auf.

Der Wartesaal war wieder leer und kalt. Der Mann auf der Bank schlief.

Die Frau mit den Juwelen blätterte klirrend in einer Zeitschrift.

Irgendwo um die Ecke kam die Stimme ihrer Mutter. »Ruhig?«, rief sie. »Wie kann ich ruhig bleiben? Sie erzählen mir, dass meine Tochter nicht in England ist! Ich sehe, dass meine Tochter nicht hier ist! Und Sie wagen es, mir zu sagen, dass ich ruhig bleiben soll?«

Noors Mutter kam um die Ecke. Sie stieß ein zischendes Geräusch aus, lief zwischen den Bänken hindurch und ließ sich auf den Stuhl neben Noor fallen.

Noors Vater blieb ein bisschen weiter stehen und machte eine hilflose Handbewegung. »Ich fahr nach Hause, Schatz«, sagte er. »Dumm, dass ich mein eigenes Handy vergessen habe. Vielleicht hat sie mir eine Nachricht geschickt. Etwas auf den Anrufbeantworter gesprochen. Wie auch immer: Ich fahre nach Hause, dann wissen wir mehr. Wartet ihr inzwischen auf das nächste Schiff?«

»Du fährst die ganze Strecke nach Hause?«, sagte Noors Mutter wieder mit dieser hohen Stimme. »Du glaubst doch nicht, dass ich vier Stunden still dasitzen kann. Nein, nein, ich fahre nach Hause. Bleib du hier, bei ihr.« Sie nickte in Noors Richtung, als wäre sie ein Hund.

Noors Mutter streckte die Hand nach dem Autoschlüssel aus.

Sie nahm ihn und ging sofort mit großen Schritten davon.

Sie schaute starr vor sich hin und verschwand durch die Klapptüren.

Noor sah, wie die Frau mit den Juwelen über ihre Zeitung herüberspähte. Ihre Augen sahen aus, als würden sie Mama auslachen.

Noor musste auch ein bisschen lachen, sie konnte nicht anders. Wegen der Frau kam ihr der Wartesaal plötzlich weniger schrecklich vor. Sie rutschte ein bisschen tiefer und machte die Augen zu.

FÜNF

Der Wartesaal war wieder laut und fröhlich. Noor sah Ellens heiteres Gesicht wieder vor sich. Sie spürte Ellens Hand auf ihrer Schulter. Über allen Lärm hinweg erklang ihre Stimme: »Mein Spatz! Mein Liebes, oh Schwesterchen, oh Spatz! Was sitzt du da und wartest?«

»Ich warte auf dich, natürlich!«, sagte Noor.

»Und Mama? Wo ist Mama?«

»Sie sucht dich«, sagte Noor und schob Ellens Hand von ihrer Schulter.

Ellen achtete nicht darauf. »Oh!«, sagte sie nur. »Wenn sie mich sucht, dann werde ich sie suchen. Dann suchen wir uns gegenseitig.«

Ellen kicherte und verschwand zwischen den Menschen. »Mama!«, rief sie. »Mama, hier bin ich!«

Erschrocken riss Noor die Augen auf. Sie erschrak beim Anblick des leeren Wartesaals und ihres Papas, der neben ihr saß. Er blinzelte ihr zu.

»Bist du fast eingeschlafen?«, fragte er.

»Weiß nicht«, sagte Noor. »Ich habe was geträumt.«

»Einen schönen Traum?«

Noor zögerte. Es war besser zu lügen. »Ja.« Sie nickte. »Ich habe von ... englischen Drops geträumt.«

Noors Vater grinste und zog sie an sich. »Du hast auch große Sehnsucht nach deiner Schwester, nicht wahr?«, sagte er. »Mit ein bisschen Glück wird dein Traum wahr. Wenigstens dann, wenn Ellen Drops gekauft hat. Warte noch ungefähr vier Stunden. Ich bin sicher, dass sie dann kommt.«

Noor versuchte, ein frohes Gesicht zu machen.

Fast wäre es ihr nicht gelungen, weil sie gerade dachte: *Ich sehne mich nach niemandem. Vor allem nicht nach Ellen.*

SECHS

Noor wandte den Blick von ihrem Vater.

Die Frau mit den Juwelen winkte ihr zu. Sie hielt eine weiße Tüte hoch und schüttelte sie.

Noor zog die Brauen zusammen. Was meinte die Frau? Was war mit der Tüte?

Sie schaute sich schnell um, ob die Frau vielleicht jemand anderen meinte. Aber da war niemand.

»Du, ja, du, Mädchen«, rief die Frau von der Bank herüber. »Du hast doch von Drops geträumt.«

Die Frau rutschte etwas zur Seite und klopfte auf den Platz neben sich.

Noor schaute ihren Vater fragend an.

Er nickte.

Sie rutschte von der Bank und ging langsam auf die Frau zu.

»Du hast doch von Drops geträumt, nicht wahr?«, sagte sie. Ihre Juwelen klirrten. Sie machte die Tüte auf und schüttelte sie kurz. »Nimm ein paar. Steck sie nicht alle auf einmal in den Mund. Sonst kannst du dich nicht mehr mit mir unterhalten.«

Noor nahm zwei rosafarbene Drops und setzte sich. Eigentlich nur aus Höflichkeit.

Die Frau steckte sich ebenfalls einen Drops in den Mund und lutschte. »So«, sagte sie. »Wartest du auch auf jemanden?«

Noor nickte. »Auf meine Schwester«, sagte sie. »Sie kommt aus England.«

»Oh, da komme ich gerade her. Was für eine Schifffahrt war das! Es hat ewig gedauert wegen des Nebels. Und jetzt kann ich hier noch einmal zehn Jahre auf meine Schwester warten. Die holt mich ab.«

Noor nickte wieder und steckte den zweiten Drops in den Mund.

Es wurde still, selbst die Juwelen der Frau machten kein Geräusch.

Noor fragte sich, ob sie jetzt weggehen durfte oder nicht. Ihr fiel nichts ein, was sie erzählen könnte. Sie konnten doch nicht einfach dasitzen und schweigen.

»Du brauchst nichts zu sagen«, sagte die Frau. »Hauptsache, du bleibst noch ein bisschen sitzen, dann bin ich nicht allein.«

Noor nickte.

Wieder wurde es still.

Noor fand es fast schade, dass die Frau nichts mehr sagte.

Nun erst fiel ihr auf, was sie so nett an ihr fand.

Ihre Stimme. Die war rund und warm und ein bisschen singend. Viel schöner als Mamas Stimme.

Und ob sie nun allein dasaß oder zusammen allein, das kam fast aufs Gleiche raus.

Neben Papa zu sitzen war anders. Er hatte keine Drops.

Noor baumelte mit den Beinen. *Schwestern sind überall gleich,* dachte sie. *Man muss immer auf sie warten.*

»Na, so was«, sagte Ellen in ihrem Kopf. »Spatz weiß es wieder besser. Sie fühlt sich stark neben dieser verrückten Frau.«

»Die Frau ist nicht verrückt«, antwortete Noor. »Sie hat eine schöne Stimme und sie wartet auf ihre Schwester, das ist alles.«

»Sie könnte mir auch einen Drops anbieten«, sagte Ellen. »Ich habe vergessen, welche in England zu kaufen.«

»Das habe ich mir schon gedacht«, sagte Noor. »Das ist dumm von dir. Du kriegst keinen Drops. Ich glaube, diese Frau hier findet dich nicht nett. Geh zu Mama, ich bleibe bei der Frau.«

Noor stieß einen genervten Ton aus.

»Was hast du gesagt?«, fragte die Frau.

»Nichts, gar nichts«, sagte Noor. Sie tat, als müsse sie husten.

SIEBEN

In diesem Moment quietschten die Türen. Noors Vater und die Frau mit den Juwelen schauten sich um. Noor auch.

Da stand ihre Mutter. Sie lehnte an der Tür und sah völlig erschöpft aus. Ihr Kinn zitterte.

Als Noors Vater zu ihr ging, fing sie an zu weinen. Ein klagendes Weinen.

»Das Auto«, sagte sie mit einem Schluchzer in der Stimme. »Das blöde Auto springt nicht an!«

Bei dem Wort »anspringen« warf sie den Schlüssel auf den Boden.

Noor sprang auf, aber die Frau mit den Juwelen hielt sie zurück. »Bleib hier«, flüsterte sie. »Ich glaube, deine Mutter ist ein bisschen durcheinander.«

»Ich will nach Hause«, sagte Noors Mutter. »Ich will wissen, ob es eine Nachricht von Ellen gibt.«

Noors Vater gab beruhigende Töne von sich und hielt mit der Hand den Kopf von Noors Mutter fest, als könnte der abfallen. »Ruhig, Schatz«, sagte er. »Ich bekomme das Auto bestimmt zum Laufen.«

Die Frau mit den Juwelen hielt Noor die Drops hin. Zugleich schob sie Noor zur Seite und stand auf. »Kommen Sie«, sagte sie von Weitem zur Mutter. »Setzen Sie sich kurz hin. Es wird alles gut.« Ihre Stimme klang wie ein Schlaflied.

Noors Mutter sah todmüde aus. Wie eine Puppe lief sie hinter der Frau her und sank neben Noor auf die Bank.

»Nicht weinen, Mama«, sagte Noor, die sich bemühte, auch warm zu sprechen. Aber es half nichts. Vielleicht sollte sie ihre Mutter umarmen. Aber solange ihre Mutter nicht selbst darum bat, wagte sie es nicht. Deshalb streichelte sie ihr bloß die Hand. Ganz vorsichtig, mit einem Finger. »Es wird alles wieder gut, Mama«, sagte Noor. »Papa kriegt das Auto wieder an. Willst du einen Drops?«

»Noor, bitte, natürlich will Mama keinen Drops«, sagte Ellen in Noors Kopf. »Rutsch ein bisschen.« Sie setzte sich zwischen Noor und ihre Mutter.

»He«, sagte Noor böse.

Ellen betrachtete sie mit einem schiefen Blick und schnalzte mit der Zunge. Sofort veränderte sich ihr Gesicht und wurde wieder lieb. Sie drehte sich um. Sie sagte: »Komm her, Mama, damit ich dich umarmen kann.«

Noors Mutter wischte sich die Tränen ab. Sie lächelte ein bisschen. Oder nein: Sie versuchte zu lächeln.

Da begriff Noor plötzlich, dass sie ausgesprochen hatte, was Ellen in ihrem Kopf gesagt hatte: *Komm her, Mama, dass ich dich umarmen kann.*

»Ja, mein Liebling«, sagte Noors Mutter. »Oh, kann ich auch einen Drops haben?«

Sie wählte einen schwarzen mit einem rosa Streifen. Dafür gab sie Noor einen Kuss.

Und dann klingelte ein Telefon.

ACHT

Das Klingeln dröhnte durch den Wartesaal. Alle erschraken. Noors Mutter schaute sich um. Die Frau sprang hoch. Der schlafende Mann wachte auf.

Nur die Frau hinter dem Schalter blieb ruhig. Sie gähnte und legte ihr Strickzeug zur Seite. Langsam ging sie zum Telefon, das weiterklingelte, als würde es schreien. »Hallo?«, sagte die Frau.

Noors Mutter ging ein paar Schritte auf den Schalter zu. Vielleicht war es Ellen? Die Frau mit den Juwelen ging hinterher. Vielleicht war es ihre Schwester?

Noor hielt die Luft an und schaute von der einen zur anderen.

Die Frau hinter dem Schalter sagte nichts. Sie nickte nur und lachte plötzlich breit.

Noors Mutter legte nervös die Hände zusammen.

Das störte die Frau hinter dem Schalter. Sie drehte sich um, mit dem Rücken zu Noors Mutter, und sagte: »Ja, natürlich, Schatz.«

Es war, als würde eine Feder aufspringen.

Durch den Wartesaal ging ein Seufzen.

Noors Mutter ließ die Schultern hängen.

Noor hoffte, sie würde nicht wieder anfangen zu weinen. Dann würde sie mitweinen. Sie merkte, dass sie auch auf einen Anruf von Ellen gehofft hatte. Blöd. Ellen konnte ihr doch egal sein.

»Ich habe so eine Ahnung«, sagte Noors Mutter und schaute sich um. »Ich habe eine schreckliche Vorahnung. Ich glaube, dass Ellen nicht mehr kommt. Sie hat keine Lust mehr, bei uns zu sein. Dort in England gefällt ihr alles viel besser. Dort gibt es keine blöde Mutter wie mich.«

Noor schluckte. Ihre Mutter hörte sich an, als könne niemand sie trösten. Nicht einmal mit einer runden, warmen Stimme. Was sollte sie sagen? Mama, ich finde dich nicht blöd? Nur ab und zu?

Noor schaute zu der Frau mit den Juwelen. Diese lächelte und ging zu Noors Mutter.

»Ach«, sagte sie. »Sagen Sie nicht solche Sachen. Sie machen es sich selbst nur schwer. Kommen Sie, setzen Sie sich zu uns, unterhalten wir uns ein bisschen.«

Noors Mutter schüttelte den Kopf, ging aber trotzdem hinter der Frau her. »Nein, nein«, sagte sie. »Mir machen Sie nichts vor. Ellen kommt einfach nicht.«

»Mamaa«, sagte Noor.

»Jajaa«, sagte die Frau im gleichen Ton. »Soll ich Ihnen etwas sagen? Ich habe auch eine schreckliche Vorahnung. Ich denke auch, dass meine Schwester nicht kommen wird. Aber inzwischen weiß ich, dass es nicht wahr ist. Sie kommt, früher oder später, genau wie Ihre Tochter. Das müssen Sie mir glauben.«

»Mama liebt mich mehr als dich«, sagte Ellen plötzlich in Noors Kopf.

»Oh ja?«, sagte Noor. Sie schob Ellen weg und zog die Schultern hoch. Vorsichtig lehnte sie sich an ihre Mutter.

Plötzlich drang ihr süßes Parfüm auf sie ein.

»Du bist müde«, sagte Noors Mutter. »Schlaf ein bisschen. Es dauert noch lange, bis es zwölf Uhr ist.«

Noor zögerte.

Dann schmiegte sie sich fest an ihre Mutter. Ihr Kopf passte genau in ihren Arm.

So lag sie bequem.

Weich.

Es war lange her, dass ihr das Parfüm so gut gefallen hatte.

Irgendwo neben ihr klopfte ein Herz.

Irgendwo aus der Ferne erklang die Stimme eines Mannes. »Seid ihr Frauen endlich still?«

Der schlafende Mann will wieder schlafen, dachte Noor noch. Sie lächelte. Sie dachte: *Ich auch.*

Sie legte ihre Beine bequemer hin und dann schlief sie schnell ein.

NEUN

»Herrlich, so eine Schiffsreise«, sagte Ellen. Sie lehnte sich an die Reling und nahm Noor zwischen ihre Arme.

Der Wind war warm und das Meer ruhig. Auf den Wellen glitzerte das Mondlicht.

»Es ist gar kein Nebel mehr«, sagte Noor.

»Ja, jetzt kommen wir schnell wieder nach Hause«, sagte Ellen. Sie bohrte ihre Nase in Noors Haare. »Du riechst nach Meer, weißt du das?«

Noor legte ihre Wange an Ellens Mantel. »Du nicht«, sagte sie und atmete tief. »Du riechst noch ein bisschen nach England.«

»Das klingt, als fändest du die englische Luft eklig.«

Ellen räusperte sich und spähte in die Ferne, da, wo der Hafen sein musste.

Noor folgte ihrem Blick. *Irgendwo dort, weit weg, ist der Heimathafen,* dachte sie.

Sie stellte sich Mama und Papa vor, die am Kai standen. Vielleicht Arm in Arm. Vielleicht nicht. Noor hörte sie schon streiten.

»Die Schiffe aus England sind immer blau.«

»Blau? Du meinst doch rot.«

Aber Streit oder nicht, sie standen zusammen da und warteten.

Auf Ellen und auf Noor.

An wen dachte Papa jetzt? Nach wem sehnte Mama sich am meisten? Noor wusste es nicht. Es spielte auch keine Rolle.

»Ich glaube, ich sehe schon die Lichter vom Hafen«, sagte Ellen.

»Ja«, sagte Noor. Sie musste lachen, sie konnte nichts dafür.

ZEHN

Noor hörte ihre Mutter kichern. Es klang wie gurgeln.

»He, wach auf!«

Erschrocken fuhr sie hoch.

Der Wartesaal war hell erleuchtet und voll lärmender Menschen. Es waren fröhliche Menschen. Alle liefen auf die Schwingtüren zu. Auch Papa.

Noor blinzelte. Erst jetzt wurde ihr klar, dass sie in Mamas Armen lag. Und Mama saß nicht mehr neben der Frau. Mama lief mit den anderen mit.

»Aufwachen, Noor. Stell dich hin. Du bist zu schwer für mich.«

Mit einem Ruck landete Noor auf den Füßen. Eine Tüte fiel zu Boden. Ein paar Drops rollten heraus.

»Lass liegen, Liebes. Wir müssen hinaus. Das Boot ist da. Deine Schwester ist da.«

Mit einem dumpfen Kopf schaute Noor hinaus. Neben dem Kai erhob sich eine blaue Wand voller Lichter.

Etwas zitterte in Noors Magen.

Das Schiff!

Das Schiff mit Ellen.

Bevor sie wusste, was sie tat, griff sie nach der Hand ihres Vaters, der vor ihr ging. Sie nahm die Hand ihrer Mutter, die hinter ihr ging. Sie zog sich an ihren Armen hoch, bis sie sie endlich gemeinsam hochhoben. Jetzt konnte sie über die vielen Köpfe hinwegschauen.

Sie sah viele Menschen an Land kommen.

»Es kommen schon viele Leute«, sagte sie.

Ihre Mutter schaute zu ihr hinauf. Ihre Augen glänzten. »Ich kann's nicht erwarten«, sagte sie leise.

Zu dritt bahnten sie sich einen Weg durch die Menge. »Ellen! Ellen! Wir sind hie-hier!«, schrien sie laut.

Noor hatte dieses »hie-hier« schon vorher gehört. Sie bekam plötzlich Angst und schaute ihren Vater an, ihre Mutter an und fragte: »Ellen kommt doch wirklich?«

Noors Mutter nickte und hielt ihr Handy hoch. »Ich habe eine Nachricht bekommen«, sagte sie. »Jetzt kommt sie wirklich.«

DAS **BIEST** HEISST **MONA**

MIT ZEICHNUNGEN VON

ROTRAUT SUSANNE BERNER

Trink deine Milch aus.

SONNTAG

Eine Katze kratzt.
Ein Hund beißt.
Ein Esel tritt.
Und ein Löwe frisst einen auf.
Ein Tier darf alles.
Ein Mensch darf nichts.
Nicht kratzen oder treten.
Nicht beißen oder noch Schlimmeres.
Nicht stoßen.
Oder mal kneifen.
Nein.
Wehtun darf man nicht.
Also kratze ich Mona nicht.
Ich beiße sie nicht.
Und ich esse sie nicht auf.
Obwohl ich sie roh verschlingen könnte.

MONTAG

Sam und Do machen es wie ich.
Wir tun niemandem weh.
Das ist lieb von uns.
Aber auch lästig.
Du müsstest uns sehen.
Wir sind fast tot.
Wirklich wahr.
Es gibt ein Tier in der Schule.
Es schlägt und beißt.
Es tritt und kneift.
Es fehlt nicht viel und es würde uns aufessen.
Sam hat blaue Flecken.
Dos Bein tut sehr weh.
Ich selbst kann nicht mehr schlafen.
Es ist was mit meinem Auge.
Jeden Tag denke ich: *Ich schlage zurück*.
Ich sag es auch laut: »Ich schlage zurück.«
Das hört dann meine Mutter.
Sie sagt: »Tut-tut!
Sei schlauer als deine Faust.
Trink deine Milch aus.«
Und schwupp,
beginnt wieder ein Tag.

DIENSTAG

Ich sehe Sam und Do in der Schule.
»Es geht vorbei«, sagt Sam.
Das sagen wir jeden Tag.
»Heute geht es vorbei.
Heute lässt Mona uns in Ruhe.«
Aber das passiert nicht.
Wir bekommen keine Ruhe vor Mona Bock.
Du hörst richtig.
Ich nenne einen Namen.
Mona Bock.
So heißt das Tier.
Ich erzähle einfach alles.
Sie hat einen großen Mund.
Sie ist lang und dünn.
Sie hat rote Haare.
Sie kratzt und tritt und beißt.
Und sie heißt Mona Bock.

MITTWOCH

Es begann mit nichts.
Wirklich wahr!
Mit nichts.
Wir haben Mona nichts getan.
Sam und Do und ich spielten zusammen.
Das war Mona zu viel.

Wir lachten zu laut.
Wir liefen zu schnell.
Wir liefen normal.
Daran war nichts falsch.
Wir rennen nun mal ab und zu.
Wer ist schnell oder schneller.
Ich war die Schnellste.
Ich schrie: »Ich hab gewonnen!«
Ich hüpfte auf und nieder.
Und plötzlich blieb ich stehen.
Denn plötzlich war Mona da.
Sie packte mich am Arm.
»Schrei nicht so!«, sagte sie.
Sie schrie auch, und wie!
Nun ja, sie ist zehn.
Wer zehn ist, darf schreien.
Do und Sam blieben stehen.
Sie schauten her.
Sie warteten, was passieren würde.
Ein Hieb oder nichts mehr.
Es wurde ein Hieb.
Ich fiel auf den Boden und stöhnte vor Schmerz.
Fast hätte ich geheult.
Sam sagte zu Mona: »Wie kannst du das tun?
Groß gegen klein?«
Und Do sagte:
»Ja, wie kannst du das tun?«
»Psst!«, machte ich noch.
Aber es war zu spät.
Mona wurde böse.

Sie stürzte sich auf Do.
»Dumme Gans!«, schrie sie.
»Geh mir aus dem Weg!
Geh mir aus dem Licht!«
Sie schüttelte Do.
Dann fegte sie mit Sam den Schulhof.
Ich schwöre es.
Ich lüge nicht.
»Miststück!«, rief ich dauernd.
»Mona, hör auf!«
Aber Mona hörte nicht auf.
Sie fegte jeden Winkel.
Mit Sam.
Dann stieß sie mich gegen die Wand.
Sie sagte: »Was hast du gesagt?
Hast du ›Miststück‹ gesagt?
Nenn mich noch mal so!
Nenn mich noch mal
›Miststück‹!«
Ich schwieg.
Ich konnte nichts sagen.
Mona zerdrückte mich fast.
Sam schrie.
Do schrie: »Lass sie los!«
Sie kamen nicht gegen Mona an.
Kratzt sie!, dachte ich noch.
Beißt sie und tretet sie und schlagt sie!
Kämpft mit Mona!
Drei gegen eine,
das muss doch gehen.

Aber Mona ist zu groß.
Viel zu groß.
Und sie ist auch schnell.
Plötzlich war sie weg.
Schwupp, weg.

DONNERSTAG

Zu Hause erzähle ich davon.
Ich sage: »Mama, wir haben Angst.
Mona ist ein Tier.
Was sollen wir tun?
Sollen wir sie verhauen?«
Mama sagt: »Tu-tu!
Ein Mensch ist kein Tier.
Sei schlauer als deine Faust.
Trink deine Milch aus.«

FREITAG

Es geht so weiter.
Mona schlägt uns.
Einfach, weil sie Lust dazu hat.
Sie nimmt Sam das Pausenbrot weg.
Sie wirft es auf den Boden
und trampelt darauf herum.

»Für die Vögel«, sagt sie.
»Und du bist ein Ferkel.«
Sie ist gemein zu Do.
Sie sagt: »Mach die Augen auf!
Schau, wo du hintrittst!«
Und dann wirft sie Do um.
Mit Absicht.
Es wird jeden Tag schlimmer.
Wir haben Angst.
Mona ist die Schule.
Die Schule ist Mona.

SAMSTAG

Meine Mutter will nichts davon hören.
Sie sagt, was sie immer sagt.
»Du schlägst nicht zurück, Marta.
Sei schlauer als deine Faust.
Trink deine Milch aus.«

SONNTAG

Ich liege im Bett und denke nach.
Was tun wir mit Mona?
Schlagen wir zurück?
Erzählen wir alles der Lehrerin?
Nein.
Wir warten noch einen Tag.
Wer weiß, vielleicht bin ich morgen schlau.
Schlauer als meine Faust.

MONTAG

Mona kommt auf mich zu.
Sie sagt: »Stell dich auf den Kopf!«
Ich lüge nicht.
»Stell dich drei Stunden auf den Kopf!
Jetzt!«, sagt sie.
Ich tue, was sie sagt.
Ich will keinen Schlag auf mein anderes Auge.
Ich stelle mich auf den Kopf.
Die Lehrerin sieht, was ich tue.
Der Lehrer schaut auch her.
Sie merken nichts.
Es sieht aus,
als wäre es ein Spiel zwischen Mona und mir.
Aber es ist kein Spiel.
Meine Tränen sehen sie nicht.

Ich höre nicht auf zu weinen.
Egal was Do und Sam sagen.
Ich weine einfach weiter.
Mona lacht mich aus.
»Auf dem Kopf stehen und weinen!«, ruft sie.
Do und Sam halten sich zurück.
Sie könnten Mona schlagen.
Aber sie tun es nicht.
Sie haben eine Todesangst vor Mona.
Mona brüllt vor Lachen.
Sie achtet nicht auf mich.
Das ist dumm von ihr.
Mein Blut fließt nach unten.
Die Milch vom Frühstück auch.
Die Milch fließt in meinen Kopf.
Mein Gehirn wird stark.
Es bekommt Muskeln.
Es geht von allein.
Plötzlich habe ich eine schlaue Idee.
»Erschreckt nicht!«, sage ich leise zu Do und Sam.
»Halt den Mund!«, kreischt Mona.
Ich schaue sie an.
Von unten nach oben.
Ich mache den Mund auf.
Sie denkt: *Die wird gleich was sagen.*
Sie beugt sich schon vor.
Aber ich sage nichts.
Ich bin schlauer als meine Faust.
Ich stöhne.
Ich werde rot.

Meine Zunge hängt aus dem Mund.
Ich mache ein seltsames Geräusch.
Ich zapple mit den Füßen.
»Chchch«, kommt es aus meinem Mund.
Dann falle ich um.
Do und Sam erschrecken, aber nicht echt.
Sie wissen, dass ich nur so tue als ob.
Sie schreien sehr laut.
»Oh nein!«, brüllen sie.
»Marta stirbt.
Und du hast es getan!«
Sofort weiß es die ganze Schule.
Dass ich sterbe.
Nein, dass ich tot bin.
Und dass Mona es getan hat.
Der ganze Schulhof ist in Aufruhr.
Eine Lehrerin kommt.
Und noch eine.
Und der Lehrer.
»Marta! Marta!«, ruft Do.
Aber ich bleibe tot.
So schlau bin ich schon.
Ich werde nicht lebendig, solange Mona dabei ist.
Ich liege still.
Das geht ganz leicht.

Mona ist starr vor Schreck.
Eine Lehrerin nimmt sie mit.
»Komm, Mona!««, sagt sie.
»Jetzt erzähl mir alles!«
»Zur Seite!«, sagt eine andere Lehrerin.
»Marta braucht Luft!«
Ich mache mein gutes Auge auf.
Ich kratze mich am Ohr.
Als wäre ich noch verschlafen.
»Ist Mona weg?«, frage ich.
»Ja«, sagt der Lehrer.
»Warum fragst du das?«
Ich schaue zu Do.
Ich schaue zu Sam.
Wir schütteln die Köpfe.
Wir petzen nicht.
»Warum?«, sagt der Lehrer noch mal.
»Och, darum«, sage ich.

DIENSTAG

Mona hat dem Lehrer alles erzählt.
Alles von Do, Sam und mir.
Alles vom Pausenbrot.
Und dass ich auf dem Kopf stehen musste.
Mona hat alles selbst erzählt.
Das ist kein Petzen.
Jetzt hat sie eine Strafe.
Sie musste nach Hause gehen.
»Und sie kommt nicht mehr zurück«,
sagen die Kinder.
Aber das glaube ich nicht.
Noch eine Nacht schlafen, dann ist sie wieder da.
Das glaube ich.
Sie wird böse zur Schule kommen, böser als zuvor.
Sie wird Sam kratzen.
Sie wird Do beißen.
Ich kriege einen Tritt.
Und danach isst sie uns auf.
Mit Haut und Haar.
Sam und Do und ich haben Angst.
Noch eine Nacht schlafen
und dann sind wir nicht mehr da.
Das weiß ich genau.

DONNERSTAG

Wir leben noch.
Mona lebt auch noch.
Sie kommt wieder in die Schule.
Wir achten auf sie.
Und wir passen auf.
Sie wird wieder schlagen, denke ich manchmal.
Aber nein, das tut sie nicht.
Sie tut, als würde sie uns nicht sehen.
Sie geht an uns vorbei.
Und sie wird die ganze Zeit rot.
»Guten Tag, Mona«, sage ich.
»Guten Tag, Mona«, sagt Do.
»Guten Tag, Mona«, sagt Sam.
Aber Mona sagt nichts zurück.

FREITAG

Ich erzähle es Mama.
Dass Mona rot wird und schweigt.
»Warum?«, fragt Mama.
»Woran liegt das?«
»Tu-tu«, sage ich.
Ich trinke meine Milch aus.
Und *schwupp*,
beginnt wieder ein Tag.

TICK
TICK

MIT ZEICHNUNGEN VON

ROTRAUT SUSANNE BERNER

»Still, Billy«, sagt meine dicke Cousine Ulla. »Hör zu.«

Ich sehe, wie ihre Augen hin und her gehen. Ich höre auf ihre rasselnden Lungen.

Sie holt tief Luft. Sie sagt: »Hörst du die Ziegel ticken? Hörst du die Dächer knarren? In der ganzen Stadt macht kein Kind ein Auge zu. Sie halten alle den Atem an. Wenn sie Luft brauchen und wagen, den Mund aufzumachen, kommt eine Wolke heraus, denn im Haus ist es kälter als draußen. Schnee liegt auf der Fensterbank. An den Scheiben wachsen dicke Blumen aus Eis. Es ist gerade mal Anfang Dezember und trotzdem nehmen alle Kinder für diese eine Nacht schon besonders dicke Decken mit ins Bett und im Kamin liegt zwar Holz, aber das darf nicht angezündet werden. Das Pferd könnte sich den Rist verbrennen.

In den Häusern mit rauchenden Schornsteinen leben keine Kinder, darauf kannst du deinen Kopf verwetten. Dort ticken die Ziegel nicht. Dort hat das Dach noch nie geknarrt. Dort ist noch kein Pferd drübergelaufen, was denkst du denn, bei diesem Rauch.«

Meine dicke Cousine schlägt die Hände aneinander. Das Bett knarzt. »Still, Billy«, sagt sie. »Hör zu«, sagt sie. »Tick. Tick. Die ganze Stadt lauscht. Heute Nacht haben alle Kinder größere Ohren. Sie legen ihr bestes Ohr an die Wand, vielleicht hören sie ihn dann. Oder sie legen die Hand hinter ihr bestes Ohr, wie eine Schale. Ein einziges Kind hält sich die Ohren zu, aber das Kind hat bestimmt mit den Fingern in die Keksdose gelangt. Das Kind hat

Angst. Kein Wunder. In einem Jutesack ist es dunkel und wer weiß, wohin der Schwarze Piet einen bringt.«

Ulla macht ihre Augen groß und ihre Lippen dick. Sie schaut mich unter der Decke an. »Still, Billy«, sagt sie. »Oder willst du es wissen?«

Ich nicke. Das geht gerade noch in meinem dicken Kissen.

»Wohin?«, sage ich. »Wohin bringt er einen?«

»Er bringt einen nirgends hin«, sagt Ulla. »Habe ich das gesagt? Dann habe ich etwas Falsches gesagt. Er nimmt einen mit und bringt einen später zurück – das ist es, was er tut. Meistens kommt das Kind mit dem Schrecken davon.« Sie macht ein Geräusch mit der Zunge und klappt die Hände in ihrem Schoß auseinander. »Und ohne Spielsachen«, sagt sie.

»Ha«, sage ich.

»Ja, ohne Spielsachen«, sagt Ulla. »Keine Spielsachen zu bekommen ist weniger schlimm, als eine Nacht in einem Jutesack zu verbringen. Daran musst du denken. Aber wie auch immer, es bleibt eine Strafe. Bengel mit zu langen Fingern schlafen schlecht. Sie hoffen, dass es schnell wieder Morgen ist.«

Meine dicke Cousine schaut auf den Wecker neben dem Bett. Sie seufzt und bewegt den Kopf hin und her, hin und her, als ob sie Musik hören würde. *Tick. Tick.*

»So war es früher«, sagt sie. »Als die Uhren noch getickt haben. Damals konnten sich die Kinder noch irren und die Küchenuhr mit einem Geräusch auf dem Dach verwechseln. Oder mit dem Kauen des Pferdes vor dem Kamin. Dort, vor dem Kamin, standen ihre Schuhe mit einer Rübe und einem lieben Brief darin. Und mit ein bisschen Zucker. Und auf dem Tisch stand ein Glas Bier für den Schwarzen Piet oder für den Nikolaus, das weiß man nie so genau. Von all dem Schleppen und dem In-den-Schornsteinrein und Aus-dem-Schornstein-raus bekommt man Durst, das ist sicher.« Ulla leckt sich die Lippen und nickt. Langsam streift sie die Ärmel hoch.

»So war es früher«, sagt sie. Sie verschränkt die Arme und schaut mich lange an, bevor sie sich über mich beugt und mir einen Kuss gibt. Mit ihrem warmen Atem bleibt sie noch kurz über mir hängen. »Zeigst du mir deine Augen?«, flüstert sie.

Ich schaue Ulla an und sie schaut zurück.

»Das habe ich befürchtet«, sagt sie. »Deine Augen haben zu viel Angst, um zuzufallen. Deine Ohren brauchst du mir nicht zu zeigen. Ich sehe sie auch so, zwei armselige Fleischläppchen auf dem Kissen neben deinem Kopf. Och, du Ärmster.« Sie seufzt. Ihr Kopf geht wieder hin und her. Sie tippt mir ein paarmal auf die Brust. »Ich weiß, was du denkst«, sagt sie.

Ich schaue zu Ulla hoch. Was denke ich denn?

Meine Cousine schweigt. Sie denkt ebenfalls nach. Sie schaut sich nach der Tür um, die einen Spaltbreit offen steht. Sie schaut zur Decke hinauf.

Plötzlich, ohne dass ich es geahnt habe, schiebt sie die Arme unter meine Beine und meinen Rücken und hebt mich hoch, samt Decke und allem.

Ich erschrecke, aber ich wehre mich nicht. Ich rieche den süßen Duft, der meine Cousine Ulla immer einhüllt.

Mit schweren Schritten geht sie zur Tür und stößt sie mit dem Fuß auf. Im Gang der Wohnung ist fast kein Licht. Es dauert einen Moment, bis ich in der Dunkelheit etwas sehe.

Den Stuhl erkenne ich fast sofort. Vor der Wohnungstür steht Papas Lehnstuhl und der gehört da nicht hin.

Ich schaue zu Ulla, aber Ulla schaut nicht zurück. Sie keucht nur. Ihre Schritte werden immer schwerer. *Gleich bricht sie zusammen,* denke ich, doch im letzten Moment lässt sie sich mit mir und der Decke auf den Lehnstuhl fallen. Der Lehnstuhl stöhnt und meine dicke Cousine auch.

»Hach«, sagt sie.

Ich wage kaum zu atmen und ich bekomme auch fast keine Luft, auf Ullas Schoß. Der Flur ist halb dunkel und Wind scheint durch die Wohnung zu wehen. Kalter Wind. Ich schlage die Decke ein bisschen zur Seite und versuche, mich umzuschauen.

Aus meiner Kehle kommt ein Schreckensschrei. Ich deute mit dem Kinn zur Wohnungstür. Die steht offen. Weit offen.

»Ulla?«

Ulla schweigt und keucht.

»Was machen wir hier?« Ich lache, aber nicht, weil ich fröhlich bin. »Warten wir auf Mama und Papa? Wollen wir sie überraschen, wenn sie gleich vom Theater nach Hause kommen?«

Ulla grinst. »Still, Billy«, flüstert sie, während sie die Decke wieder um mich stopft. »Mach dir keine Sorgen. Deine Mutter und dein Vater haben nicht richtig nachgedacht. Du musstest deinen Schuh auf den Balkon stellen, aber euer Balkon ist im sechsten Stock. Der Nikolaus kann nicht so hoch springen. Und euer Dach ist noch mal zwölf Stockwerke höher. Da hinauf wagt sich kein Pferd. Es wäre auch umsonst, denn ihr habt keine Schornsteine mehr.« Sie stößt Luft zwischen den Zähnen aus. »Deine Mutter und dein Vater haben wirklich nicht richtig nachgedacht. Also schau: Ich habe deinen Schuh auf die Fußmatte gestellt. Hier, vor der Tür. Alles ist drin und alles steht daneben. Versuch, die Augen zuzumachen. Und die Ohren ein bisschen kleiner. Frierst du?«

»Ja«, sage ich.

»Dann ist es gut«, sagt sie. »So gehört es sich. Still. Hör hin.«

Ich sehe, wie ihre Augen hin und her gehen. Ich lausche auf das Rasseln ihrer Lungen.

Meine liebe dicke Cousine holt tief Luft und sagt: »Summ. Summ. Alle Aufzüge summen. Alle Flure hallen. In der ganzen Stadt macht kein Kind die Augen zu.«

GROSSE
OMAS

MIT ZEICHNUNGEN VON

ANDRÉ SOLLIE

Manchmal bleiben sie wach.
Das ist am schlimmsten.

Große Omas sind gefährlich.
Wenn sie auf Besuch kommen, setzen sie sich hin.
Meist bleiben sie dann eine Woche.
Nach einer Weile schlafen sie ein.
Sie können nichts dafür, dass sie schnarchen.

Manchmal bleiben sie wach.
Das ist am schlimmsten.
Sie erzählen von früher, als sie noch kleine Mädchen waren.
Das ist so lange her, dass man es sich nicht vorstellen kann.

Große Omas erklären alles mit den Händen.
Oder mit Händen und Füßen.
Meist weiß man aber trotzdem nicht, was sie meinen.
Einen Truthahn?
Eine Seekuh?
Ein Feuerwehrauto?

Das kommt von ihren Zähnen.
Die liegen in einem Glas.
Ach.
Viel Wichtiges haben sie sowieso nicht zu erzählen.
Sie wollen einen neuen Sessel.
Der alte ist durchgesessen.
Sie sagen, dass die Königin von England nichts taugt.

Wie heißt sie schon wieder?
Sie fragen, wie es in der Schule geht.
Und ob man Doktor werden will oder Rechtsanwalt.
Doch nicht etwa Müllmann?
Inzwischen lassen sie stinkende Winde.

Große Omas sind gefährlich.
Taub sind sie auch noch.
Sie hören, was sie hören wollen.
Und vor allem wollen sie sehen, was sie nicht sehen dürfen.
Sie sind nicht dafür gemacht, viel zu sehen.

Die meisten sind übrigens beinah blind.
Sie sagen miez-miez-miez zum Hund.

Wenn große Omas endlich gehen, ist abends ein Fest.
Ein großes Fest.
Denn dann gibt es endlich Platz für kleine Omas.

Kleine Omas sind lieb.
Sie tun alles, was große Omas nicht tun.
Sie lesen einem Bücher laut vor.
Man muss sie nicht zehnmal darum bitten.
Sie sind alles, was große Omas nicht sind.
Meistens fröhlich und ab und zu gehen sie verloren.

Sie haben alles, was große Omas nicht haben.
Lieder im Kopf.
Zaubertricks im Ärmel.
Und einen Schoß, auf dem immer Platz ist.
Wenn Opa nicht draufsitzt, natürlich.

Kleine Omas atmen leise und riechen gut.
Und sie sorgen dafür, dass es einem von innen warm wird.
Und warm bleibt.
Auch wenn sie längst nach Hause gegangen sind.
Und wenn es klingelt,
weil die großen Omas wieder reinkommen wollen.

WACH KÜSSEN

MIT ZEICHNUNGEN VON
GERDA DENDOOVEN

Solltest du nicht lieber wieder ins Haus gehen?

Oma aus Nes stand auf der Terrasse und deutete mit einem langen, dünnen Finger auf Nanne, die auf der Schwelle stand. Sie sagte: »So, da bist du ja endlich. Ist deine Mutter schon weg?«

Nanne nickte und schaute Mamas weißem Auto nach, es hatte die Gasse schon fast hinter sich. »Du bleibst nur einen Nachmittag bei Oma aus Nes«, hatte Mama gesagt, »heute Abend hole ich dich wieder ab.«

Schon eine Stunde kam Nanne zu lang vor. Sie fand Oma nicht nett. Seit Opa gestorben war, war sie kühl und hart geworden, als hätte Opa ihr Herz mitgenommen.

»Komm«, sagte Oma. Eine weiße Wolke kam aus ihrem Mund. »Sonst weht der Winter ins Haus. Komm rein, gib mir deinen Mantel.«

Nanne hielt ihre Tasche mit dem Malbuch und den Spielsachen fest und lief Oma hinterher.

Als Opa noch da war, war die Tür vom Wohnzimmer immer offen. Es roch nach Blumen und Bohnerwachs. Auf dem Klavier in der Ecke stand immer eine brennende Kerze. Das war früher so.

Oma ging geradewegs in die Küche. Die Küche war ihr Zuhause geworden. Da wohnte sie, da saß sie tagein, tagaus. Es roch nach Spülwasser, nach dem Kühlschrank mit altem Käse. Hinter dem großen Fenster begann sofort der Garten. Ein weißer Schneegarten und der Himmel war auch ganz weiß. Nanne erschrak über so viel Licht.

Ganz hinten, neben den Kaninchenställen unter den Birken,

hackte ein alter Mann Holz. Mit einem Schlag spaltete er Scheite und stapelte sie zu Holzhaufen.

»Du kannst hinausschauen oder spielen. Willst du eine Limonade?«, fragte Oma.

Nanne schüttelte den Kopf und kippte ihre Tasche auf dem Küchentisch aus. Lieber starb sie vor Durst, als Omas grässliche Limonade zu trinken. Sie presste die Lippen zusammen und tat, als würde sie anfangen zu spielen. Sie ließ Ken über den Tisch laufen und suchte nach Barbie-ohne-Haare. Barbies Haare hatte sie letzte Woche abgeschnitten. Jetzt sah Barbie Oma sehr ähnlich, nur dass ihre Augen glänzten.

Bei jedem Beilschlag draußen schaute Nanne auf. Warum gefiel ihr das gemütliche Geräusch nicht, das zum Winter gehörte?

»Gleich kannst du ein bisschen raus, zum Nachbarn, wenn er mit den Kaninchen anfängt«, sagte Oma. »Soll ich dir jetzt was vorlesen?«

Vorlesen? Hatte Nanne richtig gehört? Als Opa noch lebte, hatte Oma das bei jedem Besuch vorgeschlagen. Ob Nanne zu ihr auf den Schoß kommen wollte? Ob Oma eine Geschichte erzählen sollte? Ein Märchen, das Nanne noch nie gehört hatte?

»Bin ich dafür nicht zu alt?«

»Kind, du bist erst sieben. Ich bin fast siebzig.«

Nanne setzte sich neben Oma. Nicht auf den Schoß. Sie merkte sofort, dass ihr der säuerliche Geruch, der immer um Oma hing, nicht mehr so gut gefiel wie früher.

Aber als Oma anfing mit »Es war einmal ...«, klang ihre Stimme so schön wie zu Opas Zeiten. Es war Omas Sonntagsstimme. Nanne brauchte nur die Augen zu schließen, da sah sie das Wohnzimmer wieder vor sich. Mit dem Blumengeruch, dem gelben Licht der Kerze auf dem Klavier, dem Feuer im Kamin.

Oma erzählte von Dornröschen und dem Spinnrad oben im Turm. Vom Fluch der bösen Fee. *Schön*, dachte Nanne, *aber eigentlich waren Märchen doch was für kleine Kinder.* Als Dornröschen sich stach und für hundert Jahre die Augen schloss, hielt sie einen Moment die Luft an. Omas Stimme wurde leiser. Als fände sie das Einschlafen sehr traurig. Hundert Jahre waren länger als ein Menschenleben. Dachte sie an Opa? Dachte sie ans Sterben? Warum stockte ihr die Stimme?

Nanne schaute auf.

»Jetzt musst du hinausgehen«, sagte Oma. »Es ist Zeit für meinen Hasenschlaf.«

»Haben sie dann nicht geheiratet und lebten sie nicht lange und glücklich zusammen?«

»Ja, natürlich, das weißt du doch, oder? Geh jetzt hinaus und schau dem Nachbarn zu.«

Nanne wickelte sich fest in ihren Schal. Auch wenn der Garten strahlend weiß war, blieben ihre Gedanken düster.

Sie dachte an Opa, dass er noch nicht lange tot war und niemand ihn wach küssen konnte. Der Schnee knirschte unter ihren Stiefeln und sie zählte die Schritte, die sie auf dem weißen Teppich ging. Grüne Grasspitzen lugten heraus.

An den Kaninchenställen kniete sie sich kurz hin. Aus dem Stall wehte Wärme. Die Wärme von Kaninchenfell und Stroh und Kötteln. Nur Roos war da, die anderen fünf waren nirgends zu sehen. Vielleicht waren sie drinnen im Stall.

»Warum sitzt du hier so allein?«, sagte Nanne zur schlafenden Roos. »Wie gemütlich du schläfst.« Ohne lange nachzudenken, machte Nanne den Stall auf. Sie wollte Roos nicht streicheln, sie wollte sie wachküssen.

Roos erschrak. Sie schlug mit den Hinterpfoten ins Stroh und flitzte nach drinnen, in den Stall.

Nanne lachte. »Erst ein Kuss und dann aufwachen«, sagte sie.

Plötzlich wurde sie ganz starr. Ihre Finger waren rot! Um ihre Füße herum waren rote Flecken im Schnee. Hellrote Flecken, die den Schnee schmelzen ließen.

»Guten Tag, Mädchen«, hörte sie den Nachbarn sagen. Es klang fröhlich. Er sah stark aus. Er hatte einen dichten Schnurrbart, der seinen Mund versteckte. »Willst du sehen, was ich tue? Bist du nicht zu klein dafür?«

Nanne antwortete nicht. Der Nachbar hatte das Beil gegen den Kaninchenstall gelehnt. Die Holzscheite hatte er zu einer Mauer aufgestapelt, mitten im Garten. Nanne konnte nicht darüber hinwegschauen.

Ihre Augen wurden groß. Neben dem Nachbarn lagen fünf Kaninchen, ordentlich nebeneinander. Es sah aus, als würden sie schlafen, aber sie waren tot.

»Ich glaube nicht, dass kleinen Mädchen so etwas gefällt«, sagte der Nachbar und packte eines der Kaninchen. »Solltest du nicht lieber wieder ins Haus gehen?«

Nanne gab keine Antwort. Sie wusste nicht, was sie als Erstes sagen sollte: *Ja. Nein. Was tust du? Das darfst du nicht tun. Nein, nicht.*

Der Nachbar zog ein Messer aus seinem Gürtel.

Gerade noch rechtzeitig kniff Nanne die Augen zu. *Ritsch* machte es, als würde der Nachbar ein Stück Papier zerschneiden.

Als Nanne die Augen wieder öffnete, lag auf dem Hackklotz ein nacktes Kaninchen. Ein totes Kaninchen ohne Fell.

Nannes Mund öffnete sich zu einem »Oh«, aber kein Ton kam heraus. Ihr wurde erst sehr kalt und dann sehr warm. Das Weiß des Gartens war blendend weiß.

Sie machte ein paar Schritte rückwärts und rannte ins Haus. Fast wäre sie über ihre Füße gestolpert.

Oma schlief.

Sie wachte nicht auf, als Nanne in die Küche stürmte.

Nanne schaute von Oma zu der Uhr über der Küchentür und von der Uhr zum Tisch. Sie packte ihr Malbuch in die Tasche, stopfte Ken und Barbie dazu und lief zur Tür. Sie schaute sich noch einmal um. Sollte sie Oma wachküssen? Nein. Bestimmt nicht. Oma schlief und musste weiterschlafen.

Draußen pfiff der Nachbar eine Melodie.

Mama würde bald kommen. Die fröhliche Mama mit dem weißen Auto. Nanne zog die Tür leise hinter sich zu, setzte sich auf die Terrasse und wartete. Auf der Terrasse der Oma aus Nes.

FÜR IMMER, IMMER

MIT ZEICHNUNGEN VON

ROTRAUT SUSANNE BERNER

Weinen hat keinen Sinn.

»WEINEN HAT KEINEN SINN.«

Die Frau mit dem roten Hut

Die Frau mit dem roten Hut sitzt am See. Sie sitzt schon eine ganze Weile da und bewegt sich nicht. Nur ihr Hut, der flattert ein bisschen im Wind.

Nanne folgt dem Blick der Frau. Der See ist leer und fast weiß. Kein Mensch ist da. Es ist Essenszeit. Niemand denkt ans Schlittschuhlaufen.

Was betrachtet die Frau? Das Eis? Den grauen Himmel? Das kann man doch gar nicht so lange betrachten? Auf dem Eis und am Himmel passiert nichts. Oder doch: Weiter weg, wo Boote liegen, sind Enten. Sie halten ein Loch im Eis offen. Ab und zu schnattern sie laut.

Nanne schiebt ihre Hände tief in die Ärmel. Langsam geht sie näher. Soll sie fragen, ob es der Frau gut geht? Vielleicht ist sie schon steif vor Kälte. Vielleicht sind ihre Finger schon blau.

In einiger Entfernung bleibt Nanne stehen. Sie seufzt erleichtert. Sie hört die Frau singen. Ganz leise. Die Frau wiegt sich sogar ein bisschen hin und her.

Plötzlich legt sie eine Hand auf ihren Hut. Sie schaut über die Schulter. »Ich weiß, dass du da bist, Kind«, sagt sie. Schon dreht sie sich wieder um.

Nanne zögert einen Moment. Aber dann sagt sie doch etwas zu dem Hut. Sie sagt: »Sie werden sich erkälten.«

»Ach nein«, sagt die Frau. »Ich bin dick angezogen. Ich sitze gut hier. Mach dir keine Sorgen.«

Nanne zieht die Augenbrauen hoch. Sie macht sich nämlich doch Sorgen. Vorsichtig tritt sie einen Schritt näher. Sie steht nun neben der Frau, direkt vor dem Eis. »Sie müssen ...«, beginnt sie.

»Still«, sagt die Frau. »Der Wind weint heute wieder. Das ist nicht gut. Ich weine schon lange nicht mehr. Aber der Wind manchmal schon noch. Dabei hat es doch gar keinen Sinn. Tasja ist weg und bleibt weg.«

Nanne nickt, weil die Frau auch nickt. Aber sie versteht es nicht. Wer ist Tasja? Und warum hat weinen keinen Sinn?

Sie schaut die Frau an. Die sagt nichts mehr. Die Frau singt und wiegt sich leicht hin und her. Ihr Hut flattert im Wind.

»TRAURIGE LIEDER SIND IMMER SCHÖN.«

Nanne

»Tasja Mei schwimmt im See.
Ach, Tasja, lass das sein.
Tasja Mei trinkt aus dem See.
Sie kommt nie wieder heim«, singt die Frau.

Nanne schluckt. Das Lied klingt schön, aber auch traurig. *Traurige Lieder sind immer schön*, denkt sie. *Ich wünschte, ich könnte so schön singen. Dafür muss man bestimmt sehr, sehr traurig sein. Und das bin ich nicht.*

Auf einmal fühlt sich Nanne ganz seltsam. Die Stimme der Frau klingt in ihrem Kopf nach.

Tasja Mei. Tasja Mei.

Ist Tasja Mei vielleicht eine Katze? Das könnte sein. Katzen gehen weg und kommen nicht mehr heim. Nie wieder. So sind Katzen eben.

»Wissen Sie das genau?«, fragt Nanne, ohne nachzudenken.

Die Frau mit dem roten Hut erschrickt.

»Was soll ich genau wissen?«, sagt sie.

»Das mit Tasja«, sagt Nanne. »Dass sie weg ist und weg bleibt.«

Die Frau dreht sich halb zur Seite. Sie betrachtet Nanne. Ihr Mund wird zu einem schmalen Strich. »Ja, liebes Kind«, sagt sie. »Das weiß ich ganz genau.« Dann dreht sie sich wieder um und starrt vor sich hin. Sie zieht den Hut tiefer über die Ohren.

»Oh!«, sagt Nanne. Sie hat zu viel gefragt. Jetzt ist die Frau traurig. Nanne überlegt schnell. Sie sucht nach Worten. Nach Worten mit Trost.

»Lilas Katze ist aber wiedergekommen«, sagt sie plötzlich. »Zu viert sind sie heimgekommen. Echt wahr, Lila aus meiner Klasse hat es selbst gesagt.« Nanne macht den Mund schnell zu.

Mit einem Ruck steht die Frau auf. Sie schnappt nach Luft. Sie sieht nicht getröstet aus. Mürrisch klopft sie sich den Schnee vom Mantel. »Tasja Mei war keine Katze«, zischt sie. Mit großen Schritten läuft sie weg. Nach ein paar Metern dreht sie sich noch einmal um.

»Du bist ein freches Kind!«, ruft sie. Ihre Stimme schallt über den See.

Kind, Kind, Kind, antwortet der Wind.

»BLEIB MIT DEN FÜSSEN GUT AUF DEM EIS.«

Willlemien

Nanne versteht es nicht. Die Frau mit dem roten Hut ist schon lange weg. Schon über eine Stunde.

Trotzdem ist es, als wäre sie noch da. Sie spukt in Nannes Kopf herum. Die Essenszeit ist vorbei. Auf dem Eis sind wieder Schlittschuhläufer. Die Enten sind jetzt verschwunden. Das Loch im Eis ist ein dunkler Fleck.

Nanne steht allein am Ufer. Sie schaut zu ihrer Schwester hinüber. Willemien läuft Achter und Nullen. Nanne schaut zwar hin, aber sie sieht ihre Schwester nicht wirklich. Sie ist mit ihren Gedanken woanders. *Tasja ist keine Katze,* denkt sie die ganze Zeit. Vielleicht, ganz vielleicht, ist Tasja ein Mensch. Ein Kind. Kinder können schwimmen und sich dumm anstellen. Manchmal gehen sie fort und kommen nie mehr zurück. Aber wo ist Tasja dann?

»Steh nicht rum und träume, Nanne«, sagt Willemien. »Ich habe es dir doch gesagt. Die Frau ist verrückt. Der Wind heult, weil da Bäume stehen. Das ist die Natur. Und niemand kann jetzt im See schwimmen. Ich wüsste nicht, wo oder wie! Unter dem Eis vielleicht? Denk mal nach!«

Willemien fährt ihren großen Achter nicht zu Ende. Sie bleibt auf einer Null mit einem Schnörkel stehen. »Vergiss diesen Blödsinn«, sagt sie seufzend. »Komm aufs Eis. Oder willst du warten, bis es taut?«

Nanne lächelt kurz. Willemien hat bestimmt recht. Sie ist älter, sie kann es wissen. Die Frau mit dem roten Hut ist verrückt. Tasja ist ein Hirngespinst. Etwas Unheimliches, um ihr Angst zu machen. Nanne seufzt erleichtert. Sie gleitet vorsichtig auf die Eisfläche. Das Eis ist so glatt wie Omas Fußboden.

»Komm«, sagt Willemien. »Wir fahren ein bisschen. Bleib mit den Füßen gut auf dem Eis.«

Nanne lacht lauter, als sie will. Sie gleitet vorwärts, ohne zu laufen.

Willemien zieht sie hinter sich her. Bis mitten auf den See.

»FÄLLST DU AUF DIE NASE?«

Neuling der Dümmste

»Hier lasse ich dich stehen, Schwesterchen«, sagt Willemien. »Jetzt musst du allein laufen.« Willemien läuft davon.

Nanne schaut ihr nach. Sie mault. Was für ein gemeiner Streich! Die Mitte des Sees ist weit weg vom Ufer. Jetzt muss sie alles zurücklaufen.

Hinter ihrem Rücken ertönt Gelächter.

»Nanne, Nanne, Nanne, huuu! Fällst gleich auf die Nase, duuu!«

Nanne dreht sich um und erschrickt. Sie steht direkt vor einer Schlitterbahn. Der Schlitterbahn der Brüder Neuling. Sie versucht, nicht ängstlich auszusehen. »Redest du mit mir?«, fragt sie.

»Nein, ich rede mit meinem Bruder.« Neuling der Dümmste lacht laut. Er gibt Neuling dem Kleinsten einen Stoß.

Neuling der Kleinste lacht nun auch.

Nanne verdreht die Augen und schaut zur Seite. Angeber! Sie muss bloß zum Ufer. Zum Ufer ist es noch ein ganzes Stück. Aber sie kommt nicht weit. Die Brüder halten sie zurück.

»Wo willst du hin?«

»Zurück«, sagt Nanne. Sie läuft weiter. Vorsichtig, damit sie nicht hinfällt. Aber schnell.

Neuling der Kleinste ist schneller. Nanne hört ihn kommen.

»Bleib stehen!«, ruft er. Mit einem lauten Schrei wirft er sie um.

Sie fällt auf den Po. Hart gegen weich. Sie schnappt nach Luft. Als ob das Eis durch ihren Mund atmen müsste. Keuchend dreht sie sich zur Seite. Sie kauert auf Knien und Händen. Vor Schmerz macht sie die Augen zu.

Die Brüder schlagen sich gegenseitig auf die Schultern vor Lachen. Plötzlich verschlucken sie ihr Gelächter.

Das Eis zittert. Es gibt ein unheimliches singendes Geräusch von sich.

Die Neulings bleiben stehen. Die anderen Leute vergessen weiterzulaufen. Sie schauen sich um.

Nannes Augen werden groß. Unter dem Eis ist etwas! Sie weiß es genau. Unter dem Eis bewegt sich etwas. Hat sie das wirklich gesehen? Unwillkürlich fängt sie an zu schreien. So laut hat sie noch nie geschrien.

»EIS LEBT.«

Willemien

Jemand zerrt an Nannes Pullover, aber Nanne bewegt sich nicht. Sie will sich nicht bewegen.

»Nanne, was ist los? Ich bin es, Willemien.«

Nanne schüttelt den Kopf und schaut nicht hoch. Sie drückt den Kopf zwischen ihre Arme.

»Lass los, Nanne, komm mit.«

»Nein!«

Willemien will sie hochziehen, aber es gelingt ihr nicht. »Nanne, steh auf!«

»Nein!«

»Warum nicht?«

»Darum nicht.«

Einen Moment lang bleibt es still. Sind alle weg? Nanne späht unter ihrem Arm hervor. Zuerst sieht sie nur Füße mit Schlittschuhen. Eine ganze Menge Füße von schweigenden Menschen. Ein Schlitten wird vor ihr Gesicht geschoben.

»Hebt sie darauf«, hört Nanne.

Sie spürt vier Hände um ihre Arme. Sie schwebt durch die Luft. Nun muss sie aufschauen. Zwei Männer halten sie fest. Sie kennt sie nicht.

Die Brüder Neuling stehen weiter weg. Neuling der Dümmste grinst hinter seiner Hand. Neuling der Kleinste sieht blass aus. Er grinst nicht. Nicht mal ein bisschen.

Rechts neben ihr steht Willemien auf ihren Schlittschuhen. Sie schüttelt böse den Kopf. »Dickkopf!«, sagt sie.

Mit einem Knall landet Nanne auf dem Schlitten. Sie schämt sich.

»Und wofür war das Theater nötig?«, sagt Willemien. »Ich habe gedacht, dir ist was passiert.«

»Das Eis«, flüstert Nanne.

»Das Eis? Du bist nicht ganz gescheit!«

Willemien nickt den beiden Männern zu. Sie tippt sich an den Kopf. »Was ist mit dem Eis?«

»Es macht Krach.«

»Natürlich macht Eis Krach. Eis lebt. Du würdest auch stöhnen, wenn so viele Leute auf dir herumtrampeln.«

Nanne schaut Willemien an. *Na, so was,* denkt sie. Der Wind kann nicht weinen, hat Willemien vorhin gesagt. Aber Eis lebt! Willemien weiß nicht, was sie sagt. Nanne glaubt ihr kein Wort.

Sie holt tief Luft und deutet nach unten. »Da ist was unter dem Eis«, sagt sie.

Willemien grinst. Sie zieht Nanne auf dem Schlitten zu sich heran. Ihre Gesichter sind jetzt ganz nahe beieinander.

»Ach ja? Vielleicht ein Monster mit einem langen Hals?«

»Nein«, sagt Nanne. »Ein Mädchen, denke ich.«

»SIE HAT DIR UNSINN EINGEREDET.«

Willlemien

Willemien presst die Lippen zusammen. Sie wird ein bisschen rot im Gesicht. »Jetzt reicht es aber«, sagt sie. »Du hast nur Unsinn im Kopf. Unsinn von der verrückten Frau! Sie hat dir Unsinn eingeredet!«

Willemien schnauft böse. Sie fasst tief in ihre Jackentasche. »Hier hast du Geld«, sagt sie. »Kauf dir was dafür. Einen Apfelkrapfen oder so. Kauf dir einen Apfelkrapfen und geh nach Hause. Mit dir ist doch immer was.«

Nanne betrachtet das Geld in ihrer Hand.

Und vom Geld schaut sie zu Willemien. Die schnaubt. Sie zieht ihre Jacke zurecht und läuft davon.

Nanne bleibt sitzen. Ihr Po tut weh. Sie betrachtet den Stand am See. Dampfwolken kommen heraus. Der Geruch nach Gebackenem. Nach Zucker und Zimt.

Langsam steht Nanne vom Schlitten auf. Eigentlich hat sie keine Lust auf Apfelkrapfen. Aber wenn sie isst, hat sie was zu tun. Dann braucht sie nicht an die Frau zu denken. Oder an Tasja Mei.

Sie läuft zwischen den Menschen hindurch zum Ufer. Vorsichtig setzt sie einen Fuß vor den anderen. Dabei spitzt sie immer wieder die Ohren. Beim Eis weiß man nie. Eis kann krachen. Boden unter den Füßen ist fester. Nanne fühlt sich erst am Ufer sicher. Sie geht ihrer Nase nach. Dem Geruch vom Stand.

Der Mann vom Stand schnauft. Er sieht aus, als wäre er selbst fast gar gekocht.

Nanne will um einen Apfelkrapfen bitten, aber der Mann hat keine Geduld.

»Einen oder zwei?«, fragt er.

»Einen«, flüstert Nanne.

»Hier, Kind«, sagt der Mann. »Ich kann keine Apfelkrapfen mehr sehen.« In die eine Hand drückt er ihr eine spitze Tüte, in die andere das Wechselgeld.

Nanne nickt nur.

»Das soll wohl höflich sein«, brummt der Mann.

Nanne hört ihn, aber es ist zu spät für eine Antwort. Sie dreht sich um und beißt in den Krapfen.

Das ist dumm. Der Krapfen ist heiß.

Nanne kaut sehr schnell. Sie wird knallrot. Und was noch schlimmer ist: Jemand starrt sie an. Es dauert eine Weile, bis sie erkennt, wer es ist.

Neuling der Kleinste.

Nanne versinkt fast im Boden. Bestimmt lacht er sie aus!

Aber Neuling der Kleinste lacht nicht. Er kommt einen Schritt näher. »Nanne«, sagt er.

»Was issen?«, sagt Nanne. Sie schluckt den Bissen hinunter.

Neuling der Kleinste zieht die Schultern hoch. »Es tut mir leid, das von vorhin«, sagt er.

Nanne schaut in die andere Richtung. »Ach ja, ehrlich?«, murmelt sie.

»Ja, ehrlich. Es tut mir echt leid. Tut es dir weh?«

Nanne pustet auf ihren Apfelkrapfen. »Ja«, sagt sie. »Ich bin ganz krumm vom Hinfallen. Und es wird nie wieder gut. Durch deine Schuld.«

Neuling der Kleinste schweigt. Er scharrt mit dem Fuß im Schnee. »Ich habe doch gesagt, dass es mir leidtut«, flüstert er.

»Leidtun ist nicht genug«, sagt Nanne. Das sagt Willemien auch manchmal. Sie lässt Neuling stehen.

»Nanne!«, ruft er ihr nach. »Sollen wir wieder gut sein?«

Aber Nanne läuft weiter. »Gut ist nicht gut genug«, ruft sie. Das hat sie auch von Willemien.

»UND ICH FRAGTE SIE, OB SIE VON EINER KATZE SPRACH.«

Nanne

Nanne läuft die Straße zum Dorf entlang. Ihr Bauch ist voll vom Apfelkrapfen. Und von allem.

Neuling der Kleinste ruft ihr hinterher. Bestimmt ist er bald heiser. *Hoffentlich für immer*, denkt Nanne. *Es geschieht ihm recht, dass es nie mehr gut wird.*

»Nanne, warte!«

Sie hört seine Schritte hinter ihrem Rücken. Er wirft sie nicht um. Er holt sie einfach ein. Mit einem Seufzer packt er sie am Arm.

»Komm, tu doch nicht so«, sagt er. »Wir haben doch nur Spaß gemacht.«

»Ein komischer Spaß«, sagt Nanne. Sie schnaubt und schaut zur Seite.

Neuling weiß nicht, was er sagen soll. Er schweigt.

Vom See her kommt Lachen. Dazwischen schnattern die Enten. Es hört sich an, als hätten alle ihren Spaß. Nur Nanne nicht.

»Komm, sei doch wieder gut«, sagt Neuling.

»Ich weiß nicht«, sagt Nanne. Sie geht zum Straßenrand. Dort steht eine Statue von einer Frau mit einem Kind. Wenn man genau hinschaut, kann man es sehen. Die Statue ist Kunst. Nanne setzt sich darauf.

»Ich weiß nicht«, sagt sie wieder. Sie meint: *Lass mich in Ruhe.*

»Du bist komisch«, sagt Neuling der Kleinste. »Bist du deshalb vorhin so erschrocken?«

»Ja«, sagt Nanne. Sie schlägt die Arme um den Körper. »Der See ist unheimlich.«

Neuling der Kleinste schaut Nanne an. »Der See ist schön«, sagt er. »Das Eis ist unheimlich, das schon.«

Nanne nickt. Plötzlich hebt sie den Kopf. Sie hört eine Stimme. In der Luft ist mehr als nur Geschnatter und Geschrei.

»Ich finde ...«, sagt Neuling.

»Still!«, sagt Nanne. Sie hält einen Finger ans Ohr.

Die Stimme ist ganz nah. Nanne schluckt. Es ist die Frau, die sie hört.

Neuling hört sie auch. Gleichzeitig schauen sie zu der Mauer neben der Straße.

»Sie ist wieder da«, sagt Neuling.

Nanne zieht die Brauen hoch. Neuling kennt die Frau mit dem roten Hut also auch.

»Wo ist *da*?«, fragt sie.

»Dort«, sagt Neuling. »Hinter der Mauer. Dort ist sie öfter.«

Nanne beißt sich auf die Lippe. Sie ist hinter der Mauer. Die Frau mit dem roten Hut ist hinter der Mauer. Und dort ist sie wohl öfter.

Vorsichtig gleitet Nanne von der Statue. Sie stapft durch den Schnee zur Mauer hinüber. Sie setzt einen Fuß in eine Ritze. Sie zieht sich hoch.

Und dann, dann sieht sie den Friedhof. Nanne wagt fast nicht hinzuschauen.

Der Friedhof ist ein unheimlicher Park. Alle Gräber sind weiß. Alle bis auf eines.

Dort sitzt die Frau mit dem roten Hut.

Von der Mauer aus kann Nanne sie deutlich hören. Die Frau singt vor sich hin.

»Tasja Mei, schlaf ruhig hier,
schlaf nur, Kind, ich bin bei dir.«

Nanne verschluckt den Kloß in ihrem Hals. Sie blinzelt. Auf dem Grabstein liest sie einen Namen.

Tasja Mei.

»Tasja Mei, mein liebster Schatz,
hast auch hier oben einen Platz.«

Nanne lässt sich von der Mauer fallen. Sie schlägt die Hand vor den Mund. »Und ich habe sie gefragt, ob sie von einer Katze spricht!«, flüstert sie. »Von einer *Katze.*«

»SIE IST DIE SELTSAMSTE MUTTER IM DORF.«

Neuling der Kleinste

»Von einer Katze?« Neuling der Kleinste grinst kurz. »Natürlich nicht! Hast du Tasja Mei nicht gekannt? Tasja Mei ist im letzten Sommer ertrunken. Sie war acht. Sie hätte deine Freundin sein können.«

Nanne schüttelt den Kopf. Das ist alles, was sie jetzt tun kann. Tasja Mei – ertrunken!

»Willa Mei ist ihre Mutter. Sie ist seltsam geworden vor Kummer. Sie ist die seltsamste Mutter im Dorf«, sagt Neuling der Kleinste.

Nanne schüttelt immer weiter den Kopf. Ertrunken – Kummer! »Ich muss weg«, sagt sie plötzlich. »Ich muss weg, Neuling.« Sie rappelt sich hoch und fängt an zu rennen.

»Wohin?«, ruft Neuling.

»Zu ihr«, murmelt Nanne. Das hört Neuling nicht. Mit einer Hand an der Mauer rennt Nanne weiter. Sie sucht den Eingang. Hier muss doch ein Tor sein. Dort, der schwarze Fleck neben der Tanne!

Keuchend rennt sie auf den Friedhof, den verschneiten Weg entlang. Bis zu dem großen Kreuz. Im Schnee gibt es nur eine Fußspur. Sie führt zu den Kindergräbern.

Plötzlich bleibt Nanne stehen. Zwischen dem Weiß und dem Grau sieht sie etwas Rotes. Den Hut von Willa Mei.

Nun erst denkt Nanne nach. *Was soll ich sagen*, denkt sie. *Dass es mir leidtut? Ich weiß nicht, was sterben ist. Für immer, immer schlafen, sagt Willemien. So lange, dass man dafür keinen Atem mehr braucht. Ich weiß nicht, ob das schlimm ist. Und ich weiß nicht, ob das wahr ist.* Nanne zittert. Hier hört sie ihren eigenen Atem ganz genau. Vielleicht ist sterben nicht schlimm. Aber unheimlich ist es bestimmt. Oder ist es doch umgekehrt?

Was soll ich sagen, denkt sie wieder. *Ich habe kein totes Kind. Ich weiß nicht, wie das ist. Manchmal spiele ich die Mutter. Dann ist Willemien meine Tochter. Dann muss sie auf dem Bett liegen und krank sein. Aber wir tun nur so als ob. Sterben tut sie nie.*

Nanne erschrickt über sich selbst.

Ihre Gedanken machen ihr Angst. Plötzlich schießt ihr ein Gedanke durch den Kopf. Ein Gedanke, der nicht sofort weggeht. Sie denkt: *Willemien ist tot.* Sie weiß nicht, wo dieser Gedanke herkommt. Aber es ist, als wüsste sie es genau.

Aus ihrer Kehle kommt ein ängstliches Geräusch. Schnell macht sie ein paar Schritte. Dann geht dieser unheimliche Gedanke vielleicht weg. Sie schüttelt den Kopf. Es hilft nichts. *Willemien ist tot.*

Nanne schaut sich um. Kommt niemand, um sie hier wegzuholen? Sie nimmt sich noch einen Moment zusammen. Doch dann schafft sie es nicht mehr. Sie setzt sich auf eine Bank am Wegrand. Ganz leise fängt sie an zu weinen.

»WO IST TASJA JETZT?«

Nanne

»Hallo?«, sagt eine Stimme.

Nanne schaut hoch. Direkt in Willa Meis Gesicht. Schnell wischt sie sich die Wangen trocken. Wie lange sitzt sie schon hier? Ihr Gesicht ist ganz heiß.

»Was ist los, Kind? Warum weinst du?«, fragt Willa Mei. Sie setzt sich neben Nanne. Aus ihrer Tasche holt sie ein Taschentuch.

»Wegen nichts«, sagt Nanne. Sie schluchzt noch ein bisschen und nimmt das Taschentuch. Sie putzt sich die Nase.

»Wegen nichts«, sagt Willa. »Das ist dumm. Ich habe dir schon gesagt, dass weinen keinen Sinn hat. Vor allem, wenn es wegen nichts ist.«

Nanne nickt. Ihre Nase ist leer. Ihr Kummer ist verschwunden. Sie schaut vor sich hin.

Ein bisschen schämt sie sich auch. Sie ist hergekommen, um die Frau zu trösten. Und jetzt tröstet die Frau sie. Sie schweigt.

»Na, na«, sagt Willa. »Hast du dich ausgeweint? Du bist nicht so frech, wie ich gedacht habe. Sind deine Tränen vorbei?«

»Ja«, flüstert Nanne.

»Meine auch«, sagt Willa.

Auf dem Friedhof wird es still. Alles scheint nicht mehr so unheimlich wie vorhin. Von Weitem hören sie Geschnatter und Geschrei. Und der Wind singt ein bisschen.

Nanne schaut zu dem großen Kreuz hinüber. Sie denkt an ein achtjähriges Mädchen. An Tasja, die sie nicht gekannt hat. Tasja, die ihre Freundin hätte sein können. War sie lieb? War sie nett? Sie ist tot.

Nanne schaut vom Kreuz zu Willa Mei. Sie möchte etwas fragen. Willa Mei muss es doch wissen.

»Frau Mei?«, sagt sie.

»Ja, Kind?«

»Wenn man stirbt, schläft man für immer, immer. So lange, dass man keinen Atem mehr braucht. Schlafen alle, die hier liegen?«

Willa Mei sitzt einen Moment lang unbeweglich da. Sie öffnet den Mund. »Wer hat dir das erzählt? Dass man für immer, immer schläft?«

»Meine Schwester«, sagt Nanne.

»Oh«, sagt Willa Mei. Sie knüllt ihr Taschentuch zusammen. »Ich weiß nicht, ob man schläft. Ich weiß auch nicht, ob man hier liegt. Aber dass man verschwindet, das weiß ich genau.«

»Aber wohin?«, fragt Nanne. »Wo ist Tasja jetzt?«

Willa schaut Nanne erschrocken an. Sie zittert und schiebt ihren Hut hoch. »Das ist eine große Frage«, sagt sie zögernd. »Niemand weiß das genau. Ich denke, dass du eine schöne Idee wirst. Eine schöne Idee im Kopf deiner Mutter. Und deines Vaters und deiner Schwester. Und von allen, die dich gern gehabt haben.«

Nanne starrt zum Himmel. Sie versteht es nicht ganz. Aber wirklich unheimlich klingt es nicht. Jeder möchte doch zu einer schönen Idee werden, oder?

»Aber wo ist Tasja jetzt genau?«, fragt Nanne.

»Wo genau, das weiß kein Mensch. Aber für mich ist sie hier oben.«

Wieder schaut Nanne zum Himmel. Doch dahin deutet die Frau nicht. Sie deutet auf ihren Kopf. Sie legt den Finger an ihre Schläfe.

»Tasja ist zu einer sehr schönen Idee geworden.«

»FRÖHLICHE LIEDER MUSS ES GEBEN.«

Willla Mei

Willa Mei lächelt. Sie gibt Nanne einen Klaps aufs Knie. »Komm, Kind«, sagt sie. »Mach nicht so ein verdattertes Gesicht. Davon bekommt man hängende Mundwinkel. Fröhliche Lieder muss es geben.« Sie springt auf und winkt mit ihrem Taschentuch.

Nanne kichert ein bisschen. Willa sieht auch so komisch aus.

Vielleicht ist sie wirklich die seltsamste Mutter im Dorf. Aber auch eine der nettesten.

»Meine Tasja, Schatz, mein Kind.
Schau nur, wie ich lachen kann.
Dein Lachen höre ich im Wind,
du malst für mich den Winter an«, singt sie.

Nanne geht langsam hinter Willa her. Sie betrachtet den roten Flatterhut. Fröhlich sieht das aus. Am Tor bleibt sie stehen. »Ich muss in diese Richtung«, sagt sie.

»Ich in die andere«, sagt Willa.

Nanne nickt verlegen. Sie gibt Willa die Hand. »Auf Wiedersehen, Frau Mei«, sagt sie. »Es tut mir leid wegen der Katze. Und das mit Tasja tut mir leid.«

Willa Mei gibt Nanne einen Kuss. »Danke, Kind. Denk nicht zu viel nach. Lebe lieber ein bisschen.«

»Das werde ich tun«, sagt Nanne. Sie macht einen Schritt zurück. Dann dreht sie sich um und rennt schnell weg.

»Neuling!«, schreit sie. »Neuling!« Sie rennt auf das Geschnatter und das Geschrei zu. Dort kann sie schon mal ein bisschen leben. Sie muss es richtig machen. Und es gut machen.

WINTER NACHTS TRAUM

MIT ZEICHNUNGEN VON
MARIJE TOLMAN

Ich werde Muschelkönigin.
Ich bin betrunken, immer betrunken
und immer fröhlich. Ja.

Ich werde Muschelkönigin, dachte Lena. Sie setzte ihre Füße an Stellen, an denen der Schnee noch frisch war. Ab und zu drehte sie sich zu ihrer eigenen Spur um, die bis zu Tantes Zaun führte. Wenn sie den Zaun sah, machte sie ein böses Gesicht oder streckte die Zunge heraus. Sie hasste diesen Zaun. Je weiter sie sich von ihm entfernte, umso besser. Sie wollte Tante nie mehr sehen.

Ich werde Muschelkönigin sein, dachte sie und stapfte Schritt um Schritt weiter. Und Wanda wird eine Prinzessin. Oder nein, erst war sie dran.

Ich werde Muschelkönigin. Ich bin betrunken, immer betrunken und immer fröhlich.

Ja.

Lena blieb stehen und schaute über ihre Schulter. Tantes Haus war fast ganz in Dunkelheit gehüllt. Das Licht einer Straßenlaterne fiel auf den verschneiten Zaun und die Sträucher dahinter, reichte aber nicht bis zur Fassade. Gut so. Wenn es nach Lena ging, konnte Tante für immer und ewig im Dunkeln sitzen.

Mit einem weichen Gefühl in den Beinen bog sie um die Ecke. Tantes Straße verschwand aus ihrem Blick. Lena war deshalb nicht wirklich so froh wie an den Freitagen davor, in den beiden letzten Monaten vor Weihnachten, wenn sie bei Tante gewesen war. Da war sie meistens ein ganzes Stück gerannt oder gehüpft vor Freude, weil wieder einmal eine Probe vorbei war.

Jetzt hatte sie keine Lust zu hüpfen. Es war, als wäre Tante noch hinter ihr und würde mit dem Finger in ihre Richtung deuten. »Es ist deine Schuld, Kind, deine Schuld!« Dabei hatte Lena nur gesagt, was sie dachte. Doch das durfte man nach Tantes Ansicht nicht. Das durfte man nie.

Lena schüttelte den Kopf und lief schneller. Sie steckte die Hände tief in die Taschen ihres Wintermantels und sagte laut: »Ich werde Muschelkönigin und ich bin schön und sitze auf meinem Muschelthron.«

Ja.

Einen Thron am Strand stellte sie sich so schön vor, dass sie einen Moment stehen bleiben musste. Liegt im Winter Schnee am Strand? Natürlich liegt dann Schnee am Strand. Das wird großartig sein, wenn im nächsten Monat die Schiebetüren aufgehen und Mama und Papa und alle Tanten und Onkel die Bühnendekoration sehen. Lena konnte sie jetzt schon hören.

»Oh!«, werden sie sagen, wenn sie all das Weiß und den Thron in der Mitte sehen. »Oh! Endlich einmal hat Tante sich ein schönes Stück für Weihnachten ausgedacht. Wir waren diese ewigen seltsamen und schwierigen Stücke leid. Wer hat sich dieses Theaterstück ausgedacht? Lena? Unsere Lena? Großartig, unsere Lena.«

Bei dieser Vorstellung machte Lena einen Luftsprung. Das hatte sie sich gut ausgedacht.

Sie nickte. *Ja.*

Ich werde Muschelkönigin auf meinem Muschelthron und alle Cousins und Cousinen werden Prinzen und Prinzessinnen oder so. Dann passiert etwas Schreckliches, natürlich, und ...

Soll ich es Mama erzählen?

Nein.

Wieder blieb Lena stehen und zitterte. Sie betrachtete die erhellten Fenster der Häuser. Sie dachte an die Öllampen in Tantes Haus.

Tante deutete mit ihrem Stock zur Uhr und sagte: »Du bist spät.«

»Tut mir leid«, sagte Lena. »Meine Mutter …«

»Deine Mutter, deine Mutter«, sagte Tante. »Immer deine Mutter. Was bist du doch für ein Baby.«

»Meine Mutter hat dein Kleid fertig gemacht.«

Tante blieb stehen und betrachtete das seidene Stoffstück das Lena ihr hinhielt. Das weiße Stoffstück hatte Ärmel mit Rüschen, die mit Perlen verziert waren.

»Das wurde auch höchste Zeit«, sagte sie, während eine Art Lächeln über ihre Lippen glitt. Sie nahm das Kleid, klemmte es unter den Arm und schob die Tür zum Gartenzimmer auf.

Im Licht von mehr als zehn Öllampen auf dem Boden und auf Schränken warteten Lenas Cousins und Cousinen. Sie sahen nicht aus, als würden sie sich freuen, Lena zu sehen.

»Endlich können wir anfangen«, sagte Tante und stieß Lena vorwärts. »Sag, dass es dir leidtut, Kind, das ist das Mindeste, was sie von dir erwarten. Du bist schuld, dass die Probe zu spät anfängt.«

Die Cousins und Cousinen hielten die Luft an, Lena konnte es hören. Sogar Wanda wagte nicht, sich zu rühren, und dabei hatte sie das größte Mundwerk der ganzen Familie. Alle starrten Lena an, die ihre Hände nicht ruhig halten konnte.

»Sie hören dich nicht«, sagte Tante und ließ die Schiebetüren mit einem trockenen Klicken zufallen. »Also, wird's bald?«

»Es tut mir leid«, murmelte Lena schnell und die Cousins und Cousinen atmeten auf. Wanda kicherte.

»Nun ja«, sagte Tante. Auf ihren Stock gestützt humpelte sie zwischen den Öllampen hindurch in die Mitte des Raums. Sie drehte sich wiegend um die eigene Achse, als wollte sie sehen, wie groß der Perserteppich wirklich war, und sagte: »Noor, komm her und stell dich auf diesen Vogel.«

Noor, die kleinste Cousine, runzelte die Stirn und suchte Hilfe bei den anderen. Welchen Vogel meinte Tante? Auf dem Teppich gab es mindestens zwanzig Vögel.

»Dort!«, zischte Wanda und deutete auf einen großen Paradiesvogel auf dem Teppich.

»Nun ja«, sagte Tante wieder. »Doch noch jemand, der weiß, wo wir vergangenen Freitag stehen geblieben waren.«

Die Cousins und Cousinen schlugen die Augen nieder und schwiegen. Wanda nicht. Wanda verdrehte die Augen und schnitt Lena ein Gesicht. *Schon wieder*, sollte das heißen.

»Schon wieder«, sagte Lena laut. Erschrocken schlug sie die Hand vor den Mund.

»Ja?«, fragte Tante über die Schulter. »Lena?«

»Nichts, Tante.«

»Du wolltest etwas loswerden, also sag es schon.«

»Nichts Besonderes, Tante.«

Tante drehte sich um und kam langsam in Lenas Richtung. So langsam, dass ihr lahmes Bein kaum auffiel. So quälend langsam, dass die Cousins und Cousinen wieder die Luft anhielten und Lena einen kleinen erschrockenen Schrei ausstieß.

Tante zog die Lippen hoch, wie wütende Hunde es manchmal tun. »Was wolltest du sagen, Kind?«

Lena schluckte und stotterte dreimal nacheinander »Ich«. Sie schaute Wanda an, die heftig nickte und sie mit einer Handbewegung aufforderte: *Sag endlich etwas!*

Lena sagte etwas. »Ich wollte nur fragen, ob wir nun doch mit dem *Sommernachtstraum* weitermachen. Ich meine, hatten wir letzte Woche nicht beschlossen, dass wir uns selbst ein Stück ausdenken?«

Tantes Mund klappte zu und ihre Lippen formten sich zu einem Lächeln, das aber nichts Fröhliches an sich hatte. »Ja?«, sagte sie, als erwarte sie eine weitere Frage.

»Das ist ... eh ... alles, Tante.« Lena sollte jetzt lieber den Mund halten. Wenn Tante böse wurde, und das wurde sie schnell, konnte man nicht mehr mit ihr sprechen.

»Das ist wirklich alles, Tante. Du weißt, dass wir *Sommernachtstraum* nicht verstehen. Shakespeare schreibt ...«

»Ja, was schreibt Shakespeare?«

Sie war zu weit gegangen. Tantes Augen fingen an zu blitzen.

Lena schaute zu Tante hoch, als müsste sie eine sehr hohe Stufe nehmen. »Darüber haben wir letztes Mal doch schon gesprochen«, fing sie leise an. »Wir kapieren einfach nicht, was all die Leute im Wald tun, mitten in der Nacht. Warum diese Helena verliebt ist in Demetrius und Demetrius in ... Wie heißt sie gleich wieder? Und ... Ach, Tante, wir verstehen das Stück einfach nicht.«

»Weil ihr euch nicht genug anstrengt. Ich habe die ganze Geschichte vereinfacht.«

Lena presste die Lippen aufeinander und bemühte sich, nicht gleich zu antworten. Sie ließ ihre Stimme absichtlich flehend klingen: »Vereinfacht, ja. Aber Noor kann ihren Bühnennamen noch immer nicht aussprechen. Sie hüpft hin und her, als wäre sie die Feenkönigin, aber warum sie sagt, was sie sagt, kapiert sie nicht. Sie ist erst sieben und liest noch Kinderbücher, wie sollte sie dann dieses Stück verstehen?«

»Rede nicht über das Stück, als handelte es sich um ein Stück Wurst«, fauchte Tante plötzlich. »Das Stück ist zufällig ein Theaterstück. Ein Theaterstück von einem großen Meister. Einem sehr großen Meister.« Sie drehte sich brüsk um, murmelte etwas von »Barbaren« und hinkte zurück in die Mitte des Teppichs. Dort blieb sie stehen, gebeugt – gebrochen, wie es schien.

»Nun ja«, sagte sie. »Trotzdem spielen wir den *Sommernachtstraum.*«

Die Cousins und Cousinen wechselten Blicke.

»Ich kann mir kein schöneres Stück für den Weihnachtsabend vorstellen«, fuhr die Tante fort. »Wenn die Familie vor den Schiebetüren sitzt und hört, was wir spielen, werden sie – oh ja, sie werden begeistert sein.« Sie starrte vor sich hin und seufzte, als habe sie heftige Sehnsucht nach etwas. Einen Moment lang blieb es still. Dann schreckte die Tante hoch, stieß mit ihrem Stock vor sich auf den Teppich und sagte: »Wanda, du stellst dich hier auf die grünen Schnörkel.«

Wanda verschränkte die Arme. Sie schüttelte den Kopf. »Nein«, sagte sie.

Tante schaute auf. Lena schaute auf. Die Cousins und Cousinen schauten auf.

»Letzte Woche«, sagte Wanda mit heller Stimme, »hast du versprochen, dass wir uns selbst ein Stück ausdenken dürfen, weil du es eigentlich auch verrückt findest: eine Sommernacht an einem Weihnachtsabend.«

Tante atmete hörbar ein. Ihr linkes Auge zuckte kurz. »Das war letzte Woche«, sagte sie. »Jetzt denke ich anders darüber.«

Wanda schaute sich im Zimmer um und streckte den Rücken. »Wir nicht«, antwortete sie so deutlich, als wollte sie Tante einen neuen Text beibringen.

Im Zimmer wurde es sehr still und das Licht der Öllampen ließ die Wände zittern.

Tante sackte ein bisschen zusammen. Sie stellte ihren Stock zweimal um, als würde sie gleich das Gleichgewicht verlieren. Ihre grauen Haare fingen plötzlich kein Licht mehr auf und ihr Gesicht sah wirklich alt aus. Kurz, ganz kurz, empfand Lena Mitleid mit ihr.

»Es tut uns leid, Tante«, sagte sie. Lena wusste, wie viel Shakespeare Tante bedeutete. »Es tut uns leid.«

Die Cousins und Cousinen – bis auf Wanda – nickten und murmelten zustimmend vor sich hin.

»Hm«, machte Tante, sie hob das Kinn und schien wieder ein bisschen zu wachsen. Alle erwarteten ein »Nein«. Tante sagte immer Nein. Dann machte sie sich größer, als sie war, und man tat gut daran, wegzutauchen. Aber nun wuchs Tante nicht. Das gereckte Kinn war nur Schein. Ihre Augen sanken in die Höhlen, ihre Schultern hingen herunter.

Lena sah, wie Tante nickte. Fast unmerklich. Sie nickte nur sehr leicht. Ihre Wangen wurden rund, als würde sie in ihnen Wörter sammeln, und plötzlich sagte sie: »Wie ihr wollt.«

Die Cousins und Cousinen stießen einen Seufzer aus, aber wirklich fröhlich war der nicht, weil Tante so gebrochen dastand.

»Nächsten Freitag fangen wir mit einem ... eh ... selbst gemachten Stück an«, sagte sie leise. »Geht jetzt nach Hause. Passt auf der Straße auf. Sagt euren Eltern, dass ich mich nicht ganz wohl fühle. Und grüßt sie von mir.« Sie nahm eine Öllampe, hinkte zu den Schiebetüren und ließ die Cousins und Cousinen hinaus. Sie zögerten. Sie verschwanden wie ängstliche Wiesel. Sie wagten kaum, Tante anzuschauen.

Lena sah, dass Wanda ihr winkte, aber Lena machte eine abwehrende Handbewegung und blieb allein zurück. Ihre Mutter hatte sie gebeten, Tante zu sagen, sie solle das Kleid anprobieren. Vielleicht waren die Ärmel zu lang oder der Hals zu eng. In diesem Fall könnte Lena das Kleid sofort wieder mitnehmen.

»Freitag, hört ihr, Freitag kommt ihr wieder!«, rief Tante in die Diele.

Lena wäre am liebsten auch gleich weggelaufen, wie ihre Cousins und Cousinen, aber sie wartete geduldig. Sie dachte an Wanda und die anderen, die sich jetzt auf dem Heimweg mit Schneebällen bewerfen und lauthals Weihnachtslieder singen würden. Bestimmt nannten sie das Postauto an der Ecke Tante, wie letzte Woche, und bewarfen es mit Schnee und riefen: *Das ist es, was du verdienst, du dumme alte Frau! Da hast du's! Hier! Und hier! Und hier!*

Die Haustür klappte zu.

Komische alte Frau, dachte Lena. In ihrem Kopf hörte sie ihre Mutter sagen: *Das ist wegen früher, Schatz. Wenn man jahrelang am Theater gearbeitet hat, bleibt das ein Leben lang hängen. Deshalb ist Tante manchmal ein bisschen sonderbar, aber verrückt ist sie nicht. Oh nein!*

Lena nickte ihrer Mutter, die nicht da war, zu und betrachtete die bizarren Bilder auf dem Teppich und die dunklen Schatten hinter den Schränken und Gardinen. *Sonderbar,* dachte sie. In Tantes Theater war es vielleicht auch so dunkel gewesen. Vielleicht hatte es dort auch nur Öllampen gegeben und Tante hasste deshalb das Licht des großen Kronleuchters.

»Ich habe mir schon gedacht, dass du noch da bist«, sagte Tante an den Schiebetüren.

Lena erschrak vor Tantes Stimme und wich einen Schritt zurück. »Meine Mutter ...«, sagte sie.

»Deine Mutter, deine Mutter, immer deine Mutter.«

»Sie möchte, dass du das Kleid anprobierst.«

Tante schüttelte den Kopf und deutete mit ihrem Stock zur Tür. »Dieses Kleid passt genau. Geh jetzt, ich möchte allein sein.«

»Aber, Tante ...«

»Geh jetzt«, antwortete Tante und wandte das Gesicht ab. »Wer zu spät kommt, braucht deshalb nicht länger zu bleiben.«

Lena senkte den Kopf und verließ langsam das Zimmer.

»Damit du es weißt«, hörte sie hinter ihrem Rücken, »damit du es weißt, ich werde mir kein Stück ausdenken. Das kannst du tun, du führst ja das große Wort.«

»Aber, Tante ...«

»Geh jetzt bitte, Kind.« Tante hörte sich todmüde an.

Lena lief zur Diele, schlüpfte schnell in ihren Mantel und machte die Haustür fast unhörbar zu.

Es war etwas, wovon einem ganz heiß wurde. Heiß vor lauter Schuldgefühlen. Lena setzte sich auf den Gehweg und ordnete ihre Gedanken. Was sollte sie tun?

Immer wieder drängte sich die Muschelkönigin in ihre Gedanken, aber Lena wollte nicht an sie denken. Sie begriff, dass Tantes weißes Kleid jetzt nur noch für den Stoffkorb gut war. Nie würde es getragen werden, denn aus der Rolle, die Tante im *Sommernachtstraum* spielen sollte, würde nichts werden. Vielleicht war sie deshalb so böse und traurig zugleich gewesen. Weil sie wusste, dass sie in dem Stück, das Lena sich ausdenken würde, keine Rolle bekommen sollte.

Ich werde Muschelkönigin auf meinem Muschelthron sein. Ich bin schön und fröhlich.

Mit einem Ruck setzte Lena sich gerade hin. Und wenn sie sich für Tante eine schöne Rolle ausdachte? Würde sie das glücklich machen?

Tante als Muschelkönigin auf dem Muschelthron.

Nein.

Der Thron war viel zu schön. Lena sah alles genau vor sich. Sie würden die Tür zum Garten aufmachen und echten Schnee als Dekoration benutzen. Das würde Mama und Papa und allen Tanten und Onkel großartig gefallen, natürlich würde es das!

»Oh, schaut doch, was für einen schönen Thron sie gebaut

haben, mit echtem Schnee drum herum. Und die Öllampen, die sie da und dort auf den Boden gestellt haben, schaut nur, was für ein stimmungsvolles Licht sie auf die weißen Laken werfen!«

Lena seufzte, weil das Bild in ihrem Kopf so schön war. Sie sah sich lachend auf dem Thron sitzen und sie bewegte so elegant die Arme, als würde sie schweben. Cousine Noor, die Wassernymphe, würde angehüpft kommen und sie vor der Wintersonne warnen, die den Prinzen und Prinzessinnen auf den Fersen war. Oh ja!

Lenas Zehen krümmten sich. Ihr Po war kalt, aber sie blieb sitzen und genoss ihre Rolle. Sollte Tante vielleicht die durstige Wintersonne spielen? In ihrem weißen Seidenkleid? Nein. Das Kleid war doch wirklich wie gemacht für eine freundliche ...

Muschelkönigin.

Tante wird die Muschelkönigin und sitzt auf dem Muschelthron.

Nein.

Lena sprang auf und klopfte sich den Schnee vom Mantel. Sie setzte ihre Füße in den noch frischen Schnee und lief einfach weiter. Sie schaute sich nicht um. In ihrem Kopf sah sie noch immer die Dekoration ihres selbst ausgedachten Stücks. Die Bühne war leer. Aber es gelang ihr nicht, auf den Thron zu steigen und sich vorzustellen, sie wäre die Muschelkönigin. Immer wieder hörte sie Tante sagen: »Deine Schuld, Lena, deine Schuld.«

Und plötzlich sah sie Tante zum Thron gehen. Sie machte es sehr vornehm, sie schritt elegant durch den Schnee, in ihrem weißen Seidenkleid, das sich leicht bewegte. Sie sah prachtvoll aus, wie sie zwischen den Öllampen hindurchschritt. Vor dem Thron blieb sie stehen und sagte mit schwerer Zunge: »Ich bin die Muschelkönigin, betrunken und immer fröhlich.« Dann nahm sie zwei Enden von ihrem Kleid und wischte den Staub von den Lehnen, während sie sich setzte.

Lena legte die Hand vor die Augen. Sie konnte keinen Schritt weitergehen. In ihrer Vorstellung fiel der Staub über eine Öllampe neben dem Thron. Die Flamme berührte die Seide kaum, da schoss die Hitze knisternd hoch und verbrannte das Kleid in Sekundenschnelle. Tante schrie. Sie heulte: »Deine Schuld, Lena, deine Schuld! Lena!«

»Nein«, sagte Lena und wusste nicht, ob sie es laut gerufen oder nur gedacht hatte.

»Lena!«

Erschrocken drehte Lena sich um. Die Stimme war nicht nur in ihrem Kopf. Die Stimme war auch auf der Straße.

»Lena!«

An der Ecke stand jemand, knapp außerhalb des Lichtkreises der Laterne.

Ein dunkler Hut und ein dunkler Mantel mit zwei Beinen und einem dünnen daneben. Ein Stock. Der Stock hob sich und deutete in Lenas Richtung.

Es war Tante.

»Da bist du, komm her«, sagte sie.

Lena schluckte und ging zögernd auf das Licht zu. Sie schob ihren Traum fort. »Ja«, flüsterte sie nur.

Kleine Atemwolken kamen unter Tantes Hut hervor. Eine kurze Straße war für sie schon ein langer Weg. Sie keuchte. »Ich habe nachgedacht, Kind«, sagte sie. Mühsam öffnete sie ein paar Knöpfe ihrer Jacke und zog ein langes Stück Stoff heraus, als würde sie zaubern. »Nimm. Du hast das Kleid vergessen, es ist jetzt für dich. Es ist dir bestimmt zu groß, aber deine Mutter wird es sicher für dich ändern.« Sie knüllte den Stoff zusammen, drückte das Knäuel in Lenas Hand und sagte dann seufzend: »Gut so?«

»Danke, Tante«, flüsterte Lena. »Nein, danke.«

»Was soll das heißen, nein, danke?« Tantes Stimme wurde lauter.

Lena scharrte mit dem Fuß im Schnee. Fast hätte sie das Kleid fallen gelassen. »Nein, danke. Das Kleid ist für dich und es bleibt für dich. Ich habe auch nachgedacht.«

Tante, die ihren Mantel wieder zuknöpfen wollte, schaute auf und ihr Arm hielt inne. Lena hängte das Kleid darüber.

»In meinem Stück ...«, fing sie an, schwieg aber sofort wieder. Sie wusste nicht weiter. Noch nicht wirklich. Kam eine Muschelkönigin in ihrem Stück vor, betrunken und immer fröhlich? War das eine Rolle für Tante?

»Mein Stück ist so ähnlich wie *Sommernachtstraum*«, sagte sie, ohne lange darüber nachgedacht zu haben. Mit einem Stück, das so ähnlich wie *Sommernachtstraum* war, stand ihr alles offen. Sie grinste. »Es spielt im Winter. Mitten im Winter ... Also, in einer Winternacht.« Lena nickte, froh über das, was sie sich gerade ausdachte.

Tante wuchs in ihrem Mantel. Ihr Hut ging in die Höhe. »Oh«, sagte sie. »In einer Winternacht.«

»Von Shakespeare kann man was lernen«, antwortete Lena, nur um Tante einen Gefallen zu tun.

Es gelang. Tantes Mundwinkel gingen hoch. Sie hielt das Kleid mit beiden Händen vor sich hin und betrachtete es. »Ich bekomme von dir also auch eine Rolle«, sagte sie langsam.

»Ja«, sagte Lena. Sie blinzelte, denn plötzlich sah sie wieder die brennende Tante vor sich. »Aber ich weiß noch nicht, was für eine.«

Tante stützte sich auf ihren Stock und drehte sich halb um. »Gut, Kind«, sagte sie. »Eigentlich bist du wirklich ein gutes Kind. Geh jetzt zu deiner Mutter, es ist schon spät.«

»Ja«, sagte Lena. Sie murmelte ein Gutenacht und ging mit kräftigen Schritten durch den Schnee, die Straße entlang.

Ja.

DER KÖNIG UND DIE KAFFEEBOHNE

MIT EINER ZEICHNUNG VON

GERDA DENDOOVEN

Drinnen singen sie *O Tannenbaum, o Tannenbaum,* während Stevens auf der Terrasse steht und ruft und flucht, dass ich zu ihr kommen soll. »Meine Geduld ist beinah zu Ende«, ruft sie. Sie zählt noch bis drei. Eins, zwei, drei, und wenn ich dann nicht komme, geht die Tür zu. Ruft sie.

Ist mir doch egal. Die ganze Gegend darf hören, dass sie mich verabscheut. Ich verabscheue sie auch, daraus mache ich kein Geheimnis. Ich brauche nicht auf sie zu hören, sie ist nichts für mich. Keine Aufpasserin, keine Verwandte. Sie ist nur neu. Sie braucht sich nicht einzubilden, dass sie nach zwei Sonntagen schon meine dritte Oma geworden ist. Das werden wir noch sehen. So weit ist es noch lange nicht.

Ich bleibe lieber draußen in der Kälte stehen, als drinnen mit Stevens und dem Rest mitzusingen. Warum soll ich denn so tun, als ob die anderen Cousins und Cousinen von mir wären, obwohl ich sie noch nie gesehen habe?

»Eins!«

Ich brauche nicht auf sie zu hören.

»Zwei!«

Sie hat mir nichts zu befehlen.

»Drei!«

Die Drei dehnt sie nicht länger aus, als nötig wäre. Sie bleibt nicht länger stehen und schaut, ob ich irgendwo auftauche. Nein, das ist ihr egal. Sie ruft: »Jona, die Tür geht zu!« Es dauert keine drei Sekunden und man kann hören, wie die Tür zufällt. Stevens macht Türen offenbar immer mit einem Knall zu, und weil es geschneit hat, rieselt da und dort etwas Schnee aus einem Baum oder Strauch, aber vielleicht ist das nur Zufall.

Ich gebe zu: Der Knall erschreckt mich mehr, als ich will, aber ich hüstele kurz und dann ist der erste Schreck schon vorbei. Ich schaue hinunter auf den Boden, zum Schnee, auf meine Finger, die kalt und rot sind, auf meinen Atem, den ich in Wolken ausblase.

Gut gemacht, sage ich mir. Ich stehe hier und erfriere in meinem Pullover, hier, zwischen den Tannen hinter dem Garten. Gleich fängt es an zu schneien und nach einer Weile werde ich zu einem Schneemann und dann bin ich unauffindbar. Dann entdeckt Stevens mich erst, wenn es taut, wenn sie zufällig hier im Garten anfängt zu graben. Da liege ich dann vor ihr und bin tot. Vielleicht wird ihr schlecht vor Schreck.

Eigentlich ist sie schon verrückt, diese Frau mit ihrer Torte. Sie hat ein großes, rundes, dunkles Ding aus Teig gebacken. Ohne Schlagsahne dazwischen und ohne Glasur. Sie hat einfach ein rundes Ding gebacken und dann hat sie eine Krone aus Pappkarton draufgesetzt. Ich habe erst gar nicht kapiert, was das ist, als sie damit aus der Küche kam. Ich habe auch nicht verstanden, was sie dann sagte.

»Kinder, Kinder, schaut mal! Wer das Stück mit der Bohne darin bekommt, ist König!«

Wenn ich daran denke, werde ich gleich wieder wütend. Eine Kaffeebohne. Ein König. Und das ein paar Tage vor Weihnachten?

Glaubt sie denn, dass ich dumm bin? Dass ich keinen Kalender lesen kann? Eine Torte mit einer Bohne kommt erst nach Weihnachten auf den Tisch. Am sechsten Januar, um genau zu sein. Wenn alle die Heiligen Drei Könige feiern. Dann sind die Könige am Stall angekommen oder gerade wieder gegangen, das weiß ich nicht genau. Jedenfalls ist es schon immer so gewesen: Wenn man am sechsten Januar ein Stück Torte mit einer Kaffeebohne darin bekommt, dann ist man König.

Oma Vaals, Papas Mama, die Oma, die ich fast nie mehr sehe, weil ich Papa fast nie mehr sehe, diese Oma jedenfalls hat immer genau gewusst, wie sich das gehört, das mit dem König und der Kaffeebohne. Die hat keine Feste durcheinandergebracht. Auf ihrer Torte war Schlagsahne und Glasur und eine Krone aus Gold.

Stevens und ich, das wird nie etwas werden. Von Anfang an können wir uns nicht leiden. Wir sind beide ein Kieselsteinchen im Schuh des anderen.

Ich höre Stevens bis hierher singen, *O Tannenbaum, o Tannenbaum*, über die Stimmen der Kinder hinweg.

Sie ruft: »Und jetzt alle zusammen!«

Natürlich vermisst niemand meine Stimme. Niemand wischt die beschlagene Scheibe sauber, um nachzuschauen, wo ich bleibe. Hinter dem Fenster schweben Schatten und Farben durcheinander. Ich glaube, dass Stevens Hüte und Fähnchen angebracht hat. Sie feiern einfach weiter, noch fröhlicher als vorher. Natürlich verteilt sie jetzt die Torte und die neuen Cousins und Cousinen, die Cousins und Cousinen, die ich nicht kenne und die eigentlich auch nicht meine Cousins und Cousinen sind, streiten sich um das eine oder andere Stück – *hier ist die Bohne drin, nein, dort ist die Bohne drin.*

Sie können mich mal gern haben!

Ich blase auf meine Hände. Unter meinen Kleidern wächst Gänsehaut, ich zittere, aber mir wird einfach nicht warm.

Trotzdem hört das Zittern plötzlich auf, weil mich ein Mädchen erschreckt. Sie steht auf einmal vor mir, hinter dem Zaun zum

Nachbarn. Sie hat ihre dicken Handschuhe zwischen die Zaunlatten geschoben.

Ich tue, als würde ich etwas auf dem Boden suchen, aber meine Augen gehorchen mir nicht. Ich schaue das Mädchen an.

Sie winkt mit den Aufschlägen ihres dicken Mantels und sagt hinter ihrem dicken gestrickten Schal: »Wenn du so weitermachst, wirst du noch krank. Und dann liegst du an Weihnachten im Bett. Das kannst du mir glauben.«

Ich sage nichts, ich mache nur »Hmm«, aber das hat sie nicht gehört, denn sie stößt mit den Knien ein paarmal laut gegen den Zaun und sagt, ich soll aufhören, so zu tun, als hätte ich was verloren.

»Du hast gar nichts verloren. Ich habe die Stevens genau gehört. Du solltest hineingehen. Eins. Zwei. Drei. Warum bist du so dickköpfig?« Sie zieht den Schal vom Mund weg und grinst mich an. »Jona«, sagt sie.

Ich zittere und betrachte ihr Gesicht. Vor lauter Zittern kann ich nicht genau sehen, ob sie mich auslacht oder nicht. Ab und zu klappern meine Zähne.

»Wenn man weglaufen will, muss man einen Mantel anziehen, vor allem im Winter«, sagt das Mädchen. »Ehe man sichs versieht, kann man nicht mehr hinein, ohne das Gesicht zu verlieren, und dann gewinnen sie doch.« Das Mädchen macht eine Kinnbewegung zu dem beschlagenen Fenster. »Manche Erwachsene gewinnen immer, vor allem diese Stevens.«

»Sie hat mir nichts vorzuschreiben«, sage ich. »Sie ist nur die Mutter vom Freund meiner Mutter, ich brauche ihr nicht zu gehorchen.«

»Nein, aber inzwischen stehst du hier draußen und erfrierst. Findest du das schlau?«

Ich will mit den Schultern zucken, aber plötzlich läuft mir ein

Schauer über den Rücken und es schüttelt mich so sehr, dass ich fast das Gleichgewicht verliere. »Das ist mir egal«, sage ich. »Dann erfriere ich eben. Von mir aus sollen sie doch die ganze Torte auffressen. Von mir aus können sie an der Bohne ersticken.«

»Die Bohne?«, sagt das Mädchen. »Die Bohne? Jetzt schon?«

»Die Bohne. Jetzt schon«, sage ich und wir schütteln beide den Kopf. Das ist lächerlich, die Bohne, jetzt schon.

»Dabei ist noch gar nicht Weihnachten«, sagt das Mädchen. »Die Könige wissen noch nicht, dass sie eine Reise unternehmen müssen, sie wissen noch nicht mal, dass sie zu dritt sein werden.«

Gleichzeitig schauen wir zu dem beschlagenen Fenster hinüber.

Drinnen ist es sehr still. Ich nehme an, dass sie jetzt alle dasitzen und mit ganz kleinen Mündern kauen. Vorsichtig prüfen sie, ob die Bohne nicht zufällig auf ihrer Zunge liegt.

Und Stevens steht jetzt da und wartet, die Krone in den Händen und ein Lächeln auf dem Gesicht. Wer wird König? Wer wird König?

Wer, um Himmels willen, will schon von Stevens die Krone aufgesetzt bekommen, denke ich.

In diesem Moment geht die Tür auf. Dort steht sie, die Mutter vom Freund meiner Mutter. Ich schaue zu ihr hin, sie schaut zu mir her.

»Ach, da bist du«, sagt sie. »Wir haben unser Stück Torte schon aufgegessen, Jona. Es ist nur noch ein Stück übrig.« Sie hält mir den Teller mit dem Stück Torte hin, zieht die andere Hand hinter ihrem Rücken hervor und hält die Pappkartonkrone hoch. »Ein einziges Stück, Junge«, sagt sie.

UND WEITER WAR NICHTS MEHR ZU SEHN

MIT EINER ZEICHNUNG VON
KORNEEL DETAILLEUR

Sie machen ah und oh und ach
und hör'n nicht auf zu prahlen.
Und wenn du's endlich sehen darfst,
musst du dafür bezahlen.

Ein Mädchen sagt: »Was gibt's zu sehn,
dass Leute beieinanderstehn?
So viele Menschen, Frau und Mann.
So macht mir doch ein bisschen Platz,
damit ich auch was sehen kann.«
Vor ihrer Nase steht die Wand
aus Jacken, Mänteln und aus Hosen.
Die Rücken bleiben starr und stumm
und keiner rührt sich, dreht sich um.
Ein Mann sagt mürrisch: »Halt den Mund.
Entweder gehst du oder schweigst.
Wir sehen was, was uns nichts kostet.
Es ist ein Ding, ein Ding, das rostet.«
Das Mädchen sagt: »Was ist das Ding,
das mich am Reden hindern will?
Ich will es sehn, mein Bruder auch.
Wenn du's mir sagst, dann bin ich still.«
»Kunst«, sagt der Mann, »ein Kunstwerk, ja,
das uns den Kopf so ganz verdreht
wie es verdrehter gar nicht geht.
Ein großes Werk, von hier bis dort.«
Das Mädchen sagt: »Von hier bis wo?
Sehr seltsam klingt das und gefährlich.«
Der Bruder gibt ihr einen Stoß,
er zuckt die Schultern und sagt: »Nein.

Sie reden, reden, nichts ist wahr.
Wahrscheinlich wird dort gar nichts sein.
Sie machen Ah und Oh und Ach
und hör'n nicht auf zu prahlen.
Und wenn du's endlich sehen darfst,
musst du dafür bezahlen.«
Das Mädchen sagt: »Jetzt lass mich hoch.
Ich will auf deinen Schultern sitzen.
Dann seh ich mehr, dann seh ich weiter.«
Der Bruder macht die Räuberleiter.
Die Schwester klettert an ihm hoch,
schaut über alle Köpfe.
Sie hört: »Hurra! Hurra! Hurra!«
Doch nur sehr wenig »Oh« und »Ah«.
Der Bruder zieht sie fest am Arm.
»Ich halt's nicht aus, mir wird ganz warm.«
»Still«, sagt die Schwester. »Sei doch still
und geh jetzt einen Schritt voran.
Jetzt sehe ich's. Drüben steht ein Mann,
er rührt in Eimern Farbe an.
Er hat bestimmt was Großes vor.
Und ja, jetzt seh ich's, einen Jungen,
ein Standbild, ganz aus Stahl und Eisen.
Und drumherum wird laut gesungen,
in fremder Sprache, hör doch nur.«
»Ich hör nichts, seh nichts, keine Spur.
Du hast noch zwei Sekunden Zeit,
dann ist's vorbei. Ich mein damit,
ich kann nicht mehr, es ist so weit.«
»Fahnen seh ich und Fanfaren,

Mädchen mit falschen blonden Haaren.
Sie tanzen fröhlich hin und her.
Sie tanzen da mit einem Bär,
'sgibt gratis Pfannenkuchen.
Das ist es dann, so ungefähr.«
»Du gibst nur an, ich glaub dir nicht,
du willst mich doch nur neidisch machen.«
»Kannst du vielleicht so sehn wie ich?
Heb mich doch einfach jetzt hinunter
und stell dich selbst auf meine Schulter.
Dann kannst du alles selber sehn.«
Der Vorschlag ist dem Bruder recht.
Gesagt, getan, jetzt steht er oben.
Doch Kunst ist manchmal doch recht flüchtig,
mal ist sie da, mal ist sie nichtig.
Mal sieht man sie und dann, oh Schreck,
ist sie Vergangenheit und weg.
Die Schwester sagt: »Oh, ach und weh.
Du bist zu spät, herrjemine.«
Die Menschen gehen alle fort,
es wird sehr still an diesem Ort.
Die Düfte schwinden, auch die Farben.
Die Sänger haben ausgesungen.
Und weiter ist nichts mehr zu sehn.
Nur noch das Standbild von dem Jungen.

Manchmal scheint die Sonne.
Manchmal ist's der Mond.
Manchmal war's nur eine Kerze,
und trotzdem hat es sich gelohnt.

Manchmal tickt die Zeit.
Manchmal steht sie still.
Manchmal tut die Uhr
nicht wirklich, was man will.

Manchmal wird es zu früh hell.
Manchmal zu früh dunkel.
Manchmal ist die Sonne schön,
schöner noch das Sterngefunkel.

Manchmal ist was Schlechtes gut.
Manchmal ist was Gutes schlecht.
Manchmal ist die Lüge klug,
die Wahrheit nicht gerecht.

Manchmal sind die Wege grade.
Manchmal auch gebogen.
Manchmal sind jedoch Geschichten
unglaublich schön erlogen.

Scheint wieder die Sonne,
weht wieder der Wind,
wer ist's bloß, der jetzt
ein neues Buch beginnt?

QUELLENANGABEN

Einige enthaltene Geschichten wurden bereits in folgenden Büchern veröffentlicht:

Der Brief, den Rosa fand, *Eine Grube zum Wohnen* und *Das Biest heißt Mona* aus: Bart Moeyaert, *Mut für Drei*. Aus dem Niederländischen von Mirjam Pressler. Mit Illustrationen von Rotraut Susanne Berner. Carl Hanser Verlag, München 2008.

Für immer, immer, *Wirklich weg ist nicht so weit* und *Unsere Gasse* aus: Bart Moeyaert, *Du bist da, du bist fort*. Aus dem Niederländischen von Mirjam Pressler. Mit Illustrationen von Rotraut Susanne Berner. Carl Hanser Verlag, München 2010.

Wer ist hier der Chef? aus: Bart Moeyaert, *Wer ist hier der Chef?* Aus dem Niederländischen von Mirjam Pressler. Mit Illustrationen von Katrien Matthys. Carl Hanser Verlag, München 2013.

Afrika hinter dem Zaun aus: Bart Moeyaert, *Afrika hinter dem Zaun*. Aus dem Niederländischen von Mirjam Pressler. Mit Illustrationen von Anna Höglund. Carlsen Verlag, Hamburg 1999.

INHALT

Afrika hinter dem Zaun 5
MIT ZEICHNUNGEN VON WOLF ERLBRUCH

Eine Grube zum Wohnen 15
MIT ZEICHNUNGEN VON ROTRAUT SUSANNE BERNER

Das Glückslied | Das Lied des Betrunkenen | Das Leselied 35

Der Sommer von '39 41
MIT EINER ZEICHNUNG VON ANDRÉ SOLLIE

Haselwurz 49
MIT ZEICHNUNGEN VON MARIJE TOLMAN

Wie eine Stadt entsteht 81
MIT EINER ZEICHNUNG VON ANDRÉ SOLLIE

Wellensittich 85
MIT ZEICHNUNGEN VON GERDA DENDOOVEN

Die Muttersau, der Bär und das Ferkel 97
MIT ZEICHNUNGEN VON KORNEEL DETAILLEUR

Ein Klaps ist kein Kuss 105
MIT ZEICHNUNGEN VON GERDA DENDOOVEN

Das Buch von Niete 131
MIT ZEICHNUNGEN VON MARIJE TOLMAN

Wirklich weg ist nicht so weit 183
MIT ZEICHNUNGEN VON ROTRAUT SUSANNE BERNER

Neunmal Nina 207
MIT ZEICHNUNGEN VON MARIJE TOLMAN

Erst sehen 229
MIT ZEICHNUNGEN VON KORNEEL DETAILLEUR

Der Mann im Mond 245
MIT ZEICHNUNGEN VON ANDRÉ SOLLIE

Raus aus meinem Garten 255
MIT ZEICHNUNGEN VON ANDRÉ SOLLIE

Ich wohne in einem Raumschiff 267
MIT EINER ZEICHNUNG VON WOLF ERLBRUCH

Wer ist hier der Chef? 273
MIT ZEICHNUNGEN VON KORNEEL DETAILLEUR
Unsere Gasse 303
MIT ZEICHNUNGEN VON ROTRAUT SUSANNE BERNER
Die Dinge denken 325
MIT ZEICHNUNGEN VON WOLF ERLBRUCH
La mi los 351
MIT EINER ZEICHNUNG VON ANDRÉ SOLLIE
Er war der Hase 357
MIT ZEICHNUNGEN VON GERDA DENDOOVEN
Alles auf der Welt 369
MIT ZEICHNUNGEN VON GERDA DENDOOVEN
Der Brief, den Rosie fand 377
MIT ZEICHNUNGEN VON ROTRAUT SUSANNE BERNER
Ein Schiff im Nebel 395
MIT ZEICHNUNGEN VON ANDRÉ SOLLIE
Das Biest heißt Mona 417
MIT ZEICHNUNGEN VON ROTRAUT SUSANNE BERNER
Tick Tick 433
MIT ZEICHNUNGEN VON ROTRAUT SUSANNE BERNER
Große Omas 441
MIT ZEICHNUNGEN VON ANDRÉ SOLLIE
Wach küssen 447
MIT ZEICHNUNGEN VON GERDA DENDOOVEN
Für immer, immer 457
MIT ZEICHNUNGEN VON ROTRAUT SUSANNE BERNER
Winternachtstraum 477
MIT ZEICHNUNGEN VON MARIJE TOLMAN
Der König und die Kaffeebohne 493
MIT EINER ZEICHNUNG VON GERDA DENDOOVEN
Und weiter war nichts mehr zu sehn 501
MIT EINER ZEICHNUNG VON KORNEEL DETAILLEUR

Quellenangaben 509

DER AUTOR

BART MOEYAERT, 1964 geboren, zählt zu den großen europäischen Kinder- und Jugendbuchautoren der Gegenwart. In seinem Heimatland Belgien vielfach ausgezeichnet, erhielt er 1998 auch den Deutschen Jugendliteraturpreis. 2016 war Moeyaert bereits zum fünften Mal für den Hans-Christian-Andersen-Preis, den »kleinen Nobelpreis«, nominiert. Außerdem ist er der künstlerische Leiter des Gastauftritts Flanderns und der Niederlande auf der Frankfurter Buchmesse 2016. Bart Moeyaerts Werk wurde in 20 Sprachen übersetzt.

DIE ÜBERSETZERIN

MIRJAM PRESSLER, 1940 geboren, erhielt 1994 für ihr Gesamtwerk als Übersetzerin den Sonderpreis des Deutschen Jugendliteraturpreises, für ihr Werk als Autorin bekam sie ihn 2010.

DIE ILLUSTRATOREN

ROTRAUT SUSANNE BERNER, 1948 geboren, hat zahlreiche Bücher für Kinder und auch für Erwachsene illustriert, gestaltet und geschrieben. Sie wurde vielfach ausgezeichnet, u. a. für ihr Gesamtwerk mit dem Sonderpreis des Deutschen Jugendliteraturpreises 2006, dem Hans-Christian-Andersen-Preis 2016 und dem Großen Preis der deutschen Akademie in Volkach 2016.

GERDA DENDOOVEN, 1962 geboren, gehört zu den vielseitigsten Illustratorinnen Belgiens. Sie studierte Freie Grafik an der Königlichen Akademie der Schönen Künste in Gent, wo sie seit 1992 selbst unterrichtet. Seit 1987 hat sie rund 50 Bücher illustriert.

KORNEEL DETAILLEUR wuchs in der Nähe von Ostende auf und studierte Animation und Illustration in Gent. Er illustriert Bücher, arbeitet für Zeitschriften und ist im Bereich Kurzfilm/Animation tätig.

WOLF ERLBRUCH, 1948 geboren, war u. a. Professor für Illustration in Essen. Als Kinderbuchautor und -illustrator wurde er vielfach ausgezeichnet, u. a. mit dem Sonderpreis des Deutschen Jugendliteraturpreises 2003, dem Gutenbergpreis der Stadt Leipzig 2003 und dem Hans-Christian-Andersen-Preis 2006.

ANDRÉ SOLLIE, 1947 geboren, begann nach einer Grafikausbildung in Brüssel zunächst als Illustrator für Zeitschriften, ehe er sich Kinderbüchern zuwandte. Seit 1986 schreibt er auch Lyrik, Kurzgeschichten, Texte für Musicals, Kindertheaterstücke und Drehbücher fürs Fernsehen.

MARIJE TOLMAN, 1976 geboren, studierte Grafik und Illustration an der Königlichen Hochschule in Den Haag und am Edinburgh College of Art in Schottland. Ihre Bücher wurden u. a. mit dem Bologna Ragazzi Award 2010 und dem Bilderbuchpreis in Troisdorf 2011 ausgezeichnet und erschienen in 15 Ländern.